CRISTAL
AZUR
ARIDA
Luxia
Alcaraz
ÎLES FERTERRA
AURIA
Mer des Damnés
PRISMA
CALISTA
MEROVA
SORAYA
ATALAE
Jakoba
W0394012

PROLOGUE

VICTOIRE

Cette fichue cartouche refusait d'entrer dans le chargeur !

À genoux derrière l'imposant bureau en bois d'acajou, Victoire s'évertuait à manipuler l'arme, maladroitement, mais en répétant toujours le même geste. Mince, ce n'était pourtant pas la première fois qu'elle jouait avec le pistolet de son père ! Cependant, ce soir, la lumière faiblarde de la lune et l'obscurité de la pièce compliquaient sa tâche.

– Rentre là-dedans, bon sang de bois ! jura-t-elle en tapant la crosse contre le pied du fauteuil.

La cartouche s'enfonça miraculeusement et le barillet reprit sa place dans un « clic » sonore. Aux aguets, Victoire tendit l'oreille pour s'assurer que personne n'avait entendu son vacarme… Rien. Seulement le brouhaha du bal, c'est-à-dire le bruit ténu des violons et des éclats de rire des invités sur le balcon.

Néanmoins, les appartements royaux n'étaient pas loin du bureau et les gardes faisaient des rondes régulières. Mieux valait rester prudente !

Victoire se releva et commença à viser un ennemi imaginaire :

– Pan ! Pan ! chuchota-t-elle dans sa barbe en effectuant un mouvement de bras.

L'épais tapis permettait d'amortir le son de ses pas chassés, mais ses deux jupons l'empêchaient de se mouvoir aisément. Elle se faufila derrière la commode, faisant semblant de se mettre à couvert, puis reprit son souffle.

Soudain, un bruit de porte se fit entendre. Surprise, Victoire referma ses mains autour de l'arme.

Il ne venait pas du couloir… Elle tourna alors la tête vers la bibliothèque derrière laquelle se trouvait l'entrée du passage souterrain qui menait à l'extérieur du palais.

Oh non, les gardes l'avaient suivie. Elle allait être dénoncée à son père et réprimandée à en avoir mal aux oreilles !

Les battements de son cœur cognaient dans sa poitrine pendant qu'elle se précipitait vers le mur opposé, où se trouvait un placard si large que dix géants auraient pu y élire domicile. La cachette était peu subtile, mais Victoire n'avait pas d'autre option…

Son arme toujours à la main, elle entra, se blottit entre deux étagères puis referma l'épaisse porte en bois.

Il ne fallut que quelques secondes pour que des pas lourds, amortis par le cuir des bottes, résonnent dans le bureau. L'estomac au bord des lèvres, Victoire n'avait plus une seule goutte de salive en bouche alors qu'un silence assourdissant s'installait. Que faisait le garde ? Victoire luttait de toutes ses forces pour ne pas bouger d'un seul pouce : les lames de bois grinceraient au moindre mouvement. Elle serra les dents et coupa sa respiration.

Le pistolet pressé contre son cœur, elle entama une série de prières silencieuses et de repentirs. Les sujets ne manquaient pas : en deux jours, elle avait été réprimandée trois fois pour ses écarts de conduite et pour le non-respect des règles de l'étiquette.

Le crissement de l'ouverture de la porte du bureau la fit alors sursauter.

– Victoire ? appela la voix de son père.

Oh non, voilà qu'il venait la chercher en personne ! Il allait être encore tellement déçu de son comportement.

– Qui êtes-vous ?

Le ton était étonnamment plus menaçant. Victoire écarquilla les yeux, la main sur la bouche. L'inconnu n'était peut-être pas un garde, finalement.

– Déclinez votre identité, immédiatement, ordonna son père avec la voix qu'elle lui connaissait lorsqu'il tenait son rôle de chancelier auprès du roi. Vous êtes dans des appartements privés, ici.

– Je suis un messager, Monsieur. J'ai un pli cacheté à remettre au roi.

La voix de l'intrus était jeune, mais l'intonation trahissait une certaine détermination. Victoire perçut quelques pas sur le plancher, mais elle n'aurait su dire lequel des deux se déplaçait.

– Ce sceau est celui de la marquise de Dienne, gronda son père.

Le silence se fit de nouveau.

– Remettez-moi ce pli, jeune homme. En ma qualité de chancelier du royaume de Lys, je le donnerai personnellement au roi.

– Je dois lui remettre en main propre, insista le messager.

– Le roi est souffrant actuellement, il ne peut recevoir quiconque. Soyez cependant assuré que je ferai le nécessaire pour que votre mission soit accomplie.

L'agitation reprit alors dans le couloir, jusqu'à ce que la porte grince de nouveau. Victoire, elle, se recroquevilla sur elle-même. Si son père apprenait qu'elle avait espionné une conversation de travail, ce n'était plus une remontrance qu'elle risquait, mais une belle punition !

– François ? appela alors une voix douce. Avez-vous trouvé notre fille ?

Victoire n'osait pas bouger d'un seul pouce. Peut-être que sa mère intercéderait en sa faveur si elle sortait maintenant ? Malheureusement, elle restait pétrifiée et ses mots semblaient coincés dans sa gorge.

– Mathilde, retournez dans la salle de bal, s'il vous plaît. J'ai une affaire urgente à régler avec cet individu.

– Ah ? Qui est-ce ? demanda-t-elle d'un ton posé qui indiquait une réelle curiosité.

– Monsieur, je suis navré, je ne peux pas vous donner ce pli, reprit le messager. Il est impératif que je le remette au roi et en main propre !

Le jeune homme semblait perdre patience, ou bien être gagné par l'angoisse.

– C'est hors de question, le roi ne recevra pas un inconnu, trancha le père de Victoire. Pour qui vous prenez-vous ?

– Jeune homme, vous pouvez faire confiance au chancelier, insista sa mère.

– Non, Monsieur, je dois…

Un bruit de lutte résonna alors dans la pièce, comme si deux corps venaient d'entrer en collision. Victoire rentra la tête dans ses épaules.

– Mathilde, prévenez la garde ! ordonna alors son père.

Elle reconnut le son caractéristique d'une épée qu'on dégaine et écarquilla les yeux.

– Calmons-nous, reprit l'inconnu. Je dois seulement aller au bout de cette mission. Je ne vous veux aucun mal.

Des bruits de pas firent grincer le plancher. Victoire entendit plusieurs exclamations étouffées puis du mouvement.

– Messieurs, tenta alors sa mère, il est inutile de…

– Mathilde ! la coupa son mari. Ne vous mêlez pas de ça, s'il vous plaît.

L'inquiétude transpirait à travers sa voix pourtant toujours grave et imposante. Victoire reconnut cette intonation qu'il avait déjà eue lorsqu'elle-même était tombée de cheval et qu'il l'avait appelée depuis les terrasses du palais.

Est-ce que Victoire devait sortir pour l'aider ?

– Je ne vous laisserai pas passer avec cette lettre, monsieur, gronda alors son père.

Une seconde épée fut sortie de son fourreau, juste avant que les deux lames s'entrechoquent. Avec son pistolet, Victoire pourrait venir en aide à son père, obliger cet inconnu à céder et mettre sa mère en sécurité.

Elle le voulait. Vraiment. Mais tous ses membres étaient tétanisés et sa gorge refusait d'émettre le moindre son.

Le combat s'amplifiait, le choc des épées provoquait un bruit assourdissant qui couvrait les exclamations des deux hommes et les gémissements de sa mère. Victoire allait-elle vraiment rester cachée dans ce maudit placard, sans rien tenter ?

Elle qui se vantait tous les jours d'être bien plus courageuse que toutes les jeunes filles réunies de la Cour… Elle devait agir maintenant !

– Nooon ! hurla alors sa mère.

Un corps s'écroula au sol. Le silence se fit à nouveau.

Pesant. Effroyable.

CHAPITRE 1

VICTOIRE

Cinq ans plus tard

– Tu baisses trop vite ta garde, cousine.

Victoire avait mis toute sa force dans son attaque. Le coup fut si vif qu'Alexandre n'avait pu le parer avant que la lame ne touche son buste, protégé par un plastron. Néanmoins, dès qu'elle avait la satisfaction d'atteindre sa cible, elle perdait sa concentration. Son cousin ne manquait alors jamais de riposter avec ferveur, lui renvoyant la charge au centuple.

Victoire serra les dents mais se remit en position, prête à recommencer.

– Tes bras sont trop fléchis. Attends…

Son cousin la rejoignit et se plaça derrière elle pour l'aider à ajuster sa posture.

– Voilà, ainsi, c'est parfait, dit-il en rapprochant les coudes de Victoire vers son corps. On a tendance à vouloir tenir l'adversaire le plus loin possible, mais cela t'empêche d'attaquer et de parer rapidement. C'est ton arme que tu dois tendre, pas tes bras.

Victoire acquiesça, mémorisant déjà cette position pour la reproduire instinctivement lors de leur prochain échange.

– Verrouille tes hanches pour maintenir ton équilibre, précisa-t-il en l'incitant à se redresser.

Elle vacilla quelques instants avant de réajuster l'écart entre ses jambes.

– La partie basse de ton corps a tout compris depuis longtemps, mais je constate que la partie haute n'en fait toujours qu'à sa tête, plaisanta Alexandre tout en se reculant.

– Tu veux voir de quoi est capable ma partie haute ? s'impatienta Victoire.

Sans attendre le signal d'Alexandre, elle chargea droit sur un adversaire imaginaire, la pointe de sa lame en avant.

– Tu es trop impulsive, soupira son cousin. Je te l'ai déjà dit : avant d'attaquer, réfléchis à tes pas.

– Tu me fatigues ! protesta Victoire tout en se replaçant consciencieusement.

Certes, elle devait en passer par là, mais elle en avait sa claque de cet exercice. Feinter, charger, parer, reculer. Feinter, charger, parer, reculer. Encore et encore. Elle avait beau fuir ses cours de danse comme la peste, le même sort l'attendait ici.

Constatant son ennui, Alexandre se positionna face à elle.

– Échangeons quelques coups, si tu veux, lui proposa-t-il.

– Enfin ! s'exclama Victoire, laissant un sourire illuminer son visage.

Voilà un exercice qui lui convenait beaucoup plus. Observant son cousin, elle commença à analyser chacun de ses gestes. Après avoir enfoncé ses pieds dans le sol, elle adapta sa posture à celle de son adversaire et imposa à ses jambes le fléchissement idéal. Pour ses bras, elle s'appliqua à reproduire le plus fidèlement possible les conseils qu'elle venait de recevoir et resserra ses mains autour de la garde de son épée.

– En garde, De Torcy !

Un pas. Deux pas.

Leurs lames claquèrent l'une contre l'autre dans un bruit sourd.

Victoire espérait que la force de ce premier coup retentisse jusque dans le poignet de son cousin afin de déstabiliser sa prise. Malheureusement, Alexandre contra cette première attaque d'un simple geste en avant.

Avec cette démonstration, il lui montra les vertus de son expérience militaire, nécessaire pour atteindre les plus hauts grades de la garde royale. Et par là même, cette évidence : l'art du combat ne relevait pas seulement d'entraînements acharnés, mais bien d'une pratique en situation réelle.

Néanmoins, contrairement à son cousin qui se battait par devoir, Victoire le faisait avec la rage au ventre. Depuis tant d'années. En présence de son ennemi, celle-ci décuplerait sa force ! Mais quand ? Quand retrouverait-elle cet assassin ? Victoire n'en pouvait plus d'attendre. L'échéance se rapprochait dangereusement… Une fois prisonnière d'un mariage de convenance, qu'adviendrait-il de son projet de vengeance ? De tous ses efforts ? De sa haine ?

Un sentiment d'urgence l'envahit.

Son cœur battait à tout rompre dans sa poitrine. Ses mains tremblaient. Elle ferma les yeux, plongée dans des souvenirs encore trop douloureux. Lorsqu'elle les rouvrit, le corps d'Alexandre était devenu celui d'un monstre sanguinaire.

Dans un cri rageur, elle fit pleuvoir sur lui un nombre incalculable de coups qui le forcèrent à reculer. Victoire misait sur sa vitesse d'exécution, ne lui laissant aucun répit. Et le stratagème fonctionna : il allait bientôt se trouver acculé contre le mur.

– Lève les yeux, lui ordonna Alexandre. Tu dois regarder ton adversaire.

Sa voix posée, toujours parfaitement concentrée sur la situation présente, extirpa Victoire de son illusion. Avec ses boucles blondes, son regard bleu ciel, ses traits fins et son teint laiteux légèrement rougi par deux heures d'entraînement, son cousin n'avait rien d'un dangereux criminel.

Dès qu'elle croisa son regard, la vulnérabilité de Victoire se réveilla.

Alexandre choisit ce moment pour prendre le dessus.

Il lui rendit ses attaques avec plus de puissance, l'obligeant à battre en retraite dans un équilibre bancal. Levant son épée au-dessus de sa tête, elle para son coup le plus violent de ses deux mains, non sans mal. Une douleur vive se propagea dans ses avant-bras et lui tira un cri. Sa lame toujours coincée sous celle de son cousin, Victoire contenait difficilement les élancements de ses muscles. Tous ses membres la brûlaient, surtout ses cuisses, qui menaçaient de ne plus la porter d'ici quelques instants.

Pourtant, elle serra les dents.

Son besoin de vengeance raviva sa détermination. Elle écarta l'épée de son cousin dans un cri de rage qui décontenança son adversaire. L'effet de surprise lui permit de réunir assez de puissance pour envoyer l'arme ennemie à plusieurs mètres. Afin de ne pas lui laisser le temps de reprendre ses esprits, Victoire balaya ses jambes d'un coup de pied. Alexandre chuta au sol dans un vacarme assourdissant.

À bout de souffle, Victoire pointa sa lame sur la poitrine de son cousin. Son regard remonta alors vers son visage et ses sourcils froncés. Cette désapprobation évidente la ramena immédiatement à la réalité.

– Je… Je suis désolée, balbutia-t-elle.

Elle recula de deux pas, laissant à Alexandre l'espace nécessaire pour se relever.

– Nous nous en tiendrons là pour aujourd'hui, déclara-t-il d'un ton sec.

Sans attendre de réponse, il se dirigea vers l'unique meuble de la pièce d'entraînement, là où se trouvait la carafe d'eau.

– Tu me fais peur, parfois, reprit-il après avoir vidé un verre.

Penaude, Victoire baissa les yeux. Elle comprenait parfaitement le reproche : son désir de vengeance l'emmenait souvent trop loin.

– Je vais essayer de me calmer.

Alexandre lui adressa un regard sceptique juste avant de vider un deuxième verre.

– Quoi qu'il en soit, il n'est plus l'heure de traîner. On doit te chercher partout dans les appartements.

– Nous pourrions encore échanger quelques touches, tenta Victoire, en se précipitant pour aller récupérer l'épée de son cousin.

Cette fois-ci, elle espérait lui montrer qu'elle avait bien appris les techniques qu'il s'évertuait à lui enseigner quand il rentrait à la maison. Elle voulait lui prouver qu'elle pouvait être une élève attentive et non un cas désespéré.

– Victoire, nous avons tous les deux des obligations, lui rétorqua-t-il avec un regard sévère, alors qu'elle revenait vers lui.

Elle lui tendit son arme, qu'il rengaina.

– Ce maudit bal ! pesta Victoire. Je préférerais continuer à m'entraîner.

Un silence pesant s'installa.

– Chère cousine, reprit finalement Alexandre d'une voix douce. Après cinq ans, tu dois bien avoir conscience que tu ne pourras réussir seule là où ton père avec son armée de soldats et des moyens considérables ont échoué.

Victoire refusait catégoriquement d'entendre cette vérité, raison pour laquelle le caractère résigné de son cousin attisa sa colère.

– Il doit pourtant bien être quelque part ! s'emporta-t-elle.

– Fais-toi une raison : tu ne le retrouveras jamais.

Pour la première fois, Alexandre refusait d'aller dans son sens. Lui qui semblait avoir une ressource de patience inépuisable, de mots encourageants et de paroles réconfortantes. Lui qui la soutenait et l'entraînait à manier l'épée depuis des années. Lui qui gardait précieusement tous ses secrets. Lui, son plus fidèle allié, qui lui tournait désormais le dos…

– Tu ne comprends pas, souffla-t-elle.

Comment l'aurait-il pu ? Alexandre n'avait pas assisté au meurtre sauvage de sa propre mère.

– Victoire, tu n'es plus une enfant. Tu ne peux plus te laisser submerger par ta haine sans penser aux conséquences. Tu as des responsabilités envers ta famille, lui rappela Alexandre en s'avançant près d'elle. Pour en être digne, tu dois abandonner cette rancœur.

– Impossible, murmura-t-elle, les yeux fixés au sol.

Le parquet en bois brut de la salle d'entraînement était criblé de marques et de trous, traces du passage de ses nombreux élèves.

– Ne te méprends pas, je ne souhaite que ton bonheur.

– Voilà une bien belle façon de me le montrer, le rabroua-t-elle.

– Tu n'as plus le choix. Tu dois trouver un mari à la fin de cette saison ou on le fera pour toi. Ton entêtement pourrait avoir de graves répercussions sur le reste de ta vie.

– Mon père ne me forcera jamais la main.

– Bien sûr que si, il en a besoin. Il ne s'agit pas uniquement de toi, même si tu es déjà plus qu'en âge de te marier. Tu es assez mature aujourd'hui pour comprendre que le pouvoir politique de ton père n'est pas inné. Il doit se battre pour gouverner aux côtés d'un roi dilettante. Plus les années passent, plus nos ennemis se rapprochent des portes du royaume. Ils nous envient notre situation privilégiée. Ton mariage avec un dignitaire étranger apaiserait les tensions. Si tu veux agir pour ta famille, tu dois arrêter de te défiler.

Victoire assena un coup de lame sur la table dans un juron qui aurait fait rougir sa dame de compagnie.

Alexandre était pourtant dans le vrai : en mettant un éventuel mariage politique de côté au profit de sa vengeance, elle allait finir par causer du tort à son père. C'était la dernière chose qu'elle souhaitait.

– Calme-toi, veux-tu. Après tout, les prétendants ne manquent pas à l'appel pour toi. Héloïse, elle, a moins d'opportunités.

Victoire, en tant que fille du chancelier du roi, passait ses soirées de bal à éconduire les courtisans tandis que son amie, Héloïse, attendait désespérément une invitation à danser. En raison de la disgrâce de son père, les demandes ne se bousculaient pas au portillon. Un ministre des Finances qui n'était plus en mesure d'honorer ses dettes de jeu… Si ce n'était pas un comble ! Le duc, à la suite du scandale, avait perdu la faveur royale et sa famille avait été entraînée dans sa chute. Héloïse éprouvait désormais une grande honte lorsqu'ils sortaient en public. Le regard méprisant des autres nobles accentuait volontairement ce sentiment. Parfois, Victoire se demandait si le privilège qui avait été accordé à la famille d'Héloïse de demeurer à la Cour en était vraiment un.

– Tu ne sais pas la chance que tu as, soupira Victoire. Toi, en tant qu'homme, tu as le droit de choisir la vie que tu vas mener. Tu as choisi l'armée. Tu as choisi de rester seul.

– Tu crois ? s'esclaffa Alexandre sans une once de joie dans ses grands yeux bleus. Victoire, je n'ai pas choisi de rester célibataire. Seulement l'armée ne me permet pas de me marier. Certaines opportunités ne sont qu'illusoires…

Victoire emboîta le pas de son cousin alors qu'il se dirigeait vers le vestiaire.

– Qu'est-ce que tu inventes ? lui demanda-t-elle en le talonnant. Ton père a épousé ta mère et de nombreux officiers sont mariés et pères de famille.

– Et combien de ces femmes et enfants sont véritablement heureux de la vie qu'on leur offre ?

– Oh.

– Un mari absent la majeure partie du temps, confronté à un danger perpétuel, insensibilisé par la guerre et les atrocités qu'il voit sur les champs de bataille… Je l'ai vécu de l'intérieur. Je refuse de faire subir ce manque à des gens qui compteraient pour moi plus que tout.

Jusqu'à ce jour, Victoire n'avait pas réalisé qu'Alexandre souffrait de cette situation. Son père à elle n'était pas souvent à ses côtés, mais il ne se trouvait pas à des centaines de kilomètres, risquant quotidiennement sa vie pour défendre les frontières du royaume. Elle se sentit soudain très triste pour son cousin.

– Mais tu aimerais prendre épouse…

– En effet, confirma-t-il alors que son regard s'éclairait d'une lueur d'espoir à cette idée.

Il lui tourna le dos afin de faire face au miroir fixé au mur et commença à ajuster ses quelques mèches blondes.

– Pourquoi avoir intégré l'armée, dans ce cas ?

– Pour les mêmes raisons que tu dois aujourd'hui te marier. Être le fils unique du commandant de l'armée de Lys ne me permettait pas vraiment de sortir des sentiers battus. J'aurais déshonoré ma famille en choisissant une autre vie.

Victoire se sentit soudain très égoïste. Alors qu'elle se plaignait et se rebellait ouvertement, son cousin, lui, avait choisi de souffrir en silence, au point qu'elle avait cru être la seule à être opprimée par cette vie.

– Pardonne-moi, Alexandre, je l'ignorais.

– Enlève ce regard triste de ton visage, cousine, dit-il en se tournant de nouveau vers elle. Je suis fier de défendre le royaume de Lys et mon roi. D'ailleurs, on ne peut pas être totalement envieux de ce qu'on ne connaît pas.

Victoire non plus ne savait rien du mariage, mais elle n'était pas curieuse pour autant, même après un discours plein d'optimisme.

Alors qu'elle regardait Alexandre enfiler sa longue veste, elle s'empressa de lui poser cette question dont elle redoutait tant la réponse :

– Quand dois-tu rentrer à Alcaraz ?

Les séances d'entraînement avec son cousin constituaient son seul répit dans un quotidien monotone et régenté par l'ordre et le devoir.

– Dans deux jours.

– Déjà ? souffla-t-elle tristement.

– Victoire… J'ai des responsabilités là-bas.

– Bien entendu.

Alexandre aurait pu la fustiger pour son attitude puérile, mais il lui jeta seulement un regard empreint de tendresse. Il attacha ses boutons de manchette et effaça la distance qui les séparait en seulement quelques pas. Il se tenait désormais devant elle, rhabillé et aussi soigneusement apprêté que lors de son arrivée ici.

– Je reviendrai dès que possible, dit-il doucement en prenant sa main dans la sienne. Nous pourrons ainsi poursuivre les exercices.

– Quand ? s'empressa-t-elle de demander.

– Je vais essayer de me libérer pour la tombée des feuilles…

– Si tôt ? se réjouit Victoire avec un grand sourire.

– … mais il y a une condition, précisa Alexandre. Tu dois me faire une promesse.

– Laquelle ?

– Ce soir, au bal, tu accepteras au moins une invitation à danser. Ton père a confié à ma mère la lourde charge de t'aider à trouver un époux et tu sais qu'elle prend son rôle très à cœur. Sa mine lasse lorsqu'elle rentre de ces soirées me fait de la peine.

La culpabilité envahit Victoire, chassant son exaltation aussi rapidement qu'elle était venue. Jamais elle n'avait voulu mettre sa tante dans une situation inconfortable. Celle-ci subissait probablement le jugement de ses amies mais aussi celui des mégères de la Cour, dont l'occupation principale était de colporter les rumeurs et de commenter les faits et gestes de chacun. Malheureusement, avec son comportement, Victoire leur donnait du grain à moudre : la comtesse Élisabeth de Prissac échouait lamentablement dans ses fonctions de chaperon, sous le regard réprobateur de son beau-frère, qui n'était rien de moins que le chancelier royal.

Très embarrassée par la révélation de son cousin, Victoire baissa la tête et planta doucement la pointe de son épée dans le plancher. Elle se saisit de la carafe et but à même le goulot.

– Vraiment, rit Alexandre, j'admire tes bonnes manières ! Ma mère va encore être au bord du malaise.

Victoire avisa son aspect débraillé et palpa son chignon en grande partie défait.

Une souillon, voilà ce qu'elle était. Et elle s'en fichait éperdument.

CHAPITRE 2

MORGAN

– Tu sais où tu vas, Briac ? demanda Morgan à son timonier.

Depuis le gaillard d'arrière, cet espace privilégié réservé au commandement et aux manœuvres qui offrait une vue sur tout le navire, Morgan scrutait l'horizon. L'œil collé sur sa longue-vue, il ne distinguait pourtant que la mer agitée. Les nuages cachaient le soleil, et un épais brouillard les enveloppait, brouillant leur parcours.

– Pour sûr, capitaine ! Les vents sont contraires, mais en maintenant le cap au nord, on arrivera pile au bon endroit.

Même s'il devait se fier uniquement à l'assurance de son timonier, Morgan fut rassuré. Briac pouvait naviguer les yeux fermés, il avait avalé une boussole bien avant de monter sur un bateau.

– Combien de temps reste-t-il avant d'amarrer ?

– On sera à Alcaraz avant la tombée de la nuit, affirma Briac. Tu devrais commencer à te préparer, c'est soir de bal à Luxia.

Morgan afficha une grimace de dégoût.

– Toutes ces fanfreluches et ces artifices… Pourquoi ces gens s'imposent-ils une telle corvée ?

– Tu es pourtant habitué aux belles tenues ! Regarde-toi, tu es toujours le plus paré d'entre nous.

– Ce que les nobles portent lors de ces soirées sont de véritables déguisements. Sans compter ce col qui vous serre la glotte. Et ces collants… Je ne te fais pas de dessin.

Briac s'esclaffa.

– On a connu pire, capitaine, non ?

– Pire que des collants qui compriment l'entre-jambe ? protesta Morgan, déclenchant le rire franc et bruyant de son meilleur ami.

Ils avaient vécu de bons moments ensemble. Leurs maisons partageaient le même jardin à Soraya. Sur le chemin de l'école, ils coursaient le chat à trois pattes du vieux Pixie, un grand-père qui s'amusait à faire peur à tous les enfants de la rue.

Pourtant, entre ces brefs moments de joie, il y avait eu le reste… Mais ça, Morgan refusait d'y penser maintenant.

– Tu es préoccupé, insista Briac. Je le vois à la ride sur ton front.

– J'attends ce moment depuis tellement longtemps. Je ne peux pas me permettre d'échouer.

Morgan n'était jamais allé aussi loin pour obtenir ce qu'il désirait.

– Il va payer, crois-moi, affirma Briac. Il est temps !

Le timonier se redressa et se tourna vers le ponton, où plusieurs membres de l'équipage s'activaient à leurs tâches respectives.

– On est des pirates ou pas ?! hurla-t-il alors, le bras levé vers le ciel orageux.

Une clameur générale envahit le pont, puis se répéta de plus en plus fort alors que Briac réitérait son geste. Cette liesse communicative regonfla la motivation du capitaine et dissipa ses craintes.

Il était plus que temps de laisser sa fureur se déchaîner. Depuis presque cinq ans, *le Requin* évitait la mer houleuse des côtes de Lys. Un sacrifice nécessaire pour se faire oublier des autorités du royaume, mais un sacrifice peut-être vain.

Combien d'heures seraient nécessaires pour que la nouvelle de son retour parvienne aux oreilles du marquis de Torcy ?

– Tu as toujours su comment me redonner le moral, admit Morgan à l'attention de son ami.

Il aimait l'ambiance joviale qui régnait sur le pont. Elle contrastait avec la rudesse de leurs récentes aventures. *Le Requin* venait d'essuyer une tempête et leur dernière prise de butin s'était terminée dans un bain de sang. Certes, ils naviguaient encore une fois à plein : beaucoup d'or, des épices, du café, du cacao et du sucre, subtilisés dans la cale d'un navire marchand de Lys, revenant tout droit des îles Ferterra. Malheureusement, ils avaient aussi perdu des équipiers courageux, loyaux et fidèles.

Morgan avala un grand bol d'air iodé pour essayer de liquider ces sombres pensées. Il entama la descente prudente des marches vers le pont.

– Cassegrains, Grandsec, au rapport ! cria-t-il, ses mains en porte-voix.

Les deux frères sortirent d'une trappe comme deux carpes bondissant d'un ruisseau. Morgan avait toujours eu un doute sur leur lien de parenté : quand l'un était petit et rond, l'autre s'élançait en hauteur, tel un roseau capable de se briser par un simple coup de vent.

– Je dois vous parler, allons dans ma cabine, ordonna-t-il.

Il passa entre les deux hommes, qui firent demi-tour immédiatement pour suivre leur capitaine sans un mot. Ils slalomèrent tous les trois pour éviter les membres de l'équipage, puis empruntèrent l'étroite passerelle qui longeait le bastingage et les bâtiments situés sous le poste de commandement jusqu'à la poupe du navire. Là où le bruit du remous de l'eau constituait la seule agitation. Souvent, Morgan posait ses mains sur la rambarde et se laissait bercer par ce son infernal.

Il entra le premier, suivi de Cassegrains puis de Grandsec, qui dut se plier presque en deux pour passer sous l'embrasure de la porte.

– Je sais qu'on en a déjà parlé plusieurs fois, mais j'ai besoin de refaire un dernier point avec vous sur l'assaut de ce soir. Est-ce que je dois vous rappeler à quel point l'enjeu de cette mission est crucial ? insista Morgan en posant sa longue-vue sur son bureau en ébène.

Malgré son anxiété, il n'avait aucun doute sur la loyauté des deux frères envers lui. Ils roulaient ensemble depuis le début de son commandement. Certes, ils n'étaient pas de puissants guerriers, et quand ils se chamaillaient, il avait envie de leur fracasser une bouteille sur la tête. Pourtant, Morgan n'imaginait pas ses aventures sans la présence de ses deux fidèles compagnons. Cassegrains savait user de la ruse pour parvenir à ses fins. Grandsec, incroyablement agile et plus discret qu'une souris, se faufilait là où on ne l'attendait pas. Quant à Morgan, il incarnait la force brute, et des années de pratique des mers avaient fait de lui un stratège redoutable. À eux trois, ils formaient une équipe soudée.

– On sait bien, capitaine, répondit Cassegrains, la mine grave.

Comme à son habitude, Grandsec approuva silencieusement les mots de son frère, préférant le laisser parler pour lui.

Morgan s'enfonça dans son fauteuil avec un soupir las. Il parcourut rapidement les documents étalés devant lui, regroupant des informations qu'il récoltait précieusement au cours de ses voyages afin de parfaire son plan.

– Capitaine… se risqua alors Cassegrains d'un air hésitant. On voulait vous parler de la fille.

– Eh bien quoi ? demanda Morgan, dont le ton de la voix traduisait une certaine impatience.

– C'est qu'on n'a jamais fait ce genre de chose… avoua Cassegrains en fourrageant nerveusement dans sa barbe.

Son frère, quant à lui, avait le regard rivé sur ses souliers, ce qui inquiéta Morgan.

– Je me charge de tout. Vous attendrez dehors avec les chevaux.

– Et si elle crie ? Les femmes crient beaucoup.

Grandsec hocha de la tête pour confirmer les craintes de son frère.

– Si tel est le cas, je la bâillonnerai.

– Mais si elle veut pas venir ? insista Cassegrains.

Ces deux bougres n'étaient décidément pas dans leur assiette.

– Attendez, expliquez-moi une chose. Lors de la dernière attaque, je vous ai vu saigner des brutes épaisses à blanc et c'était à celui qui trancherait le plus de mains. Et maintenant, vous voulez me faire croire que cette mission vous effraie ?

– Peut-être que d'autres seraient plus habiles que nous.

Morgan les dévisagea. Les deux frères étaient toujours partants, surtout pour les affaires risquées et le grand frisson de l'inconnu. Ils l'avaient suivi dans toutes ses péripéties et s'apprêtaient à le lâcher pour la plus importante d'entre toutes ?

– Mais je ne veux personne d'autre, affirma Morgan. Je sais à quel point vous êtes discrets et efficaces. Ce sont deux qualités essentielles pour cette mission. La garde sera dans chaque recoin du palais et vos compétences pour passer à travers les mailles d'un filet sont inégalables, insista Morgan.

Les deux hommes se lancèrent un regard entendu.

– Bon… Dans ce cas, répondit Cassegrains.

– Dans quelques heures, nous serons à Lys, continua le capitaine en dépliant une carte.

Histoire de leur rafraîchir les idées, il posa le bout de son index à un pouce seulement d'un gros rond noir censé matérialiser la ville d'Alcaraz. Le seul port du royaume, fortifié, armé dans les moindres recoins.

Cassegrains gratta le dessus de son crâne. Il avait bien conscience du caractère hautement risqué d'une escapade dans ses alentours.

– Il y a cette crique, ici, désigna Morgan, avec un passage dans la roche pour rejoindre les terres. Je pense que l'endroit est assez sécurisé. Nous devrons être extrêmement rapides, précisa-t-il en relevant les yeux vers eux. C'est le dernier bal de la saison, elle y sera forcément. Beaucoup de monde, d'effervescence : le moment idéal pour me fondre dans la masse et la capturer.

– De quoi elle a l'air ? demanda Cassegrains.

– À vrai dire… je ne sais pas.

– Vous l'avez jamais vue ?

– Non, j'aviserai sur place.

Cassegrains sembla réfléchir un instant, observa la carte puis il s'exclama :

– Vous allez devoir danser ?

– Seulement si ma vie en dépend, plaisanta Morgan.

– Il paraît que les pâtisseries touchent presque le plafond, soupira-t-il des étoiles plein les yeux.

– Toi, il ne faut surtout pas que tu entres dans cette salle de bal, lui intima Morgan en pointant son ventre du doigt.

Grandsec étouffa un rire, ce qui lui valut un coup de coude dans les côtes de la part de son gourmand de frère.

– Il me la faut vivante, c'est impératif, poursuivit Morgan en reprenant son sérieux.

– On sait, capitaine, reprit Cassegrains. Et après, on la séquestre sur le bateau.

– Le temps des négociations. C'est bon pour vous ?

Ses deux matelots ne répondirent pas, se montrant encore moins enthousiastes que la première fois, lorsqu'il avait annoncé ses plans.

– Mais enfin, quel est le problème ? s'agaça Morgan en observant leurs mines décontenancées.

– C'est que… Moi, les bonnes femmes, avoua difficilement Cassegrains, la tête baissée.

– Moi aussi, appuya son frère.

Il était rare que ce grand penaud de Grandsec exprime son avis. L'heure devait être grave et son embarras sérieux.

– Ne me dites pas que vous avez peur d'une fille, bon sang ?

– Il faudrait peut-être bien quelques hommes de plus avec nous, proposa Cassegrains.

Un sourire étirant ses lèvres, Morgan rétorqua :

– Faites-moi confiance, pour capturer une jeune vierge effarouchée, nous serons bien assez.

CHAPITRE 3

VICTOIRE

Le dernier bal de la saison ouvrait ses portes dans moins de deux heures et Victoire n'était même pas dans ses appartements. La pauvre madame Monart, sa dame de compagnie, devait déjà subir les réprimandes de la comtesse Élisabeth par sa faute. D'ailleurs, sa tante était sans nul doute au bord du malaise.

S'élançant à travers le corridor, Victoire étouffait sous l'épais tissu de sa robe, sa peau encore moite après l'entraînement. Il lui restait trop peu de temps pour rentrer, se changer, se coiffer, et bien évidemment, subir des salves de reproches pour sa disparition et son retard. Elle monta les marches de l'escalier menant à ses appartements quatre à quatre, sous le regard indifférent de la garde.

Elle tira alors sur les grandes portes avec force. Personne. Quel soulagement ! Pas de tante Élisabeth assise sur le canapé du petit salon, comme à son habitude. Un poids quitta sa poitrine. Elle fila à grandes enjambées jusqu'à sa chambre. Personne. Victoire en aurait presque pleuré de soulagement. Pour une fois, elle irait au bal sans avoir subi les foudres de quiconque.

– Victoire de Torcy ! l'interpella son père, juste derrière elle.

Elle s'était sans doute trop avancée…

– Oui, père, répondit-elle en se précipitant devant sa coiffeuse.

Un petit cri d'horreur lui échappa lorsqu'elle aperçut son reflet dans le miroir. Qui pourrait croire qu'elle se préparait depuis une heure, même avec une brosse dans la main ? Pas même le pire des idiots du royaume. Et son père était loin d'en être un.

– J'ai à vous parler, dit-il en entrant dans sa chambre.

Le ton sévère de sa voix fit comprendre à Victoire que l'instant n'était pas à la fête.

Pourtant, son père avait déjà revêtu sa tenue d'apparat : un costume noir assorti à sa barbe et à ses mèches qui lui donnait un air bien plus sérieux que son uniforme blanc habituel. Les dorures présentes sur la boutonnière ajoutaient un aspect festif qu'il ne se permettait pas en dehors de ces grandes occasions.

– Je vous écoute, répondit-elle un peu tendue.

Son père avisa sa chambre et le désordre qui y régnait : des robes étalées sur le lit, des carnets de dessins éparpillés au sol, des bijoux disposés aléatoirement sur l'épaisse commode. Avec un air réprobateur, il déplaça le casque et le fouet, souvenir de sa balade équestre matinale, afin de s'installer sur le banc au bout de son lit.

Il fixa alors intensément le reflet de sa fille dans le miroir.

– Victoire, votre comportement est intolérable.

– Je…

– Ne m'interrompez pas, mon enfant, la reprit-il d'un air las. Je ne sais plus quoi faire de vous. Vos courses effrénées à cheval sans chaperon, vos vols répétés dans les cuisines, vos absences systématiques aux cours de danse et de chant ou encore vos parties de cache-cache avec votre dame de compagnie… Madame Monart a élevé quatre filles et jamais elle n'a eu à courir dans le parc pour essayer de rattraper l'une d'entre elles, vous savez. Pour finir, votre manque de mesure quand vous vous déplacez dans le palais sous les yeux de ma garde ne passe pas non plus inaperçu…

Les traîtres ! pensa Victoire.

– Vous êtes la fille du chancelier du roi. Vous avez des obligations, Victoire, plus que n'importe quelle autre jeune femme dans ce royaume. Vos actes et vos paroles ont des répercussions sur mes fonctions et mon image. Comment voulez-vous que je conserve un semblant d'autorité si ma propre fille ne sait pas respecter les règles de l'étiquette ?

Victoire savait que son attitude n'avait pas seulement des retentissements sur sa petite personne, et pourtant, elle l'oubliait toujours très vite. Était-ce du déni ou de l'oubli ?

Malgré tout, elle n'aimait pas décevoir son père. Il n'était pas toujours présent à ses côtés, mais il se donnait beaucoup de mal pour diriger un royaume en lieu et place d'un roi inefficace. Et il le faisait bien ! À Lys, on vivait en toute sécurité. À Lys, pas de pauvres gens ni d'affamés. Des richesses, des mets exquis et rares, des tissus soyeux, un palais somptueux au cœur d'une capitale qui nourrissait une culture d'exception, des domaines à la campagne où il faisait bon vivre…

– L'excellence, Victoire. Je veux l'excellence pour Lys. Discipline, rayonnement et splendeur, voilà notre devise. Voilà ce qu'ils doivent voir en nous. Aridan, Azur, Cristal… Les royaumes voisins nous envient aujourd'hui notre situation privilégiée. Néanmoins, au moindre faux pas, ils n'hésiteront pas à nous tomber dessus !

L'accès exclusif de Lys à la mer grâce au port d'Alcaraz faisait bien des jaloux. Il facilitait le commerce avec les îles Ferterra, dont les sols fertiles et le climat avantageux permettaient la culture de produits rares comme le café et le chocolat, qu'elle appréciait particulièrement. De nombreuses guerres et attaques avaient été déjouées par l'armée royale au cours des siècles précédents pour garder le contrôle de ce territoire. Aujourd'hui, la richesse du royaume leur permettait de conserver cet avantage dans un climat de paix, mais personne ne pouvait dire combien de temps cette accalmie durerait.

– Vous êtes en âge de comprendre les enjeux politiques qui entourent notre vie, Victoire. Si je l'exige des sujets du royaume, je dois aussi attendre cette excellence de vous.

Devant cette argumentation, Victoire devait bien admettre que ses reproches étaient légitimes. Plus jeune, elle s'intéressait à ces sujets : la géopolitique et l'économie du pays faisaient partie des nombreuses leçons qu'elle avait suivies avec attention, tout comme les mathématiques ou la philosophie, par exemple. Sa mère lui avait inculqué la fierté de son nom, et le sentiment de loyauté qu'elle devait à sa famille.

Pourtant, le deuil et la colère avaient éclipsé tout cela pour ne laisser qu'une jeune fille revancharde et égoïste. Aujourd'hui femme, tous les efforts qu'elle avait fournis avaient été balayés par son besoin de réparation et un sentiment profond d'étouffer dans cette société où personne n'avait cillé quand l'être qui lui était le plus cher lui avait été arraché.

Même son père, le seul être à partager véritablement sa peine, s'était relevé. Il avait enfilé un masque de froideur, avait défié ses ennemis et était revenu sur le devant de la scène politique avec plus d'assurance que jamais. Pour sa famille.

– Je sais que j'ai failli, père. Je suis désolée, s'excusa-t-elle en se retournant.

Elle lui adressa un regard contrit dans lequel elle rassembla ses regrets et son envie de mieux faire, et elle soupira de soulagement en avisant la lueur de tendresse qui brillait dans les yeux noirs de son père.

– Vos excuses sont honorables. Il faut maintenant que vous transformiez vos paroles en actes.

Avec un peu plus de douceur dans le ton de sa voix, il recula de quelques pas et s'assit sur le bord de son lit.

– Je vous le promets. Je vais faire des efforts, et pour commencer, je danserai ce soir.

Elle le voulait. Vraiment. Un père devait pouvoir compter sur sa fille. Mais en était-elle capable ?

– J'y veillerai, confirma-t-il d'un ton ferme. D'où sortez-vous encore pour être dans cet état ?

– Je… J'ai couru…

– Pour semer madame Monart… Encore. Vous allez la convoquer et vous excuser.

Alors qu'elle s'apprêtait à faire de nouveau amende honorable, le bruit des portes des appartements l'interrompit.

– Vous êtes là ! entendit Victoire depuis le petit salon.

Son père, et maintenant sa tante… Voilà une soirée qui s'annonçait charmante.

Tante Élisabeth lui fondit dessus comme un chien de chasse sur un lièvre, ignorant son père qui dut rabattre précipitamment ses jambes pour éviter de lui faire un croche-pied.

– Où diable étiez-vous donc encore passée, mon enfant ? Mais regardez-vous, enfin ! François ? Que faites-vous ici ? s'étonna-t-elle en remarquant finalement son beau-frère.

Son père se releva d'un bond.

Après avoir avisé sa tenue de haut en bas, Élisabeth de Prissac balaya sa présence d'un simple geste de la main, semblant presque le congédier de la pièce.

Malgré la situation très préoccupante dans laquelle elle se trouvait, Victoire eut envie de rire. Sa tante était l'une des rares personnes à ne pas craindre le chancelier de Lys. Était-ce dû à son titre de belle-sœur ? Après tout, l'aînée de sa mère avait connu le marquis bien avant sa prise de fonction. Par ailleurs, en tant qu'épouse du commandant de l'armée royale, elle dégageait une assurance à l'épreuve des pires complots politiques. Avec sa rigueur et son répondant à toute épreuve, sa tante était capable de faire mettre tout un régiment au pas. Et ce soir, enveloppée dans une robe dont le tissu ressemblait à des feuilles d'or, elle était majestueuse.

– Je devais échanger avec ma fille sur quelques sujets importants, expliqua le marquis de Torcy. Je vous laisse.

Il gratifia d'abord tante Élisabeth d'un signe de tête, puis il jeta un regard entendu à Victoire avant de tourner les talons. Après ce sermon, la jeune femme avait bien compris que son père ne lui laisserait plus rien passer.

– Il faut vous habiller, et vite ! la pressa sa tante. Où est donc madame Monart ?

Victoire se pencha pour saisir le cordon qui servait à faire venir sa dame de compagnie, tandis que sa tante se précipitait dans sa garde-robe. Dans la minute, madame Monart les rejoignit, une ride d'inquiétude barrant son front.

– Je vous présente mes excuses, Madame, s'empressa de lui dire Victoire. Je ne recommencerai plus.

– Vous vous êtes encore sauvée, marmonna tante Élisabeth d'un ton empli de reproche.

Madame Monart acquiesça mais ne l'accabla pas davantage. Elle avait une autre priorité : la transformer en une dame de la Cour en quinze minutes. Un temps qui, selon Victoire, ne suffirait même pas pour enlever sa robe tellement celle-ci lui collait au corps comme une seconde peau.

C'était mal connaître madame Monart !

– Aïe ! cria Victoire alors que celle-ci tirait sur le tissu sans aucune délicatesse, pinçant sa peau à de multiples endroits.

Madame Monart aurait-elle bénéficié du même sermon que le sien : « privilégier les actes plutôt que les paroles » ? Ou bien était-ce une vengeance qu'elle avait concoctée pendant les deux heures où sa pupille avait échappé à sa surveillance ? Elle n'en savait rien. Tout comme elle ne savait pas non plus de quoi sa dame de compagnie tirait sa force. Madame Monart était la plus petite des femmes du palais et ne possédait que la peau sur les os, mais pourtant, Victoire tremblait pour son cuir chevelu chaque fois que celle-ci s'emparait de son peigne.

– La prochaine fois, je vous séquestre dans votre chambre et je vous attache aux barreaux de votre lit dès les premières lueurs du jour. Au moins, vous serez à l'heure une fois dans votre vie, la menaça alors sa tante en bougeant sa tête dans tous les sens.

La peau de son visage venait de virer au rouge vif. Essoufflée, tante Élisabeth arrêta de dénouer les lacets du corset de Victoire pour remettre en place les boucles noires de son chignon. Après quelques secondes passées à se recoiffer, elle fixa sa nièce d'un air tendre qui contrastait avec sa récente colère :

– Je sais à quel point votre mère vous manque, Victoire, mais votre peine n'excuse pas tout. N'oubliez pas que vous n'êtes pas seule, et je serai là, ce soir comme tous les autres, pour vous accompagner et vous soutenir.

Tante Élisabeth se faisait un point d'honneur de veiller sur elle depuis la mort de sa sœur. Ces soirées dans lesquelles la plupart des jeunes prétendantes étaient accompagnées de leur mère auraient, en effet, pu rappeler à Victoire l'absence de la sienne. Cependant, son aversion pour la danse et les mondanités prenait bien souvent le pas sur sa tristesse, à tel point qu'elle en oubliait tous les sacrifices que sa tante faisait pour elle.

– Quelle robe désire Mademoiselle ? demanda madame Monart alors que Victoire enfilait un peignoir.

– La rose poudrée, s'il vous plaît. Celle avec les broderies dorées sur les côtés.

– Du rose poudré ? s'horrifia sa tante. Hors de question. Vous devez arborer une couleur plus chatoyante, comme tout le monde.

– S'il vous plaît, ma tante, j'aimerais la porter au moins une fois. La soie est nouvelle et particulièrement douce.

Et surtout, elle ne supportait plus d'être un bout de tissu coloré de plus au milieu d'une tapisserie bariolée !

– Vous ne m'épargnerez rien, capitula tante Élisabeth avec un signe de tête pour madame Monart.

Soulagée d'avoir gagné cette minuscule bataille, Victoire esquissa un sourire et osa jouer avec sa chance pour suggérer :

– Un bain n'aurait pas été du superflu…

– Un bain ? Mais vous n'y pensez pas, nous n'avons plus le temps ! s'offusqua sa tante.

Elle tira alors sur l'un des cordons, ce qui fit apparaître une femme de chambre dans l'instant.

– Amenez-nous quelques linges humides. Vite ! lui cria-t-elle dessus.

La pauvre fille en sursauta de peur juste avant de sortir de la chambre.

– Est-ce la danse qui vous a mise dans cet état ? demanda tante Élisabeth en détaillant ses cheveux.

Victoire croisa le regard de madame Monart qui savait pertinemment qu'elle n'avait pas assisté à son cours. Pourtant, sa dame de compagnie garda le silence.

– Oui, ma tante.

Victoire s'apercevait seulement aujourd'hui à quel point son comportement nuisait à son entourage. Son père, son cousin, sa tante, sa dame de compagnie, et même les domestiques… Elle devait trouver le moyen de changer cela.

– Eh bien ! Je ne veux rien connaître de ces nouvelles danses à la mode.

Qu'elle se rassure, Victoire ne les connaissait pas non plus.

– Installez-vous, je vais commencer à vous coiffer, proposa sa tante.

Victoire s'exécuta tandis que madame Monart sortait tous ses accessoires et ses bijoux.

– Le roi reçoit de très beaux partis, ce soir, dit-elle en commençant à démêler ses mèches. La moitié des nobles du royaume envoie au moins un garçon en âge de se marier, et c'est sans parler des émissaires étrangers !

– Quelle chance… répondit Victoire d'un ton peu convaincant.

Alors que sa tante commençait à énumérer les noms des partis intéressants, la femme de chambre réapparut avec des lingettes, lui permettant de se faufiler derrière le paravent pour faire sa toilette.

Malheureusement, dès qu'elle sortit de sa cachette, l'effervescence autour de sa petite personne reprit de plus belle. Madame Monart lui passa d'abord le corset, de sa deuxième appellation « torture ». L'histoire n'allant pas assez vite, c'est sa tante qui s'en chargea et Victoire crut qu'elle allait casser les cordons de serrage à force de tirer dessus. Une fois les deux jupons de la robe enfilés, la fraîcheur procurée par les lingettes ne fut plus qu'un doux souvenir. À cela vinrent s'ajouter les nombreuses épingles qui permettaient aux différentes pièces de sa tenue de tenir ensemble, dont la moitié lui rentrèrent dans la peau tant ses deux habilleuses se précipitaient.

Victoire détestait ces soirées. Elle les détestait !

Après de nombreux cris et râles de douleur, le calme revint. Un calme relatif…

– Votre coiffure ! s'exclama tante Élisabeth. Élaborer un élégant chignon en si peu de temps me semble être une idée présomptueuse.

– Attachons-les tout simplement et disciplinons les mèches pour les faire tomber sur un seul côté, proposa Victoire. Ce sera simple mais distingué.

– Cela me semble être la meilleure des solutions, admit sa tante.

Victoire en aurait sauté de joie. La robe, et maintenant, la coiffure… Décidément, cette soirée s'annonçait différente de toutes les autres.

Elle fut coiffée en trois coups de peigne, et contre toute attente, à l'heure attendue, Victoire se tenait sur le pas de la porte de sa chambre, dans sa vaporeuse robe d'été en mousseline d'un rose presque aussi pâle que sa peau.

– Il vous faut des plumes, s'écria tante Élisabeth. Et de plus gros bijoux !

– Pitié, ma tante, la supplia Victoire. J'ai déjà ce maudit corset qui m'étouffe.

– Nous n'avons plus le temps, de toute façon, admit-elle.

Victoire soupira de soulagement.

– Tu es radieuse, chère cousine, complimenta Alexandre qui venait d'entrer dans le petit salon.

Victoire adressa un sourire forcé à son cousin. Dans son uniforme de l'armée, il ne détonait pas particulièrement dans le décor, mais le rouge lui allait plutôt bien au teint.

– Filons ! lança sa tante en se dirigeant à toute allure vers la porte. Le premier coup va sonner dans quelques secondes !

Alexandre fit une grimace pour imiter sa mère en pleine effervescence et Victoire pouffa de rire.

Heureusement pour eux, les appartements du chancelier étaient accolés aux appartements royaux, et ils n'eurent besoin que de quelques minutes pour rejoindre la Cour d'honneur du palais, devant laquelle de nombreuses calèches se pressaient encore.

Alors qu'ils commençaient à avancer dans la galerie principale, décorée des portraits des monarques du royaume, la grande cymbale en or fit déjà tinter son troisième coup. Chaque soir de bal, elle résonnait cinq fois, appelant les nobles de Lys à se réunir, annonçant à la cité le début des festivités, avant que les portes de la grande salle de bal ne se referment.

– Courez mes enfants ! Courez ! cria tante Élisabeth.

Alexandre pressa le pas, obéissant comme d'habitude aux ordres de sa mère.

– Veux-tu bien ralentir ? lui intima Victoire, la main dans le coude de son cousin.

Elle n'avait pas d'autre choix que de suivre son rythme, mais elle peinait à aligner les pas dans ses bottines neuves. Alexandre ne pouvait-il pas, pour une fois, se retenir d'être si docile ? Déformation professionnelle, peut-être ?

– Nous sommes en retard, gronda-t-il.

– Et alors ? Nous sommes toujours en retard.

– À qui la faute ? Tu devais rentrer en même temps que moi, je te signale. Tu as trouvé une nouvelle excuse, j'espère. Il y a deux jours, tu t'es perdue à cheval, et la fois d'avant, tu es venue en aide à une vieille dame qui avait fait tomber un sac de noix ! Qu'est-ce que tu peux encore inventer ?

– Arrête de jouer les moralisateurs et ralentis, bon sang ! éructa Victoire en s'accrochant désespérément au bras de son cousin.

– Les portes vont se fermer sur notre nez.

– Eh bien tant mieux ! s'énerva-t-elle alors qu'ils continuaient à traverser le palais à une allure infernale.

Alexandre accéléra encore le pas. De toute part, les portes s'ouvraient à la volée et des retardataires grossissaient les rangs, créant un capharnaüm épouvantable. Le quatrième coup sonna, incitant la foule à se déchaîner pour avoir l'opportunité d'entrer.

Tante Élisabeth redoubla d'efforts et joua des coudes avec deux jeunes filles qui n'avançaient pas assez vite. Elle n'eut aucun scrupule à tirer sur la traîne de l'une d'entre elles, simplement pour leur dégager le passage.

– Ta mère vire folle, ma parole ! chuchota Victoire à l'attention d'Alexandre.

À voir l'expression plus que sérieuse de son cousin, lui non plus ne plaisantait pas avec ce rituel. Être exclu d'un bal, c'était perdre de nombreuses opportunités, comme des invitations à déjeuner, des soirées fastueuses, des parties de cartes et des thés au sein de la bonne société. Victoire demeurait au palais à longueur d'année, et si cela n'avait pas été pour faire plaisir à son père, elle se fichait bien d'entrer ou non dans cette salle.

Elle repensa à ses bonnes résolutions et décida pour une fois de leur faire plaisir. Faisant appel aux enseignements de son cousin, elle mit à l'épreuve son sens de l'équilibre en évitant avec habileté un petit homme bedonnant et la canne d'une dame âgée, pour rejoindre sa tante.

Les grandes portes étaient maintenant en vue. Le cinquième et dernier coup de cymbale retentit dans le vaste corridor.

– Courez ! Courez ! cria Alexandre.

Victoire se vit bondir littéralement sur le parquet ciré de la salle de bal, tenant tante Élisabeth par une main, et son cousin par l'autre.

Les portes se refermèrent juste derrière eux.

Devait-elle rire ou pleurer de cette situation ? Si Alexandre ne l'avait pas retenue, elle se serait étalée devant toute l'assemblée de la plus majestueuse des façons. Ils venaient de frôler la catastrophe.

« J'exige de vous cette excellence. »

Fermant ses yeux un instant, Victoire appréhenda soudain l'ampleur de sa tâche.

CHAPITRE 4

MORGAN

Démesure.

Un qualificatif tout à fait approprié pour décrire le capharnaüm auquel assistait Morgan.

– Champagne, Monsieur ?

Un serviteur, tout de bleu vêtu, affublé d'une perruque blanche ridicule nouée derrière sa nuque, lui présentait un plateau chargé de coupes en cristal. Ici, le champagne coulait à flots sur une immense fontaine de verres à pied. Morgan détestait ce breuvage à la saveur fade dont la seule puissance se concentrait dans les bulles. Du raffinement ? Une boisson pompeuse, comme le décor, voilà tout. Il ne buvait généralement que du Golden, un alcool fort aux notes épicées et à la teinte ambrée dont lui seul possédait le secret de fabrication.

Pourtant, ce soir, il n'était plus un pirate impitoyable, ardemment recherché par la garde de Lys, mais un dignitaire étranger. S'il voulait survivre, il devait jouer le jeu. Il prit donc une coupe et remercia l'homme d'un signe de tête.

Alors, mademoiselle de Torcy, où vous cachez-vous ?

Autour de lui, les tenues étaient toutes extravagantes. Trop colorées, trop chargées, trop scintillantes. Les femmes lui semblaient trop maquillées, les hommes trop pomponnés et la musique bien trop forte. Quant à ces petits cracheurs de feu, ils étaient bien trop excités à son goût. Trop de voix suraiguës, trop de lumière, trop de bijoux, trop d'éventails, trop de cristal scintillant, tellement de nourriture que cela lui donnait la nausée. Il y avait trop de tout ici.

Toute cette effervescence commençait à lui donner la migraine. Et ce foutu costume qui le mettait déjà en nage. De son index, il tira sur son col pour dégager son cou à l'étroit. Si seulement il avait pu en faire autant avec ces maudits collants…

– Il fait toujours horriblement chaud lors de ces bals, n'est-ce pas ?

Un homme plus âgé et beaucoup plus petit que lui cherchait apparemment à faire la conversation. L'occasion idéale d'obtenir plus d'informations sur les invités de cette soirée. Si, pour l'instant, Morgan avait tenu compagnie à un fauteuil installé près d'une porte-fenêtre, loin de la foule agitée, il savait que pour trouver sa proie il devait se mêler aux nobles.

– Certainement pour nous obliger à boire, plaisanta-t-il en levant sa coupe.

Il n'était pas arrivé depuis cinq minutes qu'il se sentait déjà écœuré par ces gens qui bénéficiaient de tant de privilèges. Surtout quand il savait sur quelle misère reposait cet approvisionnement de luxe. Chocolat, sucre, café, or et pierres précieuses, toutes ces raretés provenaient de ses chères îles Ferterra. Acheminé par navires entiers, ce commerce avait pris aux locaux plus que leur sueur. Pourtant, ici, Lys prenait soin d'oublier le coût de son train de vie et la souffrance sur laquelle il reposait.

Morgan serra les poings, contenant sa colère. Il décida de se consacrer à un autre sujet.

– Baron Gustave de Germont, se présenta son interlocuteur en souriant. Vous n'êtes pas du royaume, me semble-t-il.

– Geoffroy San André, répondit Morgan. Diplomate et ambassadeur de la reine Ezrielle.

– Le royaume d'Azur ? Fichtre ! Un bien long voyage. Vous devez avoir de sacrées revendications à faire valoir à notre bon roi. Même si nous avons fait refaire les routes récemment, il faut tout de même plusieurs semaines de calèche, surtout que la partie nord est encore en construction. Combien de temps vous faut-il pour arriver jusqu'à nous ?

– Je ne me suis pas pressé, vous savez, tenta Morgan, mal à l'aise. J'aime visiter et profiter des paysages.

– Je supervise justement les aménagements de la frontière. Avez-vous été perturbés par nos ouvriers ?

Avez-vous réussi à contourner la route ? Quelles régions avez-vous traversées ?

Ce bougre n'allait pas le lâcher ! Et une seule mauvaise réponse risquait de lui coûter sa couverture…

– Eh bien… Votre royaume est splendide et ce détour m'a permis de découvrir de magnifiques tableaux, mais pas autant que ceux qui s'offrent à moi en cet instant. Les jeunes femmes de ce royaume sont incroyables.

Le baron se mordit la lèvre, sûrement frustré de lâcher son sujet de prédilection.

– Je vois, soupira-t-il. Y a-t-il une madame San André ?

– Pas encore, répondit Morgan en buvant une gorgée de champagne.

– En tout cas, si vous êtes en recherche ce soir, je ne crois pas que vous rencontrerez une quelconque difficulté. Tous les éventails sont tournés vers vous, plaisanta le petit homme.

Morgan avisa les nombreux regards féminins. Manifestement, il était loin de passer inaperçu… Poisse ! Pourtant, il avait veillé à adopter une allure qui se fondrait dans la masse, sans attirer l'attention. Son costume ? Un ensemble vert émeraude qui s'harmonisait avec ce décor pétant. Sa nouvelle coiffure ? Adieu, la queue-de-cheval, place à quelques mèches qui descendaient dans sa nuque. Sa barbe fournie ? Un accessoire qui le démangeait atrocement et lui rajoutait dix années afin d'être certain de ne pas être reconnu.

– Laquelle se démarque, selon vous, parmi cette foule ? demanda-t-il en se penchant sur le balcon.

Entre perruques imposantes et bijoux scintillants, son regard ne savait plus où s'accrocher, et surtout, il n'avait aucun moyen de retrouver sa proie, sauf à le demander frontalement à son nouvel ami.

– Tout dépend de ce que vous recherchez. La plus belle ? Mademoiselle Anne des Tournelles, fille du duc de Volmont. La plus instruite ? Mademoiselle Érine de Guirec, fille du comte de Lachlan. La plus amusante ? Sans nul doute, mademoiselle Viviane de Fernel, fille du baron Von Josen. Cependant, si vous recherchez la plus riche, ce sera mademoiselle Victoire de Torcy, fille unique du chancelier du roi, précisa enfin le petit homme.

Morgan tenta de ne pas laisser la satisfaction gagner son visage, mais son cœur s'accélérait à mesure qu'il voyait son interlocuteur chercher parmi la foule celle qu'il venait de désigner.

– La plus riche, dites-vous ?

– La plus riche, la plus audacieuse aussi, dirons-nous, s'amusa le baron. Tenez, la voilà. Sur votre droite, robe claire, cheveux sombres, près de l'orchestre, flanquée de sa tante et d'un prétendant qu'elle essaye sans doute d'éconduire.

En plein dans le mille, pensa Morgan en tournant la tête dans la direction indiquée.

– Mais je dois vous prévenir, elle a son petit tempérament.

– J'aime quand les femmes ont du caractère, répondit Morgan en toute sincérité.

– Certes, s'esclaffa-t-il. Qu'en pensez-vous ?

Morgan détailla sa cible avec attention. Sans doute trop accaparé par les couleurs et l'agitation ambiante, il n'avait pas remarqué cette présence si particulière. En effet, son visage, tout comme sa tenue, était étonnamment dépourvu d'artifices. Malgré le remue-ménage autour d'elle, il put remarquer ses traits fins et harmonieux éclairés par des pupilles d'un noir opaque. Pourtant, il distingua surtout ses lèvres, parfaitement dessinées et teintées du même rouge intense que celui d'un rubis de l'île d'Auria.

Enfin, l'objet de sa vengeance se trouvait à portée de main…

– Intéressante, répondit-il d'un ton qu'il espérait le plus détaché possible.

– Ne vous faites pas d'idées, elle est très courtisée et réputée pour être impossible à contenter, se moqua le baron. Nombreux sont ceux qui s'y sont piqués. Elle n'est pourtant plus de première fraîcheur et sa beauté n'a rien d'exceptionnel, vous en conviendrez. Enfin, quand on est la fille de l'homme le plus puissant du royaume, on attise toutes les convoitises. Il n'est pas nécessaire d'avoir d'autres qualités.

– Sans aucun doute, mentit Morgan.

Contrairement à ce que pensait De Germont, Morgan aurait pu s'intéresser à Victoire de Torcy pour bien d'autres raisons que son nom de famille. Son assurance, par exemple, certainement due à son âge plus avancé que celui des gamines papillonnant dans la salle. Elle possédait aussi ce petit air dédaigneux qu'il s'amuserait à calmer avec délectation. Et que dire de cette robe dont la teinte pâle faisait d'elle le mouton noir de la soirée ? Un caractère rebelle, ce n'était certainement pas pour lui déplaire. À la vérité, il devait même avouer qu'il la trouvait parfaitement à son goût.

– Vous avez raison, cette fille est d'une banalité affligeante, déclara Morgan en vidant le reste de son champagne cul sec.

Il était grandement temps de passer à l'action.

– Où se trouve donc son père ? demanda-t-il en déposant sa coupe sur un plateau doré qui passait par là.

– Le marquis fait seulement une apparition au début des festivités, mais il ne reste jamais. Il est bien trop accaparé par les affaires du royaume. C'est un homme admirable, vous savez. Admirable, vraiment, répéta De Germont.

Morgan ravala son venin. Malgré son ressentiment, pouvait-il sérieusement en vouloir à un homme qui baignait quotidiennement dans cette opulence, de porter aux nues celui qui se démenait pour le luxe de ce royaume ?

– Je n'en doute pas un seul instant, eut-il grand-peine à répondre.

Il porta un énième regard sur sa proie, surveillant l'instant le plus opportun pour l'aborder. Elle était désormais seule.

– Veuillez m'excuser, je dois à mon tour me mêler à la foule, lança alors Morgan à De Germont.

Il fit un signe de tête et s'esquiva, sans laisser le temps à son interlocuteur de répliquer. Il dévala le grand escalier quatre à quatre puis avança dans la salle sans lâcher Victoire de Torcy du regard, évitant les invités comme s'ils étaient devenus de vulgaires objets encombrants.

Malheureusement, il dut arrêter sa course à seulement quelques pas de sa vengeance. Après s'être débarrassée de ses multiples prétendants, Victoire de Torcy était maintenant abordée par une jeune femme à l'allure juvénile. L'épais tissu en nid d'abeille de sa robe jaune poussin avantageait sa silhouette gracile. Avec ses yeux effilés dont on ne voyait que ses pupilles ambrées, et sa peau couleur du miel, la demoiselle se distinguait par sa beauté singulière. Le sourire qu'elles échangèrent traduisit immédiatement leur complicité.

Morgan fit quelques pas sur sa droite puis contourna un groupe de courtisans pour s'approcher au plus près des deux amies. Il n'était pas particulièrement friand des conversations frivoles de gamines pourries gâtées, mais toute information sur sa cible était bonne à prendre…

– Je te signale que j'ai encore été obligée de mentir pour te couvrir, reprocha la plus jeune d'un ton sévère. Notre professeur de danse commence à avoir de sérieux doutes. Trois semaines pour un simple rhume, tu avoueras que c'est un peu poussé.

Morgan ne put s'empêcher de sourire. Alors, comme ça, la fille du chancelier avait un penchant pour le mensonge…

– Rassure-toi, je serai de retour au prochain cours, promit-elle avant d'être interrompue par les trompettes royales.

Toute la salle se tut religieusement, laissant les conversations mourir pour admirer l'entrée de leur hôte.

– Le roi Maxor, dixième du nom ! annonça le crieur.

Les deux jeunes filles exécutèrent leur révérence habituelle, à l'instar du reste de l'assemblée. Morgan les imita, levant tout de même les yeux sur ce roi à la réputation sulfureuse et aux humeurs changeantes.

Derrière un homme au ventre imposant, engoncé dans des habits de velours, se dressa une jeune femme frêle, entourée de ses deux enfants, indifférents à ce qui se passait devant eux.

– La reine Orianna, le prince Marc et la princesse Sofia !

Le cortège royal s'avança et remonta l'imposante estrade à baldaquin située au centre de la salle.

Si ses enfants se tenaient encore droit, le roi Maxor, lui, se vautra nonchalamment sur son trône sans s'encombrer d'un discours d'allocution.

Il réclama immédiatement un plateau de pâtisseries qu'il commença à engloutir sans la moindre pudeur.

Le tableau manquait cruellement d'élégance et de dignité. Morgan jugea cet individu bien ridicule avec sa perruque blanche parsemée de petits rubans dorés. Et cet accoutrement… Il se demanda combien de moufettes avaient péri pour former cette immense cape. À quoi lui servait son sceptre qu'il exhibait si fièrement ? Et son épée ? À voir son embonpoint, le roi du royaume de Lys ne s'encombrait d'aucune activité physique. Finalement, l'image se révélait fidèle à la réputation : un souverain dilettante, désintéressé des affaires de son royaume, dont l'entière charge reposait sur son chancelier.

Alors que l'agitation du bal reprenait, Morgan se concentra de nouveau sur la discussion entre les deux jeunes filles :

– La reine n'est pas à son avantage, ce soir, déclara l'amie.

– Ce n'est pas tant son apparence mais surtout son attitude, se désola la fille De Torcy. Une reine devrait posséder plus de fierté.

Morgan tourna la tête en direction de l'intéressée. La femme du roi avait un regard vide, écoutait à peine ses dames de compagnie et ignorait l'impatience de ses enfants qui sollicitaient son attention. Ses traits tirés et les couleurs ternes de sa tenue juraient avec le faste de la Cour.

– La marquise de Dienne doit se retourner dans sa tombe, lâcha l'amie.

– C'est certain, la favorite du roi était forte et ambitieuse. Elle a malheureusement laissé des traces de son passage : un couple royal déchiré et un roi mélancolique qui demande à sa cour de le divertir du matin au soir et du soir au matin.

– Je te trouve bien maussade.

– Je ne suis pas de bonne humeur.

– Nous dirons que ce n'est pas pire que d'habitude, se moqua l'amie sur le ton de la plaisanterie.

Victoire de Torcy soupira mais força un sourire bienveillant.

– Pardonne-moi. Mon père est venu me parler tout à l'heure et ce n'était pas pour me féliciter. Nous allons devoir diminuer nos escapades pendant un temps ainsi que nos virées nocturnes dans les cuisines. Et le reste…

– Raison de plus pour nous amuser ce soir ! s'exclama son amie d'un ton enjoué.

– Bien sûr. J'ai très soif, allons chercher un rafraîchissement !

– Je ne vois même plus le buffet tellement il y a de monde devant, se désola-t-elle.

– Attendons un peu, dans ce cas. Me retrouver coincée entre la duchesse de Pompi et ses deux pestes de filles ne me plaît pas plus que ça.

Et voilà ! Pour jouer les chevaliers servants, il suffisait à Morgan de jouer des coudes pour atteindre le buffet.

CHAPITRE 5

VICTOIRE

Héloïse n'était pas partie rejoindre sa famille depuis cinq minutes que Victoire avait déjà envie de prendre ses jambes à son cou.

Tous ces courtisans se révélaient simplement soporifiques. Barbants. Qu'avait-elle à faire d'une maison à la campagne et d'un attelage à quatre chevaux ? Dans ces soirées, les conversations s'écoutaient comme de vieilles rengaines, les rumeurs se trouvaient toujours infondées et les vérités n'éclataient jamais.

Elle s'ennuyait à mourir…

– La poisse, pesta-t-elle tout bas.

– Vous dites, très chère ?

Le comte de Sudre tentait de lui faire la conversation depuis le début des danses, mais elle aurait été bien incapable de répéter ne serait-ce qu'un seul mot sorti de sa bouche.

Comment allait-elle tenir toute la soirée ? Pourtant, il le fallait. Elle avait promis : respecter l'étiquette, suivre l'exemple de tante Élisabeth, et surtout, danser… Il n'était plus question de décevoir son père.

À contrecœur, Victoire se résigna à changer de cap :

– Je disais : nous pourrions, dans les prochains jours, aller nous promener, rectifia-t-elle.

– Bien volontiers, s'empressa de répondre le noble en rabattant une mèche de cheveux derrière son oreille. Je sais de source sûre que vous êtes une excellente cavalière.

– Mais je pensais plutôt à une balade en calèche, répondit-elle en essayant de paraître la plus chaleureuse possible.

– Vous m'en voyez ravi, ma chère. Ainsi, nous pourrions apprendre à mieux nous connaître.

Le sourire du comte atteignait désormais ses oreilles. Du coin de l'œil, Victoire avisa celui de sa tante : éclatant. Quelque part, elle fut réconfortée à l'idée de conférer un tel sentiment de bonheur à une personne qui comptait véritablement pour elle.

– La danse n'est pas mon activité favorite, mais je veux bien vous accorder la prochaine, proposa-t-elle au comte.

– J'en serais très honoré.

Victoire força un sourire qui montrait toutes ses dents et se mit à battre des cils. Il ne s'agissait pas d'en faire trop non plus, mais, n'ayant jamais pratiqué l'art de la séduction, elle ne savait pas vraiment où fixer la limite.

– Puis-je vous proposer un rafraîchissement ?

– Volontiers.

Après une révérence bien trop solennelle, le comte partit en direction des buffets. Victoire souffla de soulagement.

– Il est vraiment charmant, s'empressa de lui dire sa tante.

Insipide, comme cette soirée.

– Je suis d'accord avec vous, ma tante, répondit Victoire en tâchant de se montrer convaincante.

– J'aime beaucoup son allure, insista tante Élisabeth.

– Également.

Quelle allure ? Le comte de Sudre, un gringalet tout juste sorti des jupons de sa mère, ne possédait pas le moindre charisme. Ses idées s'accordaient avec celles de tout le monde, son sens de la repartie avait été oublié à la naissance, quant à son nez… Victoire n'aimait pas juger une personne sur son apparence, mais elle ne pouvait pas passer outre ce pic proéminent qui l'éborgnerait à coup sûr lors de leur premier baiser.

– Il a la réputation d'être un excellent danseur.

– Nous allons donc éblouir l'assemblée, ironisa Victoire.

Avec trois cours de danse manqués sur quatre encore cette semaine, les pieds du comte n'allaient pas être déçus du voyage…

– J'ai tellement hâte de vous voir tous les deux sur la piste, déclara sa tante avec des étoiles dans les yeux.

Victoire sentit soudain une présence derrière elle.

– Excusez-moi, est-ce qu'un peu de vin pourrait vous faire oublier vos tracas ? les interrompit un homme en tendant à Victoire un verre à pied.

Cette voix… Victoire en resta bouche bée.

Apparu devant elle comme par magie, l'inconnu la fixait d'un regard vert intense à couper le souffle, tout en la surplombant de sa haute carrure. Le pouvoir de séduction de cet homme était évident, preuve en était les nombreux regards qui se tournaient vers lui. Jamais un costume de bal n'avait connu pareille mise en valeur…

– Les jeunes femmes ne boivent pas de vin, s'interposa tante Élisabeth. D'où venez-vous pour l'ignorer ?

– Voyons, Madame, n'est-ce pas cruel d'interdire à cette jeune fille de goûter au plaisir que cette fête peut lui offrir ? s'offensa l'homme d'un ton assuré.

Voir sa tante à ce point déstabilisée déclencha un rire nerveux chez Victoire. Non seulement l'inconnu n'avait pas répondu à sa question, mais en plus, il la contredisait. Cette soirée n'allait peut-être pas être un tel désastre !

Même si tante Élisabeth avisait sa coiffure d'un œil critique, Victoire trouvait que ses cheveux bruns tirés en arrière permettaient de faire ressortir un large front ainsi que des sourcils épais parfaitement dessinés, d'un noir profond. Sous sa barbe, Victoire nota également une mâchoire carrée et puissante. Sa peau hâlée semblait avoir subi les pires traitements, tout comme ses lèvres charnues fendues en plusieurs endroits. Cette particularité lui conférait un petit côté sauvage.

Victoire s'humecta les lèvres et sentit le feu lui monter aux joues.

– C'est l'étiquette de la cour de Lys, monsieur. Chaque personne dans cette salle est tenue de la respecter.

– Je ne connais pas « l'étiquette », répondit-il tout naturellement.

Victoire jubilait en regardant sa tante sombrer dans l'indignation. Et la malice évidente dans les yeux verts de l'inconnu était la preuve de sa faculté à continuer cet échange indéfiniment.

– Arrangeons-nous de cette façon : j'accompagne cette charmante demoiselle prendre l'air sur la terrasse, et en échange, vous acceptez le verre que je lui avais destiné. Je suppose que cette « étiquette » autorise le vin pour les femmes… dirons-nous, d'un âge plus avancé.

L'éclat de rire de Victoire fit se retourner plusieurs convives.

– Oui, évidemment, répondit son chaperon, un brin vexé.

Sa tante se saisit du verre non sans jeter un regard noir au sauveur de la soirée.

– Geoffroy San André, se présenta-t-il plus solennellement avec une magnifique révérence. Membre du gouvernement azuréen.

– Un dignitaire étranger ? se radoucit sa tante.

Pour une fois, le prétendant faisait l'unanimité.

– J'accepte volontiers, monsieur San André, s'empressa de répondre Victoire. Il fait une chaleur étouffante ici.

Un demi-sourire étira les lèvres du dignitaire. Victoire sentit son cœur s'emballer. Alors qu'elle s'apprêtait à prendre son bras, un raclement de gorge l'arrêta dans son élan :

– Votre rafraîchissement, très chère, les interrompit une voix tremblante.

Planté à côté de l'étranger, le comte de Sudre le dévisageait avec une certaine appréhension. Le contraste entre ces deux personnalités complètement opposées était saisissant de ridicule.

– Pardonnez-moi, cher comte, je viens de tomber sur une ancienne connaissance. Je suis certaine que la comtesse de Prissac saura vous tenir compagnie en attendant mon retour. N'est-ce pas, ma tante ?

Victoire prit le verre que lui tendait le comte et le déposa de force dans la main libre de tante Élisabeth.

– Si vous y tenez, répondit celle-ci, un peu dépassée par la situation.

Et certainement aussi par l'attitude intimidante de ce dignitaire étranger dont le charisme évident dissuadait toute intervention contradictoire. C'était d'ailleurs bien la première fois que Victoire voyait sa tante aussi décontenancée.

– Hum, Victoire, protesta-t-elle tout de même. L'étiquette veut que je vous accompagne.

Décontenancée, certes, mais pas folle…

– Prenez le temps de vous désaltérer et rejoignez-nous, rétorqua Victoire, en prenant le bras de l'étranger.

Ils s'éloignèrent, laissant derrière eux son chaperon, affublé d'un verre dans chaque main, ainsi que son prétendant, resté comme deux ronds de flan.

Victoire s'en voulait un peu… À vrai dire, non, pas le moins du monde. Après tout, elle ne faisait que suivre les recommandations de son père.

Geoffroy San André l'entraîna à vive allure vers les grandes baies vitrées. Ils longèrent la piste de danse, où Héloïse tournoyait en très bonne compagnie : son sourire atteignait presque ses oreilles. Non loin, Alexandre discutait avec un groupe d'officiers. Lorsqu'il porta son regard sur sa cousine, il leva son verre à son attention, la gratifiant d'un sourire satisfait.

La vie était mal faite… Elle se serait cassé les deux jambes plutôt que de fouler la piste de danse alors que son cousin n'attendait certainement que ça.

– Vous dansez ? demanda Victoire à son cavalier.

– Seulement si j'y suis forcé, répondit-il avec sérieux.

Cette soirée s'annonçait idéale !

Quand ils arrivèrent sur la terrasse, il l'entraîna contre les balustrades, d'où ils pouvaient admirer les illuminations des jardins. Si certains couples conversaient sagement sous les yeux de leurs chaperons, d'autres chuchotaient et semblaient planifier une fin de soirée plus animée, loin des regards indiscrets.

– Vous m'avez sauvée d'un ennui mortel, avoua Victoire en respirant à pleins poumons.

Elle remarqua son regard appuyé sur sa poitrine et se sentit tout à coup fébrile. Les hommes de Lys ne la regardaient jamais de cette manière : avec une telle gourmandise.

– Les jardins paraissent magnifiques, dit-il en tournant la tête en direction des allées de buis éclairées par un jeu de bougies savamment disposées.

– En effet, répondit Victoire en l'imitant.

– Vous n'avez pas l'air convaincue.

– C'est que…

Elle déglutit difficilement, se sentant coupable d'avouer ne pas se satisfaire de sa situation privilégiée.

– Vous savez bien… lorsque l'on a toujours les mêmes choses sous les yeux, on finit par ne plus les voir.

– Je ne sais pas, non, je voyage beaucoup.

– Quelle chance, admira Victoire en faisant remonter son regard vers le sien.

– Je n'ai pourtant pas l'impression que vous en soyez dépourvue, répondit-il en désignant tout le faste autour d'eux.

– Non, bien sûr que non…

Était-elle à ce point ingrate d'en vouloir plus ?

– Vous savez, au-delà de vos frontières, la misère existe.

– Je vous crois. Mais je n'en ai pas vraiment conscience. Je ne suis jamais sortie d'ici…

– Je comprends, répondit-il après un long silence.

Il avait dans le regard une lueur étrange. Quelque chose qui réchauffait le cœur et qui, en même temps, faisait peur. C'était un peu à l'image de sa beauté : dangereuse et consumante.

Et ce parfum qui picotait ses narines d'une manière tellement exquise… Encore une sensation totalement inédite.

Alors qu'elle s'apprêtait à l'assaillir de questions sur ses voyages et sa vie au royaume d'Azur, une délégation royale passa derrière eux, interrompant son élan.

Pendant que Geoffroy avisait leurs uniformes, Victoire se rappela les ordres de son père. Elle n'en avait pas plus envie que lui, mais la corvée passerait mieux avec cet homme plutôt qu'avec tous les autres.

Qui allait être fier de sa fille, pour une fois ?

– Seriez-vous prêt à me rendre un service ?

– Je vous écoute.

Ses yeux d'un vert profond la fixèrent avec une attention particulière qui la firent se sentir seule au monde.

– J'ai promis à mon père de danser ce soir.

– Votre père ? s'étonna-t-il en se tournant vers la salle de bal.

– Il n'est pas ici, précisa-t-elle. C'est ma tante qui veille au grain…

Imperceptiblement, les épaules de Geoffroy se relâchèrent. Victoire nota ce détail, mais elle choisit de ne pas s'en préoccuper. Après tout, elle non plus ne souhaitait pas le présenter à sa famille pour officialiser une quelconque union, donc elle pouvait très bien comprendre son malaise.

– Très bien, allons satisfaire les attentes de votre famille, plaisanta-t-il.

Derrière sa main gantée, Victoire lui répondit avec empressement :

– Je ne donne pas cher de vos pieds après notre prestation, mais je vous suis grandement reconnaissante.

Il esquissa un sourire qui fit bondir son cœur.

Alors qu'ils retournaient dans la salle de bal, se frayant un chemin parmi les danseurs, tous les regards convergèrent vers eux.

– Vous voilà le centre de l'attention, lui chuchota-t-il à l'oreille.

– C'est vous qu'ils regardent. Tous se demandent comment vous êtes parvenu à convaincre la fille du chancelier de danser…

– À quoi dois-je ce succès ? reprit son cavalier. Certes, nous savons tous les deux que vous êtes ici pour satisfaire votre famille, et non pour mon propre plaisir. Néanmoins, je note que vous avez préféré m'avoir à votre bras plutôt que ce pauvre malheureux qui reste encore planté aux côtés de votre tante.

Que devait-elle répondre à une question si franche ? Elle ne pouvait mettre des mots sur le tumulte d'émotions qui l'envahissait quand il la regardait, lui souriait, la touchait… Geoffroy San André avait pour lui la beauté, le charisme, la culture ou encore l'humour, mais l'attraction qu'elle ressentait ne tenait pas seulement à ces raisons.

– Je n'en sais rien, avoua-t-elle.

– Dans ce genre de cas, un « je vous trouve fort à mon goût » aurait amplement suffi, s'amusa-t-il.

Victoire sentit le rouge lui monter aux joues.

– Je vous taquine, lui dit-il en prenant position pour l'accueillir.

Troublée, elle hésita quelques secondes avant de poser une main sur son épaule et l'autre dans la sienne.

– Vous… Vous semblez irradier de chaleur, s'entendit-elle dire.

Quelle sotte ! Ses joues devaient désormais être cramoisies de honte.

– Sûrement parce que vos mains sont glacées, répondit-il sérieusement.

Une lueur d'envie éclaira ses yeux et les jambes de Victoire allaient se dérober sous elle d'ici quelques instants si elle ne détachait pas son regard du sien.

– Laissez-moi vous réchauffer, chuchota-t-il en approchant son visage du sien.

À peine avait-il prononcé ces mots qu'elle ressentit des flammes crépiter dans son ventre.

Que lui arrivait-il ?

Quand la main puissante de son cavalier se referma dans le creux de ses reins, le petit foyer de cheminée se transforma en un véritable brasier. C'était un mélange de peur et de satisfaction. D'inconnu et de sécurité.

– Gardes ! s'écria une voix depuis l'entrée de la salle de bal.

Les musiciens interrompirent immédiatement leur concert. Les violons cessèrent de jouer, le brouhaha des conversations s'éteignit. Alors qu'un dernier son de cordes vrillait les oreilles des danseurs, une partie d'entre eux s'écartèrent.

– Emparez-vous de lui, ordonna la voix sévère de son père.

Détachant le regard de son cavalier, Victoire vit les membres de sa garde avancer dans leur direction.

Alors qu'elle s'apprêtait à rassurer Geoffroy, un bras appuya sur sa poitrine et elle se retrouva le dos plaqué contre le torse de son cavalier. Elle sentit alors qu'il pressait une lame contre son cou. La pointe de la dague perça légèrement la peau, lui arrachant une grimace de douleur.

– N'avancez plus ! intima-t-il à l'intention des gardes.

Les uniformes rouges s'immobilisèrent. Se frayant un chemin parmi ses hommes, le marquis de Torcy apparut, le regard plus noir que jamais. Ses poings serrés tressaillaient contre son corps tendu. Victoire attribua cette soudaine vulnérabilité au sentiment d'impuissance qu'il devait ressentir en cet instant.

L'estomac de Victoire se mit à faire des bonds d'une manière incontrôlable. Comment cet échange idyllique avait pu tourner ainsi au désastre ?

– Si vous ne vouliez vraiment pas danser, il y avait d'autres moyens de me le faire comprendre, souffla-t-elle.

– Taisez-vous.

Le ton dangereux de cette voix l'intimida. Où était donc passé le timbre si charmeur ?

– Avoir tué sa mère ne te suffit pas ? Laisse ma fille en dehors de ça !

L'homme qui avait pris la vie de sa mère ? Non… Impossible ! Il ne pouvait pas apparaître maintenant, pas alors qu'elle était en tenue de bal, désarmée et tellement vulnérable.

– Elle vient avec moi, gronda Geoffroy San André en les faisant reculer.

Avec une force incroyable, l'une de ses mains se pressait contre le ventre de Victoire tandis que l'autre maintenait la dague en place, dans son cou. Le mouvement de leurs pas la faisait s'enfoncer un peu plus dans ses chairs, provoquant une brûlure presque insoutenable. Et que dire de ce bras qui lui comprimait la poitrine à n'en plus pouvoir respirer ? Terrifiée, Victoire se raccrocha aux compétences de son père.

– Tu n'as aucune chance de sortir vivant de ce palais, assura celui-ci.

Derrière lui, les uniformes rouges se pressaient, prêts à charger sur Victoire et son assaillant. Il leur fit pourtant signe de ne pas avancer.

Alors qu'elle croisait le regard de son père, ce fut la première fois qu'elle y décela un tel désarroi. Un sentiment d'impuissance.

– Le premier qui tente quoi que ce soit sera responsable de sa mort, clama l'assassin de sa mère à la foule.

Ils firent encore quelques pas en arrière, en direction des portes principales de la salle de bal. Les invités s'écartèrent sur leur passage, personne n'osant s'interposer.

– Plus vite, lui intima-t-il en resserrant sa main autour de son bras.

– J'aimerais vous y voir avec deux jupons ! siffla-t-elle.

Ils reculèrent, encore et encore, la lame du couteau toujours dans son cou.

Leurs deux corps se pressaient si fort l'un contre l'autre que Victoire pouvait sentir les battements de cœur de son assaillant. De même que les effluves sucrés et épicés de son souffle. Malgré sa situation plus que délicate, cette intimité forcée avec un homme provoqua en elle un certain trouble.

– Que me voulez-vous ? souffla-t-elle. Pourquoi être revenu détruire le peu que vous nous avez laissé ?

– Vous devriez demander à votre père, répondit-il d'une voix dénuée d'émotion. Il va récolter ce qu'il a semé.

La grande main puissante quitta son ventre pour venir empoigner son bras.

– Vous me faites mal, s'écria-t-elle alors qu'il tirait dessus avec force.

– Si quelqu'un nous suit, je la saigne à vos pieds, promit-il avec un dernier regard de pure haine au chancelier.

Une clameur générale envahit la salle de bal alors que Victoire se sentait entraînée vers le grand couloir. Elle tenta une dernière fois d'apercevoir son père à travers la foule qui se resserrait sur eux. Il levait la main pour arrêter la garde, une douleur à peine contenue déformant ses traits. Elle aurait voulu l'appeler, mais le couteau qui appuya sur sa trachée ne l'autorisa qu'à émettre un glapissement désespéré.

Une fois sous les grandes portes, l'étranger les fit encore reculer.

– Ferme à clé ! ordonna-t-il au fou du roi.

Le petit acrobate au costume bariolé et au regard apeuré sursauta juste avant de s'exécuter. À peine eut-il fini de tourner la grosse clé qu'il fut assommé d'un coup de poing sur le nez. Ses os craquèrent dans un bruit sourd et une giclée de sang fut propulsée sur la robe de Victoire alors que le pauvre homme s'écroulait sur le damier du sol.

Victoire fut prise d'une violente nausée. Même dans ses rêves les plus sombres, elle n'avait pas imaginé qu'une telle sauvagerie se déchaînerait lors de leurs retrouvailles.

Et ce n'était que le début…

– Il est innocent, dit-elle tout bas.

– Comme tant d'autres, gronda son ravisseur en la faisant se retourner face à lui. Maintenant, vous allez vous taire et me suivre.

Alors qu'il tirait sur son bras, le corps de Victoire se contracta. Des muscles de son cou jusqu'à la pointe de ses orteils, plus aucun membre n'était prêt à réagir aux ordres de cet homme. Pour qui se prenait-il à l'intimider de la sorte ? À ridiculiser le chancelier et la garde d'un royaume aussi puissant que celui de Lys ? Malgré sa peur encore bien présente, les pensées de Victoire retrouvèrent un sentiment beaucoup plus familier : la colère.

L'assassin de sa mère était là, face à elle. Ils étaient seuls, et sa vengeance n'avait jamais été aussi proche… À un seul mouvement d'épée.

– Je vous défie en duel, déclara-t-elle d'une voix qu'elle espérait menaçante.

Il n'était plus question de courber l'échine.

– Un… duel ? s'esclaffa-t-il. Êtes-vous sérieuse ?

À son ton amusé et aux soubresauts de son corps, Victoire comprit que sa tentative de rébellion venait d'échouer. Il se moquait ouvertement d'elle.

– Cinq ans ! Cinq ans que j'attends ce moment. C'est à moi que revient le privilège de vous tuer !

Je compte bien transpercer votre cœur de ma lame et donner votre corps à manger aux cochons, siffla-t-elle.

Les battements de son cœur cognaient dans sa poitrine. Vite et fort.

– Je suis un peu dur sous la dent, plaisanta le meurtrier. Épargnez ces pauvres bêtes.

– Vous ne me prenez pas au sérieux, dit-elle en posant ses mains à plat sur ses hanches.

– Le devrais-je ?

Son air suffisant l'exaspéra au point d'avoir envie de lui bondir dessus.

– Évidemment ! s'emporta Victoire en allongeant son cou.

– Petite sotte, se moqua-t-il en souriant ouvertement. Vous me faites perdre mon temps. Venez !

– Hors de question ! hurla Victoire, alors qu'il encerclait son poignet pour l'obliger à le suivre.

Victoire enfonça ses pieds dans le sol pour résister à cette brute épaisse, et pendant qu'il tirait dans un sens, elle tirait dans l'autre. Mais c'était peine perdue avec un rapport de force aussi inégal. Ses bottines glissaient sur le marbre lisse, et si elle se débattait davantage, son bras allait finir par se désolidariser de son corps. Jamais elle n'arriverait à le vaincre sur ce terrain-là.

Relâchant brusquement tous ses efforts, elle fondit sur son adversaire et lui administra un coup de genou bien placé qui l'obligea à se plier en deux.

Alors que la douleur déformait ses traits, Victoire s'éloigna de lui en reculant.

– Espèce de… l'entendit-elle gronder juste avant de décamper.

Elle traversa la galerie des statues jusqu'à la sortie principale et s'assura d'un rapide coup d'œil que l'homme s'était relevé. Son genou encore à terre, il semblait souffrir le martyre. Quelle satisfaction !

Pourtant, ce répit ne dura qu'un instant. Lorsqu'il releva la tête dans sa direction, Victoire distingua la fureur sur ses traits, malgré la distance qui les séparait. Elle ne s'éternisa pas. N'attendant pas qu'il se remette sur ses pieds, elle prit le couloir de droite et courut. Vite. Très vite. Sans rencontrer âme qui vive. Tous les gardes étaient-ils enfermés dans la salle de bal ?

Une fois arrivée devant les escaliers de service, elle fit une courte pause pour reprendre son souffle. Son cœur battait à tout rompre dans sa poitrine. Le répit fut bref, car la silhouette enveloppée dans un costume vert éclatant apparut au loin. Une nouvelle vague d'adrénaline lui permit de récupérer assez de force pour se hisser sur la première marche et entamer son ascension vers les étages du château.

– Qui va là ? demanda un garde sur le palier du premier étage.

Victoire n'en fit pas cas et le croisa sans lui répondre, avec pour seul but de rejoindre au plus vite le bureau de son père. Derrière elle, alors qu'elle atteignait enfin le deuxième étage, où les quartiers des ministres du roi avaient été installés, le son de deux lames qui s'entrechoquaient arrêta sa fuite. Un violent capharnaüm résonna dans l'espace étroit et des cris se répercutèrent sur les murs de pierre, suivis d'un long bruit de chute. Victoire n'eut pas besoin de se retourner pour comprendre que le garde venait de dévaler les marches de pierre.

Son ravisseur était désormais juste derrière elle…

CHAPITRE 6

VICTOIRE

Victoire aurait dû écouter la voix de la raison et tenter d'alerter la garde privée du roi. Après tout, ils n'étaient plus si loin des appartements du monarque. Néanmoins, dès qu'elle entra dans le bureau de son père, sa sagesse l'abandonna. Derrière elle, la porte claqua brutalement, sans qu'elle esquisse un mouvement. La lumière d'une chandelle posée sur le manteau de la cheminée vacillait au plafond. Elle n'avait pas remis les pieds ici depuis que le sang de sa mère était venu tacher le tapis, et ses jambes flageolèrent un instant avant qu'elle ne reprenne la maîtrise de ses émotions. Son ravisseur allait la rejoindre d'ici quelques secondes et elle voulait l'accueillir comme il se devait. Prête pour la confrontation.

Son ébauche de plan, fomenté alors qu'elle courait pour lui échapper, semblait se dérouler à la perfection. Après tout, elle avait réussi à l'attirer jusqu'à cette pièce, le seul endroit dans lequel elle était certaine de trouver un pistolet. Certes, elle s'était préparée pendant des années à affronter l'assassin de sa mère avec une épée, mais l'urgence de la situation ne lui permettait pas de faire la difficile.

L'urgence… et ses jupons.

Les souvenirs resurgirent immédiatement : le même endroit, le même moment de la journée, la même ambiance chargée à la fois de tension et d'excitation. Le même silence. La même peur. Et dans quelques secondes : le même ennemi.

Victoire dut se faire violence pour s'extirper de son état léthargique. Elle se précipita derrière le grand meuble de bois sur lequel son père s'attablait tous les jours pour s'affairer aux problèmes du royaume. Elle ouvrit les tiroirs les uns après les autres, fouillant frénétiquement entre les papiers et les dossiers scellés du sceau royal.

– Vite, vite, vite ! chuchota-t-elle à bout de souffle.

Dans un dernier renfoncement, elle trouva enfin une arme qu'elle fixa comme un objet sacré. Jamais elle ne s'était exercée au tir. Pourtant, il lui semblait impossible de manquer sa cible dans de telles circonstances. Elle pouvait compter sur l'effet de surprise et sur la distance restreinte entre elle et la porte.

Les battements de son cœur étaient désormais si forts qu'ils résonnaient dans ses oreilles. L'adrénaline semblait presque obstruer sa vue.

À quelques instants du but ultime de sa vie, elle se sentait à la fois grisée et en même temps à deux doigts de s'évanouir. Victoire déglutit difficilement, n'ayant plus aucune trace de salive en bouche.

Elle saisit le pistolet et vérifia le barillet. Une seule cartouche. Une seule chance. Ce n'était pas suffisant pour une novice.

Fouillant encore le tiroir, elle partit à la recherche de sa seconde chance. La munition tant espérée apparut comme par miracle. Victoire s'en empara, puis elle s'empressa de se placer devant le bureau de son père, fixant la porte de ses yeux et pointant l'arme droit devant. Elle allait venger sa mère, c'est tout ce qui lui importait en cet instant.

Ses sentiments se partageaient entre l'impatience et la crainte. La douleur, aussi : les muscles de son bras commençaient à trembler sous le poids de l'arme.

Trois coups secs retentirent sur le bois de la porte.

Sérieusement ?

Elle s'était imaginée le voir débouler en trombe, ouvrant la porte d'une manière si violente que celle-ci se serait fracassée contre le mur. Le silence la déstabilisa quelque peu.

– Puis-je entrer ? lui demanda-t-il depuis le couloir.

Que devait-elle répondre ? Le bois étouffait sa voix, mais elle y distingua un calme qui l'effraya. Elle tremblait comme une feuille, alors que lui paraissait complètement maître de la situation.

– Nous ne sommes pas partis du bon pied tous les deux, ajouta-t-il. Peut-être pourriez-vous faire servir des rafraîchissements autour desquels nous pourrions échanger ?

Il s'amusait de la situation. Pire : il ne la prenait pas au sérieux. C'était pour Victoire l'insulte suprême. Elle serra ses lèvres pour empêcher son fiel de se répandre. Elle aurait bien tiré tout de suite – histoire de lui montrer à qui il avait affaire –, mais alors, son effet de surprise tomberait à l'eau.

Allait-il entrer, bon sang de bois ? fulmina-t-elle intérieurement.

Ce scélérat lui infligeait une véritable torture psychologique. Plus les secondes s'égrenaient et plus son bras faiblissait. Il en allait de même pour sa concentration. S'il persistait, elle ne tiendrait pas la position. Décidément, elle s'était réjouie bien trop vite et avait probablement surestimé ses capacités de stratège.

Il lui fallait à tout prix reprendre le dessus de la situation :

– Mais entrez donc, cher monsieur. Le café est encore chaud, précisa-t-elle en ajustant sa deuxième main autour de l'arme.

La porte s'ouvrit au bout d'un temps qui lui sembla une éternité. Elle tendit les bras, pointant droit sur son ennemi.

– Voilà un accueil particulièrement chaleureux, déclara-t-il, sans avoir l'air de s'en formaliser. C'est un jouet rare que vous possédez là.

Malgré tout, Victoire décela une pointe de surprise dans son regard.

– Souhaitez-vous faire une prière ? lui demanda-t-elle, refusant de répondre à son ironie.

L'ombre d'hésitation que Victoire crut apercevoir dans son regard s'évanouit dès qu'il avança.

– Ne faites pas un pas de plus, s'empressa-t-elle de dire.

Le bruit du barillet qu'elle enclencha résonna dans la pièce, son d'une promesse silencieuse. L'homme se figea telle une statue de marbre.

– Je vais tirer, dit-elle.

– Je suis certain du contraire.

Cette réplique l'agaça. Tout comme son attitude. Il paraissait tellement sûr de lui. Qui était-il pour savoir mieux qu'elle ce qu'elle s'apprêtait à faire ?

– Vous ne m'en croyez pas capable ?

– Vous tremblez comme une feuille, murmura-t-il.

Le ton suave de sa voix lui fit l'effet d'une caresse sur la peau. Leurs yeux ne se lâchaient plus, désormais. Son noir dans son vert, le vert dans son noir…

– Ne soyez pas ridicule, baissez cette arme, intima-t-il.

– Qui est ridicule en cet instant ? Sans aucune défense, aucune issue.

D'une moue de sa bouche, il encaissa sa pique. Victoire exhala un sentiment de puissance qu'il se fit un plaisir de casser.

– Cette pièce n'a pas tellement changé, déclara-t-il en avisant tranquillement les lieux.

Elle voyait clair dans son jeu : il cherchait à la déconcentrer. Mais il ne savait pas que, en s'aventurant sur ce sujet, il ne faisait qu'attiser sa colère.

– J'étais avec vous, ici, il y a cinq ans, dit-elle en contenant difficilement l'émotion dans sa voix. J'étais cachée dans le placard.

Elle comprit, à la façon dont ses mâchoires venaient de se crisper, qu'il n'avait jamais eu cette information. Elle serra fermement l'arme entre ses mains, son doigt sur la gâchette.

– J'ai assisté au meurtre de ma mère. J'étais jeune, impuissante. Mais aujourd'hui…

Victoire visa la jambe droite de son assaillant, et sans une once d'hésitation, pressa la détente.

La puissance du tir se répercuta d'abord dans ses mains, puis dans ses bras, mais très vite, elle en perdit l'équilibre et dut reculer jusqu'au bureau. La détonation lui vrilla les oreilles, la rendant presque sourde au cri de douleur émis par l'étranger. Les mains sur sa blessure, l'homme tentait de canaliser le filet de sang qui s'écrasait par grosses gouttes sur le parquet.

Voilà. Un coup d'essai. Un avertissement.

Un premier pas vers sa vengeance.

Mais aussi, la première fois qu'elle tirait sur quelqu'un.

– Vous n'aviez qu'une seule balle. Si vous souhaitez rester en vie, je vous conseille de vous sauver, la menaça-t-il en la toisant d'un regard mauvais.

La douleur déformait ses traits.

– Et rater l'occasion de venger ma mère ? Je veux bien mourir si c'est pour vous envoyer en enfer ! lui rétorqua-t-elle.

D'un geste provocateur, elle lui montra sa deuxième cartouche.

– Vous n'aurez pas le temps de recharger, gronda-t-il en commençant à avancer. Et vous n'imaginez pas toutes les atrocités que je vais vous faire subir.

La douleur le ralentit suffisamment pour que, tant bien que mal, la deuxième cartouche trouve sa place dans le barillet que Victoire referma d'un coup sec. Son arme enfin prête, elle se redressa et resserra la prise de ses mains autour du pistolet, prête à faire feu de nouveau. Elle aligna ses pieds pour prendre appui sur eux et éviter de se faire déséquilibrer par le recul de l'arme.

Elle tenta de réguler sa respiration, sa main gauche servant d'appui pour lui permettre de viser directement le cœur de son ennemi.

Plus que trois pas, et ce monstre allait pouvoir la désarmer.

Tire, bon sang ! Tire ! se martelait-elle alors que ses yeux fixaient le buste qui se soulevait de manière erratique.

Son esprit était en proie à une lutte infernale.

Des images de sa mère sans vie firent irruption devant ses yeux et se mélangèrent soudain aux deux joyaux verts qui la fixaient. Détournant son attention, elle remarqua une chaleur et une intensité au fond des prunelles de son ennemi. Sur sa joue, elle venait seulement de la remarquer, une tache brune en forme de cœur atténuait la rudesse de ses traits.

Elle cligna des yeux plusieurs fois, essayant de dissiper ce trouble qui l'empêchait d'achever sa mission.

Tire ! Maintenant !

Son index commença à se presser contre la gâchette. Pourtant, ses pensées ne parvenaient pas à rester cohérentes, en proie à un tourbillon d'émotions qu'elle ne parvenait pas à combattre. Son regard tomba de nouveau sur la poitrine puissante qui montait et descendait avec peine. Elle tenta de retrouver sa concentration, de viser, mais cette hésitation lui fut fatale.

De son poing, l'homme percuta si violemment le bras de Victoire qu'elle ne put retenir son cri de douleur. Le pistolet s'envola à l'autre bout de la pièce et ricocha contre une étagère de l'épaisse bibliothèque.

L'espace d'un instant, leurs regards se croisèrent, puis leurs têtes se tournèrent de concert vers l'arme gisant à terre, devant la cheminée. Victoire avisa la jambe blessée de son adversaire et décida de tirer avantage de sa dernière chance.

Dans un cri de fureur, elle fit basculer son poids sur lui pour les faire tomber au sol. La chute de Victoire fut amortie par le corps de son assaillant, mais sa position de force ne dura pas. Même avec une balle dans la jambe, il possédait une puissance imbattable. Elle fut repoussée violemment et atterrit sous la fenêtre, quelques mètres plus loin.

Alors qu'elle tentait de se relever, ses pieds s'emmêlant dans les épais rideaux de velours, l'ennemi se releva puis boita dans sa direction.

Plus le temps de s'emparer du pistolet, pensa-t-elle.

Cependant, le tisonnier de la cheminée était à portée de main et lui fit de l'œil. Encore deux enjambées avant qu'elle ne goûte à la vengeance de cet homme…

« Sers-toi des faiblesses de ton adversaire. »

Suivant le bon conseil d'Alexandre, elle choisit de saisir la seule opportunité qui s'offrait à elle. Elle attrapa le tisonnier en cuivre dans un mouvement fluide et abattit son arme sur la cuisse ensanglantée de son ennemi. Ce dernier étouffa un cri, signe que Victoire avait parfaitement visé sa blessure. Elle se redressa tout en le repoussant à coups de tisonnier. Une fois acculé contre le bureau, il bascula en arrière, s'écrasant de tout son poids sur les bibelots.

Victoire ne pouvait se permettre de lui laisser un instant de répit. C'est pourquoi elle brandit son arme, prête à l'abattre sur son front, espérant qu'il perdrait au moins conscience. Cependant, la main de l'homme attrapa son poignet, un instant avant l'impact, ce qui la stoppa dans son élan.

Une nouvelle lutte acharnée s'engagea entre les deux adversaires pour garder l'avantage. Mais Victoire ne possédait pas le dixième de la force de cette brute épaisse. La toute-puissance incarnée. Un ours et un bœuf réunis. En quelques secondes seulement, il prit possession du tisonnier et s'en servit pour la retourner puis la plaquer violemment contre le bureau. Quand ses yeux accrochèrent ceux de ce faux dignitaire étranger, Victoire ressentit un trouble profond. Elle n'avait jamais appris à nager, mais étrangement, elle se sentit flotter… Sûrement à cause du choc de son dos sur le bois et de la pression de la barre sur son cou !

Victoire laissa échapper une plainte qui résonna certainement jusqu'à l'autre bout du palais.

– Elle est là ! Suivez-moi !

Au loin, la voix d'Alexandre se fit plus forte. Ainsi que les pas de course d'une dizaine de gardes. Le tisonnier se desserra brusquement.

– Nous nous reverrons, l'entendit-elle dire alors qu'il s'enfuyait par la porte dérobée.

– Soyez-en certain, affirma Victoire.

CHAPITRE 7

MORGAN

– Garce ! vociféra Morgan alors qu'il versait la moitié d'une bouteille de Golden sur sa blessure.

La morsure de l'alcool sur sa plaie embrasa chaque parcelle de son corps. Un chapelet de jurons s'échappa de sa bouche lorsqu'il tenta de décoller le tissu du sang séché.

Il lui fallait un remontant ! Il porta le goulot à ses lèvres pour laisser le liquide lui brûler la gorge et annihiler quelque peu ses sens. Cette douleur était en passe de le rendre dingue.

De retour sur *le Requin*, après avoir échappé difficilement à la traque de la garde à travers le royaume, Morgan se sentait épuisé. Ils n'avaient atteint la crique qu'après de longues heures de fuite. Malheureusement, sa blessure lui avait coûté ses dernières forces, et il peinait désormais à se tenir éveillé.

– Toujours rien, capitaine, vint lui annoncer Grandsec depuis le seuil de la cabine. Cassegrains va avoir du mal à trouver un gars compétent en si peu de temps, on aurait peut-être dû vous laisser à Luxia.

– Ne dis pas n'importe quoi, grimaça Morgan. La garde doit passer la capitale entière au peigne fin.

Le regard médusé, Grandsec l'observait se débattre avec son pantalon qu'il tentait de descendre sur ses genoux. C'était un spectacle un peu dégradant dont il se serait bien passé.

– Le chirurgien va venir, c'est sûr, capitaine, se reprit-il avec plus de vigueur.

Cassegrains les avait abandonnés aux abords du port fortifié d'Alcaraz et devait désormais arpenter les auberges du bourg pour trouver un type un tant soit peu qualifié et assez cupide pour accepter de se rendre sur un navire infesté de pirates.

Morgan ne doutait pas un seul instant de la capacité du plus rusé des membres de son équipage à relever un tel défi. En revanche, la vue de tout ce sang qui coulait de sa plaie et tachait le drap commençait à le faire douter de ses propres facultés à survivre à une telle blessure.

– Si je ne m'en remets pas, dit Morgan, Briac devra prendre le commandement. Les papiers sont à la maison, dans le tiroir de mon bureau. C'est compris ?

– Oui, capitaine.

Grandsec s'avança près des fenêtres puis se tint immobile, telle une statue de marbre. Lui dont le trop grand corps conférait à son allure un air dégingandé… Plus rien ne bougeait ni ne dépassait. Morgan n'avait pas réalisé à quel point son matelot comptait sur son capitaine.

– Rassure-toi, je compte bien mener mes plans à terme. Il s'agit juste d'un… léger contretemps, grimaça Morgan alors que la douleur dans sa cuisse se faisait de plus en plus intense.

Les minutes s'écoulèrent, interminables, inhumaines, au son du grincement du bois et de ses plaintes qu'il ne pouvait plus contrôler. Il était à deux doigts de se planter une lame dans le ventre pour en finir quand des voix ténues se firent entendre sur le pont menant à sa cabine.

– Eh bien, on vous suit à la trace, s'amusa un vigoureux gaillard en entrant à la suite de Cassegrains.

Avec ses larges épaules mais une taille fine au point qu'on aurait pu en faire le tour avec les mains, cet homme était imposant à sa manière.

Aux côtés de ce corps svelte et élancé, Cassegrains paraissait encore plus en chair et bien plus petit qu'à l'accoutumée.

– Vous avez perdu beaucoup de sang ! Andrass, médecin et joueur de cartes invétéré.

Après un coup d'œil prudent sur les deux matelots, le médecin s'avança et tendit la main à Morgan. Sa moustache prenait toute la place sur son visage et sa tignasse à la teinte cuivrée aurait bien eu besoin d'un bon coup de peigne.

– Morgan Ker, dit-il en serrant la main tendue. Capitaine de ce navire, et actuellement à l'article de la mort.

– Vous faites de l'esprit, c'est bon signe.

– Si vous le dites…

– La blessure est profonde, constata l'homme en approchant sa lanterne. C'est une balle qui a été tirée à bout portant ?

– Presque. Vous pouvez faire quelque chose ?

Ledit Andrass examina la plaie sous toutes les coutures tandis que les deux fidèles matelots se jaugeaient avec inquiétude.

– Je vais essayer. Il faut la sortir très vite pour stopper l'hémorragie. Il nous faut plus de lumière… et un verre, dit-il en remontant ses manches. L'alcool donne du courage.

– Je viens de vider une demi-bouteille.

– À vrai dire, c'est pour moi.

Morgan blêmit. Néanmoins, il ne chercha pas à remettre en cause ses compétences et fit signe à ses hommes d'apporter le nécessaire. Après tout, ils n'avaient pas d'autre candidat à portée de main. Andrass accepta la bouteille avec un sourire et siffla un quart de son contenu avant de sortir ses ustensiles.

– Cassegrains, donne-moi quelque chose à mordre. Et ouvrez les fenêtres ! On étouffe dans cette piaule.

Le matelot fouilla dans le bureau en chêne et dénicha un bâton de réglisse pendant que son frère s'empressait d'aérer la pièce. Aucun des deux ne se proposa de sortir, trop occupés à surveiller les gestes du chirurgien alors qu'il s'approchait de la jambe de Morgan avec un scalpel.

– Parfait, dit Morgan alors qu'il récupérait la réglisse.

Il prit une grande inspiration afin de laisser l'air iodé gagner ses poumons, puis il coinça le bâtonnet entre ses dents.

– Vous pouvez y aller.

Il réussit à rester de marbre les deux premières minutes, puis la douleur mêlée à l'alcool le plongea aux portes de l'inconscience. Son esprit flotta entre la réalité des effluves salés de l'océan et l'appel salvateur du néant. Et entre les deux, il y avait la fille de Torcy. Son visage apparaissait chaque fois qu'il se sentait partir. Elle lui tendait la main, le ramenait sur le rivage puis disparaissait dans un nuage de fumée. Alors il ouvrait les yeux et restait quelques secondes dans le monde réel.

Il régnait dans la cabine une ambiance de mort avec, en bruit de fond, le cliquetis des instruments de torture qui charcutaient sa plaie.

Depuis combien de temps était-il étendu ici ? Combien de litres de sang avait-il perdus ?

Il distinguait du monde à son chevet, mais il ne reconnaissait personne. Son esprit allait sombrer une nouvelle fois dans l'obscurité quand il sentit la pince métallique tirer le projectile pour l'extraire de ses chairs. L'intensité de la douleur le fit se redresser et pousser un cri rauque, presque animal.

Morgan s'était déjà fait retirer une balle par le passé mais, bien que douloureuse, son extraction ne s'était pas révélée aussi atroce. Et pour cause, il avait été opéré séance tenante. Non pas après un combat acharné contre une enragée, une fuite à travers les bois et un galop effréné sur des sentiers escarpés.

Après avoir croqué le bâton de réglisse, l'obligation de discrétion le poussa à mordre ses lèvres pendant que la pince continuait à retirer l'intrus de sa jambe. Le goût du sang se mélangea à celui du sel de sa transpiration qui ruisselait le long de ses joues. Il se serait bien tiré une balle en pleine tête pour abréger ses souffrances !

Ses râles plaintifs emplirent alors le silence pesant de la cabine jusqu'à ce que, après de longues minutes d'une boucherie sauvage, la délivrance arrive :

– La voilà ! déclara le médecin en brandissant sa pince comme un trophée.

Morgan se laissa retomber en arrière, un soupir de soulagement sortant du fond de ses entrailles.

Le médecin se pressa de suturer la plaie, de nettoyer et de bander.

– Vous avez perdu énormément de sang, mais l'artère principale n'a pas été touchée. Cependant, vous devez absolument vous reposer et ne surtout pas vous lever. Il serait plus prudent de rester amarré.

– Combien de temps ? demanda Morgan, bien qu'il soit déjà en train de secouer la tête.

– Au moins jusqu'à demain soir.

– Nous devons prendre la mer immédiatement, objecta Grandsec avec un regard inquiet à travers la fenêtre.

– C'est ce que j'ai cru comprendre, rit le médecin. Ils fouillaient la ville quand votre homme est venu me trouver.

Morgan réfléchit un instant. Prendre le risque de mouiller une heure de plus ici les mettait tous en danger. D'un autre côté, comment assurerait-il son commandement s'il décédait d'une hémorragie dans la nuit ? En outre, la crique n'était pas facile d'accès et isolée.

– Très bien, capitula Morgan. Nous partirons demain, à la nuit tombée.

– Sage décision, capitaine.

Le chirurgien rangea rapidement son matériel. Alors qu'il bouclait sa sacoche usée, Morgan se fit la réflexion qu'il possédait un profil bien atypique pour le royaume de Lys : un accent singulier et la peau cramée de ceux qui habitent les terres plombées par le soleil.

– Vous n'êtes sûrement pas de Lys, affirma le capitaine, un sourcil levé.

– Aridan.

– Le royaume où le soleil ne se couche jamais, cita Morgan. Que faites-vous ici ? Vous risquez gros si l'armée vous coince. Les étrangers à Lys…

Ce n'était un secret pour personne, le royaume de Lys profitait pleinement de son accès exclusif à la mer en taxant lourdement l'export des marchandises provenant de Ferterra. Ainsi, chaque nouvel arrivant constituait un potentiel contrebandier menaçant l'enrichissement de la couronne.

– Je le sais bien, mon ami, mais j'avais besoin de partir de chez moi.

Andrass n'épilogua pas. Morgan comprit que le sujet était sensible et s'abstint de nouvelles questions. Après tout, sur ce navire, chaque matelot avait appris à laisser le passé derrière lui.

– Un petit tour en mer avec des pirates ne vous tenterait pas, par hasard ? proposa-t-il alors que le médecin s'apprêtait à passer la porte. Je n'ai plus de chirurgien.

S'il était difficile pour Morgan de faire confiance à un homme qu'il avait rencontré seulement deux heures auparavant, la rapidité à laquelle Andrass avait œuvré pour retirer la balle trahissait une forte expérience. Et aussi du sang-froid.

Deux caractéristiques plus qu'utiles sur *le Requin*.

– Où allez-vous ? demanda-t-il, considérant sérieusement la question.

– Nous rentrons chez nous.

Voyant que le chirurgien hésitait vraiment, le regard fixé sur les pièces d'or que Cassegrains s'apprêtait à lui tendre, Morgan se redressa, prêt à argumenter.

– La traversée comporte des risques, admit-il. Je ne pourrais pas vous dire le contraire. Votre prédécesseur est mort lors de notre dernière attaque. Mais si cela peut vous rassurer, d'une manière générale, nous les fuyons plus que nous ne les provoquons.

Andrass leva un sourcil, intrigué, mais ne sembla pas réellement se formaliser de la mise en garde.

– Vous savez, moi, si le salaire est bon…

– Quinze ronds d'or par jour.

L'homme écarquilla les yeux.

– J'accepte votre proposition, s'empressa-t-il de répondre.

C'était un salaire exorbitant, mais de la même manière qu'il ne pouvait pas se passer d'un cuisinier ou d'un timonier sur *le Requin*, Morgan pouvait encore moins se passer d'un médecin.

Le capitaine laissa échapper un sourire satisfait avant de se recoucher contre les oreillers de sa couchette.

– Vous avez des affaires personnelles à récupérer ? Mes hommes peuvent s'en charger, proposa Morgan.

Il n'était pas question de laisser l'Aridien retourner en ville. Ne sachant pas vraiment encore à qui il avait affaire, Morgan préféra ne pas prendre le risque qu'il parle.

– En effet, si je veux vous soigner, je vais avoir besoin de mes plantes et de mes onguents.

– Mes hommes doivent terminer le ravitaillement, ils feront un détour.

Les deux frères échangèrent un regard entendu puis acquiescèrent de concert.

– Vous devriez manger pour compenser la perte de sang, conseilla Andrass. Je vais vous faire monter quelque chose. J'en profiterai pour visiter et me présenter à l'équipage.

Des connaissances, de l'expérience, de l'initiative, de l'assurance… Andrass était apparemment une personne apte à prendre des décisions et cela le conforta dans son choix. Dans l'état où il se trouvait actuellement, l'idée d'une personne qui le seconderait le temps de se remettre lui procura un certain soulagement.

Une fois la porte de la cabine refermée, les deux frères s'approchèrent de son lit. Grandsec était blanc comme un linge.

– C'est toi qui viens de te faire charcuter la jambe ? lui demanda Morgan.

– Non, capitaine.

– Alors, arrête de faire cette tête. On dirait que tu as vu un fantôme.

Grandsec acquiesça d'un signe de tête.

– Cassegrains, tu vas faire poster une dizaine d'hommes qui surveilleront l'entrée du sentier qui mène à la crique jusqu'à demain soir, ordonna Morgan tout en essayant de s'installer confortablement. Seuls les chariots du ravitaillement devront passer.

– À vos ordres, capitaine. On rentre ?

Tous ses projets tombaient à l'eau, et pourtant, Morgan n'avait qu'une seule envie : rentrer sur son île chérie.

– Oui. Je veux pouvoir me rétablir tranquillement.

– La bougresse… Elle vous a pas loupé ! insista Cassegrains en regardant sa cuisse.

Morgan serra les lèvres, préférant ne pas argumenter sur les récents évènements. Il ne comprenait pas bien lui-même comment son plan avait ainsi pu virer au désastre.

Comment avait-il pu se laisser mutiler à coups de tisonnier assenés par une innocente jeune femme de la bonne société ? Innocente… *Mon œil !* pensa-t-il. Elle était aussi inoffensive que les requins des mers du Sud.

– J'ai commis la pire des erreurs, admit Morgan tout en fixant le plafond.

– Laquelle ?

– J'ai sous-estimé mon adversaire.

CHAPITRE 8

VICTOIRE

– Avait-il des revendications ?

– Non, balbutia Victoire.

Les poings serrés et les traits déformés par la colère, son père allait finir par casser le bureau à force de cogner dessus.

– Que vous a-t-il dit ? insista-t-il.

– Rien de particulier. Je sais juste qu'il en avait après vous.

Assise devant l'immense bureau, encadrée par sa tante et son cousin, Victoire n'était pas face à un père aimant, mais face au chancelier du royaume de Lys, qui lui faisait subir un interrogatoire à la hauteur de sa réputation : impitoyable.

– Mais enfin, François ! s'interposa tante Élisabeth. Ne voyez-vous pas que cette pauvre enfant a besoin de repos ?

– Calmez-vous, murmura Victoire. Père, je vais bien, rassurez-vous. Ne vous inquiétez pas pour moi.

– Vous allez bien ? s'indigna-t-elle. Vous vous êtes regardée ?

Les cheveux de Victoire partaient dans tous les sens, sa robe était déchirée et tachée de sang. Du sang qui ne lui appartenait pas… Elle ne pouvait plus bouger le bras sans grimacer de douleur. Elle ressentait également le contrecoup de cette folle et dangereuse rencontre, secouée depuis quelques minutes par de désagréables frissons que sa fine couverture ne suffisait pas à calmer.

– Comment une pareille catastrophe a-t-elle pu arriver, François ? Ne surveillez-vous pas les invités ?

Son père baissa la tête, à la façon d'un gamin que l'on réprimande. Victoire le sentait vraiment très soucieux. Plus qu'à l'accoutumée. Elle n'aimait pas le voir ainsi.

– Il avait une invitation, dit-il en relevant la tête. Les gardes ont fait leur travail, mais les traîtres au royaume seront sévèrement punis. Soyez-en certaine.

– Encore faudra-t-il les trouver, marmonna la comtesse. Si les criminels peuvent maintenant entrer en toute impunité à Luxia, comment espérer être encore en sécurité à l'intérieur de nos frontières ?

– Je comprends vos tourments, mais laissez-moi vous rappeler que nous ne parlons pas de n'importe quel criminel. C'est le capitaine Morgan Ker ! s'emporta le père de Victoire en tapant du plat de sa main sur le bureau. Le pirate qui a assassiné votre sœur !

Tante Élisabeth sursauta de surprise, et sûrement un peu de peur… Victoire n'avait jamais vu son père tant hors de lui. Ses gestes n'étaient plus mesurés, sa voix montait dans les aigus, quant à son regard… Il allait finir par tuer quelqu'un avec.

Un silence assourdissant remplit le bureau.

Le pirate Morgan Ker, capitaine, de surcroît… Tel était donc l'identité de l'assassin de sa mère.

– Mais… Pourquoi venir ici ? demanda Alexandre.

– Pour le pouvoir et l'argent. Il pille nos navires marchands, provoque la rébellion sur Ferterra et s'introduit au palais quand bon lui semble pour s'en prendre aux êtres qui me sont chers. C'est intolérable ! s'exclama le marquis de plus belle en se levant.

Son père faisait désormais les cent pas derrière son bureau. Plus préoccupé et plus remonté que jamais.

– Il va me le payer cher !

– Nous allons le retrouver, c'est certain, assura Alexandre avec un calme qui tranchait dans cette conversation agitée. Il ne peut plus nous échapper, maintenant que toutes nos troupes sont à ses trousses.

– J'ai bien fait déployer toute la garde, mais il est introuvable pour l'instant.

Alexandre se dirigea vers la fenêtre qui donnait sur le bois et adopta une attitude songeuse.

– Il a peut-être rejoint son navire, se risqua Victoire.

– Avec cette blessure et tout le sang qu'il perd, je ne pense pas qu'il soit allé jusqu'à la côte, rétorqua Alexandre.

– Mais c'est une possibilité à envisager, le contredit son oncle. Il y retournera à un moment ou à un autre. J'ai demandé à ce qu'on interroge tout le monde à Alcaraz. Quelqu'un parlera forcément.

Si Lys possédait des milliers de miles de côtes rocheuses donnant accès à la mer, seule la ville côtière d'Alcaraz faisait office de point d'entrée. En effet, les falaises ne permettaient pas aux bateaux d'amarrer, ni même la construction d'installations facilitant la circulation maritime. Aujourd'hui encore, Alcaraz restait le seul contact du continent avec le Sud, et chaque accès à la mer était soigneusement surveillé et protégé par l'armée royale.

Cependant, tous savaient que quelques criques à proximité du port étaient utilisées par les contrebandiers, et souvent difficiles d'accès. Les autorités n'allaient pas jusque-là dans leurs rondes quotidiennes, ce qui permettait à un trafic parallèle au commerce royal de prospérer.

Si personne ne parlait pour donner la localisation du bateau, le pirate aurait le temps de lever l'ancre avant la fin des fouilles. Victoire pouvait dire adieu à sa vengeance... Ce qu'elle s'en voulait de ne pas l'avoir tué quand l'occasion s'était présentée !

– Victoire, regagnez vos appartements, ordonna son père. Je vais faire venir le médecin.

– Mais… Je veux être tenue informée de l'avancée de vos recherches.

– Vous n'avez pas à vous en soucier.

Il adressa un simple regard à sa belle-sœur, qui se précipita sur Victoire dans une étreinte maternelle.

– Venez mon enfant, intima-t-elle.

Ne trouvant rien d'autre à redire, Victoire quitta le bureau de son père avec un dernier regard pour son cousin, mais celui-ci était déjà plongé dans l'examen d'une carte de Luxia.

Alors qu'elles arpentaient le couloir, tante Élisabeth se flagellait pour avoir failli à ses devoirs de chaperon. Victoire ne l'écoutait que d'une seule oreille, son esprit accaparé par son dernier combat. Encore et encore.

Le regard ténébreux du pirate ne cessait d'apparaître devant le sien, les effluves épicés de son haleine picotant encore son nez. La chaleur de sa main, la puissance de son corps, sa détermination à la vaincre…

– Je vais vous aider à vous mettre au lit, déclara tante Élisabeth alors qu'elles arrivaient dans ses appartements.

Cependant, elles furent interrompues dans leur élan dès leur entrée dans le petit salon. Madame Monart, la dame de compagnie de Victoire, se leva et se dégagea légèrement pour leur laisser apercevoir une figure frêle, enveloppée dans un grand châle. Triturant nerveusement ses doigts, Héloïse arborait un air soucieux qui contrastait avec la joie de vivre qu'elle avait manifestée plus tôt, pendant le bal. Les plumes qui décoraient sa coiffure avaient disparu et le jaune éclatant de sa robe s'effaçait sous le brun du large tissu qui couvrait ses épaules. Malgré tout, Victoire trouvait que son amie restait la plus gracieuse des jeunes filles de ce royaume.

– Mademoiselle Héloïse souhaite vous voir, annonça madame Monart avec un regard hésitant pour tante Élisabeth.

– Mon enfant, coupa la comtesse. Je comprends votre inquiétude pour votre amie, mais il serait préférable de revenir demain pour prendre de ses nouvelles. La soirée a déjà été suffisamment rude pour Victoire.

– S'il vous plaît, supplia Victoire, trop heureuse d'avoir l'opportunité de se confier à son amie. Héloïse me changera les idées, et je suis certaine qu'elle me permettra ainsi de m'endormir plus sereinement.

Tante Élisabeth hésita un instant, son regard passant de l'une à l'autre.

– Bien… Mais seulement quelques instants !

– C'est promis, s'empressa de répondre Victoire.

Sa tante l'embrassa sur le front puis sortit, suivie par madame Monart, qui assura qu'elle reviendrait d'ici une demi-heure pour s'assurer que Victoire allait bien.

Les traits fins et juvéniles d'Héloïse s'éclairèrent dès qu'elles furent seules.

– Victoire, quelle histoire ! Comment vas-tu ? s'enquit-elle d'un air inquiet.

Son amie s'approcha d'elle et lui saisit les deux mains avant de l'inciter à s'asseoir sur le canapé. Victoire fixa la théière encore chaude et la tasse qui avait été servie à son amie en l'attendant.

– Je vais bien.

À dire vrai, elle n'en savait rien. Elle se sentait fière d'avoir réussi à le blesser mais cela ne lui semblait pas assez.

– Tout le palais ne parle que de ça… C'est vrai ce qu'on raconte, Victoire ? C'était lui ?

Les yeux brillants, Héloïse semblait suspendue à ses lèvres, comme un enfant qui écoute une histoire racontée par ses parents.

– En chair et en os.

Victoire ressentait de nouveau la chaleur de ce corps brûlant irradiant le sien. Elle respira à pleins poumons pour faire passer cette sensation.

– Il t'a fait du mal ?

– J'ai seulement quelques contusions, répondit Victoire en massant son épaule. En revanche, je peux t'assurer que lui va se souvenir de moi.

– C'est-à-dire ? demanda Héloïse avec un mélange de curiosité et de malice.

– Une balle dans la cuisse, déclara fièrement Victoire. Et quelques coups de tisonnier pour parfaire l'ensemble.

Héloïse couvrit sa bouche de ses deux mains pour étouffer sa surprise.

– Décidément, ton courage n'a pas d'égal, souffla-t-elle d'un ton chargé d'admiration.

– Malheureusement, je ne l'ai pas tué, se lamenta Victoire. C'est un échec cuisant !

– Il ne faut pas voir les choses ainsi. Grâce à cette blessure que tu es parvenue à lui infliger, ton père va certainement réussir à le capturer.

– Et il le tuera… à ma place, précisa Victoire en tournant son regard vers l'extérieur. Tout est terminé, je n'ai plus aucun moyen de le confronter de nouveau.

– Victoire…

Son regard croisa celui d'Héloïse et dedans, elle put y lire une incompréhension complète. Comment avaient-elles pu nouer une si solide amitié en étant aussi opposées ? Sans la loyauté sans faille d'Héloïse, leurs chemins auraient pu se séparer des années auparavant.

– Si je n'ai plus ça, je n'ai plus rien, lui expliqua Victoire.

– C'est faux, et tu le sais, la contredit son amie. Pense à tous ceux qui t'aiment ici, à notre vie tellement privilégiée. Je sais que tu n'apprécies ni la danse ni les bals ni même le mariage. Mais il y a le théâtre, l'opéra, la peinture, nos balades à cheval et tant d'autres choses !

Déjà qu'elle ne se sentait pas au mieux de sa forme, l'enthousiasme d'Héloïse la mit encore plus mal. Pourquoi ne voyait-elle pas le même tableau que sa meilleure amie ? Leurs gestes étaient constamment surveillés, et le moindre de leurs faux pas sanctionné. L'étiquette, la routine, le poids des traditions, le mariage forcé, un quotidien de femme régi selon des règles édictées par des hommes… Si on lui demandait de faire une liste de tout ce qu'elle reprochait à sa vie, son carnet de notes n'aurait pas assez de pages.

– N'as-tu pas envie de voyager ? De rencontrer d'autres personnes ? De vivre… pleinement ? lui demanda Victoire. Je me sens incomplète ici, j'ai vraiment l'impression que nous ne connaissons qu'une infime partie de ce qui constitue la vraie vie.

– Oui, peut-être… Victoire, nous avons déjà eu cette discussion maintes fois, et pourtant, tu oublies toujours que nous connaissons la partie facile de cette vie. Dehors, ce n'est pas le bonheur qui t'attend, c'est le danger, peut-être même la misère et le désespoir.

– Quand bien même, je me sens enfermée sous une cloche de verre. Pas toi ?

– Nous sommes en sécurité ici. À Lys, nous ne manquerons jamais de rien, et surtout, notre avenir est déjà tracé. Pas de doutes, pas de peur.

Héloïse était ainsi : capitonnée. Emmurée dans de fausses certitudes. Victoire ne lui en voulait pas, car à Lys, tout le monde était éduqué dès le plus jeune âge à vivre sans se poser de questions existentielles. Juste servir et divertir le roi, contribuer à son bien-être, prendre du plaisir, festoyer.

– Mais justement, Héloïse, où est l'aventure ? Où est la surprise ? J'ai de plus grandes ambitions que celle de choisir un mari comme l'un de nos rubans sur un étalage !

Était-elle la seule dans ce royaume à avoir des doutes sur le but de leur existence ? Certes, Victoire était entourée, mais malgré la présence de son père, de sa tante, d'Alexandre ou même d'Héloïse autour d'elle, n'y avait-il pas un degré de satisfaction supérieur ?

– La maîtresse du roi était une femme forte, rétorqua alors Héloïse avec assurance. Elle est parvenue à se hisser dans les hautes sphères du pouvoir. Elle était même l'égale des hommes dans plusieurs domaines… Personne n'ignore aujourd'hui l'influence qu'elle avait sur le roi.

– Et où est-elle désormais ? contra Victoire.

Héloïse pinça du bec.

– Six pieds sous terre, répondit Victoire à sa place. Quelqu'un aura voulu se débarrasser d'elle. Voilà quelles sont les opportunités d'exister pour une femme dans ce royaume. Si on sort un tantinet du sentier, on risque notre vie !

– La thèse de l'empoisonnement n'a pas été confirmée.

– Elle n'a pas été écartée non plus, s'empressa de répondre Victoire. J'ai fait traîner mes oreilles près du cabinet des médecins, et crois-moi, ce n'est pas une indigestion qui a emporté la marquise de Dienne.

Héloïse baissa son regard sur ses mains posées sur ses genoux.

– Tu n'étais pas censée te reposer ? les interrompit une voix grave.

Victoire sursauta en même temps que son amie.

Appuyé contre l'embrasure de la porte, Alexandre la gratifiait d'un regard réprobateur. Avec son uniforme rouge, son cousin paraissait bien plus impressionnant qu'à l'accoutumée.

– Je vais te laisser, dit Héloïse en serrant sa main dans la sienne. J'espère te voir demain. Nous pourrions aller nous promener du côté de la rivière.

– Pourquoi pas, répondit Victoire en forçant un sourire.

Son amie le lui rendit à la manière dont elle savait si bien le faire : franc et chaleureux, puis elle quitta la pièce non sans une discrète révérence adressée à son cousin.

– Tu n'étais pas censé partir en mission ? lui demanda à son tour Victoire dès que la grande porte eut claqué derrière lui.

– Nous devons attendre d'avoir plus d'informations, répondit-il en s'approchant. Je voulais m'assurer que tu te sentais mieux.

Leurs regards se croisèrent, mais elle baissa bien vite le sien. Alexandre avait vu clair dans son jeu.

– Je sais parfaitement ce qui s'est passé : tu as voulu faire cavalier seul.

Face à ce reproche criant de vérité, Victoire pinça les lèvres. Qu'avait-elle à dire pour sa défense ?

– C'était une chance inespérée pour moi.

– Une chance ? Tu en parles comme une sorte de… cadeau ?

Elle crut que les yeux de son cousin allaient sortir de leur cavité.

– C'est ainsi que je le considère, répondit-elle sèchement.

– Victoire, je te sais impétueuse, mais ce si beau cadeau aurait pu te coûter la vie, bon sang ! Tu penses à toutes les personnes pour lesquelles tu comptes ici ? Que se serait-il passé si je n'étais pas intervenu ?

Elle ne sut quoi répondre, car non, elle n'avait pensé à rien de tout cela.

– C'est un pirate, Victoire ! Un pirate ! s'emporta-t-il. Il n'aurait eu aucune pitié, crois-moi.

– Je n'en ai pas eu pour lui non plus.

Alexandre la toisa avec désapprobation et fit quelques pas dans sa direction.

Elle n'aimait pas le tour que prenait cette discussion et se leva d'un bond.

– Cesse de t'inquiéter pour moi, je vais très bien, lui intima-t-elle avec un soupçon d'agacement dans la voix.

Victoire en avait sa claque de se faire réprimander. Son père, sa tante, et maintenant son cousin… La coupe était pleine. Elle servit deux tasses de thé fumant et en tendit une à Alexandre qui hésita avant de l'accepter. Puis elle s'empara de la sienne et s'approcha de la fenêtre pour perdre son regard vers l'extérieur.

– Victoire…

L'expression de son visage traduisait son inquiétude et une affection sincère.

– Chut ! Je sais que tu cherches à veiller sur moi. Nous avons toujours été présents l'un pour l'autre, et tu as été, de bien des manières, plus qu'un cousin pour moi. Plutôt un frère…

S'il acquiesça, elle voyait bien qu'il s'apprêtait à se lancer dans un grand discours dont il avait l'habitude, celui auquel elle avait droit après une session d'entraînement où elle se laissait dépasser par sa haine, où elle affirmait à voix haute son ambition d'être assez forte pour traquer et vaincre l'assassin de sa mère.

– Je sais que je n'ai pas été raisonnable, mais comprends-moi, je voulais juste… être en paix, soupira-t-elle en baissant les yeux sur son drap. Maintenant, tout cela n'a plus d'importance.

– Détrompe-toi, Victoire. Tes efforts n'ont pas été vains. Avec cette méchante blessure que tu lui as infligée, ton père n'aura aucune difficulté à mettre la main dessus.

Le ton était plus optimiste qu'il ne fallait, mais il fit sourire Victoire. Après tout, la garde royale savait où chercher et un pirate boitillant aurait bien du mal à se fondre dans la foule.

– Une fois cet homme appréhendé, tu auras la joie d'assister à son procès devant toute la cour de Lys et tu pourras l'affubler de tous les noms d'oiseaux que tu connais.

Le rire de Victoire mourut très vite dans sa gorge. Son père possédait de l'influence, et s'il pouvait en user, il vouait une telle haine à ce pirate, à l'assassin de sa femme, qu'il lui réserverait un sort bien pire que ce que son cousin envisageait. Il ne s'encombrerait certainement pas de l'avis des magistrats.

– J'ai peur, murmura-t-elle.

– Tu n'as peur de rien, la contredit Alexandre avec assurance.

– Si mon père retrouve le pirate, il prendra des risques inconsidérés dans le seul objectif de me protéger.

– Ton père sait ce qu'il a à faire.

– Oui, et la seule option qui lui reste, c'est la mort. Il le tuera, sans lui laisser le temps de découvrir les cachots du palais. Sans se soucier de sa fonction ni des conséquences.

– Même si le poste de chancelier lui donne de nombreux passe-droits, le peuple n'acceptera pas qu'il fasse justice lui-même. S'il va au bout de votre vengeance, ces actes risquent effectivement de lui coûter sa place auprès du roi.

Alexandre s'était levé et faisait maintenant les cent pas dans la chambre. La respiration de Victoire se fit haletante, tant elle sentait son impuissance. Quel que soit l'état des réflexions de son cousin, sa fonction lui permettait d'agir. Victoire, elle, ne pouvait qu'essayer de raisonner son père, mais elle savait cette mission vouée à l'échec. Après tout, c'est bien de lui qu'elle tenait son entêtement.

– Peut-être que je pourrais intercepter les messages venant d'Alcaraz et devancer l'arrivée de ton père. Si nous l'empêchons de se retrouver seul face à lui, il ne pourra pas agir en dehors des lois.

Alexandre était une personne réfléchie et pragmatique, il était soucieux de son devoir. S'il était d'une loyauté inébranlable envers sa famille, il n'irait pas contre les intérêts du royaume.

– Tu penses que c'est envisageable ? Tu penses réellement parvenir à devancer mon père ?

Alexandre continua pendant quelques instants à creuser le tapis du salon avec ses bottes puis s'arrêta :

– Ne me sous-estime pas, cousine, déclara-t-il. Repose-toi et laisse-moi veiller aux intérêts de la famille.

Victoire se sentit soulagée d'avoir rallié son cousin à sa cause. Avec lui, l'affaire était entre de bonnes mains et le sentiment d'impuissance qu'elle ressentait s'estompa un peu.

Alors qu'il remontait le couloir qui menait de sa chambre au petit salon, elle s'écria :

– Alexandre !

Son cousin se retourna sur le seuil de la porte et tandis qu'il la dévisageait avec insistance, Victoire sentit ses lèvres trembler et ses yeux s'embuer. Il était toujours compliqué pour elle de se livrer aux personnes qu'elle aimait.

Alexandre s'accota nonchalamment au mur et son regard, d'abord soucieux, se remplit de tendresse.

– Merci du fond du cœur, lui avoua-t-elle sincèrement.

– N'est-ce pas le rôle d'un grand frère ? s'amusa-t-il.

CHAPITRE 9

VICTOIRE

Le lendemain matin, Victoire se réveilla avec la désagréable impression d'avoir été piétinée par tous les chevaux du palais. Quelques bleus étaient maintenant bien visibles sur sa peau et ses muscles la tiraillaient à chaque mouvement. Cependant, sa tante avait eu raison : une bonne nuit de sommeil lui avait remis les idées en place.

Une seule chose comptait désormais : faire de nouveau face au capitaine Morgan Ker.

Après une brève toilette, elle s'habilla puis s'installa à sa coiffeuse pour tenter de faire un chignon digne de ce nom.

– Vous êtes déjà debout ? demanda tante Élisabeth en venant du petit salon.

– Je n'arrivais plus à dormir, répondit Victoire alors qu'elle s'énervait sur sa coiffure.

– Laissez-moi faire, proposa sa tante en s'emparant des épingles.

Victoire détestait se faire coiffer, mais elle accueillit sa proposition bien volontiers.

– Avez-vous des nouvelles ? s'empressa-t-elle de lui demander.

– Aucune, mon enfant.

– Où est mon père ?

– Il est sorti du palais très tôt ce matin, lui répondit la comtesse tout en modelant délicatement son chignon. Ne vous inquiétez pas pour lui. Avec une cinquantaine de gardes à ses côtés, il ne risque absolument rien.

– Oui, sans doute…

Par les fenêtres, Victoire pouvait voir la garde déployée dans les jardins, en nombre beaucoup plus important qu'à l'accoutumée. Alors qu'elle envisageait de demander une promenade pour pouvoir aborder un soldat, Alexandre apparut sur le pas de sa porte, essoufflé, le regard chargé de promesses. Il tapa quelques coups contre le battant pour attirer l'attention de sa mère.

– Mon chéri, vous n'étiez pas en patrouille ?

– J'en reviens. Je voulais prendre des nouvelles de ma chère cousine avant de faire mon rapport au chancelier.

Victoire tenta de canaliser son excitation pour ne pas éveiller les soupçons de sa tante.

– Ma tante, je n'ai pas la force de descendre petit-déjeuner ce matin.

– Il est nécessaire que vous repreniez des forces, mon enfant.

– Justement, accepteriez-vous de me le faire monter ? minauda Victoire.

Tante Élisabeth la fixa d'un œil soupçonneux, puis elle étudia l'attitude peut-être trop angélique de son fils. Cependant, elle céda dans un sourire attendri et enfonça une dernière épingle dans les mèches brunes de Victoire.

– J'ai compris, je vous laisse à vos confidences. Mais je vais tout de même récupérer votre petit déjeuner et je reviens veiller à ce que vous mangiez bien quelque chose.

Victoire acquiesça avec empressement. Avec un dernier regard d'avertissement à son fils, tante Élisabeth le dépassa et referma la grande porte derrière elle.

– Je sais où il se trouve, reprit Alexandre à voix basse, dès qu'ils furent seuls. Apparemment, notre homme est à bord de son navire. Ils ravitaillent ce soir, à la nuit tombée.

Le cœur de Victoire fit des bonds dans sa poitrine.

– Mon père détient-il cette information ?

– Pas encore. J'ai envoyé des soldats faire le tour des tavernes d'Alcaraz en civil. Certaines personnes se laissent plus facilement aller aux confidences quand on fait tomber l'uniforme.

– C'est judicieux, le félicita-t-elle. Quand pars-tu ?

– Dans quelques heures. Je veux arriver juste avant la nuit.

– Tu y vas seul ?

– Non, je retrouve quelques hommes sur place. Assez pour un assaut, mais pas trop, pour éviter d'attirer l'attention.

Tout à coup, Victoire ressentit une peur incontrôlable, celle de voir Alexandre se précipiter vers une mort certaine. Elle tenta de se raisonner : si elle était venue à bout de ce pirate et l'avait fait fuir, Alexandre et plusieurs soldats y parviendraient sans difficulté. Cependant, elle ne put masquer son inquiétude.

– Tu es sûr de toi ? demanda-t-elle d'une petite voix.

– Évidemment, Victoire. Je connais mon métier, assura-t-il avec une fierté évidente.

Elle ne pouvait le nier, il lui avait tout appris : comment se défendre, comment attaquer, comment se dissimuler, comment pister, comment venir à bout de son adversaire… Alexandre lui avait enseigné tout ce qu'il avait appris à l'école militaire.

À peu de chose près, Victoire se sentait capable de faire tout ce qu'il faisait, et sa haine suffirait à combler son manque d'expérience. Pourquoi laisser à son cousin, à son père ou à qui que ce soit d'autre l'opportunité de vaincre Morgan Ker ? Elle pouvait le faire, elle avait la force, la détermination et désormais, la connaissance du lieu où il se cachait.

Si elle suivait Alexandre, elle s'offrait une seconde chance de tuer le pirate de ses propres mains. Cette idée fit son chemin dans son esprit, doucement, mais férocement.

– Bonne chance, alors, souffla-t-elle, ses pensées déjà ailleurs.

– Ne t'inquiète pas pour moi. Et surtout, pas un mot.

Victoire posa son index sur sa bouche fermée pour faire comprendre à son cousin qu'elle garderait le silence. Avec un regard appuyé, il acquiesça d'un signe de tête, et dans un mouvement de cape, il lui tourna le dos pour se diriger à grandes enjambées vers la sortie.

La porte n'était pas encore refermée que Victoire se précipitait déjà vers son secrétaire pour rédiger un pli à l'attention d'Héloïse, au cas où ses plans tourneraient mal. Elle souhaitait lui expliquer ses intentions, la remercier pour son amitié, et dire à toutes les personnes qui comptaient pour elle à quel point elle les aimait…

Elle venait à peine de le cacheter quand sa tante réapparut, suivie d'une femme de chambre qui portait un plateau riche de plusieurs mets. Dans une assiette, des œufs brouillés côtoyaient des saucisses fumantes. Du pain l'attendait également avec plusieurs confitures et une motte de beurre. Dès que le plateau fut déposé sur la petite table, tante Élisabeth s'empressa de lui servir un café brûlant, puis elle versa deux généreuses cuillerées de sucre dedans.

Victoire profita de son inattention pour fourrer sa lettre dans un tiroir.

– Vu votre état, je pensais presque que vous vous seriez recouchée, s'étonna sa tante. Que faites-vous ?

– Je… J'écrivais un poème.

– Un poème ? Je ne vous connaissais pas ce talent.

– Chacun possède son jardin secret.

Sa tante la gratifia d'un regard tendre.

– Avec ces paroles énigmatiques, vous me rappelez bien ma sœur, lui avoua-t-elle. Votre mère était comme vous : mystérieuse, parfois insaisissable.

– Je lui ressemble un peu, dit-on.

– Beaucoup.

Tante Élisabeth détourna les yeux et préféra tartiner un morceau de pain. Néanmoins, malgré sa tête basse, son chignon serré permit à Victoire de voir clairement quelques larmes briller au coin de ses yeux.

– Vous ne me parlez jamais d'elle, se surprit-elle à dire.

Le moment n'était pas idéal pour entendre des confidences, mais il était tellement rare que la comtesse de Prissac aborde le sujet d'elle-même.

– Certaines blessures sont trop douloureuses, murmura-t-elle. Vous en savez quelque chose…

Ainsi, Victoire n'était pas la seule à s'entourer d'une muraille de pierre. Sous ses airs parfois revêches, sa tante pleurait encore sa jeune sœur et souffrait en silence. Victoire se sentit soudain plus proche d'elle.

Pourtant, même si la jeune femme acceptait d'encaisser la souffrance et refusait de verser une seule larme, elle avait besoin d'extérioriser sa peine.

L'action était le meilleur des remèdes. Et dans quelques heures, elle le prouverait.

– Veuillez m'excuser, ma chère nièce, je me sens soudain prise d'une migraine. Je vais devoir à mon tour me reposer. Je vous fais confiance pour avaler ce repas.

Sans lui laisser le temps de répondre, sa tante déposa un doux baiser sur son front. Victoire sentit, lorsque sa main se posa contre son bras, quelques tremblements incontrôlables. Les évènements de la veille avaient apparemment fait remonter des souvenirs douloureux pour chaque membre de cette famille.

Bien que chamboulée, Victoire refusa de se laisser distraire ou attendrir par cette marque d'affection. Dès qu'elle fut de nouveau seule, elle déposa l'enveloppe sous son sous-main, là où elle savait qu'Héloïse chercherait en premier. C'était toujours à cet endroit que Victoire cachait ses messages pour elle lorsqu'elle décidait de s'échapper seule.

Une fois sa tenue d'homme passée, son épée solidement accrochée à sa taille, elle prit le soin de placer quelques oreillers sous sa couverture. La supercherie ne ferait pas illusion très longtemps, mais elle serait déjà loin quand sa tante ou madame Monart découvrirait le pot aux roses.

Sans un regard en arrière, Victoire quitta sa chambre.

CHAPITRE 10

VICTOIRE

La nuit commençait à tomber sur Alcaraz. Cachée dans le creux de la roche, non loin du point de rendez-vous d'Alexandre et de ses hommes, Victoire commençait à s'interroger sur le bien-fondé de sa décision. Devant elle, en contrebas, une fourmilière de pirates s'activait au déchargement de marchandises. Une seule lanterne éclairait l'endroit, lui permettant de distinguer leurs mines renfrognées, et ainsi de ressentir le danger de la situation.

Comment allait-elle agir en lieu et place d'une vingtaine de gardes expérimentés pour accéder à sa cible ?

Point positif : le capitaine était blessé et grandement diminué.

Énorme point négatif : il n'était pas au milieu de ses hommes et elle allait devoir user d'ingéniosité pour réussir à s'infiltrer sur le navire. Et surtout, à en ressortir.

– En avant ! cria soudain Alexandre.

Prise dans ses réflexions, Victoire ne faisait plus attention aux débats des militaires depuis quelques minutes, temps suffisant pour rater le lancement de l'assaut. En l'espace de quelques secondes, les gardes dévalèrent la pente rocheuse et fondirent sur les pirates. L'effet de surprise ne leur fut bénéfique qu'un instant avant que le choc des épées produise un vacarme assourdissant.

De sa cachette, Victoire avisa la panique générale qui venait de s'emparer des pirates. Certains tentaient d'emporter sur le navire ce qui restait de marchandises tandis que d'autres faisaient face à l'attaque. Une vache n'y aurait pas retrouvé son veau. Victoire, elle, distinguait simplement des rugissements, des bousculades, ainsi que le bruit des caisses et des tonneaux qui s'écrasaient au sol…

Il était temps d'agir.

La peur au ventre, mais sa détermination plus indéfectible que jamais, Victoire fondit tête baissée, profitant de l'agitation pour se noyer dans la foule. Elle suivit le mouvement des pirates qui battaient en retraite, évita un corps projeté sur elle, courba l'échine sous une lame affûtée, et posa enfin le pied sur la passerelle en bois.

En bas, les vagues se fracassaient sur la roche avec violence. Un faux pas et elle s'écraserait sur les rochers au fond de l'eau. Malgré l'effroi, deux bousculades successives l'empêchèrent de s'attarder plus longtemps sur les risques et elle courut sur les planches vacillantes.

Une fois à bord, Victoire s'empressa de se placer un peu en retrait, contre les parois du navire. Devant elle, les pirates couraient dans tous les sens, certains montaient aux mâts, d'autres s'occupaient de cordes. Au loin, elle distinguait le combat et entendait encore le bruit des épées qui s'entrechoquaient.

Alexandre…

– On bat en retraite ! l'entendit-elle crier tout à coup.

Le soulagement la gagna immédiatement : la rage des pirates semblait se décupler au fur et à mesure de la bataille, et plusieurs soldats gisaient déjà au sol. Il laissa pourtant vite place à l'angoisse. Le navire levait l'ancre, permettant seulement aux derniers matelots de monter à bord. Au loin, les petites lumières de la côte disparaissaient peu à peu. Un frisson parcourut tout son corps de haut en bas…

Plus de retour possible.

Les voiles se hissèrent pour ensuite se gonfler de vent. Le bois se mit à grincer, et quelques instants plus tard, l'air de la mer se fit plus intense. Ce bruit, cette odeur de sel, Victoire ne les avait jamais côtoyés de cette manière, presque intime en quelque sorte.

Soudain, un sentiment l'étreignit : le frisson de l'aventure, l'excitation du voyage, l'appréhension de l'inconnu. Elle ne sut s'il venait d'elle ou si la foule le lui transmettait, car une clameur générale s'éleva sur le pont.

Pendant que les pirates se réjouissaient de leur succès, le cœur de Victoire battait tellement fort qu'il allait transpercer sa poitrine.

– Cap sur Jakoba ! ordonna alors une voix qui la tétanisa.

À cause de sa récente blessure, Morgan Ker n'était certainement pas dans une forme exceptionnelle. Pourtant, rien ne le laissait pressentir dans son ton : un mélange d'autorité et de détermination qui confirma à Victoire que le pirate était bien le capitaine du navire.

Des pas lourds venant dans sa direction coupèrent court à ses réflexions. Il lui fallait décamper au plus vite ! Une fois debout, son équilibre vacilla et elle se rendit compte que le bateau était désormais en pleine mer.

Sa course le long de la coque fut assez longue pour qu'elle prenne conscience de l'immensité de ce navire. Elle longea prudemment les parois en bois sur plusieurs mètres jusqu'à se retrouver à l'arrière, loin du pont, où l'agitation régnait toujours.

Après avoir vérifié que le champ était libre, elle s'avança au plus près du bord et s'agrippa à la rambarde, respirant vraiment pour la première fois depuis plusieurs minutes. Le tintement d'une cloche la fit se retourner et prendre conscience de sa situation vulnérable : elle se trouvait dans un cul-de-sac. En attendant de croiser le chemin du capitaine, elle devait trouver une cachette. En face, elle avisa une porte sous laquelle passait un rai de lumière.

Était-il prudent d'entrer ? Le bruit reconnaissable d'une démarche lourde et boiteuse venant dans sa direction ne lui laissa pas d'autre choix. Elle saisit la poignée et se précipita à l'intérieur de la pièce. Dès qu'elle eut refermé l'épaisse porte en bois derrière elle, ses narines se mirent à picoter d'une façon plus que familière désormais. L'endroit était vaste et regorgeait de beaux meubles en bois foncé et de tentures dont elle reconnaissait la qualité. Victoire s'était, sans le savoir, rendue directement dans l'antre de son ennemi juré.

Elle se dirigea vers une alcôve sculptée, plus belle que toutes celles du palais de Lys réunies. Alors qu'elle s'apprêtait à se cacher derrière l'épais rideau rouge de l'imposant lit en bois, une présence derrière elle interrompit son mouvement :

– Que fais-tu ici, garçon ?

C'était raté pour son effet de surprise !

Victoire ne bougeait plus. Elle s'était préparée à cette confrontation depuis des années, et pourtant, en cet instant, son traître de corps semblait totalement la lâcher. La panique la dominait entièrement.

Dès qu'elle se retournerait, ses vêtements d'homme ne feraient plus illusion. Le pirate se rendrait compte de son imposture, et il aurait le dessus sur elle.

Malgré son appréhension, Victoire rassembla son courage et posa sa main sur le manche de son épée. Dans un cri rageur, elle la sortit de son fourreau et se tourna pour la pointer sur son ennemi.

Étrangement, planté face à elle, une canne à la main, le capitaine ne bougea pas d'un pouce.

Pourtant, Victoire le tenait bien en joue, la pointe de sa lame à quelques centimètres seulement de son buste. Les mèches souples du capitaine tombaient négligemment sur son front. Le costume de bal avait été remplacé par un large pantalon noir et une chemise d'un blanc immaculé. Ce n'était pas le seul changement : la peau de son visage était rasée de près. Le vert de son regard, toujours aussi intense, la déstabilisa.

Ses traits ne trahissaient aucune émotion. Même quand Victoire fit sauter son couvre-chef deux mètres plus loin, laissant ses cheveux s'étaler sur ses épaules. Manifestement, il possédait un sang-froid résistant à toute épreuve.

Victoire renifla bruyamment pour chasser de ses narines ce parfum qui lui faisait tourner la tête. Elle devait oublier son statut d'homme fait de chair et de sang. Devant elle se tenait un monstre, et dans quelques secondes, elle allait enfoncer l'épée dans sa gorge, puis le regarder se vider de son sang pour payer celui qui avait été perdu par sa mère.

Le moment était parfait.

À un détail près : sa main recommençait à trembler.

– Qu'attendez-vous ? demanda Morgan avec ennui.

Victoire déglutit difficilement mais s'évertua à masquer son trouble. Elle mit le plus d'assurance possible dans sa voix pour rétorquer :

– Je vous laisse le temps de savourer vos dernières secondes sur terre.

– Sur mer. Nous sommes sur un bateau.

Le coin de ses lèvres s'étira en un sourire presque imperceptible mais cette provocation suffit à exaspérer Victoire.

– Le moment n'est pas à la plaisanterie, monsieur, siffla-t-elle.

– Il n'y a jamais de mauvais moment pour faire de l'humour.

Tentant de reprendre le contrôle de la situation, elle rassembla tous les sentiments éprouvés à son égard : haine, rancœur, rage.

– Dois-je vous rappeler la raison pour laquelle je me tiens devant vous, armée d'une épée ?

Ce souvenir ne fit pas le moins du monde vaciller le capitaine. Au contraire, il émit un soupir las, et son regard dériva sur la porte encore entrebâillée, d'où les cris de joie de son équipage leur parvenaient encore.

– Dois-je vous rappeler que vous êtes une femme sur un navire infesté de pirates ? Avez-vous la moindre idée du sort qu'ils vous réserveront une fois que vous aurez tué leur capitaine ? Ici, je suis le seul homme capable de contenir une centaine d'anciens esclaves ayant perdu une partie de leur humanité…

Criante de vérité, la réplique du capitaine déclencha un frisson qui courut le long de sa colonne vertébrale et provoqua des tressaillements incontrôlables de son corps. Encore une fois, elle s'obligea à se concentrer sur cette colère qui l'animait depuis tant d'années afin de reprendre le dessus.

– Je veux bien mourir. Du moment que ma mort survient après la vôtre, se reprit-elle.

Le capitaine étouffa un rire sans joie.

– Oh, mais… ils ne vont pas vous tuer, petite sotte. Ils vont d'abord vous cogner. Pas assez pour vous accorder le droit de mourir, mais suffisamment pour vous en donner l'envie. Ensuite viendra la torture. Et ils recommenceront, encore et encore, jusqu'à ce que vous les suppliiez de vous achever.

Victoire refuserait de le reconnaître, mais elle n'avait pas une seule seconde pensé à la suite des évènements. Elle s'imaginait assez courageuse pour surmonter toutes les épreuves, du moment qu'elle y gagnait sa vengeance tant attendue. Cependant, maintenant qu'elle entendait toutes les horreurs auxquelles elle allait être confrontée, il lui était difficile de ne pas laisser le doute s'insinuer dans son esprit.

Malgré l'élan de peur que le capitaine venait de déclencher en elle, Victoire refusa de se laisser abattre. Elle pouvait se montrer plus maligne que cette brute épaisse.

– Je me cacherai et je débarquerai à la prochaine escale. J'ai bien réussi à monter. On entre chez vous comme dans un moulin…

– Vous cacher ? Il y a plus de vingt jours de pleine mer. Comment survivrez-vous sans eau ni nourriture ?

Elle n'avait pas pensé à ce détail.

– Arrêtez ! s'écria Victoire, sentant le plancher se dérober sous ses pieds.

Son plan partait en fumée.

– Vous voulez encore m'intimider. Mais ça ne prend pas, cette fois-ci. Vous êtes devant moi, seul, blessé, à ma merci.

Pointant son regard en direction du sol, le capitaine poussa un soupir d'exaspération qui résonna dans toute la pièce.

– Vous êtes complètement folle, lança-t-il en relevant les yeux vers elle. Vous jeter ainsi dans la gueule du loup…

– Le loup, c'est vous ? Laissez-moi rire ! Regardez-vous avec votre trou dans la cuisse et votre canne ! se moqua Victoire.

– J'en ai vu d'autres, rassurez-vous.

Sa manière d'avoir toujours réponse à tout déstabilisait Victoire, plus qu'elle ne l'aurait voulu. Elle se sentait faible, manipulable, alors que lui restait inébranlable. Rien de ce qu'elle pourrait lui dire ne l'atteindrait.

– Je vous déteste, siffla-t-elle.

– Vous me considérez donc assez pour me porter un quelconque sentiment. Je suis flatté. Je n'en ai pas autant à votre égard.

– Vous vous donnez de grands airs, mais vous n'êtes qu'un assassin. J'aurais dû vous tuer avec ce pistolet quand j'en ai eu l'occasion !

– Certes.

La dernière chose qu'elle vit fut le sourire dénué de toute trace de peur de son ennemi. En effet, sans avertissement, la canne de bois faucha ses jambes. Victoire perdit l'équilibre, et dans un grand fracas se retrouva à terre, son nez s'écrasant contre le plancher ciré de la somptueuse cabine du capitaine.

CHAPITRE 11

MORGAN

De toutes ses récentes déconvenues, celle-ci le rendait un tantinet nerveux.

Morgan avisa le corps étendu à ses pieds. Les longs cheveux noirs, maintenant sortis du chapeau, cachaient le visage de la jeune noble. L'épée avait glissé de ses mains et gisait à quelques mètres d'elle. Inconsciente, elle ne représentait plus une menace… Pour le moment.

Morgan se retourna et fit sonner une cloche accrochée à la paroi. Les deux frères, jamais loin de lui, apparurent immédiatement dans l'encadrement de la porte.

– Capitaine ? demanda Cassegrains, une bouteille de rhum à la main.

– Tu peux m'expliquer comment ceci a pu monter à bord ? demanda-t-il en désignant la jeune femme de sa canne.

Cassegrains s'avança au plus près, étudiant avec perplexité le corps inerte. Grandsec, quant à lui, n'osait plus faire le moindre pas et écarquillait ses yeux comme si un fantôme lui faisait face.

– Ça, par exemple, s'exclama Cassegrains tout bas. Qui c'est ?

– La fille de Torcy, soupira Morgan, exaspéré.

– Mais pourquoi venir sur le bateau ? Elle est folle ?

Tout comme Grandsec qui secouait la tête de droite à gauche, Morgan avait, lui aussi, peine à y croire. Cette sotte venait bien de se jeter dans la gueule du loup.

Et le loup, quoi qu'elle en dise, c'était lui.

– Elle est peut-être bien morte, suggéra Cassegrains.

– Mais non, enfin ! répliqua Morgan.

Le regard sceptique du plus petit lui mit le doute.

– Va me chercher Andrass, ordonna-t-il à Grandsec.

Bien trop heureux de quitter la pièce, celui-ci gagna la sortie en deux enjambées.

– Quel nigaud ! déclara Morgan. Heureusement pour moi, il a moins peur des lames.

– C'est comme ça depuis qu'on est gamins, se lamenta Cassegrains. Il a peur des bonnes femmes.

– Il va s'y faire. Il faudra bien, ajouta-t-il en portant de nouveau son regard en direction de l'épaisse chevelure étalée sur le sol.

Cassegrains, plus téméraire que son frère, s'approcha du corps et passa une main dans la nuque pour chercher le pouls de la jeune femme. Alors qu'il dégageait quelques mèches, Morgan avisa les paupières closes de Victoire de Torcy.

– Capitaine ? appela Andrass en entrant.

Cassegrains fit un signe de tête à Morgan, signe qu'il avait réussi à sentir le cœur battre, puis il se releva pour laisser la place au médecin.

– Elle a pris un coup à la tête en tombant, précisa tout de même Morgan. Examine-la.

– Qui est-ce ? demanda Andrass tout en s'agenouillant auprès d'elle.

– C'est la fille qui m'a tiré dessus. Victoire de Torcy.

– De Torcy ? Le chancelier ? s'étonna l'Aridien.

– Lui-même.

Andrass examina méthodiquement le corps inerte. Il approcha l'oreille de son cœur avec application, puis il tira le dessous de ses yeux. Enfin, ses doigts fourragèrent dans son crâne à la recherche d'une éventuelle blessure.

– C'est juste une belle bosse, conclut-il finalement. Elle devrait reprendre conscience d'ici quelques minutes.

– Portez-la sur mon lit, ordonna Morgan aux deux frères.

Cassegrains se pencha immédiatement pour saisir ses poignets, mais Grandsec ne bougea pas de l'encadrement de la porte de la cabine.

– Aide-moi, bougre d'idiot ! lança son frère.

Grandsec leva les mains devant lui pour faire comprendre son refus.

– Elle va pas te manger, bon sang !

Malgré les ordres du capitaine, Grandsec refusa de suivre son frère. Ce vaillant pirate n'hésitait jamais à donner un coup de main pour jeter les morts à la mer, mais il se sentait tout à coup perdu devant une femme inconsciente.

– C'est pour aujourd'hui ou pour demain ? s'impatienta Morgan.

Dans d'autres circonstances, il se serait peut-être amusé à se moquer de son matelot. Mais en cet instant où il ne se sentait plus maître de rien, la réaction de ce grand échalas l'agaça. Tout partait à vau-l'eau. D'abord la gamine qui lui échappait, sa blessure, et maintenant ça. Rien ne se déroulait comme prévu. Sans compter qu'elle avait peut-être mis la totalité de l'armée du royaume à leurs trousses.

Avec un soupir désabusé, Andrass prit finalement la place de Grandsec et se saisit des chevilles de la jeune femme. Les deux hommes soulevèrent le corps et le déposèrent sur son lit.

– Qu'est-ce qu'on va faire d'elle ? demanda Cassegrains.

– Je vais déjà commencer par la ligoter. Allez me chercher une corde.

Habituellement, il n'aurait pas pris de telles précautions avec une femme, mais il ne souhaitait pas recevoir une deuxième balle dans l'autre cuisse.

Cassegrains acquiesça, dépassa son capitaine, puis il incita Grandsec, toujours stoïque à l'entrée de la pièce, à le suivre. Dès que les deux frères eurent disparu, Andrass laissa un bref sourire naître sur ses lèvres.

– Une femme à bord... soupira-t-il avec inquiétude.

– C'est effectivement ce qui pouvait nous arriver de pire après une épidémie de fièvre, avoua Morgan en fourrageant nerveusement dans ses mèches. Elle va me demander une surveillance de tous les instants. Sans compter les éventuelles tempêtes et les attaques...

– Nous sommes encore proches des côtes.

– On ne peut pas faire demi-tour. Son père doit déjà être en train d'affréter un navire armé jusqu'aux dents.

– Certainement.

– Je n'ai pas le choix, je dois l'emmener.

Morgan essayait de réfléchir à une solution, mais il n'en voyait aucune.

– Je ne peux même pas la débarquer autre part, j'ai besoin d'elle, déclara-t-il.

Le chirurgien ne chercha pas à en savoir plus et se contenta de se pencher pour récupérer sa mallette. Morgan l'en félicita intérieurement. Cet homme était suffisamment intelligent pour comprendre que la confiance d'un pirate s'acquérait avec le temps.

– Tu peux y aller.

Andrass acquiesça et sortit sans un mot de plus. Morgan fixa un instant la silhouette longiligne du médecin qui se frayait un chemin sur le pont, entre les membres de son équipage. Il l'entendit au loin répondre à Briac et sourit intérieurement. Prudent, mais sociable, une belle aventure l'attendait sur ce navire !

En attendant le retour des deux frères, Morgan choisit de rester au chevet de la jeune femme, la détaillant plus précisément. Son pantalon noir et sa chemise assortie lui donnaient fière allure. Elle avait de longs cils épais desquels elle tenait sans nul doute une partie de son regard charbonneux. Il aimait particulièrement son nez fin et droit et ses lèvres fines et bien dessinées. Parfaites.

Une parfaite petite aristocrate qui allait bientôt se mordre les doigts d'avoir osé poser les pieds sur son bateau sans autorisation.

– Vous me contrariez grandement, Madame, souffla-t-il en effleurant la peau soyeuse de sa gorge du bout de son index.

Comment cette inconsciente avait-elle accompli l'exploit de s'infiltrer sur son *Requin* à l'insu de tous ? Pourquoi se mettre sciemment dans un tel pétrin ?

Soit Victoire de Torcy était effectivement folle, soit sa vengeance l'aveuglait complètement. Pris dans ses réflexions, il ne vit pas immédiatement les yeux de Victoire s'ouvrir en grand et n'eut pas le temps de retirer sa main de son cou gracile. Dans un geste puissant et précis, elle lui empoigna le bras pour l'éloigner d'elle.

Le noir intense de son regard trahissait désormais sa rage, et quelque part, il fut rassuré de la voir redevenue elle-même. Pleine de santé. Habitée par son envie de le tuer.

– Ne. Me. Touchez. Pas, intima-t-elle en prenant bien soin de détacher chaque syllabe.

Morgan étouffa un rire moqueur en se dégageant de son emprise.

– Vous craignez pour votre vertu ? Vous m'offensez.

– Comme si une telle chose était possible, rétorqua-t-elle avec hargne.

Cette fille n'avait décidément pas froid aux yeux.

– Détrompez-vous, j'ai des principes.

– Des principes ? Vous êtes des sauvages, rétorqua-t-elle. Vous n'avez aucun savoir-vivre.

Même si elle paraissait encore sonnée, sa captive ne perdait rien de sa verve. Malgré son amusement devant ce petit bout de femme qui s'évertuait à ignorer le bourbier dans lequel elle s'était fourrée, Morgan prit un air sombre. Il se recula et avisa sa tenue débraillée d'un œil sceptique.

– Vous me parlez de savoir-vivre ? Qui s'est introduit sur mon navire sans y être invité ? Qui est entré dans ma cabine en me menaçant d'une épée ?

– Vous étiez invité au bal, peut-être ? renchérit-elle.

Il serra la mâchoire pour retenir un éclat de rire. Il n'allait certainement pas débattre des bonnes manières avec une jeune fille issue de la noblesse de Lys qui se promenait au milieu de pirates avec une épée accrochée à sa taille et des vêtements d'homme trop grands pour elle. Malgré tous les préjugés de

Victoire de Torcy à son sujet, malgré ses modestes origines, Morgan avait bénéficié d'une éducation. Et grâce à ses nombreux voyages, il savait aujourd'hui converser en plusieurs langues, connaissait le vaste monde et commandait une centaine d'hommes tous plus redoutables les uns que les autres.

Sa réputation de fin stratège n'était plus à faire.

– Vous pouvez vous asseoir ? lui demanda-t-il, souhaitant surtout mettre fin à cette querelle de chiffonniers.

– En quoi cela vous intéresse ?

– Vous souhaitiez peut-être me tenir compagnie cette nuit ? suggéra-t-il en désignant sa couche.

Victoire sembla tout à coup se rendre compte d'où elle se trouvait et se redressa bien trop rapidement.

– Aïe… se plaignit-elle en posant la main sur sa tête.

Morgan se leva du lit pour lui laisser de l'espace, mais il s'assura tout de même de pouvoir anticiper ses mouvements, au cas où sa fureur prendrait encore le dessus sur sa raison.

– Vous vous êtes cognée en tombant, lui dit-il alors qu'elle grimaçait de douleur. Mais je ne me fais pas de soucis, c'est une partie de votre corps qui semble être assez dure.

Elle vrilla sur lui un œil noir.

– Encore une fois, vous vous trouvez drôle.

Son répondant ne faiblissait pas, mais à sa façon de masser ses tempes, il voyait bien que sa prisonnière souffrait.

– On ne plaisante pas à Lys ? demanda-t-il en se dirigeant vers son bureau.

– Bien sûr que si.

Il esquissa un sourire juste avant que du remue-ménage à l'entrée de la cabine ne les interrompe.

– Tenez, capitaine ! s'exclama Cassegrains en déboulant en trombe alors que Grandsec s'arrêtait sur le pas de la porte.

Morgan se saisit de la corde, testa sa solidité en l'enroulant autour de sa main puis se pencha sur Victoire.

– Tendez vos bras vers l'avant.

Victoire écarquilla les yeux puis grimaça de dégoût.

– Je ne veux pas être ligotée comme une vulgaire criminelle. C'est vous le meurtrier, pas moi.

À l'expression plus que sérieuse de Victoire, Morgan comprit qu'elle n'avait vraiment aucune idée de la situation dramatique dans laquelle elle se trouvait. Sans même parler de la manière dont elle défiait ses ordres, aucune peur ne semblait émaner d'elle.

De plus, elle semblait avoir oublié que Morgan avait besoin d'elle, unique raison pour laquelle il s'évertuait à la garder vivante. Ainsi, sa témérité ne résultait que de l'inconscience. Autrement dit, elle devenait véritablement dangereuse pour l'équipage et leur traversée.

– Vous me fatiguez, lâcha-t-il d'un ton las dont il n'avait pas l'habitude alors que derrière lui, les deux frères riaient de l'audace de leur nouvelle recrue.

Sans aucune délicatesse, il empoigna ses mains et commença à entourer ses poignets avec la corde. À sa grande surprise, elle le laissa faire.

Tout n'était peut-être pas perdu.

Tandis qu'il s'attelait à sa tâche, ses gestes étaient surveillés avec attention. Une senteur florale, émanant de ses cheveux emmêlés, remonta alors dans ses narines d'une manière bien trop délicieuse. De la rose, peut-être…

Ce moment de sérénité apaisa Morgan. Victoire de Torcy semblait, à son tour, partir dans ses pensées, si bien que la fin du nœud sembla les surprendre tous les deux.

– Cassegrains, Grandsec, enfermez-la avec les poules, ordonna-t-il aux deux frères en s'éloignant.

Le plus petit acquiesça et s'avança pour attraper le coude de la jeune femme et la traîner derrière lui. Sa prisonnière eut un mouvement de recul.

Quand Morgan croisa de nouveau son regard, celui-ci n'était que haine.

– Je ne supporterai pas d'être enfermée ! s'écria-t-elle. Tuez-moi, je préfère la mort.

Cassegrains s'apprêtait à ignorer cette petite rébellion pour tirer la gamine avec plus de force, mais Morgan l'arrêta d'un geste. Silencieusement, il lui fit signe de patienter, alors qu'il se plaçait devant elle.

Il plongea un regard presque indifférent dans celui, empli de fureur et de détermination, de la jeune De Torcy. Il esquissa un rictus menaçant, se pencha vers elle, observant avec satisfaction sa tentative de recul. Vaine. Le cordage empêchait toute amplitude dans ses mouvements, et surtout, son fidèle matelot l'empoignait aussi fermement qu'il agrippait sa bouteille de rhum.

Ainsi, Morgan n'eut aucun mal à se pencher à son oreille pour lui murmurer cette une menace non dissimulée :

– C'est un privilège que je ne vous accorderai pas. Croyez-moi, il existe des sorts bien pires que la mort.

Une lueur de terreur traversa le regard de la jeune femme. La peur. Enfin.

– Pourquoi ? dit-elle avec un trémolo dans la voix. Pourquoi me garder en vie ? Pourquoi avez-vous besoin de moi ?

Morgan se redressa, de nouveau indifférent aux tourments de sa prisonnière.

– Vous ne le saurez pas.

D'un signe de tête, il indiqua à Cassegrains qu'il était désormais temps de la sortir de sa cabine. De toute évidence, elle était capable de débattre des heures durant et de clore les hostilités en exigeant qu'on lui apporte un thé à la lavande.

– J'ai le droit de savoir ! riposta-t-elle avec une verve nouvelle, maintenant qu'il s'était éloigné.

– C'est le capitaine qui décide de tes droits sur *le Requin*, la contredit Cassegrains en resserrant l'emprise de sa main sur son bras.

– Je jure que je vous tuerai, tenta-t-elle d'articuler alors que la douleur déformait ses traits.

– Sans ma présence à vos côtés, vous êtes condamnée, insista Morgan en revenant vers elle. Comprenez-vous la situation plus que délicate dans laquelle vous vous trouvez ?

Pour toute réponse, il reçut un crachat sur ses bottes. La clameur outragée de Cassegrains et Grandsec résonna dans la cabine.

– Nous sommes à nouveau témoins de vos bonnes manières, ironisa Morgan. Je pensais l'aristocratie de Lys bien plus ancrée dans le raffinement.

– Lys est un royaume d'excellence en tout point, rétorqua-t-elle avec fierté.

Il ne put s'empêcher de sourire devant tant d'assurance.

– Dans ce cas, pardonnez mon erreur de jugement. Le spectacle que vous nous offrez est donc simplement celui d'une gamine capricieuse.

Sa réplique déclencha le rire des matelots. La jeune femme ne répondit pas, mais les flammes qui dansaient devant ses yeux trahissaient sa rage et Morgan n'aurait pas donné cher de sa peau si elle avait eu un pistolet dans les mains.

Il lui fallait une bonne leçon.

– Je trouve votre teint un peu trop laiteux, mademoiselle de Torcy. Un peu de soleil vous fera le plus grand bien, déclara-t-il en faisant remonter son regard vers elle. Donnons-nous rendez-vous demain, sur le pont.

– Qu'allez-vous me faire ? s'inquiéta-t-elle.

– Emmenez-là, intima-t-il à ses hommes en coupant court à la discussion.

– Je vous tuerai ! Je vous tuerai ! menaça-t-elle à nouveau alors que Cassegrains la tirait péniblement hors de la cabine.

Grandsec s'éloigna immédiatement d'elle dès qu'ils arrivèrent à sa hauteur, mais le grand nigaud leur ouvrit tout de même le chemin de la passerelle menant au pont.

– Le capitaine treeeeemble de peur, déclama Morgan en sortant quelques papiers de son bureau.

À son grand soulagement, la porte se referma et c'est la mer qui profita des mots doux de la charmante aristocrate. Une fois seul, il se servit immédiatement un verre de Golden. Au loin, à travers les murs, il percevait encore ses cris, ce qui lui déclencha un sourire sincère.

Quelle torture quotidienne ce phénomène devait infliger à son père ! Quelque part, il y avait une justice.

CHAPITRE 12

VICTOIRE

Dans la cale du navire, il régnait une chaleur étouffante à se damner. Aucune lumière, impossible de voir le temps passer, mais en continu, le caquètement de ces satanées poules…

Victoire n'avait jamais été d'une nature peureuse, mais étrangement, l'idée de partager sa couche avec ces bestioles ne lui plaisait pas plus que ça. L'odeur de la paille séchée, mélangée à celle des excréments, commençait à lui donner la nausée. Ou bien était-ce le fameux mal de mer ? Victoire ravala sa bile plusieurs fois.

Elle tenta de chercher du réconfort dans quelques idées positives. Après tout, sa vie ne lui paraissait pas réellement en danger. Le capitaine avait besoin d'elle pour ses projets. Quels étaient-ils ? Elle n'en savait fichtre rien. Une seule certitude : elle haïssait Morgan Ker. Un être cruel, pontifiant et… Elle ne trouva pas d'autres qualificatifs.

L'assassin de sa mère ! Une raison bien suffisante pour détester quelqu'un, non ?

La porte de la cale s'ouvrit dans un bruit sourd qui déclencha un mouvement de panique chez les volatiles. Victoire fut d'abord éblouie par la lumière d'une lanterne alors que l'homme qui l'avait traînée dans cette cage s'avançait vers elle.

La petite brute n'impressionnait pas par sa taille, mais son allure générale faisait le travail : un air renfrogné, des bras gros comme des cuisses, un cou de bœuf, pas un cheveu sur son crâne et un nez difforme très disgracieux. Sans oublier ce sourire ravageur qui aurait fait fuir n'importe qui, même en plein jour… Elle en avait déduit, par opposition à la grande perche qui l'accompagnait, que lui était Cassegrains. Pourquoi ce surnom ridicule ? Elle ne comptait pas lui poser la question !

Victoire se recula instinctivement contre la paroi du navire et adopta un air de défiance. Le matelot se contenta pourtant de lâcher une couverture à ses pieds. Il lui présenta ensuite un gobelet rempli d'un liquide trouble ainsi qu'un bol de nourriture.

– Qu'est-ce que c'est ? dit-elle en désignant le verre.

– Eau mélangée à du rhum.

– Il n'y a pas juste de l'eau ?

Pourquoi faisait-elle la fine bouche ? Elle avait tellement soif… Pourtant, elle était incapable de plier l'échine devant ces rustres.

– Non, princesse, se moqua Cassegrains. L'eau seule se gâte et apporte la maladie.

Il tourna les talons et rejoignit Grandsec, resté à la porte. Lui n'avait pas l'air si effrayant, surtout parce que dès qu'elle croisait son regard, une expression de terreur hantait son visage, comme un petit garçon qui aurait souffert de timidité maladive. Dans l'ensemble, ses traits fins et harmonieux, ainsi que ses mèches blondes, lui donnaient une allure de jeune premier. Son corps semblait tellement peu épais qu'il devait s'envoler au moindre coup de vent.

Que faisait-il donc sur ce bateau ?

Victoire ne s'attarda cependant pas sur l'identité de ses deux geôliers, sa langue menaçait de tomber si elle ne buvait pas dans l'instant. Aussi tâtonna-t-elle précautionneusement devant elle, trouva le verre, qu'elle porta à sa bouche, et le descendit d'un trait. Elle fut surprise d'apprécier le mélange. L'odeur nauséabonde de la cale lui avait coupé l'appétit, malgré tout, elle devait prendre des forces. Aussi saisit-elle un morceau de viande séchée qu'elle se força à avaler en entier. Il était délicieux. Les fruits secs également.

Elle installa la couverture parfumée de… lavande ? Comment du linge pouvait-il être aussi propre dans un tel endroit ? Elle s'allongea et ferma les yeux, essayant de se sentir bercée par le balancement régulier du bateau.

Morgan était omniprésent dans ses pensées. La lame d'une épée transperçant son ventre, un couteau planté dans son cou, son corps dévoré par des requins... Néanmoins, au milieu de ses visions sanglantes, certains souvenirs prirent place : les grandes mains du capitaine enveloppant les siennes, sa chaleur corporelle, son odeur épicée... Victoire avait beau essayer de les chasser, ils revenaient toujours sur le devant de la scène.

Un bruit de cloche assourdissant la réveilla en sursaut.

La porte s'ouvrit violemment sur une nouvelle brute épaisse. Sa stature, plus intimidante encore que celle du capitaine, l'impressionna immédiatement. Ses cheveux, emmêlés dans des sortes de tresses, retombaient sur ses épaules. Néanmoins, son attention fut surtout retenue par la chemise sans manches et le pantalon d'un blanc immaculé.

Était-elle tombée sur des pirates spécialisés dans la blanchisserie ?

– Debout, grogna-t-il en se plantant juste devant son nez.

Victoire sursauta de peur en avisant les très nombreuses cicatrices qui parsemaient son visage.

– Non, se risqua-t-elle à répondre.

Une violente brûlure envahit son cuir chevelu alors que l'homme empoignait ses cheveux. Elle fut traînée de force jusqu'à ce que la douleur devienne insoutenable et qu'elle accepte d'obtempérer.

– Arrêtez ! Je vous suis ! cria Victoire.

Les doigts relâchèrent sa chevelure, et tout en se relevant, elle vérifia que cette dernière était encore intacte sur son crâne.

Elle commençait à comprendre ce que le capitaine avait voulu dire en parlant de tortures, et ce n'était certainement qu'un aperçu minime de ce à quoi elle aurait droit... Pourtant, elle s'imposait de faire preuve de courage, de ne pas céder. Elle refusait de plier le genou devant les assassins de sa mère. Néanmoins, elle qui se sentait toujours prête à terrasser des monstres à six têtes avait déjà subi un solide revers. En une seule nuit.

Ils empruntèrent plusieurs escaliers : trois ou peut-être quatre. Elle n'avait rien vu hier soir à cause de l'obscurité, mais en plein jour, ce vaisseau était majestueux. Alors qu'elle grimpait les marches, elle aperçut une multitude de portes et de pièces. Le bois brillait tellement qu'il pouvait presque servir de miroir. Et il sentait bon.

Ils ne croisèrent personne. Une fois qu'ils furent arrivés sur le pont, elle comprit pourquoi : une centaine d'hommes attendaient son arrivée.

Le soleil était haut dans un ciel bleu sans nuages. La chaleur devenait plus qu'étouffante. Malgré tout, les embruns de la mer conféraient à la fournaise du pont un air bien plus respirable que celui de la cale des poules. Victoire, malgré l'appréhension, prit une grande inspiration.

– Avance ! lui intima l'empoigneur de cheveux en lui donnant un coup de genou dans les fesses.

De rires moqueurs s'élevèrent dans l'assemblée. L'équipage entier la dévisageait, et à travers leurs yeux, Victoire put distinguer une ribambelle d'émotions : moqueries, dégoût, indifférence, haine.

Intimidant.

Humiliant.

Pour la première fois depuis bien longtemps, une envie de pleurer remonta dans sa gorge et brouilla sa vue. Elle s'empressa de ravaler ses larmes en entendant la démarche boiteuse du capitaine approcher dans son dos. Victoire s'attendait à des sarcasmes de sa part. Quelques remarques sur sa cohabitation avec les poules ou sur son allure désastreuse… Mais rien.

Il passa à ses côtés sans même lui jeter un regard.

– Kiram, attache-la, ordonna-t-il à l'empoigneur de cheveux.

Le molosse la traîna jusqu'au milieu du pont et lui plaqua violemment le dos contre le mât. Il enroula une nouvelle corde autour de son corps et serra si fort qu'elle ne pouvait presque plus respirer.

Tandis que Kiram se retirait, le visage du capitaine aux traits impitoyables apparut devant le sien. Ce cœur brun sur sa joue troubla, le temps d'une seconde, la haine de Victoire. Dommage que mère Nature ne lui en ait pas accordé un vrai…

– Bien dormi ? lui demanda-t-il.

– J'ai fait un magnifique rêve dans lequel vous étiez mort.

Son ennemi ne lui renvoya qu'un sourire satisfait, presque comme s'il l'avait amenée à dire exactement ce qu'il voulait.

– Vous allez comprendre aujourd'hui pourquoi il est important pour vous que je reste en vie sur ce navire.

Victoire aurait voulu tirer sur ses cordes, se délier et se jeter sur cet homme pour libérer sa rage, mais ficelée comme elle l'était, elle parvint à peine à se dandiner.

– Je ne vois pas en quoi être accrochée à un pilier en bois pourrait me faire changer d'avis, cracha-t-elle avec hargne.

Elle ne voyait plus que Morgan Ker, son ennemi de toujours qu'elle était prête à défier sur l'instant. Ainsi, elle émit un cri de surprise quand elle reçut sur le coin de la tête une chose visqueuse à l'odeur putride. Il lui fallut un instant pour comprendre que des entrailles de poisson tombaient maintenant mollement sur son épaule, le tout devant les rires gras des pirates.

Un rire moqueur s'échappa de la bouche du capitaine alors qu'elle grimaçait de dégoût.

– Messieurs, je vous présente notre prisonnière ! lança-t-il ensuite à toute l'assemblée en la désignant.

À mesure que les pirates avançaient et resserraient l'arc de cercle, Victoire se sentit étouffer. Ligotée du bassin jusqu'aux épaules, elle ne pouvait que subir leur regard mauvais, alors que son instinct lui commandait de reculer.

– Alors comme ça, elle essaye de tuer le capitaine, la petite ? dit l'un, son visage se teintant d'une expression de haine pure, similaire à celle que Victoire arborait quand elle pensait au meurtre de sa mère…

– Elle est pas si laide avec ses longs cheveux, on peut peut-être en faire quelque chose, reprit un autre, le regard plus concupiscent, avec un sourire qui dévoilait des dents jaunies.

– Je suis sûr que les requins apprécieraient de goûter une de ses jambes, qu'est-ce que tu en dis ? suggéra un jeune matelot avec entrain.

Victoire tenta de faire abstraction de ces commentaires, des idées de tortures ou de meurtre que les pirates s'échangeaient, et surtout de leurs regards… Elle n'était même pas humaine pour eux. Un simple bout de viande ou au mieux, une ennemie.

– N'oubliez pas, mademoiselle de Torcy, que pour l'instant, vous êtes sous ma protection. Pour l'instant…

La voix du capitaine lui parut lointaine, mais elle put tout de même distinguer ses deux yeux verts au milieu de la foule qui l'observait. Il contrôlait tout ça, il maîtrisait son équipage, et aujourd'hui, il s'en servait pour l'intimider.

Lui montrer que sa stratégie avait fonctionné, c'était capituler, et ça, Victoire ne pouvait même pas l'envisager.

– Je n'en veux pas ! lui cria-t-elle.

– Je vous souhaite une bonne journée, la salua-t-il juste avant de s'éloigner.

Victoire se laissa consumer par sa rage. Contre lui. Contre ce maudit bateau. Contre l'équipage. Contre la mer et la terre entière !

Elle bougeait dans tous les sens pour tenter de se détacher tout en constatant que c'était peine perdue. Fulminante, elle suivit du regard la remontée du capitaine sur le pont vers les escaliers qui menaient aux étages inférieurs. Avec sa canne et sa jambe infirme, il était grandement diminué. Elle le mettrait à terre en deux coups d'épée à la première occasion. Dès qu'elle aurait réglé le problème de la centaine de pirates qui voulaient s'amuser avec elle comme un chat avec une souris.

– Je vous convoque en duel ! cria-t-elle.

Il s'arrêta. Les plaisanteries autour d'elle se turent, avant qu'un puissant murmure n'envahisse la foule. Alors que les pirates se scandalisaient, tous reculèrent d'un pas afin de permettre au capitaine de la voir plus clairement. Néanmoins, il ne bougeait pas.

– Que se passe-t-il ? Vous avez peur de perdre contre une femme ? le provoqua-t-elle.

Tout son équipage partit dans un fou rire. Ne jugeant pas nécessaire de se retourner, le capitaine recommença à avancer tandis que ses hommes s'écartaient tout naturellement sur son passage.

Un roi parmi ses sujets.

Morgan n'avait finalement rien de diminué. Il était grand et respecté.

Si elle n'avait jamais connu le sentiment d'humiliation avant son arrivée sur *le Requin*, en cet instant, elle ne pouvait plus en dire autant. Et finalement, ce n'était pas les attaques de l'équipage ou le fait d'être ligotée, entourée de ses hommes, qui la touchait le plus, c'était lui. Morgan Ker, l'assassin de sa mère, ne la considérait pas assez pour l'écouter. Il ne la croyait capable de rien alors qu'elle se sentait prête à tout.

Victoire ne comptait cependant pas en rester là. Si elle vivait assez longtemps…

Devant elle, une centaine de mines renfrognées fondaient de nouveau sur elle.

– Alors, où en étions-nous, tueuse de pirates ? lui demanda l'un d'eux.

Il n'était pas imposant ni d'un physique intimidant, mais le ton de sa voix ne laissait aucun doute sur son imagination fertile. Qu'allait-il lui faire ? Le capitaine avait-il laissé des consignes ? Fixé des limites ?

– Il est parti et il vous laisse faire le sale boulot, se risqua-t-elle. Vous ne trouvez pas que c'est un peu facile ?

Ils éclatèrent d'un rire moqueur qui étouffa ses envies de rébellion.

– On veut pas de bonne femme à bord, nous, ajouta un autre en s'approchant encore plus près. Ça porte la poisse.

Sur ces derniers mots, il fit apparaître devant ses yeux un long couteau dont la lame partit se poser sur la peau de son cou.

Victoire n'osait même plus cligner des yeux ou avaler sa salive. Si jamais il décidait de lui infliger les mêmes cicatrices que celles qui recouvraient son visage…

– Tu veux qu'on te jette à la mer ?

Que devait-elle faire ? Répondre ? Ne rien dire ? La lame s'apprêtait maintenant à percer sa peau.

– Réponds ! s'énerva-t-il.

– Non, balbutia-t-elle, mortifiée de peur.

– Alors tu devrais remercier le capitaine au lieu de vouloir le tuer, conclut-il en retirant brusquement sa dague.

Victoire respira enfin à pleine poitrine, mais les tremblements qui l'agitaient ne cessèrent pas tout de suite. Plusieurs d'entre eux se moquaient d'ailleurs à grand renfort de rires et d'imitations.

– On t'a à l'œil ! lança le petit qui lui avait apporté à boire dans la cale.

Pourtant, malgré leur hostilité, ils se dispersèrent sans la tourmenter davantage. Tous retournèrent à leurs tâches, glissant sur elle un dernier regard de dédain ou de haine.

Soulagée par leur départ, Victoire pensa que le pire était derrière elle. Morgan avait voulu l'effrayer, c'était réussi. Elle pouvait lui céder ça, mais elle ne s'avouait pas vaincue pour autant.

Les heures s'écoulèrent, et avec elles, la brûlure d'un soleil d'été sans l'ombre d'un nuage s'intensifiait. Victoire ne sentait plus aucune partie de son corps. D'ailleurs, garder les yeux ouverts était une lutte de tous les instants.

Pourtant, elle tenait absolument à rester digne.

– Tu veux à boire ? lui demanda un pirate en lui tendant un verre.

Elle se serait coupé les deux bras pour ne serait-ce qu'une seule goutte de ce mélange. Malheureusement, ses lèvres et sa bouche étaient tellement sèches qu'elle fut incapable de prononcer un seul mot. Un détail finalement sans importance : sans attendre sa réponse, l'homme descendit le contenu du verre d'un seul trait puis partit dans un éclat de rire tonitruant.

Victoire ferma les yeux. Attachée à ce pilier, elle se sentait devenue une chose sans aucune consistance. Une moins que rien, un meuble quelconque. Personne ne se préoccupait d'elle, ne se souciait de son état. Elle aurait très bien pu mourir ici et maintenant dans la plus grande indifférence. Pour la première fois de sa vie, elle ressentit la vraie solitude. L'abandon complet. Devant elle, les pirates chantaient tout en frottant le pont. D'autres mangeaient et buvaient tandis que certains se reposaient dans des hamacs. Victoire ne les distinguait pourtant plus aussi bien qu'avant. Désormais, sa tête la faisait souffrir atrocement, ses paupières peinaient à s'ouvrir, sa peau brûlait, et surtout, sa soif dominait toute pensée rationnelle.

Combien de temps allait-elle pouvoir supporter cette torture ?

Elle avait besoin d'eau, de nourriture, de soins, et certainement aussi de protection pour lui éviter la prochaine vague de représailles de l'équipage. Une seule et unique personne possédait le pouvoir de lui octroyer tout cela, seulement Victoire aurait préféré perdre la vie que de l'admettre.

– Avez-vous quelque chose à me dire, mademoiselle de Torcy ?

Elle reconnut sa voix mais ne le percevait pas réellement devant elle. Réalité, rêve ou cauchemar ? Son esprit n'était plus capable de faire la différence. C'est le parfum si particulier du capitaine qui lui permit de répondre.

Donnez-moi à boire, pitié, donnez-moi à boire...

– Rien, murmura-t-elle en articulant à peine.

Elle ne l'entendit pas répondre. Était-il parti ? Pour la première fois depuis son arrivée sur ce bateau, elle voulait qu'il reste à ses côtés.

– Jurez-moi obéissance et je vous détache sur-le-champ, souffla-t-il en approchant sa bouche de son oreille.

Victoire était à deux doigts de craquer. Elle sentit une main fraîche se déposer sur son cou, effleurer à peine sa peau, mais ce contact la fit tressaillir. Elle pensa à sa mère, à sa famille, à ses heures d'entraînement. Elle n'avait pas fait tout ça pour rien. Elle se tut.

– Vous préférez mourir ? poursuivit encore la voix, presque avec amusement. C'est ce qui va vous arriver si vous vous obstinez.

Elle dut faire appel à ses dernières forces pour lui cracher :

– Je vous laisse la priorité.

Cette fois, elle entendit les bottes s'éloigner.

Elle allait donc mourir.

CHAPITRE 13

MORGAN

– Elle résiste, la gamine ? demanda Briac.

Affalé sur une couche, à l'ombre de la paroi du navire, son timonier savourait une pause bien méritée tandis que Morgan tenait la barre.

– Plus pour bien longtemps, affirma-t-il. Personne ne peut tenir sous ce soleil de plomb.

La journée était pourtant bien entamée et Victoire n'avait toujours pas flanché. Actuellement, Morgan hésitait entre un amusement qui ne le quittait plus depuis qu'elle s'évertuait à se débattre vainement ou bien une certaine consternation pour cette fierté presque mal placée, mais qu'elle refusait de toute évidence de lâcher.

– C'est un sacré tempérament, reconnut le timonier avec une pointe d'admiration.

– C'est une emmerdeuse, corrigea immédiatement le capitaine.

Briac s'esclaffa. Fréquemment, on l'entendait rire depuis l'autre bout du pont, ce qui ne manquait pas de rappeler à Morgan leurs parties de cache-cache à travers les plantations de canne à sucre. Il pouvait toujours compter sur ce joyeux luron pour dissiper sa mauvaise humeur. À dire vrai, c'était aussi le seul à en avoir le droit, leur amitié dépassant le cadre de leur partenariat sur *le Requin*.

– J'ai l'impression qu'elle préfère sécher sur ce mât plutôt que de capituler, reprit le timonier en jetant un œil sur la prisonnière.

– C'est une certitude.

Morgan avisa à son tour l'état de la demoiselle. Elle dépérissait. Sa peau rougeoyait maintenant sous les derniers rayons du soleil. Un râle de douleur émanait d'elle presque en continu. Morgan n'aurait su dire si c'était à cause des cordes qui ankylosaient ses muscles ou simplement en raison de la soif qui la tuait à petit feu.

– Andrass ! appela-t-il d'une voix forte.

Le chirurgien, décidément bien intégré en quelques heures de navigation, examinait quelques hommes sur le pont.

– Capitaine ? répondit ce dernier alors qu'il montait les rejoindre. La main de Miff a besoin de quelques points de suture et j'ai immobilisé le bras de Pol en écharpe. Il doit absolument ne pas s'en servir pendant au moins trois jours.

Le chirurgien avait pris le soin de remonter ses mèches rebelles sur le dessus de sa tête au moyen d'une sorte de fin bandeau et se nettoyait soigneusement les mains pendant qu'il s'adressait à lui. La nécessité de propreté étant devenue une obsession chez Morgan, cette nouvelle collaboration commençait plutôt bien.

– Je te fais confiance, répondit Morgan.

Le chirurgien acquiesça et tourna, à son tour, son regard vers la captive, que son capitaine ne lâchait pas des yeux.

– Et elle, combien de temps peut-elle encore tenir ? reprit Morgan.

– Sans au moins un verre d'eau et quelque chose sur sa tête ? Une heure à peine.

Trois matelots s'amusaient à effrayer Victoire en lançant leurs couteaux à seulement quelques centimètres du corps de la prisonnière. Certaines lames ricochaient sur le mât juste au-dessus de sa tête tandis que d'autres se plantaient dans le sol tout près de ses pieds.

– Laissez-moi ! Partez ! l'entendit-il tout à coup crier.

Morgan avait connu des femmes de poigne à Ferterra, mais il ne s'était pas préparé à affronter un tel tempérament de feu venant du royaume de Lys. Pourquoi Victoire ne l'appelait-elle pas à l'aide ? Elle allait se faire planter une lame dans l'œil s'il n'intervenait pas.

– Elle ne veut pas plier, dit Andrass en s'accoudant à ses côtés sur la rambarde qui surplombait le pont.

– Elle ne lâchera rien, soupira Morgan. Si je la détache maintenant, sans qu'elle me supplie de le faire, elle va continuer à me pourrir la vie et semer la zizanie au sein de l'équipage.

– Ses membres vont commencer à se tétaniser. La souffrance sera insoutenable, même si vous lui donnez un verre d'eau maintenant. D'ailleurs, je corrige ce que je vous disais, reprit Andrass en désignant d'épais nuages blancs qui arrivaient dans leur direction. Sans le soleil, elle bénéficie d'un petit sursis.

Le capitaine soupira, avisa lui aussi l'air frais qui gagnait l'atmosphère, mais il se décida tout de même à aller voir Victoire.

– Tiens, reprends la barre, ordonna Morgan à son timonier.

Alors qu'il descendait les escaliers vers le pont, le regard noir charbonneux de sa prisonnière se posa sur lui avec une haine féroce, avant que ses forces ne l'abandonnent et qu'elle ne plisse les paupières. Morgan secoua la tête d'amusement et adressa un signe de tête aux pirates qui la torturaient pour qu'ils s'éloignent.

– Votre père serait tellement fier de vous, ironisa-t-il en avisant son état.

Ses cheveux noirs collaient à son front dans une masse informe. Ses lèvres souffraient déjà de la déshydratation et ouvrir les yeux devait lui demander un effort surhumain. Ses vêtements n'étaient déjà plus que des guenilles et sa chemise suintait de transpiration. Malgré sa force mentale, le corps de la petite noble montrait ses limites…

Morgan ôta le foulard noué autour de son cou, le trempa dans un seau d'eau fraîche posé juste à côté d'elle par l'un de ses hommes – sûrement pour la torturer –, puis l'enroula autour de la tête de Victoire.

Ses yeux s'entrouvrirent et ses lèvres essayèrent de susurrer quelques mots. Des insultes, à n'en point douter.

– Je peux vous laisser sécher ici encore des heures, lui susurra-t-il. Certes, il n'y a plus de soleil, mais mes hommes passeront un bon moment en votre compagnie.

Elle ne répondit pas. Mais ses yeux étaient désormais grands ouverts, fixant les planches rutilantes du pont.

– C'est vous qui avez décidé de faire partie du voyage. Si vous voulez rester vivante et ne manquer de rien, vous devez mettre votre vengeance de côté. Il vous faudra m'accepter comme votre capitaine.

Toujours rien.

– Le médecin dit que vous ne tiendrez pas plus d'une heure.

– Encore une heure à vous détester, le provoqua-t-elle.

Morgan éclata d'un rire franc qu'il ne parvint pas à retenir.

– Ma seule présence suffit donc à vous revigorer ! s'extasia-t-il.

Décidément, c'était une chieuse patentée… Pourtant, alors qu'il s'apprêtait à se redresser, il la vit pincer les lèvres, puis déglutir difficilement.

– J'ai soif, dit-elle plus sur le ton de l'autorité que de la supplique. Et faim. Mes jambes me brûlent.

Il lui offrit un sourire qui n'avait rien de compatissant. Si elle voulait qu'il cède, elle allait devoir arrêter d'exiger. Tant qu'elle le ferait, il prendrait un malin plaisir à la remettre à sa place…

– Dites-moi ce que je veux entendre, lui intima-t-il en approchant son visage du sien. Dites-le-moi et je vous détache.

Elle serra les dents, comme pour interdire à ses paroles de sortir de sa bouche.

– Avez-vous compris pourquoi il est nécessaire pour vous que je reste en vie ?

– Oui, admit-elle en baissant la tête.

Morgan s'apprêtait à se redresser, victorieux, mais elle s'empressa de le couper dans son élan :

– Sauf que je m'en fiche, siffla-t-elle en la redressant.

Retour au point de départ, descente à la cale.

– Bien. Je vais donc vous laisser, dit-il en s'en allant.

Il l'entendit gémir. De frustration ou de douleur. Les deux, certainement.

– Attendez…

Il s'immobilisa. Les lèvres serrées, elle semblait lutter de toutes ses forces contre ce que son corps lui demandait, puis finalement :

– Pitié, capitaine, donnez-moi à boire.

Elle avait prononcé sa supplique à voix si basse qu'il n'était pas certain d'avoir bien entendu. Il voulait une déclaration franche et sans équivoque. De celles qui font penser qu'elles seront respectées.

– Vous dites ? demanda-t-il en se retournant.

Son regard et ses longs cheveux pointaient vers le sol. Il fit quelques pas dans sa direction pour effacer la distance qui les séparait et plaça ses bottes juste sous ses yeux.

– Qui est le capitaine de ce navire ? lui demanda-t-il.

– Vous, souffla-t-elle.

– Qui commande sur ce navire ? insista-t-il.

– C'est vous.

– Vous, qui ? gronda-t-il.

– Vous, capitaine, articula-t-elle d'un ton furibond.

Étant donné l'état de sécheresse de sa bouche, cette réplique avait dû lui demander un effort surhumain. Morgan retint un soupir de soulagement.

Il ne distinguait pas ses pupilles toujours rivées au sol mais celles-ci devaient lancer des éclairs.

D'un coup de couteau, Morgan sectionna les liens qui entouraient le corps de Victoire tandis que son chirurgien l'empêchait de s'effondrer sur le sol. Ils s'empressèrent de la porter jusqu'à un coin d'ombre, sous le regard curieux des membres de l'équipage.

– Elle est mal en point, constata Andrass.

Morgan ne pouvait qu'approuver son diagnostic. La peau de son visage rougeoyait encore, sa bouche était recouverte d'une fine pellicule de sang et chaque mouvement qu'ils la forçaient à faire la faisait grimacer de douleur.

– Il faut la refroidir, conseilla le chirurgien. Je vais chercher des linges humides.

Morgan s'agenouilla tant bien que mal, une forte douleur à la cuisse l'obligeant à ralentir son mouvement, puis il versa doucement de l'eau sur sa bouche.

– Buvez, dit-il alors qu'elle refusait de le regarder de nouveau.

Il refit couler de l'eau, humidifiant ses lèvres et leur faisant retrouver un peu de couleur et de texture.

– Vous devriez boire, répéta Morgan. Sinon, comment allez-vous me mettre à terre ?

Sans plus d'encouragements, Victoire tourna la tête vers lui et se mit à boire. À grandes gorgées.

Avec amusement, Morgan se remémora les leçons de son père quand il lui apprenait à nager et qu'il avait pris la mauvaise habitude de se laisser couler. « Si tu ne remontes pas à la surface, tu ne pourras pas goûter le gâteau au chocolat de maman. » Aujourd'hui, le gâteau au chocolat de Victoire de Torcy, c'était lui. Une balle dans la tête ou une épée plantée dans le ventre, bien évidemment.

Andrass arriva avec les linges. Il les trempa dans l'eau fraîche et les lui étala sur le visage et la tête.

La jeune femme ferma les yeux et laissa échapper un soupir de bien-être. Après quelques minutes de ce traitement, sa respiration s'apaisa.

– Je crois qu'elle s'est endormie, dit Andrass. Nous devrions la redescendre dans la cale.

Morgan savait que c'était la meilleure décision à prendre. Ce renoncement ne signifiait pas qu'il avait gagné la tranquillité sur son navire. Dès que Victoire de Torcy aurait repris des forces, elle s'empresserait de revenir le harceler de sa lame…

Pourtant, alors qu'elle avait les yeux fermés, de profonds cernes qui marquaient son visage, ainsi étalée devant lui, sans défense, elle ne semblait plus si dangereuse.

– Pas cette nuit, répondit-il. Je vais la faire conduire dans ma cabine.

CHAPITRE 14

VICTOIRE

– Vous m'entendez ? Réveillez-vous !

Alors qu'elle reprenait péniblement conscience, la première chose que Victoire sentit fut une douleur diffuse dans tous ses muscles. Maltraité pendant une journée, son corps risquait de mettre des semaines pour s'en remettre.

Et ce serait sûrement pire si le malotru au-dessus d'elle ne cessait de lui claquer les joues !

– Mais arrêtez ! Vous me faites mal ! cria Victoire en ouvrant péniblement les yeux.

Un homme d'une quarantaine d'années aux cheveux couleur du feu la surplombait de toute sa hauteur, une légère ride sur le front.

– Espèce de brute, lança-t-elle au chirurgien qui l'avait déjà examinée à son arrivée sur le bateau.

– Me voilà rassuré, vous êtes toujours aussi teigneuse. C'est signe que vous allez mieux.

Où était-elle ? Les tentures rouges qui l'entouraient lui firent comprendre qu'elle se trouvait dans la cabine du capitaine. Et plus particulièrement dans son lit, un drap recouvrant son corps. Un drap au parfum « Morgan Ker » dont elle ne put s'empêcher de humer les effluves sous l'œil moqueur du médecin.

– Comme si ma santé vous importait, cracha-t-elle pour masquer sa gêne.

– Je ne fais que mon travail. Comment vous sentez-vous ? Vous avez de la fièvre ?

Le chirurgien posa la main sur son front puis tira le dessous de ses yeux afin d'examiner ses pupilles. Il paraissait très concentré.

– Je me sens parfaitement bien, cela ne se voit pas ? Je reviens d'une petite promenade de santé.

Le regard de l'homme se fit plus sévère et Victoire regretta immédiatement cette provocation.

– Vous devez arrêter de me parler sur ce ton, je sais couper les langues, la menaça-t-il tout en se levant.

Victoire se raidit, avisant les différents instruments présents dans la mallette du médecin, posée sur un tabouret, juste à côté d'elle.

Des lames tranchantes. Des armes miniatures. Parfaites pour tuer…

– J'ai mal à la tête, lâcha Victoire.

Le chirurgien plissa les yeux en l'examinant. Il approcha ses mains de son crâne et lui massa les tempes un instant. Même si elle avait voulu détourner son attention, la migraine était réelle et ces quelques manipulations lui firent un bien fou.

– Je vais vous préparer un remède, conclut-il finalement.

Il se leva du lit sur lequel Victoire avait dormi et rejoignit une petite table près de la fenêtre sur laquelle étaient disposés tout un tas de fioles, de sachets et de bols.

Alors qu'elle le surveillait, elle ne perçut pas immédiatement la seconde présence dans la pièce.

– Vous nous avez fait une belle frayeur, la fit sursauter une voix qu'elle reconnaîtrait désormais entre mille.

Elle tourna la tête vers le capitaine du vaisseau. Appuyé contre le chambranle de la porte, il semblait la déshabiller de son regard vert perçant. De sa main droite, il jouait habilement avec sa canne, la faisant tourner autour de lui.

Un fin sourire orna son beau visage quand le regard de Victoire se mua en haine.

– Depuis combien de temps suis-je ici ?

– Vous avez passé la nuit dans ma cabine.

– Où avez-vous dormi ?

– Sur le pont, mademoiselle de Torcy. J'ai laissé à mes hommes le soin de vous observer toute la nuit. Après tout, il n'y avait pas grand-chose à voir…

De sa haute stature, dans ses vêtements frais qui respiraient sûrement la lessive, il la jugea d'un œil critique. Si elle ne s'était pas vue dans un miroir depuis longtemps, elle n'en avait pas besoin pour savoir qu'elle était débraillée, les cheveux en bataille, le visage meurtri par son séjour au soleil, et que le tissu sur elle dégageait une vilaine odeur de transpiration…

Comme si le fait d'avoir été accrochée à un poteau de bois pendant toute une journée n'avait pas suffi à la briser, Morgan parvint sans difficulté à l'humilier davantage.

– Tenez, buvez, lui ordonna le chirurgien en lui tendant un bol, coupant court à cette conversation.

Victoire capta sans difficulté l'échange amusé des deux hommes et eut envie de protester, de s'écrier qu'ils n'avaient pas le droit de se jouer ainsi d'elle, mais elle réalisait à présent que ces impulsions ne faisaient que la desservir.

Au lieu de ça, elle avisa la mixture claire aux reflets dorés.

– Ça sent mauvais ! s'exclama-t-elle.

– Plus c'est mauvais, plus c'est efficace, lui répondit le chirurgien.

Victoire fit une moue dubitative mais engloutit la totalité du breuvage. Elle avait tellement mal à la tête qu'elle aurait fait n'importe quoi pour se soulager.

– Je ne veux pas rester ici, finit-elle par dire en posant le bol.

– Vous n'êtes pas en mesure de vous lever pour l'instant, lui répondit le chirurgien. Vous avez besoin de manger pour reprendre des forces.

– Mais pas trop quand même, précisa le capitaine.

Elle ne put s'empêcher de sourire à cette remarque. Malgré ses moqueries, il avait finalement bien compris de quoi elle était capable…

Tandis que les deux hommes s'isolaient pour discuter, le regard de Victoire détailla plus attentivement le coin douillet où elle se trouvait. Elle se sentait bien sur ce matelas moelleux et sous ce drap de coton à la douceur incroyable. En effet, l'alcôve qui enfermait le lit était vraiment décorée avec goût. De belles tentures rouges, du bois sculpté et ciré, des draps soyeux et de beaux coussins colorés disposés tout autour. Les lanternes accrochées apportaient une atmosphère très chaleureuse qui n'agressait pas les yeux. D'ailleurs, sa migraine commençait déjà à déserter ses tempes. Le chirurgien avait raison : son remède était infâme, mais terriblement efficace.

Victoire avisa de nouveau sa valise posée sur un tabouret juste à côté d'elle. Divers ustensiles en sortaient, comme de petites lames plates sans manche. L'arrivée de Morgan dans la pièce l'avait détournée de son plan, mais désormais, son attention était occupée ailleurs. Après un rapide coup d'œil en direction des deux hommes, elle s'empara d'un scalpel et le glissa sous le drap.

Alors qu'elle attendait sagement qu'ils aient fini de parler à son sujet, son cœur battait la chamade. Que pouvaient-ils bien manigancer ?

– Trouvez-vous courtois de parler d'une personne alors que celle-ci est juste à côté de vous ? les interrompit-elle finalement.

– Vous n'êtes pas le centre du monde, ma chère, répliqua Morgan.

Victoire pesta en silence, serrant les dents, mais n'en pensant pas moins. Si seulement ses jambes avaient pu la porter ! Elle souhaitait vraiment s'éloigner de cet homme pour laisser ce sentiment de rage s'apaiser un instant. Surtout que celui-ci était décuplé par son impuissance…

– Je voudrais changer de vêtements.

Son ton n'avait plus autant d'exigence que précédemment. Elle se rendait compte, bien malgré elle, que son état dépendait du bon vouloir du capitaine. Chaque mot qui sortait de sa bouche et qui allait dans le sens de cette réalité lui arrachait le cœur, mais elle était prête à s'y plier. Seulement si en définitive, elle parvenait à atteindre son but…

Aucun des deux hommes ne lui répondit, mais après quelques minutes, le chirurgien sortit de la cabine.

– Andrass va vous apporter une tenue propre, l'informa le capitaine en venant à son chevet.

Le silence s'étira alors qu'il ne la lâchait pas des yeux. Il ne bougeait plus, mais Victoire le sentait plus proche d'elle à mesure que les secondes s'égrenaient. Cette attention, bien qu'elle tente d'y faire face avec indifférence, la stressait plus que tout. Son cœur s'agitait dans sa poitrine, et inconsciemment, ses mains se resserrèrent sur ses draps.

Une folle envie d'attraper le scalpel la prit, mais elle parvint à se contenir.

Ce n'était pas encore le moment…

– Donnez-la-moi, lui ordonna soudain le capitaine.

Une boule se forma dans la gorge de Victoire.

– De quoi parlez-vous ?

Il leva les yeux au ciel pour marquer son exaspération.

– De la lame que vous venez de subtiliser dans les affaires d'Andrass.

Pleine de rage, Victoire serra les dents et les lèvres.

– Donnez-la-moi, reprit-il avec plus d'autorité, la main tendue vers elle.

Cette bouche… Alors qu'il la surplombait de sa haute carrure, Victoire n'arrivait plus à détacher son regard de ses lèvres entrouvertes qui laissaient échapper son souffle à la saveur douce-amère. Elle n'en avait jamais admiré d'aussi appétissantes : charnues, d'un rouge si vif qu'il rappelait celui des cerises, brillantes d'humidité quand sa langue les caressait. Il venait juste de le faire…

– Vous avez les yeux derrière la tête, ma parole, céda-t-elle finalement en posant son arme dans le creux de sa paume.

– Que comptiez-vous faire de ceci, au juste ? se moqua-t-il. Vous limer les ongles ?

Si elle avait pu compter sur ses muscles, elle lui aurait sauté à la gorge.

– Vous… Argh ! fulmina-t-elle en se cachant sous son drap.

Quelqu'un frappa à la porte. Quand elle reconnut la voix du chirurgien, Victoire décida de sortir la tête de sa cachette. Sur le tabouret où trônait la mallette jusque-là, il déposa des habits en coton blancs, et également un plateau d'où se dégageait un fumet appétissant.

– Andrass, appela Morgan.

Le capitaine s'assit à son bureau, dans une posture très distinguée. Dès que le chirurgien se tourna vers lui, il lui adressa un grand sourire en agitant la lame devant lui.

– Il me semble que quelqu'un t'a volé ceci.

Andrass posa sur Victoire un regard stupéfait avant de froncer les sourcils.

– Peste et voleuse… Eh bien, vous avez gagné le gros lot, capitaine !

– N'est-ce pas… Sois plus prudent à l'avenir.

Andrass maugréa dans sa moustache puis récupéra son instrument. Clairement, Victoire n'avait pas intérêt à revenir le voir pour ses maux de tête, elle venait de perdre la sympathie du chirurgien.

Les yeux moqueurs de Morgan se posèrent sur elle, dès qu'Andrass les laissa seuls. Il la narguait ouvertement. Quelle frustration ! Se trouver si près de lui et ne rien pouvoir tenter pour lui faire ravaler son assurance.

Ses mèches souples tombaient sur son front d'une manière négligée qui soulignait son côté sauvage. Avec sa longue veste noire dont l'extrémité s'étalait au sol et ses bagues extravagantes, elle le trouvait vraiment… Trop. Trop excentrique. Trop riche. Trop… plaisant à regarder.

Elle se mit à fixer le plafond.

Avait-elle déjà oublié les souffrances qu'il lui avait infligées ? Non. La journée d'hier resterait gravée dans sa mémoire. Une véritable agonie qui avait effectivement mis en exergue la place primordiale du capitaine sur ce bateau. Il aurait fallu être la pire des demeurées pour ne pas comprendre la finalité de cette épreuve. Mais de la même manière qu'il entendait ses paroles sans les écouter, Victoire avait retenu la leçon sans l'accepter. Il se berçait d'illusions s'il croyait en avoir terminé avec sa vengeance…

– Je vais m'habiller. Si vous voulez bien sortir… lui intima-t-elle.

Le capitaine posa sur elle des yeux inquisiteurs, puis il détailla avec attention chaque centimètre de son corps exposé. Cet examen-là n'avait rien de médical. Malgré la distance qui les séparait, elle pouvait sentir les flammes qui dansaient dans son regard. Le sang dans ses veines se transforma brutalement en un liquide bouillonnant et sirupeux qui aurait consumé tout le bois de la cabine. C'était une situation à la fois gênante et exaltante. Inédite. Victoire remonta le drap jusque sous son menton et elle l'entendit se racler la gorge.

– Tirez le rideau, lâcha-t-il finalement d'un ton sec.

Victoire avisa l'endroit désigné par le menton du capitaine et tira sur le lien qui retenait l'épaisse tenture. Cette dernière glissa le long du lit dans un mouvement fluide, éloignant la jeune femme de la vue de son ennemi.

Malheureusement, le simple fait de se mettre à genoux lui tira presque les larmes aux yeux. Elle ne put retenir un gémissement de douleur quand elle ôta le pantalon d'homme qui lui serrait encore les cuisses. Elle mit bien une dizaine de minutes à s'habiller, mais même une fois cela fait, elle choisit de laisser le rideau fermé.

Assise sur le lit, elle tira le plateau à elle, attrapa la cuillère en argent et laissa une gorgée de bouillon lui apaiser la gorge. La viande à l'intérieur avait été parfumée avec différentes épices, et, comme si ce n'était pas assez, une miche de pain bien chaud accompagnait ce délice.

– Qu'allez-vous faire de moi ? lui demanda-t-elle en reprenant une cuillerée.

Il ne répondit pas immédiatement. Elle l'entendit se lever et crut un instant qu'il allait tirer le rideau qui les séparait. Cependant, il n'en fit rien, et quand sa voix lui parvint, elle lui parut même plus éloignée qu'avant.

– Tout dépend de vous.

Elle hésita, avisa le morceau de viande dans sa cuillère, puis choisit de répondre avec la franchise qui la caractérisait :

– Je pourrais vous dire que j'abandonne…

– Mais vous ne le ferez pas, rétorqua-t-il à sa place.

Il semblait avoir parfaitement cerné sa personnalité. S'il conservait une certaine méfiance envers elle, il n'en était pas effrayé au point de la craindre… Pas encore.

Elle, en revanche, ne savait presque rien de lui. À part, bien évidemment, qu'il avait tué sa mère et qu'aujourd'hui il était revenu à Lys pour s'en prendre à… elle.

– Allez-vous abandonner vos projets ? demanda-t-elle, la gorge serrée.

– Non.

Honnête. Incontestable. Mystérieuse. Cette réponse ne répondait en rien aux interrogations de Victoire sur les plans du pirate, mais elle savait qu'en demander plus serait vain.

– Vous êtes à même de comprendre, monsieur Ker, dit-elle en terminant la dernière bouchée de son morceau de viande. Dès que l'occasion se présentera, je vous tuerai. Quand bien même cet acte me conduirait jusqu'à la mort.

– Vous avez échoué deux fois.

– La troisième sera la bonne.

Un bruit de porte résonna à travers le rideau. Elle entendit ses pas, puis des murmures.

– Dans ce cas, vous ne me laissez pas le choix. Je vais devoir vous enfermer pour le reste de la traversée dans la cale.

Victoire déglutit difficilement. Pas simplement parce que la cale signifiait l'enfermement, l'absence de lumière ou la présence de volatiles tous plus idiots les uns que les autres. Elle avait désormais enduré pire. Non, elle trembla parce qu'elle savait que, là-bas, elle ne reverrait pas le capitaine. Une fois dans la cale, sa vengeance s'éloignait d'elle.

Elle se remit précipitamment sur ses pieds, ignorant le pic de douleur qui ravagea ses muscles, et tira violemment sur le rideau.

Près de la porte, le capitaine s'entretenait encore avec Cassegrains et Grandsec. Ce dernier recula d'ailleurs d'un pas en la voyant.

– Je vous propose un duel, récidiva-t-elle, pleine d'assurance.

Après un instant de stupéfaction, les trois pirates ne lui répondirent que par un rire.

– Allez me chercher Kiram, intima le capitaine à ses hommes en l'ignorant.

Alors qu'ils repartaient vers le pont, Victoire crut percevoir un regard soudain moins intimidé de Grandsec. Il l'observait maintenant davantage comme si elle était un sujet d'étude bien étrange…

– Vous pouvez plaisanter, mais vous n'avez aucune raison de me le refuser, reprit Victoire sans se démonter. Sinon, de quoi avez-vous peur ?

Le capitaine leva un sourcil, sceptique. D'un geste assuré, il attrapa sa canne et joua avec, comme pour la narguer. Comme pour lui montrer que, même diminué, il restait plus fort qu'elle.

– Je n'ai rien à prouver ici, ma chère. Mon navire, mes règles. Pas de duel.

Maintenant qu'elle avait repris des forces, Victoire fulminait. Elle voulait en finir au plus vite. Elle n'avait pas de temps à perdre à dépérir dans une cale, pas une minute de plus à passer sur ses eaux agitées, à le voir lui, se dandiner, se pavaner sur ce pont en toute impunité.

Il avait tué sa mère. Elle avait attendu cinq ans pour le retrouver. Maintenant, il devait payer !

– Vous, vous vous ! hurla-t-elle. Toujours vous ! Écoutez-vous, enfin ! Avec un tel ego, vous allez finir par traverser les planches de votre bateau !

Victoire attendait qu'il explose. Elle voulait l'énerver, tout comme sa simple présence la mettait en rage à chaque instant. Mais comme à son habitude, il prit sa remarque avec un amusement qui écorcha encore une fois sa fierté.

– Vous êtes… délicieuse, dit-il en forçant un sourire. Vous discuterez de tout cela avec les poules.

Elle n'eut pas le temps de répondre. Kiram, l'empoigneur de cheveux, apparut dans la cabine, obligé de se baisser pour passer dans l'encadrement de la porte.

– Enferme-la dans la cale jusqu'à nouvel ordre, lui ordonna le capitaine.

– Je ne suivrai pas ce rustre ! siffla-t-elle.

Sans considération pour son avis, Kiram lui empoigna la taille de ses deux gros bras et elle se retrouva catapultée, tête vers le bas, sur l'épaule du pirate.

– Je vous hais ! Je vous hais ! cria-t-elle à l'attention du capitaine alors que le molosse l'emmenait.

– Je sais, l'entendit-elle répondre.

Qu'y avait-il de plus blessant que l'indifférence ?

CHAPITRE 15

MORGAN

– Cesse de te faire de la bile, elle est enfermée, assura Briac. C'est comme si elle n'était plus là.

Étendu dans un hamac, son timonier jonglait avec des morceaux de raisin, le regard dérivant parfois sur une partie de cartes en cours, jouée sur le pont par plusieurs matelots. Les mains sur la barre, Morgan ne se départait pas du pli d'inquiétude qui barrait son front.

– Je n'aime pas ça. C'est le meilleur moyen de développer les maladies, affirma-t-il en portant son regard vers le ciel.

Les innombrables nuances de gris annonçaient l'arrivée du *Requin* sur la mer des Damnés. Le vent tendait les voiles à les en faire craquer et s'engouffrait dans ses poumons pour mieux le faire respirer. Enfin, les vagues se gonflaient chaque heure davantage, signe d'une tempête imminente.

Malgré le danger, ce temps maussade était le préféré de Morgan. Un élan de liberté revigorait chaque membre de l'équipage.

– Que vas-tu faire d'elle une fois que nous serons arrivés à Jakoba ? demanda Briac.

– Je n'y ai pas encore réfléchi.

– Ça ne te ressemble pas.

– À vrai dire, elle nous cause déjà tellement de problèmes ici qu'il m'est difficile d'imaginer parvenir sur notre île indemnes…

Le rire de Briac commença à résonner sur le pont, mais il fut interrompu par le chirurgien qui les rejoignait en quelques enjambées pressées.

– Capitaine ! s'exclama-t-il en arrivant à leur hauteur. On n'a pas vu les frères depuis un bon moment, les hommes sont inquiets.

– Je les ai envoyés porter à manger à la prisonnière.

– Quand ça ?

– Ce matin.

Morgan sortit sa montre de sa poche : il était plus de midi.

Bon sang !

Que se passait-il encore ? Il dévala les grandes marches sur une seule jambe, Andrass sur ses talons.

– Viens avec moi, lui dit Morgan.

Faisant fi de sa blessure, il se précipita jusqu'à l'entrée de l'escalier qui menait aux cales. Cependant, la violente douleur qui étreignit sa cuisse l'obligea à interrompre sa course en s'appuyant sur la rampe.

– Capitaine, vous devriez vous ménager, lui conseilla Andrass derrière lui. Je ne voudrais pas que la plaie se rouvre.

– Je sais, mais tout ça ne me dit rien qui vaille. Pressons-nous.

Morgan commença à descendre, ne sollicitant qu'une seule de ses jambes, la main toujours en appui sur la rampe.

– Tu n'as pas vu les deux frères ? cria-t-il à Séforin alors qu'il passait à côté des cuisines.

De dos, son cuisinier était occupé à remuer la soupe fumante dans le grand chaudron.

– Pas vus, capitaine ! répondit celui-ci en tournant rapidement la tête dans sa direction.

Morgan serra la mâchoire et reprit sa descente à vive allure. Derrière lui, le pas lourd de son chirurgien martelait ses oreilles.

Ils croisèrent deux membres de l'équipage occupés à monter des sacs de pommes de terre qui s'étonnèrent également de ne pas avoir croisé les deux lascars depuis un moment.

– Ils se sont peut-être endormis dans un coin tranquille du navire avec une bonne bouteille de rhum, plaisanta Andrass.

– Non, ça ne leur ressemble pas, grimaça Morgan alors que sa jambe blessée venait de servir d'appui sur l'une des marches.

– Ils ne boivent pas ? Cassegrains a toujours une bouteille à la main.

– Ils abusent un peu de la marchandise, oui, mais ils le font en public, expliqua le capitaine.

Il y avait encore une tournée de marches et Morgan décida de les enfiler deux par deux, ce qui lui valut une belle acrobatie pour éviter une chute, sous le regard réprobateur de son médecin.

Quand ils arrivèrent enfin au bout des escaliers et que son pied se posa sur le plancher du plus bas des niveaux, Morgan poussa un soupir de soulagement. Tout en cavalant vers la cale des poules qui se trouvait à l'extrémité arrière du navire, il sortit un mouchoir de sa veste et tamponna son front : c'était la première fois qu'il dégoulinait de sueur en descendant un simple escalier.

– C'est fermé. Aide-moi à enfoncer la porte, intima Morgan à son chirurgien quand ils furent devant l'entrée.

Ensemble, ils donnèrent un puissant coup d'épaule qui la fit céder.

Les deux frères se tenaient là, penauds, un véritable champ de bataille à leurs pieds. Les cheveux poisseux de Grandsec dégoulinaient. Leurs vêtements et leurs chaussures étaient recouverts d'un mélange de paille, de blancs, de jaunes et de coquilles d'œufs dégoûtant.

– Depuis combien de temps êtes-vous ici ? s'énerva Morgan.

– Des heures, répondit Cassegrains. On a crié, mais personne nous a entendus.

Derrière lui, Morgan perçut clairement le rire à peine contenu d'Andrass, mais lui n'en menait pas large. Aucune trace de Victoire ici…

– Que s'est-il passé ? demanda-t-il en détaillant les mines souillées et déconfites de ses deux acolytes.

– C'est que… Elle nous a attaqués avec des œufs.

– Des œufs ? Vous vous foutez de moi ?!

Cassegrains fusillait du regard son frère qui baragouinait un charabia inintelligible. Une histoire de malédiction et de pouvoir des femmes… Encore les élucubrations de ce grand nigaud qui allaient lui coûter la sécurité de l'équipage.

– Trouvez-la ! le coupa-t-il finalement, au bord de l'implosion.

Les deux pirates sursautèrent puis se cognèrent dans un burlesque qui l'aurait amusé s'il n'avait pas eu envie de leur botter le cul. Après avoir reçu un regard noir de leur capitaine, ils détalèrent au quart de tour.

Invraisemblable ! Comment avait-elle réussi ce nouveau tour de force ?

– J'espère qu'ils sont meilleurs au combat, s'inquiéta Andrass. Des œufs…

– Bien sûr qu'ils le sont, répliqua Morgan. Elle a dû les embobiner, miser sur l'effet de surprise… Ce grand nigaud a plus peur des bonnes femmes que des requins, il ne lui a pas rendu la tâche si difficile.

La situation devenait clairement explosive, et en seulement quelques jours de traversée, Morgan devait se rendre à l'évidence : Victoire de Torcy menaçait tout l'équipage. Non seulement elle semait le trouble, mais désormais, elle gâchait leur nourriture. Un bien trop précieux pendant une traversée en mer de presque un mois.

En outre, si ça continuait, elle allait finir par réussir son coup et le tuer !

– Tu trouves ça drôle ? demanda-t-il à Andrass alors que celui-ci ne retenait même plus son rire.

– Un peu.

Morgan gratifia son chirurgien d'une moue réprobatrice. Mais pouvait-il vraiment lui en vouloir ? Si on considérait la situation d'un point de vue extérieur et la dégaine des frères, couverts d'œufs de la tête aux pieds, il y avait franchement de quoi animer la conversation d'une soirée.

– Je ne m'attendais pas à un miracle, mais je pensais que la journée d'hier l'aurait marquée plus longtemps que ça...

– Vous allez devoir surveiller vos arrières.

– Sur mon propre navire, soupira Morgan, dépité. Bien, allons rassembler les hommes pour les recherches.

Tout en remontant les escaliers, Morgan dut ralentir à chaque ouverture ou interstice qu'ils dépassaient. Après que l'intégralité de l'équipage fut prévenue, *le Requin* se mit en branlebas de combat pour retrouver la prisonnière. Sur le pont, les hommes ouvrirent tous les coffres, fouillèrent les embarcations de secours, coururent d'un bout à l'autre du navire en s'encourageant mutuellement.

Sur l'ordre du capitaine, une dizaine de matelots se précipitèrent dans les étages du bas pour inspecter les cuisines, le vestiaire, la laverie, le cellier, la salle des canons, la corderie, et toutes les cales. Morgan envoya également un autre groupe sur le pont inférieur et dans la salle des bains.

Si jamais elle réussissait son coup, que deviendrait cet équipage sans son capitaine ? Morgan prenait conscience d'avoir laissé sa vengeance et ses aspirations passer au-dessus de la sécurité de ses hommes. Un comportement indigne du capitaine du *Requin*.

Il frappa un grand coup sur le sol avant de se rendre dans sa cabine. Ignorant le remue-ménage sur le pont, il fouilla chaque recoin, chaque meuble de la pièce. Victoire de Torcy était fine, pas très grande et aurait pu se cacher n'importe où.

Rien.

Il quitta sa cabine et longea la coursive menant au pont. Avec un ciel aussi bas, la nuit allait tomber très tôt, et sans lumière, tout deviendrait plus compliqué.

Cependant, l'élan de panique retomba très vite. Devant lui, la principale intéressée apparut, flanquée de Cassegrains et de Kiram. Dans un moment pareil, d'autres auraient choisi de faire profil bas, mais cette furie se débattait comme une forcenée. Elle donnait des coups de pied dans les mollets de ses bourreaux, remuait la tête dans tous les sens et tentait de dégager ses bras de leur emprise. Des grains de sel parsemaient ses longues mèches et ses vêtements. Mais où était-elle donc allée se fourrer ?

– Regardez qui on a trouvé ! Cachée dans le bac de sel, s'extasia Cassegrains.

– Lâchez-moi ! Sales brutes !

Aucune peur.

À cet instant, Morgan comprit qu'il ne parviendrait pas à la briser. Il n'y avait pas une foule de solutions. Soit il serrait les dents et s'en accommodait, avec tous les risques que cela comportait. Soit il décidait que sa vengeance n'était pas plus importante que sa propre vie et celle de son équipage, et il jetait l'aristocrate par-dessus bord. Ce choix n'avait rien de cornélien.

Un hoquet très sonore s'échappa des lèvres de la condamnée et força Morgan à s'attarder sur ses traits. Rien sur son visage ne laissait transparaître sa peur. Comment une fille née avec une cuillère en argent dans la bouche pouvait afficher un tel masque d'insensibilité ? Il l'observa sous un jour nouveau. Une créature si déterminée et pleine de vie n'avait-elle pas d'autres chats à fouetter que de se mettre à dos une horde de pirates ? Voilà un beau gâchis !

– Amenez-la sur le pont. Attachez-la si nécessaire, mais gardez les hommes loin d'elle. Je vous rejoins.

– Quelle torture allez-vous encore m'infliger ? siffla-t-elle.

– Il ne s'agit plus de torture. Rappelez-vous que vous aviez une chance de vous en sortir, mademoiselle de Torcy, mais vous avez mal joué, rétorqua-t-il.

Elle ne répondit pas, mais le noir de ses yeux était tellement profond qu'il aurait pu plonger dedans. Il fit signe à Cassegrains de l'emmener.

Soudainement las, Morgan rejoignit son poste de commandement, où Briac tenait difficilement la barre. En effet, les bourrasques de vent s'intensifiaient et gonflaient les vagues, rendant la navigation de plus en plus difficile.

– La mer est agitée ?

– Pas assez pour me donner mal aux bras !

Briac était le meilleur des timoniers dont Morgan aurait pu rêver sur *le Requin*, et pas seulement parce qu'ils étaient des amis d'enfance. Dans les moments de tempête, c'était lui le véritable maître à bord, devant anticiper les moindres mouvements du navire pour ne pas se laisser emporter par la vague.

Sur le pont, l'équipage s'était réuni autour de Victoire, bien que les pirates se tiennent à bonne distance de la prisonnière. Tout le monde en prenait pour son grade, mais les cris de cette vipère semblaient lointains, presque irréels.

Morgan avisa le ciel d'un gris presque noir. Une fin de journée idéale pour faire mourir une petite aristocrate capricieuse et égoïste.

– On sait tous les deux ce que tu dois faire, dit Briac en fixant Victoire avec effarement. On sait tous pourquoi tu tenais tant à l'avoir en vie. Tu es prêt à y renoncer ?

Morgan déglutit. L'espace d'un instant, il sentit ses convictions s'ébranler.

– Mon équipage passe avant tout, assena-t-il finalement.

Sans un regard pour son ami, sans un pas en arrière vers cette vengeance qu'il était prêt à abandonner, Morgan rejoignit le pont et s'approcha de Victoire.

– C'est le temps parfait pour un bon bain ! annonça-t-il à l'assemblée.

Une clameur générale accueillit son annonce. Un vent de soulagement parcourut le pont, certains parce qu'ils croyaient aux mêmes inepties que Grandsec, d'autres simplement pour le plaisir d'assister à une exécution.

Victoire regarda autour d'elle, perdue.

– Vous savez nager, j'espère, lui dit-il en s'approchant d'elle, toujours fermement maintenue par Cassegrains et Kiram.

Il la vit avec satisfaction perdre pied. Son attitude changea du tout au tout. Son clapet s'était tu et un silence bienvenu s'installa sur le navire. Pour la première fois, une faille s'ouvrait dans le mur de forteresse érigé par Victoire de Torcy.

– Non, avoua-t-elle finalement en posant un nouveau regard vers lui.

– Qu'importe, les requins ne vous en laisseront de toute façon pas le temps.

Dans les yeux de la prisonnière, une lueur de panique s'alluma. Elle coupa sa respiration et jeta un regard inquiet vers les vagues déchaînées.

– Je croyais que vous aviez besoin de moi vivante.

– Il me faudra trouver un nouveau plan. Il n'y a pas assez de place sur ce navire pour deux personnes comme nous. Autrement dit, c'est vous ou moi, ajouta-t-il en approchant son visage à un pouce seulement du sien.

Elle pinça ses lèvres. Mais cette fois-ci, il eut l'impression que c'était plus pour étouffer sa peur que des paroles désobligeantes.

– Et sans surprise, j'ai décidé que ce serait moi, ajouta-t-il en allant se planter dans son dos.

Il posa les mains dans le creux de ses reins et déclencha chez elle des tressaillements incontrôlés.

Lentement, il la mena jusqu'au bord du bateau, là où la planche de bois s'avançait au-dessus de l'eau. Ses hommes se regroupèrent derrière eux pour regarder le spectacle.

– Montez, lui intima-t-il au creux de son oreille.

Il crut qu'elle allait s'agenouiller, le supplier, mais elle s'exécuta.

La poitrine collée contre son dos, il réalisa à quel point la respiration de Victoire était saccadée. Tout son corps tremblait. Mais aucune supplique. Aucune prière.

Pourquoi ne pleurait-elle pas ? Pourquoi ne l'implorait-elle pas ? Son aplomb le captivait.

Son sens de la repartie lui donnait envie de l'asticoter continuellement.

– Une dernière volonté ? demanda-t-il en vue de la faire parler.

Réalisait-elle seulement ce qui l'attendait au bout de cette planche ? Allait-elle rester dans cet état d'inconscience jusqu'à la fin ?

– Mis à part le fait de réussir à vous tuer, je n'attendais rien de la vie, avoua-t-elle. Je n'en attends pas plus maintenant.

Tout comme Victoire, depuis cinq longues années, seule la vengeance occupait les pensées de Morgan. Seulement, ils étaient différents. Comment pouvait-elle ressentir un tel mépris pour la vie ? Elle était encore jeune. Elle avait l'avenir devant elle, un avenir radieux : famille, santé, richesse… Lui remerciait le ciel chaque matin de respirer. Il aimait boire du bon vin, rire avec ses amis, les plaisirs de la chair qui consumaient les sens… Elle ne connaissait rien de tout cela.

– Ne fait-il pas bon vivre à Lys ?

– Pour la plupart des gens, c'est le paradis.

– Mais pas pour vous, déclara-t-il.

Il se rappela la première fois qu'il l'avait vue : elle étouffait.

– N'avez-vous pas d'amis à qui vous rattacher ? Et votre famille ? Votre père ?

Elle poussa un grand soupir.

– Je les aime, bien sûr, mais une seule personne comptait vraiment pour moi.

Morgan n'avait pas besoin d'en entendre plus. Victoire de Torcy vivait dans le passé sans aucun autre projet d'avenir que sa vengeance.

C'était triste.

Et surtout, inéluctable.

CHAPITRE 16

VICTOIRE

Victoire devait se rendre à l'évidence : le capitaine n'avait plus besoin d'elle.

Sous l'effet du vent, son équilibre menaçait de flancher à tout instant. Elle se refusait à regarder en bas, là où un bruit sourd de bouillon grondait, là où les vagues se brisaient sur la coque du bateau. Bientôt, sa tenue et ses cheveux seraient trempés, mais quelle importance ?

– Avancez, lui intima Morgan.

Victoire commença à faire un pas, puis un autre. Son regard se perdit au-delà de l'extrémité de la planche. Allait-elle souffrir ? Allait-elle simplement se noyer ? Succomberait-elle au froid des eaux déchaînées ? Serait-elle dévorée par les requins avant ? Pour sa première fois aux portes de la mort, elle trouvait toutes ces sensations terrifiantes.

La main du capitaine glissa fermement sur son ventre, l'empêchant de faire un pas de plus.

La chaleur qui se dégageait de sa peau traversait sa chemise de coton et Victoire fut ébranlée par un frisson qui remonta jusque dans sa nuque.

– À quelques secondes de votre fin, je peux vous avouer que je vous trouve… courageuse, déclara-t-il.

Ce fut le plus beau des compliments qu'il pouvait lui faire. Elle n'était pas une dégonflée, pas une simple aristocrate de Lys tout juste bonne à marier, pas une poupée manipulable. Non. Elle était forte, téméraire, sanguine… Courageuse. Quelle satisfaction ! Et venant d'un homme plongé dans un univers de dangers et de luttes…

Instinctivement, elle posa à son tour sa main sur la sienne. Il s'empressa de la recouvrir. Le contact de leurs peaux lui procura une nouvelle sensation de chaleur qui l'apaisa malgré la situation. Elle sentit ensuite que le nez du capitaine fourrageait dans ses mèches, comme si leur parfum était une drogue dont il allait devoir se passer.

Sous ses pieds, le bois commençait à donner des signes de fatigue. Il allait finir par céder sous leur poids et tous deux seraient plongés au fond de l'eau.

– Avancez, la somma-t-il finalement.

Victoire hésita. La terreur avait gagné tous ses muscles. Elle la paralysait. Cependant, plier le genou devant Morgan Ker ne lui semblait pas réalisable. Cela reviendrait à reculer pour mieux sauter la prochaine fois.

Elle se força à faire un pas.

– Capitaine ! La planche va pas tenir ! cria Cassegrains.

– Pourquoi me suivez-vous ? chuchota-t-elle alors que sa grande main épousait encore la forme de son ventre. Ne me dites pas que vous ne pouvez plus vous passer de moi ?

Malgré l'angoisse, Victoire tenait à rester forte jusqu'au bout. C'est ainsi qu'il se souviendrait d'elle, et qui sait, peut-être qu'il en crèverait de remords.

– Il est fascinant de vous voir piétiner la vie qui vous est offerte sur un plateau d'argent. Vous n'imaginez pas à quel point certaines sensations pourraient combler ce vide en vous, dit-il.

– Je ne sais pas ce à quoi vous faites allusion, souffla-t-elle.

– Dans un autre monde, j'aurais pu vous le faire découvrir…

Le son de sa voix était chargé d'une multitude de promesses.

Elle n'était pas inculte au point de ne pas savoir qu'il faisait référence à son expérience en matière de relations. Comment Morgan se comportait-il avec les femmes ? Enfin, celles qu'il ne faisait pas prisonnières, bien évidemment. Se sentirait-elle bien dans le creux de ses bras puissants ? Était-il directif et autoritaire avec elles comme il l'était sur son *Requin* ?

Cependant, ces belles paroles n'étaient qu'une tentative de manipulation pour lui permettre de conserver ses plans.

– Vous ne reculez devant rien pour sauver vos intérêts, le rabroua-t-elle. Regardez-les bien, ceux-ci vont sombrer en même temps que moi au fond de la mer.

Elle fit un pas, puis encore un autre, sentant la grande main du capitaine se relâcher peu à peu.

Arrivée à l'extrémité, elle avisa les fonds marins. Les tourbillons d'écume se mélangeant au gris de l'eau lui auraient semblé magnifiques si ceux-ci n'étaient pas destinés à la tuer en quelques secondes. Et puis il y avait le vide. Attirant, enivrant, terrifiant. L'instant était cette fois bien réel. Tout se terminait maintenant.

– Victoire, entendit-elle derrière elle.

Son prénom dans sa voix la troubla, et à travers le vent, elle perçut de nouveau son odeur.

Soudain pris d'un vertige, son corps se recula instinctivement contre celui du capitaine. Elle empoigna ses cuisses puissantes puis planta ses ongles dans sa chair à travers le cuir de son pantalon.

Le souffle court, Victoire se demanda si elle était prête à dire adieu à sa famille, à ses amis, et à toutes ces sensations qu'une personne expérimentée venait de lui vanter. Le dos contre le torse puissant du capitaine, elle sentait sa chaleur l'envelopper. Une part d'elle ne voulait plus le quitter.

Morgan serra alors ses épaules et la fit se retourner face à lui. L'un contre l'autre, le bout de leurs nez se touchait presque, et leurs lèvres s'effleuraient. Toutes ces sensations la submergèrent.

– Je… Je… balbutia-t-elle en tentant de se dégager de son emprise. Argh !

Voulant à tout prix reculer, elle en oublia simplement le vide, à quelques centimètres derrière ses pieds, et bascula en arrière.

In extremis, Morgan la retint par le poignet. En équilibre sur le bord de la planche, suspendue au-dessus de l'eau, la vie de Victoire dépendait désormais totalement du bon vouloir de son ennemi juré. Elle chercha à lire ses intentions dans ses yeux, mais ils n'exprimaient rien.

Sur le pont, tout l'équipage hurlait et réclamait la mort de la prisonnière.

– Lâchez-la, capitaine ! cria l'un de ses hommes.

– Oui ! Lâchez ! répéta un autre.

Les pirates se mirent à scander : « Lâchez ! Lâchez ! Lâchez ! »

– Alors ? Que pensez-vous de la vie à présent ? la provoqua-t-il avec un sourire moqueur, comme si cet instant n'était qu'un simple jeu pour lui.

Victoire avisa le remous tumultueux de la mer puis accrocha son regard terrorisé à celui de Morgan. Lorsqu'il jeta un œil inquiet à la planche, la panique de Victoire redoubla.

Elle ne voulait pas mourir.

Non, elle ne le voulait pas, mais quelle autre option s'offrait à elle ?

– Dois-je vous lâcher ? hurla-t-il pour couvrir le grondement assourdissant autour d'eux.

La planche plia dangereusement, sans que Victoire parvienne à lui répondre, mais elle serra davantage la main qui la retenait.

– Puisque vous tenez absolument à mourir, je vais vous lâcher. Vous me décevez, mademoiselle de Torcy. Vous cédez à la facilité.

Elle fut piquée au vif, et avec un dernier sursaut de fierté s'exclama :

– J'accepte mon sort avec dignité !

– Non, vous vous résignez ! Au lieu de vous remettre en question et d'avancer. À une complication, s'offrent toujours plusieurs issues…

Victoire porta encore une fois son regard vers le vide, puis dans ses yeux à lui. Ceux-ci étaient criants de sincérité. Certes, la vie n'était pas faite que de noir et de blanc. Il y avait du gris. Sa tante le lui avait souvent répété, mais ce n'était pas évident à appréhender quand on s'était entêtée sur une seule idée pendant toute sa vie.

Pourtant, aujourd'hui, elle parvenait enfin à le comprendre, à l'accepter.

Cet homme était l'assassin de sa mère, et un jour, il paierait pour son crime. Néanmoins, aujourd'hui, il était celui qui la maintenait en vie, et elle était enfin prête à accepter cette idée.

– Pitié ! implora-t-elle finalement. Pitié ! Ne me tuez pas ! Je ferai ce qu'il faut pour rester en vie, alors ne me lâchez pas !

Morgan émit un grondement de soulagement qu'elle entendit très distinctement malgré le bruit infernal des vagues et du vent. Il tira de toutes ses forces et accueillit son corps tremblant dans ses bras.

Méthodiquement, le plus calmement possible, il recula, les faisant doucement, mais sûrement, revenir vers le navire. Cassegrains et Andrass vinrent à leur rencontre pour les aider à redescendre de la planche. Une fois qu'ils furent sains et saufs sur le pont, Morgan desserra son étreinte puis fit face à l'équipage, qui l'observait désormais dans un silence quasi religieux.

– Le spectacle est terminé. Retournez à vos tâches, ordonna-t-il.

La foule se dissipa avec quelques murmures. Morgan récupéra sa canne et se tourna de nouveau vers Victoire. Ses cheveux collaient à son visage, et ses jambes semblaient ne plus vouloir la porter. Vide : c'est ainsi qu'elle se sentait. Réalisant à peine le sort auquel elle venait d'échapper.

– Vous aimez les sensations fortes, se moqua-t-il.

– Taisez-vous, sanglota Victoire en le gratifiant d'un coup de poing dénué de toute force sur son torse.

Ils restèrent un long moment face à face, à se dévisager mutuellement. Peut-être que Morgan attendait de voir si Victoire allait de nouveau renouveler ses attaques contre lui, mais elle n'en avait plus la force.

– Vous l'auriez fait ? lui demanda-t-elle. Vous m'auriez lâchée ?

– Évidemment.

Une lueur malicieuse brillait au fond de ses prunelles.

– Vous ne savez pas mentir, conclut-elle.

– Et vous, vous ne savez pas vous taire.

CHAPITRE 17

VICTOIRE

Accoudée au bastingage, Victoire fixait l'agitation des vagues. Elles se cognaient les unes aux autres en projetant une mousse blanche que le vent emmenait jusque sur son visage, la faisant frissonner. L'eau devait être tellement glacée… Ce ballet incessant l'hypnotisait et forçait son humilité : si son corps tombait aux mains de ce monstre tout-puissant, il serait écrasé et englouti dans la seconde, comme un vulgaire coquillage.

– Voilà plusieurs heures que vous n'avez pas tenté de me tuer, ironisa le capitaine en approchant d'elle d'une démarche encore boitillante. Je m'ennuierais presque !

Il avait troqué sa longue veste contre un gilet de laine épais dont la teinte claire adoucissait les traits de son visage.

– J'ai compris la leçon, assura Victoire pendant qu'il s'installait à ses côtés. Je ne suis pas idiote.

Avant de réagir, Morgan déchargea silencieusement Kiram de sa mission de surveillance. L'imperturbable matelot s'effaça sans un mot.

– Je vous avoue en avoir douté, reprit Morgan, une fois qu'ils furent isolés des oreilles indiscrètes de l'équipage. Il est si facile de confondre sottise et aveuglement…

Victoire tiqua car ce n'était pas la première fois qu'on qualifiait son comportement de cette manière. Alexandre l'avait déjà mentionné, mais dans la bouche du capitaine, ce reproche pesait encore plus lourd.

– Je ne vois pas ce qu'il y a de mal à être déterminée, rétorqua-t-elle.

– Il n'y en a aucun. Tout est question de juste mesure.

Se sentant offensée mais ne se trouvant aucune excuse, Victoire serra ses lèvres.

– Dans votre cas, c'est assez compliqué de trouver un équilibre alors que vous êtes confrontée à des sensations… inédites, continua-t-il.

– Comment ça ?

Alors qu'elle le dévisageait, véritablement curieuse de comprendre où il voulait en venir, son regard à lui pointait vers l'horizon.

– Vous avez toujours vécu dans cette cage dorée. Vous n'aviez, jusqu'à présent, aucun instinct de conservation, expliqua-t-il.

Victoire fronça les sourcils, perplexe.

– L'instinct de conservation est ce qui pousse une personne à assurer sa survie avant toute autre préoccupation, précisa-t-il en se tournant vers elle. Il est compliqué de le développer quand tout nous est apporté quotidiennement sur un plateau. Mais face à l'adversité…

– Je comprends, répondit-elle en se tournant, elle aussi, vers la mer.

Comment le contredire ? Il avait raison. La vie à Lys était confortable, luxueuse et facile. Il n'y avait aucun rationnement, aucune notion de partage, aucune ressource limitée. Aucun danger.

Tout le contraire d'une vie de pirate.

Pour sa première confrontation avec la mort, la réaction ne s'était pas fait attendre. Adieu la femme forte et téméraire qu'elle se targuait d'incarner à Luxia !

Désormais, elle comprenait mieux Héloïse, le comte de Sudre, et même son père, dont les ambitions se cantonnaient à de beaux mariages, des situations confortables ou des fonctions élevées au sein des hautes sphères du pouvoir. Leurs ambitions n'étaient pas démesurées et irréalisables comme les siennes. Ce qu'elle avait pris pour de la lâcheté n'était en fait qu'une preuve de leur lucidité. Une qualité qui lui avait sans aucun doute manqué.

Cette réalité la bouleversait.

– Au palais, j'essaye de changer les choses à ma manière, se justifia-t-elle. Je sais qu'il y a des failles dans le système dans lequel nous évoluons, mais lorsque je tente de les dénoncer, lorsque je tente d'enfreindre les règles pour me confronter à un autre univers, mon attitude est décriée.

Un silence s'étira pendant lequel Victoire se laissa bercer par la présence apaisante du capitaine. Le supplice de la planche semblait avoir changé leurs rapports. Mais elle n'oubliait pas que son sauveur avait avant tout été son bourreau. C'est lui qui l'avait mise sur cette planche de bois… et c'est lui qui l'avait suivie dessus. Pourquoi ? Pourquoi avoir risqué sa propre vie pour épargner la sienne ?

– Si la planche avait cédé… réalisa-t-elle dans un souffle.

Du coin de l'œil, elle le vit reporter son attention sur elle.

– Elle n'a pas cédé.

– Et si votre jambe n'avait pas résisté ? Vous avez mal ? demanda-t-elle en avisant sa canne.

– Non, répondit-il, les mâchoires serrées.

Elle le détailla de haut en bas : ses mèches souples s'envolaient au vent et sa barbe naissante faisait ressortir ses lèvres charnues qui s'étirèrent en un petit sourire.

– Qu'ai-je dit qui vous amuse autant ? s'étonna Victoire.

– Ma prisonnière se soucie désormais de l'état de santé du capitaine. Dois-je faire appeler le chirurgien pour qu'il vous examine ?

Victoire ne sut que répondre et préféra se détourner de lui pour cacher son trouble.

Pourquoi son pire ennemi l'attirait-il autant ? Étant donné toutes les émotions contradictoires qui se bousculaient dans sa tête en ce moment, elle ferait effectivement peut-être bien de se faire examiner par un médecin !

Le vent s'intensifia, amenant jusqu'à eux les embruns glacés de la mer.

– Le temps a vraiment changé du tout au tout.

– Les eaux sont assez calmes aux abords du continent, mais nous commençons désormais la traversée de la mer des Damnés. Les vents vont redoubler et le froid s'accentuer.

Victoire aurait aimé en apprendre plus sur le monde de Morgan. Ses professeurs de géographie et d'économie s'étaient toujours limités aux enjeux politiques de Lys et des pays voisins, mais personne ne se penchait véritablement sur les îles Ferterra, celles qui nourrissaient la population.

Malheureusement, sa question fut interrompue par un énorme grognement qui provenait directement de son estomac.

– Le repas n'est que dans deux heures, s'amusa Morgan tout en observant attentivement chaque expression de Victoire.

Celle-ci baissa la tête, honteuse, et mit une main sur son ventre, comme pour lui ordonner de se faire plus discret en présence du capitaine.

– J'attendrai, marmonna-t-elle au supplice.

– Et n'espérez pas négocier : le cuisinier n'est pas un commode. Il fait l'inventaire des réserves chaque soir et je garde un très mauvais souvenir de la fois où je me suis essayé à chiper une poignée de noix.

La grimace qu'il affichait la fit sourire. Elle avait effectivement croisé ce petit pirate costaud au crâne rasé alors qu'on l'emmenait dans la cale. Il était d'ailleurs le premier homme qu'elle rencontrait qui portait des boucles à ses oreilles. Malgré une large carrure et des bras musclés, il ne faisait pas particulièrement peur, mais au son de sa voix, Victoire avait compris qu'il n'était pas de ceux qui entament des négociations.

Morgan se racla alors la gorge et chercha quelque chose dans la poche de son pantalon. Il en sortit un bout de tissu blanc en coton. Lorsqu'il l'approcha de Victoire, un doux parfum de lavande remonta dans ses narines, similaire à celui qui s'échappait de la laverie du *Requin*, puis il fut supplanté par l'odeur du chocolat. Délicatement, le capitaine ouvrit le ballotin et révéla deux biscuits au cacao.

– Vous avez soudoyé le cuisinier ? demanda-t-elle en se léchant déjà les lèvres.

– Oh non, Séforin est incorruptible. Lorsque l'enquête sur la disparition des gâteaux sera lancée, je vous serai reconnaissant de ne pas me dénoncer.

– Vous aimez vivre dangereusement, déclara-t-elle au capitaine avec un sourire malicieux.

Pour toute réponse, il lui tendit un biscuit.

– Ils sont encore chauds, vous ne pouvez pas résister. Tenez.

– Merci.

Victoire n'aurait jamais cru un jour qu'un petit biscuit puisse lui procurer autant de bonheur. Elle n'aurait jamais cru non plus remercier Morgan Ker avec tant de ferveur.

Il acquiesça d'un simple signe de tête, la bouche pleine, et essuya les quelques miettes qu'il avait laissées tomber avec la serviette.

– Tout est toujours tellement propre, ici, déclara Victoire en le regardant faire.

Et tout sentait tellement bon… Si seulement le capitaine ne dégageait pas constamment cette odeur de savon mêlée à cette senteur si singulière de son souffle qui picotait ses narines, peut-être qu'elle parviendrait à avoir plus souvent les idées claires.

– J'y mets un point d'honneur, on évite ainsi la maladie. Et puis, je vous avoue que je ne supporte pas de vivre dans la crasse, dit-il en se relevant.

Victoire sourit à l'entente de cette confession. À quelques mètres d'eux, comme pour prouver les dires du capitaine, plusieurs matelots récuraient le pont, ce que Victoire les avait déjà vus faire quand il l'avait laissée au soleil toute la journée.

Sentant peut-être l'observation de Victoire, certains relevèrent la tête vers elle et lui adressèrent un regard manifestement hostile.

– Ils ne me portent pas dans leur cœur, déclara-t-elle en les désignant du menton.

Jusqu'à présent, leur opinion d'elle ne l'avait pas affectée, puisque la pire issue à ses yeux était la mort et qu'elle pensait pouvoir l'accueillir à bras ouverts. Maintenant qu'elle envisageait de rester en vie et d'évoluer dans le même environnement qu'eux, la perspective de faire face à leur haine chaque jour la faisait légèrement trembler.

– Vous vous en étonnez ?

– Pas vraiment, admit-elle.

Un silence s'installa tandis que leurs regards s'arrimaient l'un à l'autre d'une manière – elle devait bien se l'avouer – déconcertante. Le vert des pupilles du capitaine était sombre et captivant, à tel point qu'elle désirait plonger dedans.

– Je vous laisse, j'ai à faire en salle des canons, déclara-t-il au bout d'un instant.

Victoire baissa immédiatement la tête, comme prise en train de commettre une faute. Pourtant, le capitaine ne sembla pas s'en soucier.

– Le temps qu'un de mes hommes vous rejoigne, vous parviendrez à vous retenir de mettre le pont à feu et à sang ? demanda-t-il en arquant l'un de ses sourcils.

Cette mimique le rendit soudain incroyablement attachant, et c'est probablement pour cette raison que Victoire bégaya le « oui » le moins assuré de sa vie.

CHAPITRE 18

VICTOIRE

Victoire resta plantée sur le pont, tentant d'analyser sa situation émotionnelle compliquée. D'un côté, Morgan Ker était l'homme à abattre : un être qu'elle se devait de détester. De l'autre, elle se sentait attirée par lui. Son charisme, sa puissance, tant physique que celle de son esprit…

Sa bouche…

Il n'était d'ailleurs pas parti depuis cinq minutes qu'elle ressentait déjà le manque de sa présence. Cette idée la déstabilisa plus qu'elle ne l'aurait souhaité. Était-ce normal d'éprouver des sentiments si diamétralement opposés ?

Elle devait se changer les idées.

Dans un pur esprit de contradiction, elle décida de ne pas attendre l'arrivée de Kiram, ou un autre des membres de l'équipage. Elle n'avait pas besoin de surveillance, elle n'allait évidemment pas sauter à l'eau pour s'enfuir, mais enfreindre un ordre du capitaine lui donnait un sentiment de satisfaction. Elle n'alla cependant pas bien loin et arrêta sa promenade lorsqu'elle arriva à la hauteur de deux matelots concentrés sur le nettoyage des épées. Cassegrains et Grandsec étaient les deux qu'elle connaissait le mieux sur ce navire, mais ils ne firent pas attention à elle. Au contraire, ils semblaient presque s'évertuer à l'ignorer alors qu'elle se rapprochait d'eux.

Elle avisa l'impressionnante quantité de lames qu'ils avaient à leur disposition. Était-il vraiment judicieux d'aller leur demander quoi que ce soit ? Néanmoins, elle devait absolument s'occuper sous peine de laisser son dilemme intérieur lui faire perdre la tête.

Elle prit une grande respiration puis se racla la gorge pour attirer leur attention.

– Je peux vous aider ? se risqua-t-elle avec prudence.

L'épreuve traumatisante du mât n'était pas tombée aux oubliettes.

Dès qu'il releva la tête sur elle, Grandsec se remit debout et recula de plusieurs pas, les yeux ronds comme deux soucoupes. Cassegrains la toisa d'un regard mauvais puis continua à frotter la lame de son épée sans se soucier de sa personne.

– Le capitaine nous a donné l'ordre de pas te toucher. Pas d'obligation de te parler, répondit-il finalement.

Victoire fut blessée par ce rejet, mais elle n'insista pas et retourna s'accouder au bord du navire. Sous le ciel gris menaçant et dans le vent glacial, sa chemise en lin lui semblait désormais bien légère.

– Finalement, une paire de bras en plus pour briquer le pont, ça se refuse pas, l'appela Cassegrains en désignant un seau plein d'eau moussante posé juste devant ses pieds.

Le pirate partagea un regard entendu avec son compère qui ne rassura pas Victoire. Elle décida quand même de jouer le jeu et d'obtempérer, plutôt reconnaissante d'avoir enfin de l'occupation.

Elle n'avait jamais nettoyé de sa vie, mais l'activité ne devait pas être si compliquée. Victoire se mit à genoux, ramassa une grande éponge dans le seau d'eau encore tiède et commença à frotter les planches de bois, imitant parfaitement les gestes qu'elle avait pu observer durant les jours précédents.

Une épaisse mousse se forma rapidement au fur et à mesure qu'elle répétait ses mouvements. Devrait-elle rincer la zone entre chaque passage ? Personne ne lui avait précisé la procédure.

Elle hésita, mais elle décida de ne pas tenter le diable en interpellant de nouveau les pirates. Elle préféra continuer sa tâche en ignorant l'amas savonneux. Elle ne lésinait pas sur la puissance de son mouvement et en profita pour libérer sa frustration et stopper le flot de pensées qui obscurcissaient son jugement.

Pourtant, il y avait toujours plus de mousse.

Comment faire pour tout enlever ? Alors qu'elle s'accordait un instant pour lever la tête, les rires de l'équipage lui parvinrent.

– Alors, ça mousse ? demanda Cassegrains tandis qu'il se plantait devant elle. Cette eau, c'est pour le bain, princesse. C'est pour ça qu'on met beaucoup de savon dedans.

L'expression confuse de Victoire sembla attiser son hilarité.

– Ce truc sur le parquet, c'est plus tenace que l'œuf… Bon courage pour tout rincer !

Elle aurait pu prendre cette vilaine blague comme une simple farce, si le pirate ne lui avait pas adressé un rictus de pure satisfaction.

Ils tenaient leur vengeance.

– Vous vous êtes bien moqués de moi ! fulmina-t-elle en se relevant.

Derrière lui, l'équipage partit dans un éclat de rire.

– Tu ferais bien de tout nettoyer avant que le capitaine revienne, conseilla Cassegrains. Il aime pas vraiment que le pont de son bateau ressemble à une baignoire.

Les hommes reprirent leur fou rire de plus belle. Victoire pinça les lèvres pour s'empêcher de répondre. Si cette provocation avait eu lieu quelques jours avant, elle serait déjà en position, sa lame prête à en découdre au service de sa vengeance. Mais aujourd'hui, tout était différent. Que valaient toute sa technique et ses parades, si efficaces soient-elles, face à une horde de guerriers sanguinaires ?

– Que se passe-t-il ?

L'attroupement qui venait de se former devant elle se scinda en deux pour laisser passer Morgan. Sa silhouette intimidante, malgré la canne sur laquelle il s'appuyait, apparut au milieu des pirates. Alors qu'il avisait les dégâts aux pieds de Victoire, une trouille bleue s'empara d'elle.

– Je vous avais demandé de ne pas faire de vagues, soupira-t-il. J'aurais dû également préciser pas de mousse ?

Victoire baissa honteusement son regard vers le plancher. Elle se serait bien passée de cette petite humiliation.

– Je me suis trompée. Je vais tout enlever, dit Victoire en s'agenouillant.

Elle n'avait pas peur de la colère du capitaine, et si elle avait en effet grandi dans un palais, elle n'en était pas pour autant la princesse fragile que tous s'imaginaient. Et surtout, elle ne tenait pas à dénoncer les auteurs de cette bonne blague. En espérant que l'équipage lui soit reconnaissant de ce geste…

– Vous n'y arriverez jamais seule, la contredit alors Morgan avec un sourire amusé.

Légèrement blessée dans son ego, Victoire s'empressa de protester :

– Je vous assure que si !

Elle écarta les bras et souleva le plus de mousse qu'elle put.

– Je la jette à la mer ?

– Je comptais prendre un bain demain, si vous vous sentez d'attendre jusque-là dans cette position.

Elle ne voyait pas son visage mais elle était certaine qu'il souriait à pleines dents. Des rires accompagnèrent sa remarque, égratignant encore davantage la fierté de Victoire.

– Vous vous moquez, se vexa-t-elle. Tout est rationné ici et j'ai pensé qu'il en était de même pour la mousse.

Victoire s'en voulut immédiatement de cette réponse. Le capitaine pinça ses lèvres pour étouffer son rire. Ravalant son orgueil, elle se pencha par-dessus bord et ouvrit les bras pour faire tomber l'amas blanc. Malheureusement, un coup de vent lui retourna le tout en pleine figure pour à nouveau se déposer sur les planches du pont.

En empoignant la balustrade avec force, l'envie de céder aux larmes qui s'amassaient dans ses yeux se fit plus forte que jamais. Victoire s'était sentie si puissante en posant son pied pour la première fois sur les planches de ce navire. Pourtant, force était de constater qu'ici elle n'était capable de rien. Pas même de la plus petite corvée. Quelle humiliation ! Encore.

– Allez, les gars, nettoyez-moi tout ça ! entendit-elle alors le capitaine crier à ses hommes.

Puis ses pas lourds sur le bois se rapprochèrent. Dans son dos, elle sentit la chaleur de son corps alors qu'il se collait à elle.

Victoire serra les dents tandis qu'une paire de bras épais l'enveloppait et elle se sentit troublée à tel point qu'elle n'arrivait plus à parler. Elle ne voulait pas se retourner, elle ne voulait pas qu'il voie sa faiblesse et la fatigue suscitées par tous ces bouleversements émotionnels. Avec son corps imposant collé au sien, il l'emprisonnait littéralement. Un seul petit mouvement de plus et la joue de Morgan viendrait caresser la sienne.

Victoire se sentit plus légère, plus en sécurité que jamais, et soudainement apaisée, mais aussi extrêmement gênée par cet élan d'intimité.

– Que faites-vous ? s'étonna-t-elle alors qu'elle tentait de lutter contre ses émotions.

Elle sentit ses bras se resserrer un peu plus et savoura la sensation de bien-être qui accompagnait son geste. Ce qu'il sentait bon…

– Pour tout vous dire… Je ne sais pas.

Complètement perdue dans les méandres de ses pensées contradictoires, elle se contenta de cette réponse. Ils restèrent ainsi un long moment, leurs deux corps arrimés se balançant au rythme d'une mer de plus en plus déchaînée, quand soudain :

– Capitaine ! cria une voix du haut de l'estrade. Navire à tribord !

CHAPITRE 19

– Aucun abordage jusqu'à Jakoba ! cria Morgan en se tournant vers l'homme qui tenait la barre.

Victoire eut à peine le temps de se demander ce qu'était un abordage que le timonier renchérissait de nouveau :

– *Le Busard* ! Droit sur nous !

– Bon sang, l'océan n'est certainement pas assez vaste, gronda le capitaine en desserrant son étreinte autour de Victoire.

Lorsqu'il la quitta, une vague de déception plus grande que celles qui gonflaient la mer envahit la poitrine de Victoire. Elle rejeta néanmoins violemment cette sensation de vide quand elle entendit le son des lames qu'on sortait de leur fourreau. La cloche retentit soudain derrière son dos, dans un son qui déclencha une angoisse bien plus grande.

L'ambiance sur le pont changea du tout au tout : les pirates couraient à leur poste, s'armaient de leurs épées, aiguisaient des couteaux, poussaient des cris de guerre d'une férocité qui la fit frissonner.

À l'horizon, dans la direction pointée par le pirate, Victoire pouvait apercevoir un immense navire qui fondait droit sur eux. Il contrastait avec *le Requin* par son revêtement intégralement noir. Un noir terrifiant. L'angoisse commença à serrer la gorge de Victoire, comme si des mains étouffaient son cou.

Non loin d'elle, Morgan était pourtant d'un calme apparent. Une longue-vue collée à son œil, il scrutait l'avancée de l'ennemi, sur cette partie haute érigée à l'arrière du navire qui surplombait le pont. À ses côtés, un pirate à l'allure bourrue manœuvrait le gouvernail avec une concentration extrême.

Victoire chercha à les rejoindre pour se mettre en sécurité. En effet, depuis le pont, elle peinait à éviter les membres de l'équipage qui n'hésitaient pas à la percuter si elle avait le malheur de se trouver sur leur passage. Plus aucun d'eux ne faisait cas de sa présence. Un détail qui l'aurait grandement soulagée dans d'autres circonstances.

– Qui sont ces gens ? demanda-t-elle en grimpant la dernière marche de l'escalier qui menait à l'estrade.

Le capitaine décolla la longue-vue de son œil et se tourna vers elle. Son visage affichait une expression blasée, signe qu'il s'attendait à sa venue.

– Ici, c'est le poste de commandement qui m'est réservé, ainsi qu'à Briac, mon timonier. Descendez, lui intima-t-il en posant de nouveau sa longue-vue sur son œil pour scruter le navire ennemi. Vous n'avez rien à y faire.

Derrière sa grande roue, le pirate à l'air renfrogné la toisa d'un regard mauvais.

Malgré son autorité tranchante, Victoire n'avait pas la moindre intention de descendre de ce promontoire. Elle s'y sentait bien plus en sécurité que n'importe où ailleurs sur ce bateau. Était-ce parce que cet endroit l'isolait du reste de l'équipage ? Non. En son for intérieur, elle savait que la présence du capitaine à quelques pas d'elle la réconfortait.

– On peut les distancer ? demanda Morgan à son timonier.

– Possible, mais les vents ne sont pas favorables. De toute manière… Enfin, tu connais le Busard, répondit-il.

Avec des bras gros comme des cuisses, ce grand costaud n'invitait pas son interlocuteur à la conversation. Une longue cicatrice reliait sa tempe à la commissure de ses lèvres et une autre ressortait dans le noir de ses cheveux coupés très ras. De plus, il arborait des dizaines de colliers d'or et de cuir autour de son cou qui lui donnaient une allure que Victoire trouva très intimidante. Pourtant, son regard d'un bleu très clair illuminait tellement son visage qu'il dégageait une bonne humeur contagieuse.

– Il ne nous lâchera pas, soupira le capitaine.

– Qui est le Busard ? Que veut-il ? insista Victoire.

Briac lui jeta un air réprobateur et décida sciemment de l'ignorer.

– C'est le pirate le plus dangereux des mers du Sud, précisa tout de même Morgan.

– N'est-ce pas vous le plus dangereux ?

– On vous a mal renseignée, dit-il en forçant un sourire sans joie à son attention. À côté de lui, je suis un agneau.

La vague d'angoisse qui avait gagné Victoire devant l'agitation de l'équipage se transforma immédiatement en panique.

– Cassegrains ! Grandsec ! hurla alors le capitaine en se précipitant vers la balustrade qui donnait sur le pont.

Victoire sursauta. C'était la première fois qu'elle l'entendait crier.

Les deux pirates apparurent en haut des marches dans la seconde qui suivit. Le grand derrière le petit, comme toujours.

– Tombez les voiles du mât de misaine et celles du grand mât. Ordonnez à tous les gabiers de prendre la totalité des armes à feu. On les laisse s'approcher mais on attaque avant le harponnage. À mon signal.

– Oui capitaine, acquiesça Cassegrains.

Les deux matelots repartirent aussi sec.

– Tu ne peux pas te battre avec ta jambe, capitaine, maugréa Briac alors qu'il tournait la grande roue.

C'est vrai, quel était le plan pour lui ? Il retrouvait à peine une démarche stable, alors se lancer dans un combat à l'épée… Cependant, Victoire l'imaginait mal se cacher dans la cale en attendant la fin des hostilités.

– Je vais affronter directement cette ordure de Busard. Tu me couvres ?

L'intonation ne sonnait plus comme un ordre, mais davantage comme une faveur.

– Je te couvre, acquiesça fermement le timonier, sans une once d'hésitation.

Pendant cet intermède, le navire ennemi avançait toujours vers eux et se rapprochait dangereusement. Victoire tentait tant bien que mal de garder son calme, mais elle avait bien conscience de son inutilité pour l'affrontement à venir et du danger qu'elle courait à être la seule femme à bord.

– Armez les canons ! ordonna le capitaine en faisant de nouveau sonner la cloche.

Le tintement fut si assourdissant que Victoire dut se boucher les oreilles.

– Les canons ? s'étonna-t-elle. Ils ont des canons eux aussi ?

– Calmez-vous, vous me donnez le tournis.

Elle n'avait pas remarqué qu'elle faisait les cent pas autour de lui.

– Vous ne répondez pas à mes questions, s'agaça-t-elle.

– Et vous, vous ne m'écoutez pas. Je vous ai demandé de descendre, répliqua-t-il en lui octroyant enfin toute son attention. Je dois me concentrer, la situation est inhabituellement compliquée.

Son ton était ferme mais pas cassant, seulement Victoire n'était pas prête à obéir sagement.

– Si vous vous inquiétez pour moi, je vous rappelle que je peux me défendre, déclara-t-elle sans bouger. Je sais me battre.

Le capitaine se tourna vers son timonier pour échanger avec lui un regard entendu qu'ils firent suivre d'un rire moqueur. Victoire serra les dents, consciente que ce n'était pas le moment d'entamer un débat sur le sujet. Néanmoins, elle se promit de revenir sur la question si elle s'en sortait vivante.

– Voilà Kiram, dit Morgan en pointant son regard derrière elle. Il sera chargé de votre protection.

Le molosse arriva à leur hauteur, le visage fermé.

– Conduis-la dans ma cabine. Elle ne sort sous aucun prétexte, lui intima-t-il. Prends mon pistolet dans le tiroir de mon bureau.

Le géant ne chercha même pas à répondre et empoigna directement le coude de Victoire sans aucune douceur.

– Allez, bouge, aboya-t-il.

Victoire n'eut pas d'autre choix que d'obtempérer quand il lui fit dégringoler les marches quatre à quatre. Heureusement, lui n'eut aucun mal à leur frayer un chemin dans la cohue du pont. Il la tira à sa suite sur la coursive qui menait à l'arrière du navire. Une fois qu'ils furent arrivés dans la cabine, le pirate ferma la porte derrière eux.

L'odeur tellement singulière du capitaine picota les narines de Victoire d'une manière… préoccupante.

Elle resta plantée au milieu de la pièce, bras croisés sur sa poitrine, ne sachant quoi faire de sa peau. Le regard de son gardien de porte était tellement intimidant qu'elle n'osait pas le croiser. Elle fit alors un rapide tour du propriétaire. Tout était tellement raffiné ici. Des tentures jusqu'au mobilier en bois ciré. Les vitraux colorés des fenêtres apportaient une lumière apaisante qui illuminait l'épais tapis bleu au pied du lit. Il n'y avait pas tout le luxe et le superflu dont elle avait l'habitude, et pourtant, cet endroit lui plaisait énormément.

Soudain, une forte secousse l'obligea à s'accrocher au bureau pour garder l'équilibre.

– Que se passe-t-il ?

– Les canons, répondit Kiram.

Planté devant la porte, les bras croisés sur son torse, son air mauvais et sa carrure impressionnante auraient pu dissuader dix sangliers de sortir de la pièce.

– Mais si on tire, ils vont tirer aussi, paniqua Victoire.

– *Le Requin* est mieux armé, répondit-il avec un sourire carnassier.

– Ah, donc leur navire peut couler avant d'arriver jusqu'au nôtre ? reprit-elle pleine d'espoir.

– Le capitaine va tout faire pour. Mais c'est le Busard…

– Ce qui veut dire ?

Kiram soupira d'exaspération. De toute évidence, faire la conversation à la prisonnière n'était pas à son goût, mais malheureusement pour lui, il n'avait rien de mieux à faire.

– Il veut la mort du capitaine depuis des lustres.

– Pour quelle raison ? s'étonna Victoire.

– On a l'habitude de le prendre de vitesse. On passe avant, on rafle toutes les richesses et son équipage de bras cassés n'a que les miettes.

Les pirates des mers du Sud se livraient donc à une guerre féroce entre eux pour piller les navires marchands des royaumes du continent. Comme s'ils n'affrontaient pas assez de dangers face à la flotte de Lys et des pays voisins… Décidément, Morgan Ker et ses compagnons avaient choisi une vie bien compliquée.

À la lumière de ces nouvelles informations, Victoire savait maintenant que les prochaines minutes allaient être sanglantes et, à son plus grand désespoir, il y avait peu de chance d'y échapper.

Malgré la conscience de son inexpérience dans une telle situation, son instinct lui hurlait d'agir. Rien à faire, elle ne pouvait pas rester enfermée à se tourner les pouces.

– Qu'est-ce que tu fais ? gronda Kiram alors qu'elle commençait à fouiller les moindres recoins de la cabine.

– Je cherche mon épée !

Elle retournait les couvertures, tirait des malles de dessous le lit, ouvrait l'armoire…

– Arrête ou je t'assomme ! la menaça-t-il en s'approchant.

– Mais je veux pouvoir me défendre, se risqua Victoire en le fixant dans les yeux.

Après une hésitation, il retourna à son poste et c'est avec un grand soulagement qu'elle put reprendre ses investigations.

Alors qu'elle continuait à fouiller, elle fut surprise de constater la garde-robe plus qu'honorable du capitaine. Un nombre impressionnant de redingotes taillées dans des tissus de qualité, des foulards variés, des chemises blanches et noires brodées au fil d'or. Juste en dessous, son épée apparut : brillante et flamboyante.

– Te voici, murmura Victoire avec un intense sentiment de satisfaction.

Soudain, la pièce s'assombrit. Une deuxième secousse plus forte encore que la première lui fit cette fois pleinement perdre l'équilibre. Elle tomba à la renverse. L'épée lui échappa des mains et glissa sous le lit.

– Leur bateau vient de cogner le nôtre, reprit Kiram, lui-même fermement accroché à une poutre.

Victoire se releva difficilement et s'empressa de récupérer son arme avant de se précipiter vers les fenêtres. Le navire ennemi se dressait devant eux tel un mur monstrueux à seulement deux bras de leur coque. La fumée des canons formait un brouillard épais, amenant avec elle son infecte odeur de poudre. Malgré cela, Victoire pouvait distinguer les corps qui s'élançaient au moyen des cordages d'un navire à l'autre dans un manège presque hypnotisant.

Et puis il y eut les bruits : le choc des épées, les armes à feu, les cris de guerre, l'explosion des canons… Un vacarme assourdissant. Le bois du bateau grinçait constamment, comme si toute la structure allait se briser dans la minute.

Combien de temps allaient mettre ces pirates sanguinaires avant de venir les cueillir dans la cabine du capitaine ? Où se trouvait Morgan, d'ailleurs ? Était-il encore vivant ?

Ses inquiétudes soudaines furent chassées par le bruit de la bataille qui se rapprochait.

– Vous entendez ? s'exclama-t-elle en agrippant le bras de Kiram. Ils seront là d'une minute à l'autre !

Victoire serra alors ses mains autour de sa lame pour la brandir devant elle.

– Je ne veux pas mourir sans me battre !

Elle répéta quelques passes, histoire de se chauffer et de voir si elle n'avait pas trop perdu. L'œil sceptique de son gardien ne l'encouragea pas dans sa démarche, mais elle préférait l'ignorer. S'ils entraient, il aurait sûrement autre chose à faire que de tenter de la protéger, elle devrait alors ne compter que sur elle-même.

Kiram tendit l'oreille vers l'extérieur et dégaina à son tour son épée juste avant que la porte ne s'ouvre dans un grand fracas. Victoire n'eut pas le temps de cligner des yeux que son gardien abattait leur assaillant d'un violent coup de poing dans la tête. Elle n'eut pas non plus le temps de s'attarder sur les yeux écarquillés du pirate assez chétif qui s'étalait au sol devant eux, du sang coulant de sa tempe, car deux autres entrèrent presque immédiatement derrière lui. Cependant, avec un calme effrayant, Kiram leur fit subir le même sort.

Même si les corps s'entassaient devant la porte, d'autres ennemis arrivaient et ne paraissaient pas dérangés à l'idée de devoir enjamber leurs camarades pour les atteindre. Trois d'entre eux atteignaient déjà la passerelle et leur ardeur sembla redoubler à la vue des victimes de Kiram.

Victoire devait sortir. Rester dans cette pièce la mènerait à sa perte. D'ailleurs, Kiram lui-même la devança en chargeant les assaillants. Épée levée au-dessus de la tête, Victoire courut pour l'aider.

– Reste à l'intérieur ! lui ordonna son protecteur.

– Hors de question ! hurla-t-elle en enjambant un premier cadavre pour le rejoindre.

Pourtant, même si elle refusait de se laisser piéger dans cet enfer, elle avait désormais bien conscience du tremblement de sa main qui tenait son arme de défense, de la faiblesse de ses jambes, presque tétanisées par la peur. Parviendrait-elle à lutter alors que tout son être lui hurlait que la tâche était hors de sa portée ?

– Eh ! Les gars ! Le capitaine Ker a une bonne femme à bord ! se moqua l'un des ennemis en arrivant à leur hauteur.

Il esquissa un sourire pervers qui glaça le sang de Victoire. Son visage à moitié caché derrière de longs cheveux poisseux, il était répugnant.

Habillé, comme ses compères, de loques déchirées et sales. Aucun risque d'en confondre un seul avec l'équipage du *Requin* !

Victoire se ressaisit la première et profita du regard appréciateur porté sur elle pour tenter de lui infliger une première attaque. Elle chercha à le désarmer d'un coup de lame habile que lui avait enseigné Alexandre, mais son adversaire bloqua son épée avec la sienne sans aucune difficulté.

Passé le choc, Victoire comprit enfin qu'elle n'était plus dans la salle d'entraînement, face à son cousin, jouant à celui qui gagnerait le droit de se vanter d'être la plus fine lame du royaume. Ici et maintenant, prise dans ce chaos infernal, elle devait sauver sa peau.

Une seule règle : survivre.

Les choses lui parurent tout à coup beaucoup moins amusantes.

CHAPITRE 20

VICTOIRE

Victoire s'apprêtait à tenter une nouvelle attaque, mais le pirate la prit de court. Sa manœuvre l'obligea à reculer contre la paroi du navire et elle sentit la pointe de l'épée caresser le petit creux de son cou. Elle voulait se défaire de la prise, mais le moindre mouvement lui trancherait définitivement la gorge, si son assaillant ne le faisait pas de lui-même dans les prochaines secondes.

Elle était sur le point de supplier pour sa vie quand elle vit le pirate tressaillir. Un filet de sang coula alors au coin de sa bouche avant qu'il ne s'écroule au sol.

– Retourne dans la cabine ! lui hurla Kiram en retirant son épée du corps sans vie.

Elle hésita. Il était évident qu'elle n'était pas à la hauteur. Partout sur la passerelle, le combat faisait rage. Elle n'avait jamais assisté à une telle violence. La fumée des canons embaumait l'air ambiant, s'insinuait dans ses poumons et troublait sa vision, mais pas suffisamment pour lui cacher le massacre. Les corps s'entassaient au sol, tranchés, mutilés dans un bain de sang. Les pirates passaient d'un bateau à l'autre dans des cris de rage, poing levé et épée en avant. En haut, dans les mâts, les armes à feu canardaient sans relâche tous ceux qui tentaient de s'introduire sur *le Requin*.

Pourtant, malgré l'horreur de la scène, Victoire refusait toujours de reculer.

Alors que deux pirates fondaient sur eux, elle chargea le premier sans lui laisser le temps de tenter une attaque et, dans un geste violent, elle transperça son ventre en un coup d'épée incisif. Un filet rouge l'éclaboussa quand l'homme s'effondra à ses pieds. Le deuxième fut violemment assommé par Kiram.

– Joli coup, la félicita-t-il.

Sa lame encore plantée dans le corps du pirate, Victoire resta tétanisée. Son cœur martelait sa poitrine si fort que c'en était douloureux. Un énorme sentiment de culpabilité l'envahit alors qu'un haut-le-cœur remontait dans sa gorge.

– Réveille-toi ! Le combat n'est pas terminé ! lui cria Kiram en contrant une nouvelle attaque.

Les pirates ennemis s'engouffraient sur l'étroite coursive les uns après les autres. Victoire prit une grande inspiration et serra ses doigts autour du manche de son épée. Les yeux de sa première victime étaient encore ouverts et exorbités. Ils la fixaient sans une once de vie, la hantant déjà. Victoire détourna la tête et tira sa lame d'un coup sec.

– Il faut gagner le pont ! cria-t-elle en rejoignant Kiram. Ce passage est trop étroit !

– Non, ce sera pire, rétorqua son protecteur. Reste derrière moi !

Une épée dans chaque main, il repoussait trois adversaires. Une nouvelle nausée assaillit Victoire quand elle vit l'une des lames entrer dans la poitrine de l'un d'eux pour ressortir dans son dos. Une autre encore quand il trancha le cou du deuxième, et elle ferma les yeux quand il tira une balle à bout portant dans le front du troisième.

Lorsqu'elle les rouvrit, son regard se porta sur Grandsec qui avait perdu sa timidité maladive pour laisser place à l'extase de trancher les mains de son adversaire. Cette bataille était une boucherie, un carnage d'une violence sans nom, et les corps s'entassaient sur *le Requin*.

Victoire avisa alors le navire ennemi, presque vide, mais elle discerna, entre deux fumées, la silhouette du capitaine. Sur une passerelle identique à la sienne, le canon d'un pistolet à quelques centimètres de sa gorge, Morgan Ker faisait face à la mort avec dignité.

Vêtu d'un grand manteau rouge sang, arborant un large chapeau de cuir noir, le Busard affichait un sourire carnassier. Ses joues creusées et son teint gris le faisaient ressembler à un cadavre vivant. Ses cicatrices ressortaient particulièrement et dégageaient une aura menaçante. Qu'adviendrait-il de l'équipage et surtout de Victoire si ce monstre devenait leur nouveau bourreau ? Victoire ne voulait pas le découvrir.

Sans hésitation, elle rengaina son épée dans sa ceinture et se plaça en équilibre sur le rebord du navire. Kiram faisait encore barrière entre elle et les diverses attaques, ce qui lui laissa le répit nécessaire pour prendre une grande inspiration et visualiser la corde qui pendait en face. Après quelques secondes de préparation, Victoire se jeta dans le vide.

In extremis, elle rattrapa la corde qui bascula en avant sous son impulsion. La brûlure dans ses mains lui arracha un cri mais elle gaina son corps pour maintenir la position. Les pieds en avant, elle percuta de plein fouet le corps du Busard, puis elle s'écrasa sur les planches si violemment qu'elle en resta complètement sonnée. Elle entendit des coups, les grognements de Morgan. Puis elle se sentit brusquement tirée par le bras.

– Vous voulez rester prendre le café ? ironisa-t-il en les emmenant se mettre à couvert contre la paroi du navire.

– Où est-il ? demanda-t-elle en regardant partout autour.

– Il sert de casse-croûte aux requins. Il faut décamper au plus vite.

Une fumée épaisse commençait à les envelopper. Dévoré lentement par les flammes, le navire ennemi s'apprêtait à sombrer dans les eaux troubles. Les canons avaient parfaitement réussi leur mission !

– Le Busard à la mer ! hurla alors le capitaine en mettant ses mains de chaque côté de sa bouche. Le Busard à la mer !

Le message sembla un instant se perdre dans le raffut ambiant, mais très vite, le bruit métallique des épées s'atténua. Alors qu'elle observait l'équipage du *Requin* se précipiter vers les passerelles en bois qui reliaient les deux navires, Morgan lui empoigna les hanches et la poussa dans la même direction. Collé à son dos, il la guidait avec fermeté et douceur.

– Montez, vite, lui dit-il au creux de l'oreille quand ils furent arrivés devant la planche.

Malgré l'urgence de la situation, Victoire était pétrifiée, les yeux rivés sur le tumulte des vagues.

– Ne regardez pas en bas. Allez, la brusqua-t-il un peu en poussant de ses grandes mains sur son bassin.

Malheureusement, ses jambes refusaient d'obéir. Le vide sur l'eau bouillonnante la tétanisait.

– Vous pouvez le faire, Victoire.

L'entendre prononcer son prénom fit revenir son courage. Ça ou, derrière eux, le bruit tonitruant d'une poutre qui se fracassait sur le pont. Ensemble, ils empruntèrent la planche et rejoignirent précipitamment *le Requin*.

À peine eut-elle posé le pied sur le pont qu'une lame s'abattit sur elle, bloquée à seulement quelques centimètres de sa tête par l'épée du capitaine.

Il repoussa l'attaque avec une force décuplée, et après deux pas en avant, planta son arme dans le ventre de son adversaire.

Victoire n'eut pas le temps de se mettre en position ou d'attendre que le premier mort tombe au sol, un homme costaud la chargeait par la droite. Ne trouvant aucune opportunité pour attaquer, elle se contenta de parer, bras au-dessus de la tête, ses deux mains enserrant fermement l'épée. La puissance avec laquelle il frappait l'obligeait à se courber et à reculer. Ne pouvant jouer sur la taille ou la force, elle décida d'essayer de le surprendre par sa dextérité. Elle esquiva son dernier coup puis se déroba d'un pas chassé sur la gauche. Bras tendu, dans un geste incisif, alors que ses jambes exécutaient une fente, la pointe de sa lame se planta dans le gras du flan de son adversaire. Décontenancé, celui-ci contempla sa chemise se tacher de sang.

– Les traînées savent se battre, maintenant ? la toisa-t-il d'un regard mauvais en avançant vers elle.

Il était certes blessé, mais pas assez profondément pour qu'il lui fiche la paix. Il fit pleuvoir sur elle une salve de coups d'une façon maladroite mais tellement puissante qu'il était impossible de tenter une contre-attaque. Il ne lui laissa aucun répit. Les bras de Victoire forçaient tellement pour parer les coups qu'elle ne les sentait presque plus alors que le rustre en face semblait redoubler de vigueur. Néanmoins, elle remarqua qu'il attaquait toujours dans la même trajectoire. Serrant les dents, elle laissa l'épée s'abattre sur la sienne encore une dizaine de fois, le temps de calculer sa riposte. Après une dernière inspiration, elle bondit en arrière, esquivant ainsi la lame de son adversaire dont la pointe se planta dans le plancher, puis elle balaya l'arme d'un revers d'épée. Celle-ci s'échoua à quelques mètres d'eux sous le regard médusé du pirate.

Le soulagement qui envahit Victoire fut de courte durée. Du renfort arrivait pour son adversaire et, à bout de forces, elle commença à entrevoir l'issue tragique de ce combat.

– Est-ce qu'on ne s'amuserait pas d'abord avec la catin du capitaine Ker ? dit le nouveau venu en posant une main sur l'épaule de son compère.

Sa remarque eut l'avantage de les faire rire et d'octroyer un moment de répit à Victoire avant qu'ils ne portent sur elle un regard machiavélique.

Son sang se glaça alors qu'elle imaginait les horreurs que ces monstres pouvaient lui faire subir.

– Reculez ! lui intima Morgan en déboulant par surprise.

D'un geste de son bras, il la poussa en arrière, et dans la foulée, dans un mouvement puissant et précis, embrocha les deux pirates coup sur coup. Chacun regarda le sang sortir de son ventre juste après le passage de la lame et s'effondra au sol juste après.

– Plutôt efficace votre tactique, le félicita Victoire, à bout de souffle.

– À dire vrai, nous avons eu de la chance. Ma jambe n'aurait pas supporté un duel de plus, lui avoua-t-il en posant la main sur sa cuisse.

La vie aux côtés de Morgan Ker n'était décidément pas de tout repos. Le capitaine repartait déjà vers le mât principal. Il tira sur la cloche tellement fort qu'elle dut encore se boucher les oreilles pour supporter ce tintement infernal qui eut le mérite d'attirer l'attention de tous.

– Le Busard à la mer ! cria-t-il une nouvelle fois. Le Busard à la mer !

La réaction fut immédiate : un cri de guerre s'éleva alors que les combats engagés de toute part cessaient. Plusieurs hommes se précipitèrent pour hisser les voiles du *Requin* pendant que les derniers hommes du Busard se jetaient à la mer ou regagnaient péniblement le navire condamné.

Derrière eux, ils laissaient un bateau en flammes duquel les cris d'agonie des derniers survivants leur parvenaient encore. Victoire se sentit tourner de l'œil.

– Vous allez bien ?

Revenu devant elle, Morgan la fixait d'un air soucieux.

– Je… Je ne sais pas.

– Vous êtes pâle.

Alors que *le Requin* commençait à s'éloigner de leurs ennemis, le regard de Victoire se perdit dans la fumée qui remontait vers le ciel. L'adrénaline pulsait encore dans ses veines, mais la vision des morts qui s'entassaient lui revenait devant les yeux. Elle se voyait encore enfoncer son épée dans la chair de ses ennemis et la bile lui remonta à la gorge.

– Mademoiselle de Torcy, l'interpella alors Morgan avec plus de fermeté.

– Quoi ?

Le regard du capitaine venait brusquement de se remplir d'un liquide sombre qui l'effraya.

– Ne vous avais-je pas donné l'ordre de rester dans ma cabine ? Vous avez encore désobéi.

Était-il sérieux ? Un profond sentiment d'injustice l'envahit, chassant violemment sa culpabilité. Comment osait-il la réprimander comme une gamine après ce qu'elle venait d'accomplir pour lui ?

– Ne me remerciez surtout pas de vous avoir sauvé la vie ! siffla-t-elle avant de s'enfuir vers l'arrière du bateau.

CHAPITRE 21

VICTOIRE

– Est-il content d'être en vie ? Évidemment ! Est-il soulagé de pouvoir encore diriger ses hommes ? Bien sûr ! Est-il débarrassé pour toujours de l'autre fou furieux ? Oh que oui ! s'emporta Victoire en balançant un dernier foulard tout au fond de l'armoire du capitaine. Et tout ça, grâce à moi !

Ranger tout ce qu'elle avait mis sens dessus dessous était censé calmer ses nerfs. Après avoir retourné les appartements pour trouver sa lame, elle s'évertuait à remettre de l'ordre. Mais pour ça non plus, Morgan Ker ne la remercierait pas…

– Quelle ingratitude, grogna-t-elle en donnant un coup de pied dans une malle.

Se sentant soudain épuisée, elle s'assit sur le lit. Elle avisa tristement le sang brillant encore sur son épée, posée en évidence sur le bureau. Victoire venait de tuer un homme…

Elle s'était crue tellement forte, mais cette simple idée ne cessait de la faire tressaillir. *Encore une déception de taille !* pensa-t-elle. Un frisson traversa son corps de haut en bas, laissant sur son passage un froid glacial.

Ses pensées moroses furent alors interrompues par l'entrée du propriétaire des lieux. Il referma la porte derrière lui sans faire cas de sa présence, ne lui jetant même pas un regard. Pourtant, Victoire ne s'en offensa pas tant son attitude l'interpellait : il venait de gagner une bataille, mais tout en lui laissait à penser le contraire. Ses épaules s'affaissaient, son visage n'exprimait aucune émotion et son pas était tellement lourd qu'il semblait ne plus être capable d'avancer.

La pièce se remplit alors d'une ambiance pesante.

Victoire l'observa se diriger vers son bureau. Dans sa main, il tenait un petit objet rond dont son regard ne pouvait se détacher.

– Que se passe-t-il ? s'inquiéta-t-elle en se levant du lit.

Un silence s'étira.

– Qu'est-ce que c'est ? insista-t-elle alors qu'il ne répondait pas.

Elle s'approcha tout près de lui et attendit.

– Une boussole, répondit-il enfin. Celle de mon timonier, Briac.

Les yeux bleus, se souvint-elle. L'homme aux multiples bracelets de cuir et au rire bruyant.

– Est-il…

– Oui, il est mort, lâcha-t-il en déposant délicatement la boussole sur son bureau.

Le regard du capitaine se perdit alors au loin, à travers les fenêtres. Sa peine immense submergea Victoire. Devait-elle rester ? Quitter la cabine en le laissant seul ?

– Perdre un ami n'est jamais facile, déclara-t-il en se tournant vers elle.

Ses yeux brillaient de tristesse. Pour la première fois, Victoire percevait sa vulnérabilité. Devait-elle réconforter son ennemi juré ?

Elle n'eut pas le temps de répondre à cette question. De sa grande main qu'il posa au creux de ses reins, Morgan l'attira contre lui. La chaleur qui irradiait son corps réchauffa immédiatement celui de Victoire. Le cœur de la jeune femme s'emballa et l'air commença à lui manquer au contact du capitaine. Son esprit lui dictait de le repousser tandis que son corps, lui, criait de continuer.

Quand il pressa plus intensément sur ses reins, ses traîtresses de hanches basculèrent en avant pour venir à son contact. Morgan laissa échapper une plainte lancinante. Ses mains glissèrent ensuite sur les fesses de Victoire pour l'attirer avec force contre lui. Elle sentit alors une masse très dure contre son ventre et baissa les yeux en direction du pantalon du capitaine dont les plis étaient déformés par une bosse importante. Le nez enfoui dans les cheveux de Victoire, il recommença à presser ses fesses pour amener son bassin à cogner contre le sien avec la volonté évidente de lui faire sentir à quel point il était gros et dur.

Un fourmillement agréable se déclencha dans les parties intimes du corps de Victoire. Que se passait-il ? Curieuse de ces sensations inédites, elle le laissa continuer son manège, appréciant ses caresses. Ses chairs s'enflammaient chaque fois qu'il tirait son corps vers le sien. Son geste était à la fois ferme et tendre. Avait-elle déjà connu une réaction aussi délicieuse ? Dans la cabine, seul le grincement du bois venait briser le silence. Ça et leurs gémissements appréciateurs…

– Pardonnez-moi, dit-il soudain en la repoussant brusquement. Je me suis égaré. Je ne suis pas dans mon assiette.

Aussi rapidement qu'il l'avait amenée contre lui, il la relâcha et s'éloigna. Il la laissa en plan, contournant son bureau pour rejoindre son fauteuil, dans lequel il s'avachit sans lui prêter plus d'attention.

Victoire se sentait comme un pantin désarticulé, prête à s'écrouler au sol, et surtout, honteuse de constater qu'il la manipulait à sa guise. Des sentiments contradictoires de gêne, de peur et de colère se mêlèrent en elle, et le besoin impérieux de reprendre le contrôle de la dynamique houleuse de leur relation prit le dessus.

Cependant, avant qu'elle ne crache une remarque acerbe, Morgan récupéra sa boussole et la fit tourner dans ses doigts, de nouveau perdu dans ses pensées.

Elle n'aimait pas le voir dans un tel état d'abattement. Lui d'habitude si solide, si sûr de lui…

– Il comptait pour vous, affirma-t-elle en s'approchant.

Le capitaine planta ses yeux brillants dans les siens, puis rangea rapidement l'objet dans le tiroir de son bureau. Il attrapa alors une bouteille de Golden et se servit généreusement.

– Il était mon ami d'enfance, répondit-il finalement. Mon meilleur ami.

– Vous buvez trop, lui reprocha-t-elle alors qu'il vidait son verre d'un seul trait.

Il ne releva pas, mais il se servit une seconde tournée qu'il descendit tout aussi rapidement.

– Vous avez d'autres suggestions concernant la manière dont je mène ma vie ? demanda-t-il, amer.

– Vous pourriez, par exemple, ne pas tuer d'innocents, lâcha-t-elle. Vous vous êtes peut-être tellement habitué à embrocher vos ennemis que vous ne savez plus les différencier des femmes que vous croisez dans un bureau la nuit.

Était-elle allée trop loin ? Après tout, c'était la vérité, mais peut-être la première fois qu'elle la crachait aussi amèrement. Pourquoi compatir à sa peine quand lui-même l'avait infligée à d'autres ?

Silencieux, le capitaine sembla réfléchir à une réplique qui allait certainement lui faire regretter d'être allé sur ce terrain glissant.

– Vous savez, Mademoiselle, je ne suis pas ingrat, lâcha-t-il avec un sourire sans joie. Pour récompenser votre acte de bravoure, je vous accorde une faveur. Mais je sais bien qu'il est inutile de vous demander ce que vous souhaitez, vous nous le braillez à cor et à cri depuis que vous êtes montée, sans invitation, sur mon navire. Alors très bien, Victoire de Torcy, vous aurez ce fameux duel que vous me réclamiez tant.

Quelle mouche venait de le piquer ?

– Vous êtes sérieux ? demanda-t-elle, bouche bée.

– Tout ce qu'il y a de plus sérieux, reprit-il avec détachement en se mettant à ranger ses papiers.

Il semblait reprendre du poil de la bête et Victoire s'en félicita.

– Bien, répondit-elle. Pourquoi ?

– Je vous l'ai dit. Je tiens à vous témoigner ma reconnaissance. Je ne peux pas posséder tous les vices de la terre.

– De la mer… Nous sommes sur la mer, le reprit Victoire.

– Vous voyez bien que cette blague était drôle.

Victoire leva les yeux au ciel.

– Je voulais dire : pourquoi le duel ? Vous ne vouliez pas.

– La récompense doit être à la hauteur de l'acte.

Victoire appréciait vraiment la façon dont il la mettait en valeur, mais elle ne pouvait s'empêcher de chercher le piège. Elle venait de le blesser, de l'attaquer, il ne pouvait pas simplement répondre en lui donnant ce qu'elle voulait… Si ?

– Quand ? s'empressa-t-elle de demander en s'avançant au-dessus du bureau. Quand aura lieu le duel ?

– Dans quelques jours. Laissons-nous le temps de nous remettre de cette attaque.

Victoire réfléchit à son tour.

– Que vais-je devenir si je vous…

Le capitaine la fixa avec insistance alors qu'elle tentait de prononcer la fin de sa question.

– Si vous me tuez ? termina-t-il à sa place. Il vous faudrait avant tout réussir à le dire.

Le sourire moqueur qui étira sa bouche la vexa, une fois de plus.

– Si vous réussissez à abattre le capitaine du *Requin* lors de ce duel, Andrass me semble être le candidat le plus approprié pour assurer le commandement et votre sécurité, se reprit-il d'un ton plus sérieux.

– Votre chirurgien ?

– Je ferai le nécessaire pour obtenir de lui qu'il vous reconduise chez vous.

Victoire n'était peut-être pas sur ce navire depuis longtemps, mais elle savait qu'Andrass non plus, et manifestement, ce n'était pas en deux semaines qu'on obtenait le respect des membres de l'équipage du *Requin*. L'affaire, présentée comme elle l'était par Morgan, était volontairement plus facile qu'en réalité.

– Vous ne me pensez pas capable de gagner, c'est ça ?

– Vous tenez vraiment à ce que je vous réponde ? ironisa-t-il en arquant l'un de ses sourcils.

– Vous ne m'avez pas vue à l'œuvre. Cela fait quatre ans que je m'entraîne presque quotidiennement, répliqua-t-elle en posant les mains à plat sur son bureau.

Après la mort de sa mère, elle avait dû laisser s'écouler une année entière avant de se relever pour faire exploser son besoin de vengeance.

– Cela fait donc quatre années que toutes vos pensées sont tournées vers moi. Vous me flattez.

Victoire fut soufflée par sa réponse et par le regard provocateur qui l'accompagnait. Cette vérité, beaucoup trop criante, l'effrayait alors qu'elle en prenait doucement conscience. Ridicule.

Ne sachant quoi répondre, elle tourna les talons puis se dirigea vers les fenêtres.

– Il y a une cabine de libre si vous souhaitez vous reposer correctement avant le combat, lui proposa soudain le capitaine.

– Une cabine rien que pour moi ? s'étonna-t-elle.

– Je peux aussi vous conduire à la salle des bains, continua-t-il sans tenir compte de sa question.

– Il y a une salle d'eau sur *le Requin* ? demanda-t-elle incrédule.

– Nous ne sommes pas des rustres.

Victoire resta interloquée un instant, mais elle accepta la proposition vigoureusement, trop heureuse de pouvoir se débarrasser de toute la poudre noire qui recouvrait sa peau et de laver ses cheveux qui empestaient la fumée.

– Volontiers, monsieur.

Il se redressa péniblement, grimaçant en s'appuyant sur sa jambe blessée, et lui désigna la porte d'un signe de main. Alors qu'ils se dirigeaient vers la sortie, le capitaine attrapa l'épée ensanglantée avant de la tendre à Victoire.

– Vous ne la prenez pas ? Cela pourrait vous servir dans quelques jours.

Victoire se sentait incapable de s'en saisir.

Voyant son hésitation, le capitaine essuya le sang avec un mouchoir sorti de sa poche. Le doute s'insinua soudain dans son esprit. Si elle n'était pas à même d'essuyer le sang de ses victimes, comment effacerait-elle celui de Morgan Ker ?

Elle crut qu'il allait lui renvoyer cette flagrante faiblesse dont elle venait de faire preuve en plein visage. C'était une belle occasion pour lui de prendre l'ascendant. Mais il n'en fit rien et lui tendit son épée.

– Merci, dit-elle en serrant ses doigts autour.

La lame sembla presque lui brûler la main.

CHAPITRE 22

VICTOIRE

Ils n'avaient pas fait vingt pas sur la passerelle que le capitaine s'arrêta devant une porte qui se confondait avec le bois. Il l'ouvrit dans un geste habile avec la main qui ne s'appuyait pas sur sa canne.

– La cabine est ici.

– Elle est juste à côté de la vôtre, remarqua Victoire avec soulagement.

La présence du capitaine lui procurait toujours la sensation d'être en sécurité.

– Est-ce une bonne chose ? demanda-t-il.

– Je crois.

Dans ses yeux, elle vit passer une lueur de satisfaction évidente.

– Entrez, dit-il en désignant la pièce du menton.

Victoire passa la tête dans l'embrasure. L'endroit était minuscule, meublé de façon sobre. À dix mille lieues du confort du palais, à cinq mille lieues du confort de la cabine du capitaine, mais tellement mieux que la cale des poules. Outre la propreté de l'endroit, la présence d'un lit confortable et d'une fenêtre illuminant le bois des murs, Victoire savourait ce que représentait ce geste. Ici, elle bénéficierait d'intimité et de tranquillité. De liberté. Relative, certes, mais l'idée était là et l'apaisa immédiatement.

Elle entra et posa immédiatement son épée sur le lit. Sans faire de commentaire, le capitaine lui adressa un regard surpris.

– Je n'en ai pas vraiment besoin pour l'instant, se justifia-t-elle.

– Évidemment.

Il n'était certainement pas dupe mais eut la délicatesse de ne pas épiloguer.

– Je vous montre la salle des bains ? lui proposa-t-il en lui faisant signe de le suivre.

Elle se contenta d'acquiescer et de lui emboîter le pas alors qu'ils longeaient le reste de la passerelle. Lorsqu'ils traversèrent le pont en direction de l'avant du navire, ils passèrent devant les corps qui s'alignaient sous des couvertures. Autour d'eux, l'équipage s'attelait aux réparations. Au loin, le chirurgien était occupé à recoudre une blessure à la main devant une longue file d'attente.

– Kiram va bien ? s'inquiéta Victoire en remontant à hauteur du capitaine.

S'il l'avait toujours effrayé, un intense sentiment de reconnaissance l'envahissait désormais. C'était en partie grâce à lui qu'elle était sortie indemne de cette bataille.

– Kiram se porte à merveille, répondit Morgan en se dirigeant vers un endroit surélevé du pont.

L'estrade ressemblait au poste de commandement du capitaine, mais en moins haut et plus petit. Morgan ouvrit la porte qui se trouvait juste à côté des marches servant à monter à l'étage.

– C'est un puissant guerrier, ajouta Victoire.

– Il est mon meilleur élément.

Et le capitaine l'avait affecté à sa protection. Quelque part, Victoire se sentit flattée.

Morgan lui fit signe d'entrer et elle se retrouva dans une vaste salle baignée de lumière grâce à de larges hublots. Six baignoires en bois s'alignaient sur deux rangées. Au fond, deux grosses marmites chauffaient sur des foyers, et à côté, étaient posés de nombreux linges blancs et savons. Une chaleur moite flottait dans la pièce, créant une ambiance réconfortante.

– On ne s'attend pas à ça de l'extérieur, avoua Victoire en humant la bonne odeur de lavande.

– C'est une chose que vous ne trouverez pas sur les autres navires, admit Morgan.

Il posa sa canne contre le mur puis, à l'aide d'un seau, prit de l'eau chaude dans une marmite pour la verser dans la baignoire la plus proche. Il réitéra l'opération plusieurs fois pour la remplir jusqu'à vider la réserve.

– C'est prêt, dit-il en posant le seau.

Avec sa jambe blessée, l'opération n'avait pas dû être aisée, et pourtant, il l'avait fait sans rechigner. Victoire lui en était d'autant plus reconnaissante jusqu'à…

– Que faites-vous ? paniqua-t-elle quand il retira sa grande veste puis sa chemise.

– Je dois passer de nouveaux vêtements, ceux-là sont tachés de sang. Je déteste mettre du propre sur du sale, dit-il en commençant à ouvrir son pantalon.

Le feu aux joues, Victoire se retourna immédiatement. Cette intimité était beaucoup trop inconvenante !

– À votre âge, vous n'avez jamais vu d'homme nu ? s'étonna Morgan alors qu'elle l'entendait entrer dans l'eau.

– Non, répondit-elle un peu vexée qu'il fasse allusion à sa maturité. Seulement quelques statues dans les couloirs du palais…

– Eh bien… Avec ça, nous sommes sauvés, grommela-t-il.

– À Lys, rien de ce genre n'est autorisé avant le mariage, se défendit-elle.

– Je vous croyais plus intrépide.

Non loin de la vexer, cette remarque lui fit prendre conscience, une nouvelle fois, de son manque de discernement. Elle s'imaginait incarner la rebelle de Lys quand elle était, en vérité, restée une innocente ingénue. Les secrets autour du mariage la frustraient pourtant terriblement. Pourquoi n'était-elle jamais allée à la pêche aux renseignements ? Quoi qu'il en soit, ce n'était pas ici, en présence d'un pirate, qu'elle allait chercher à refaire son éducation !

– Venez, je ne vais pas vous manger, gronda Morgan. Je vous ai déjà dit que j'avais des principes.

– Je n'en doute pas. C'est seulement que… Je n'ai jamais été dans une telle situation.

– Je ferme les yeux.

Après quelques secondes d'hésitation, Victoire se retourna. La vision du capitaine dans son bain ne l'effraya pas autant qu'elle l'aurait cru. La tête rejetée en arrière, les bras posés de chaque côté de la baignoire, Morgan profitait d'un moment de détente bienvenu sans se soucier le moins du monde de sa présence.

– C'est inconvenant, insista-t-elle.

– Ce n'est pas inconvenant de se laver. Venez.

Tout en se triturant les mains l'une dans l'autre, Victoire sentit que son esprit était en proie à une lutte infernale.

– L'eau va être froide, déclara-t-il les yeux toujours fermés.

Après une dernière hésitation, Victoire capitula. Elle rêvait vraiment de ce bain ! Elle ôta rapidement son gilet, sa chemise, son pantalon, puis se précipita dans l'eau délicieusement chaude. Elle prit soin de remonter ses jambes sur sa poitrine, ne voulant pas toucher ne serait-ce qu'un seul orteil du capitaine. Cette proximité de leurs deux corps la mettait dans tous ses états et elle entama une série de respirations destinées à la calmer.

– Ne me dites pas que vous avez peur.

– Je suis juste… décontenancée.

– Faites comme si je n'étais pas là.

Il plaisantait ?

– Comme si c'était possible, marmonna-t-elle. Vous êtes immense… Vous prenez toute la place.

À ces mots, le capitaine se redressa et se saisit des jambes de Victoire pour les placer entre les siennes. Puis il reprit sa position de relaxation dans laquelle il semblait endormi.

Leurs deux corps se touchaient désormais et Victoire se sentit encore plus mal à l'aise. Impossible de se détendre.

– J'ai oublié de prendre du savon, dit-elle au bout d'un moment.

Elle vit le bras du capitaine tâtonner sur l'estrade à côté et se saisir de plusieurs grosses boules colorées. Relevant la tête, il les jeta les unes après les autres dans sa direction.

– Quelle délicatesse ! le fustigea-t-elle en se protégeant du mieux qu'elle put des éclaboussures.

Il ne répondit rien mais sa bouche esquissa un demi-sourire.

– Contente d'être pour vous un tel amusement.

Il ouvrit les yeux, la fixant d'un regard intense qui fit accélérer les battements de son cœur.

– Vous pouvez me croire, vous êtes tout sauf cela…

– C'est-à-dire ?

– Vous me causez bien trop de tracas.

– Je devrais en être désolée… Mais il n'en est rien.

Il continuait à la fixer tandis qu'elle passait le savon sur la peau de son cou. Elle se rappela qu'un peu plus tôt, dans sa cabine, leurs deux corps avaient été bien plus collés-serrés. Ce souvenir enflamma ses joues et elle se détesta d'en avoir éprouvé un tel plaisir. Victoire tentait de faire taire la petite voix de satisfaction qui montait en elle, sans succès.

– Vous deviez fermer les yeux, le réprimanda-t-elle.

– Pardonnez-moi, dit-il en rejetant sa tête en arrière.

Elle fit courir le savon sur ses bras, ses doigts, puis sur le reste de sa peau, au son des clapotis de l'eau. Quand elle eut terminé, paupières closes, elle s'abandonna finalement elle aussi au plaisir de ce bain salvateur. C'était agréable. Un peu enivrant. L'odeur parfumée de la salle se mélangeait à celle, épicée, du capitaine.

Si Victoire se faisait violence pour garder les yeux clos, au bout d'un moment, l'envie fut trop forte. Quand elle les ouvrit, elle s'aperçut que les deux pupilles vertes du capitaine l'avaient devancée. De nouveau, il détaillait son corps sans aucune vergogne, et malheureusement, elle s'en sentit flattée. Son regard sur elle déclencha des picotements dans sa poitrine, mais aussi une sensation inédite au creux de son intimité.

– Ce que vous voyez vous plaît ? demanda-t-elle, curieuse.

Pourquoi avait-elle dit ça à voix haute ? Pourquoi sa tête n'arrivait-elle plus à contrôler ses sens ?

– Certes, répondit-il de sa voix grave et lourde de sens.

Tout ce qu'elle ressentait dans son corps se démultiplia. Leurs regards ne se lâchaient plus et Victoire fut complètement dépassée par un torrent d'émotions paradoxales. Sauter au cou de l'homme qui tenait ses jambes entre ses cuisses ou bien lui sauter à la gorge ? Lui dire qu'elle le trouvait exceptionnel ou bien le traiter de monstre ? Fourrager dans ses mèches souples ou les tirer violemment pour attirer sa tête sous l'eau ?

Cet écartèlement constant devenait insupportable !

Avisant les savons, Victoire s'en saisit et les jeta un à un dans la direction de l'objet de ses frustrations. Morgan ne fit aucun geste pour se protéger des éclaboussures. L'eau ruissela sur son visage et ses mèches, faisant pouffer Victoire. Malheureusement, un instant après, un torrent d'éclaboussures s'abattit sur elle. Elle cria de surprise, mais se protéger avec ses mains ne servait à rien étant donné la puissance du déferlement.

– Vous vous sentez rafraîchie ? demanda-t-il en cessant ses représailles.

Un petit sourire en coin étirait ses lèvres.

– Je crois que j'ai mon compte, répondit Victoire en achevant d'essuyer son visage de ses mains. Je pourrais répliquer et vous infliger le même sort.

– Essayez, la provoqua-t-il.

– Encore une salve de ce genre et nous n'aurons plus une goutte d'eau dans la baignoire.

Elle l'entendit s'esclaffer. Ce qu'il était beau quand les traits de son visage se relâchaient. L'éclat de ses yeux scintillait comme les étoiles et Victoire crut qu'elle allait se perdre dedans.

– Je vous laisse, déclara-t-il finalement tout en se levant. J'ai beaucoup à faire.

Elle posa immédiatement ses mains sur ses yeux.

– Vous pourriez prévenir, lui reprocha-t-elle. Vous n'avez donc aucune pudeur ?

– Détendez-vous, bon sang.

– Vous l'êtes peut-être trop… détendu, insista-t-elle sur ce dernier mot.

Elle l'entendit de nouveau rire, puis se sécher et s'habiller.

– Je ne vois pas ce qui vous amuse encore, s'agaça-t-elle.

Alors qu'il rengainait son épée dans son fourreau, Morgan poussa un long soupir.

– Ce n'est certainement pas le qualificatif qui me caractérise le plus en ce moment, gronda-t-il.

CHAPITRE 23

VICTOIRE

Après le départ du capitaine, Victoire plongea ses cheveux dans l'eau savonneuse plusieurs fois et les enferma ensuite dans une serviette pour commencer à les sécher. Puis, paupières closes, elle tenta de faire le vide dans ses pensées.

Impossible ! Le capitaine revenait sans cesse dans son esprit et son absence remplissait toute la baignoire. Jamais elle n'avait éprouvé une telle dépendance et elle s'en voulait de la ressentir pour Morgan Ker.

Vérifiant partout autour que personne ne l'observait, elle sortit de l'eau et courut se saisir d'un grand drap blanc dont elle entoura son corps. Tout en se séchant, elle tendit l'oreille. Au-dehors, un bruit de percussions très rythmé résonnait.

Alors qu'elle fouillait dans la malle ouverte par le capitaine et trouvait un pantalon à sa taille, le bruit se fit plus fort. Elle enfila une chemise et un gilet foncé, puis frictionna rapidement ses cheveux avant de rejoindre le pont. Elle tomba nez à nez avec Kiram qui faisait le guet, droit comme un piquet, bras croisés sur le torse.

– Pourquoi êtes-vous là ? lui demanda-t-elle en fermant son gilet sur sa poitrine.

Le vent s'était intensifié.

– Le capitaine m'a demandé de surveiller la porte.

– Que se passe-t-il ? demanda Victoire en fixant le pont.

Six pirates aux bras musclés frappaient des tonneaux à l'aide de manches en bois. Leurs mouvements suivaient la même cadence, lente, triste.

– On pleure nos morts, répondit Kiram d'un ton grave.

En se décalant un peu, elle put voir ce qui devait être la totalité de l'équipage rassemblé. En retrait de ses hommes, à quelques pas des défunts, le capitaine se tenait droit, telle une statue de marbre. Elle s'approcha un peu plus, prenant soin de ne pas se faire remarquer en se collant contre la paroi du navire.

Victoire n'avait jamais vu de cérémonie de deuil, car à Lys, les morts ne se pleuraient pas en public. Ne pas être heureux était faire offense au roi, qui accordait à ses sujets richesses et protection. Sur *le Requin* et sous le commandement de Morgan Ker, la peine semblait tisser un lien fort entre ces hommes. Victoire n'avait jamais vu la mort sous cet aspect…

Lorsque les battements eurent cessé, les pirates entamèrent plusieurs chants à l'unisson. Toutes les épées se levèrent dans un même mouvement, rendant la scène aussi triste que belle. Le capitaine s'avança alors et posa un genou à terre. Victoire distingua clairement son désarroi et sa vulnérabilité alors que le silence s'éternisait autour de lui. Il observa chacun de ses camarades, s'unissant à eux dans la douleur, puis, dans un sifflement, commença à entonner un air plutôt joyeux, presque enfantin. Une profonde tristesse s'abattit sur Victoire. Ses yeux se mirent à picoter, sa vue à se brouiller. Pourquoi ? Elle ne connaissait pas les morts. Pourtant, le chagrin qu'éprouvait Morgan en cet instant semblait s'introduire dans le corps de Victoire par tous les pores de sa peau.

– Ça prend aux tripes, dit une voix grave derrière elle.

Le chirurgien, Andrass, s'avança à ses côtés, les bras croisés sur le torse.

– Vous ne participez pas ? demanda Victoire.

– En tant que nouvelle recrue, je ne me sens pas légitime.

Elle ne cacha pas son étonnement. Andrass lui avait toujours paru dans son élément au milieu de l'équipage.

– Vous étiez sur un autre bateau ?

– Non, je fais mes premiers pas en mer. Je viens d'Aridan.

– Vous étiez médecin ?

– Oui.

– Pourquoi avoir quitté votre pays ? demanda-t-elle, intriguée.

Il lui adressa un regard suspicieux, si bien qu'elle crut qu'il n'allait pas lui répondre.

– Je voulais changer d'air, répondit-il finalement en reportant son regard sur la cérémonie.

– Vous n'avez pas de famille ?

– Non.

Les traits de son visage étaient désormais totalement fermés. Visiblement, il n'avait pas envie de parler de son passé… Victoire se mordit la lèvre, tentant de réprimer sa curiosité pour ne pas le froisser davantage.

– Je suppose que vous ne connaissez pas non plus l'endroit où nous allons, reprit-il d'un ton plus enjoué.

Elle secoua la tête et réalisa qu'elle ne s'était, jusque-là, pas réellement posé la question. Il faut dire que les chances qu'elle arrive à leur destination vivante étaient minces, même aujourd'hui.

– Nous avons donc un point commun, dit-il en se tournant vers elle.

– Effectivement.

– Mais je pense que c'est le seul, ajouta-t-il.

Victoire acquiesça.

– Non, j'oubliais votre addiction pour les petites lames.

– Je…

Victoire grimaça. Même avec sa silhouette gracile, Andrass n'en était pas moins intimidant. Son petit acte de rébellion était loin de lui avoir amené un ami sur ce navire.

– Je ne peux pas vous en vouloir, admit-il finalement. Votre situation n'est pas simple.

– C'est un euphémisme, non ? ne put-elle s'empêcher de répliquer.

– J'avoue que le changement doit être assez brutal.

Il l'était.

Un concert de percussions résonna soudain sur le pont et mit fin à leur conversation. Devant eux, les pirates se remirent à frapper en rythme tandis qu'on s'occupait de jeter les corps à la mer. C'était un spectacle dont Victoire se serait bien passée. Ce bruit assourdissant conférait à l'instant encore plus de gravité. Même de l'endroit éloigné où elle se trouvait, elle pouvait voir la douleur tirailler les visages des pirates.

Debout, les épaules tendues, les poings serrés, le regard de Morgan ne quittait pas le corps de son timonier, son ami. Cette vision fit resurgir chez Victoire des souvenirs douloureux et son cœur se serra dans une douleur devenue presque habituelle, mais toujours insupportable.

Une fois tous les corps jetés par-dessus bord, les battements de tambour cessèrent.

– Personne ne devrait endurer de telles épreuves, souffla-t-elle alors qu'un silence pesant revenait sur le pont.

– Vous compatissez à leur peine ? s'étonna sincèrement Andrass.

– On dirait bien.

– Vous ne m'avez pas l'air si teigneuse que ça, finalement, déclara-t-il sans la regarder.

– Je vais prendre cela comme un compliment.

Elle put apercevoir un léger sourire se dessiner sous sa grosse moustache.

– Votre père doit certainement être en train d'écumer toute la surface des mers pour vous retrouver.

Victoire fut soudain troublée de constater qu'à aucun moment depuis le début de son séjour sur *le Requin*, elle n'avait souhaité être retrouvée par son père.

– Oui, c'est certain, confirma-t-elle.

– C'est un homme puissant, il ne comptera pas à la dépense pour ses recherches.

– Vous le connaissez ? demanda-t-elle en se tournant vers lui.

– Andrass ! l'interpella le capitaine depuis l'autre bout du pont.

Il lui fit un grand signe, lui ordonnant de le rejoindre.

– Je dois y aller, dit alors le chirurgien en laissant la question de Victoire sans réponse.

Elle l'observa rejoindre à pas rapides son capitaine qui se tenait aux côtés d'un petit homme aux vêtements débraillés. À son apparence peu soignée, Victoire n'eut aucun mal à comprendre qu'il s'agissait d'un membre de l'équipage de feu Le Busard. Que faisait-il ici ? Pourquoi n'avait-il pas rejoint son navire à la mer, avec ses compagnons ? Quel sort lui réservait désormais le capitaine du *Requin* ?

Alors qu'elle s'attendait à assister à une nouvelle exécution, Victoire fut surprise de voir Morgan serrer la main du nouvel arrivant et le conduire tout en haut du poste de commandement pour lui présenter le gouvernail. Est-ce que cet homme s'apprêtait à remplacer l'ancien timonier ? Semblant avoir totalement oublié les hostilités de la bataille, le jeune homme aux traits tirés, presque maigrichon, acquiesçait solennellement à tout ce que le capitaine lui disait.

Décidément, Morgan Ker n'avait aucun mal à acquérir la loyauté de ses pairs… Si elle parvenait à le tuer, qu'allait devenir *le Requin* sans l'aura si puissante de son capitaine ?

Une telle question était-elle judicieuse à seulement quelques jours du duel ?

CHAPITRE 24

VICTOIRE

Sauver la vie du capitaine du *Requin* conférait des privilèges non négligeables. Allongée sur des draps propres et un matelas moelleux, Victoire savourait sa récompense. C'était un confort d'autant plus bienvenu que le navire tanguait, transformant son estomac en une boule de bilboquet.

On frappa à la porte.

– Entrez, dit-elle en se redressant.

Andrass apparut dans l'embrasure.

– Le repas est servi sur le pont, l'informa-t-il.

– Je crois que je ne pourrai rien avaler.

– Vos nausées ne se calmeront pas tant que vous aurez le ventre vide.

Victoire hésita un instant puis demanda :

– Où est le capitaine ?

– Il s'est retiré dans sa cabine. Il souhaite être seul.

Elle accueillit cette nouvelle avec une certaine satisfaction. Ses sentiments à son égard étaient de plus en plus partagés et se tracasser à ce sujet ne faisait aucun bien à sa santé mentale.

– Très bien, je vais suivre vos conseils, dit-elle en se levant.

Elle enfila son gilet puis suivit Andrass jusqu'au pont, où l'on faisait la queue devant un gros chaudron. L'odeur de la soupe remonta dans ses narines et fit gronder son estomac.

– Je vais vous chercher un bol.

– Ne devrais-je pas me mettre dans le rang comme tout le monde ? s'inquiéta Victoire, de peur d'apparaître comme privilégiée aux yeux de l'équipage déjà hostile.

– J'ai des directives, lui répondit-il en se dirigeant vers le cuisinier.

Elle ne sut dire si cette nouvelle la rassurait ou bien l'agaçait. Tout autour d'eux, les pirates dînaient en petits groupes dans une ambiance exceptionnellement lourde.

– Tenez.

Andrass lui tendit un bol rempli de potage fumant.

– Merci. Vous ne mangez pas ?

– C'est fait. J'ai dîné à la table du capitaine.

– Récemment arrivé, mais déjà dans les petits papiers de son altesse, plaisanta Victoire avec un sourire malicieux.

Son trait d'humour ne reçut qu'un air grave en réponse.

– Il souhaitait s'entretenir avec moi d'un sujet important. Qui vous concerne, précisa-t-il.

Victoire comprit immédiatement à quoi il faisait allusion.

– Vous avez accepté ? demanda-t-elle avec inquiétude.

– Oui. Je vous ramènerai à Lys.

Victoire fut soulagée de l'entendre. Elle pouvait donc mener son plan à bien, sans s'inquiéter de son sort. La route était désormais toute tracée pour qu'elle puisse enfin accomplir sa vengeance.

– Je ne sais pas pourquoi vous souhaitez sa mort avec tant d'acharnement, mais vous êtes bien culottée de l'avoir provoqué en duel, continua Andrass. Vous pensez sérieusement que vous allez gagner ?

Son ton était plus que sceptique. Presque moqueur.

– Vous ne savez pas de quoi je suis capable avec une épée à la main, rétorqua Victoire.

À peine eut-elle prononcé cette phrase que le souvenir de sa lame ensanglantée l'accabla. Elle ne devait pas penser à ça maintenant ! Tuer le meurtrier de sa mère serait bien différent…

– Même avec sa jambe blessée, tout l'équipage ne parierait pas une seule pièce d'or sur vous.

– L'équipage lance des paris ?

– Tout le monde attend l'évènement avec grande impatience, sourit-il avant de reprendre immédiatement son sérieux. Moi, en revanche…

– Vous êtes un pacifiste ?

– Le médecin que je suis préfère quand les gens ne risquent pas leur vie à tout bout de champ.

Victoire acquiesça en prenant une cuillerée de soupe. De toute manière, si elle parvenait à ses fins, Andrass n'aurait pas de travail, car il n'y aurait rien à sauver chez Morgan.

– Vous devriez renoncer, insista-t-il.

– Je suis certaine de pouvoir le vaincre. Ma détermination et ma technique sont sans faille.

Andrass la gratifia d'un regard sceptique.

– Vous ne m'en croyez pas capable, je ne vous en veux pas. Il ne m'en croit pas capable lui non plus. Pourquoi m'aurait-il accordé cette faveur, sinon ?

– C'est probable, admit Andrass. Que reprochez-vous au capitaine ? Depuis le début de la traversée, il se met en quatre pour vous protéger.

Victoire dévisagea le chirurgien, véritablement choquée par ses propos.

– Vous le prenez pour un noble chevalier ? s'esclaffa-t-elle, amèrement. Vous vous méprenez.

– Il semble tenir à vous, insista-t-il.

Cette réplique finit d'agacer Victoire. Décidément, ce manipulateur parvenait beaucoup trop aisément à tromper son monde, et même Andrass n'échappait pas à son emprise. Néanmoins, elle ne pouvait en vouloir qu'à elle seule, car elle était la première à être tombée dans le piège…

Si un tel monstre n'avait pas existé, Victoire pourrait encore écouter la voix de sa mère ou l'entendre rire. Elle pourrait encore partager avec elle des clins d'œil à la dérobée au milieu d'une Cour ridicule, de tendres câlins, des moments uniques… La poitrine de Victoire se souleva pour réprimer un sanglot.

– Je suis l'instrument de sa vengeance, lâcha-t-elle, finalement. Il a besoin de moi en vie pour réaliser ses plans. Il ne me protège pas par compassion, il cherche à m'utiliser. Le capitaine Ker est un monstre sans cœur.

Un silence s'étira pendant lequel Victoire se concentra sur l'agitation du pont. Un pirate venait d'entamer un chant, sa soupe fumante encore dans les mains.

– Ce que je vois aujourd'hui est bien différent du portrait que vous dressez, répondit Andrass avec calme.

La colère de Victoire éclata brusquement, sans qu'elle puisse réguler le ton de sa voix.

– Vous ne le connaissez pas ! Son attitude n'est qu'une façade d'apparat. Et même s'il avait changé, même s'il était le bon samaritain qui prend soin de ses hommes et veille sur la veuve et l'orphelin, toutes ses bonnes actions ne peuvent pas racheter ses actes passés. Et quelles bonnes actions ? Les pirates pillent, volent et tuent ! Quoi que vous en disiez, l'âme de Morgan Ker est noire.

Victoire était essoufflée comme si elle venait de faire trois tours de pont au pas de course. Dans sa poitrine, son cœur battait à tout rompre.

Bouche ouverte, le chirurgien semblait abasourdi par la violence de ses mots. Pourtant, bien vite, il reprit une expression neutre et soutint son regard sans ciller.

– La haine que vous lui portez n'a rien à voir avec la piraterie, n'est-ce pas ?

Elle n'avait pas la moindre envie d'aborder le sujet de la mort de sa mère avec lui. Ni avec personne d'autre.

– Vous n'aurez qu'à lui en parler lors de votre prochain repas en tête à tête, déclara-t-elle finalement en croisant les bras sur sa poitrine.

Andrass se contenta d'esquisser un sourire.

– Dans tous les cas, aussi sérieuse que soit votre affaire, vous devriez peut-être attendre d'être à terre pour aller au bout de votre projet. Agir impulsivement n'est jamais bon pour obtenir gain de cause.

Souhaitant clore le sujet une bonne fois pour toutes, Victoire se tourna vers lui.

– Comprenez-moi bien : chaque jour de plus que je passe en présence de Morgan Ker est un jour de trop, articula-t-elle très distinctement. Cet homme ne mérite pas de vivre. Ni sur mer, ni sur terre, ni même n'importe où ailleurs.

Alors que le sang de Victoire pulsait sous sa peau sous l'effet de la haine, l'expression d'Andrass se changea pour de la pitié.

– Je ne pensais pas vous indisposer à ce point, déclara alors le fameux capitaine, juste derrière elle.

L'estomac de Victoire fit un bond. Elle ferma les yeux, n'osant se retourner pour lui faire face.

– Vous pensez vraiment ce que vous dites ? lui demanda Morgan.

En sa présence, Victoire était de nouveau confrontée à l'écartèlement de ses sentiments. Les choses n'étaient plus si évidentes que lorsqu'ils n'étaient qu'une ombre sans visage… Néanmoins, sa détermination n'allait pas flancher, surtout après ce qu'elle venait d'avouer à Andrass.

– Évidemment ! affirma Victoire en se tournant vers lui. Je vous déteste au plus haut point, et avec votre mort, le monde se portera mieux.

Elle s'attendait à une réplique acerbe, mais Morgan baissa son regard sur les planches du pont.

– Allez chercher votre épée et réglons cette affaire maintenant. Puisque passer une nuit de plus sur le même navire que moi vous incommode tant, ajouta-t-il en faisant pointer ses pupilles dans les siennes.

Victoire ouvrit des yeux ronds comme deux soucoupes. En l'espace d'une seconde, sa haine laissa place à l'effarement… Non ! Elle n'était pas encore prête. Ou bien si ?

– Maintenant ? Monsieur, la nuit est déjà là, hésita-t-elle.

L'argument ne fit aucun effet sur la résolution du capitaine.

– L'équipage a besoin de se changer les idées. La journée a été dure, une petite distraction leur fera du bien.

Victoire regarda autour d'elle. La lune seule ne leur permettrait pas de disputer un duel dans de bonnes conditions.

– Je n'ai jamais combattu ainsi, s'inquiéta-t-elle.

– Et j'ai une jambe en moins. Nous serons donc à armes égales.

En dépit de ses réticences, la haine grondait toujours en elle. Si elle refusait, l'occasion ne se représenterait peut-être pas. Victoire décida donc de ne pas gâcher cette chance.

Le but ultime de sa vie était enfin à portée de main : elle allait venger sa mère.

– Je vais chercher mon épée, annonça-t-elle en se levant.

Elle s'enfuit au pas de course, évitant de petits groupes de pirates occupés à réparer des cordages. Leurs regards étaient aussi noirs qu'à l'accoutumée.

– J'ai quand même sauvé votre capitaine, grommela-t-elle.

Alors qu'elle empruntait l'étroite coursive qui menait à sa cabine, son corps fut bringuebalé contre les parois. Un vent de panique souffla dans son esprit : comment réussir à garder ses appuis sur une surface aussi instable ? Elle s'apprêtait à livrer ce combat sur le terrain du capitaine. Un terrain dont il connaissait tous les secrets.

Dans une grande inspiration, elle ravala son angoisse, et d'une manière tonitruante, ouvrit la porte de sa cabine.

– Je t'ai boudée mais c'est terminé, promit-elle à son épée qui l'attendait sur le lit. Au travail, ma belle.

CHAPITRE 25

VICTOIRE

Tout l'équipage se rassemblait sur le pont. Les matelots s'ouvrirent alors en cercle, laissant à Victoire le passage jusqu'au capitaine. À la lueur de la lune, elle dut s'avancer près de lui pour distinguer les détails de son corps, et l'expression complètement fermée de son visage.

– Nous n'y voyons absolument rien, protesta-t-elle en arrivant à sa hauteur.

– Allumez des lanternes ! ordonna-t-il.

Très rapidement, plusieurs points lumineux éclairèrent le pont, si bien qu'on y voyait presque comme en plein jour. Elle avait donc perdu son désavantage, mais lui avait toujours sa jambe blessée.

Dans un silence presque religieux, le capitaine commença à se préparer devant l'assemblée de spectateurs. Il fit glisser sa longue veste le long de ses bras puis, d'une démarche lente et nonchalante, se dirigea vers le bastingage pour la déposer dessus. Puis il…

Quoi ? Victoire tenta de déglutir alors qu'elle n'avait plus une goutte de salive en bouche.

– Que faites-vous ? demanda-t-elle alors qu'il ôtait sa chemise.

Cette dernière rejoignit sa veste. Il revint donc au centre du cercle torse nu pour procéder à quelques étirements. Alors qu'il étendait son bras vers l'arrière, Victoire n'arrivait plus à détacher son regard de ses muscles qui roulaient sous sa peau.

– Quel est le problème ? demanda-t-il, surpris.

– Je…

La poitrine bombée du capitaine appelait le plat de ses mains. Et la fine bande de poils noirs qui partait de son nombril pour se perdre dans son pantalon appelait ses yeux. Ses joues s'enflammèrent.

– Remettez vos habits. Il fait froid.

En s'entendant parler, elle crut mourir de honte.

Il s'esclaffa.

– Ne me dites pas que je vous déconcentre ?

Il faisait désormais gonfler sa poitrine de manière outrageusement exagérée. Jamais elle n'arriverait à se concentrer dans ces conditions.

– Eh bien, oui. Ce n'est pas équitable.

– Enlevez votre chemise et nous serons à égalité, proposa-t-il tout naturellement, les petits plis au coin de ses yeux trahissant son amusement.

Des rires s'élevèrent au sein de l'équipage.

– Vous êtes vraiment très drôle, ironisa-t-elle.

– Vous trouvez aussi… la provoqua-t-il avec un sourire.

Il fouetta l'air plusieurs fois avec son épée. Tous ses hommes commencèrent alors à l'encourager à renfort de cris et de grognements.

Son échauffement terminé, Morgan entreprit de se coiffer. Calmement. Comme si le combat qui allait suivre était une simple formalité.

– Vous avez l'air tellement certain de gagner, déclara Victoire, amère.

– Peut-être parce que je le suis, affirma-t-il en attachant ses mèches tombantes sur le sommet de son crâne.

Cette assurance angoissait Victoire. Et aussi sa carrure impressionnante, ses bras puissants, ses cuisses façonnées dans du marbre… Malgré une jambe traînante, son adversaire en imposait. Pour la première fois, le goût d'une éventuelle défaite se posa sur la langue de Victoire et la troubla au point de la faire douter de ses facultés.

Non, elle ne pouvait pas abandonner. Ni se permettre de perdre. Mais comment être certaine que l'équipage ne lui tomberait pas dessus sitôt le combat terminé ? Son regard fit un tour circulaire du pont.

– Que font-ils ? demanda-t-elle au capitaine alors que les hommes se tapaient dans les mains et échangeaient des pièces d'or.

– Je viens d'autoriser exceptionnellement les paris.

– Ils parient sur le gagnant ?

Il s'esclaffa. Un chignon retenait désormais ses mèches, permettant à Victoire de contempler le vert de ses yeux et le rouge de ses lèvres à loisir.

Il la déconcentrait beaucoup trop. Beaucoup trop !

– Ils parient sur le nombre de coups que vous allez réussir à me donner avant de mourir, précisa-t-il.

Victoire tressaillit. Elle était parfaitement consciente du danger de la situation, mais l'entendre dans la bouche de son adversaire exacerba sa peur.

– Vous ne vous échauffez pas ? reprit-il.

– Non, allons-y, lâcha-t-elle en se mettant en position.

Si elle attendait plus longtemps, le reste du corps du capitaine allait faire l'objet d'une analyse approfondie… Cette attirance qu'elle éprouvait envers lui était dévastatrice.

Néanmoins, alors qu'il se mettait en garde à son tour, le souvenir de sa mère baignant dans son propre sang permit à Victoire de rassembler ses esprits. Elle redressa son épée et prit une lourde inspiration.

Maintenant ou jamais.

Elle attaqua la première. Elle se précipita sur lui et enchaîna quatre coups que Morgan para sans la moindre difficulté. L'équipage partit dans une acclamation tonitruante que Victoire aurait qualifiée de démesurée.

Au lieu de ça, elle reprit une seconde manœuvre, plus incisive. Elle en aurait tiré un avantage si le balancement du bateau n'avait pas déstabilisé ses appuis au point de lui faire perdre son élan. Et puis surtout, si le mur en face lui avait ouvert une seule petite faille. Morgan stoppait chaque fois sa lame avec des mouvements d'une extrême précision. Grâce à sa force, il pouvait répliquer sans difficulté. Alors pourquoi reculait-il à chaque offensive ?

– Allez-vous attaquer ou bien dois-je vous apporter un lit ? s'énerva Victoire, essoufflée.

– J'essaie seulement de faire durer le combat plus de deux minutes.

Sa suffisance l'exaspéra, mais Victoire ravala son venin. Elle devait se concentrer.

Un, deux, trois. Elle tenta quelques passes plus recherchées. Plus sournoises, en chassant sur la gauche puis sur la droite. Mais celles-ci furent parées avec une dextérité et une facilité presque humiliantes. Le souffle de Victoire était de plus en plus court, alors que celui de son adversaire restait calme et régulier.

Un concert de braillements s'éleva pour acclamer le capitaine, bientôt suivi par des huées, dirigées sur la prisonnière. Morgan baissa la tête pour cacher son sourire.

– Vous vous amusez ? siffla-t-elle.

– Beaucoup ! Vous avez des admirateurs, se moqua-t-il.

Victoire fulminait. Comment parvenait-il à combattre avec autant de détachement ?

Elle se mit de nouveau en garde, attendant qu'il reprenne le duel, mais il ne semblait toujours pas vouloir attaquer. Dans cette position, Victoire ne pouvait pas exploiter pleinement son potentiel durement acquis aux côtés d'Alexandre. C'était déloyal.

– Battez-vous ! dit-elle, cinglante. Vous vous êtes engagé. Votre parole se serait-elle jetée par-dessus bord ?

Deux feux ardents s'allumèrent dans les prunelles de Morgan. Il leva son épée vers le ciel et l'abattit sur celle de Victoire tellement vite qu'elle eut à peine le temps nécessaire pour parer. Ce coup violent manqua de lui ôter l'arme de la main. Un autre suivit, mais cette fois, elle eut la présence d'esprit d'utiliser ses deux bras pour le contrer.

C'était elle qui reculait désormais.

– Enfin ! lança-t-elle. Vous vous réveillez !

Des cris différents fusaient dans le brouhaha infernal. Il y avait les encouragements en faveur du capitaine et les protestations virulentes de ceux qui avaient parié sur les attaques de Victoire pour remporter leur pari. Au loin, perché sur le promontoire qui recouvrait l'avant du navire, elle aperçut Andrass. Bras croisés sur le torse, il observait le spectacle d'un air préoccupé.

Morgan profita de l'inattention de Victoire pour charger une troisième fois. Elle esquiva son coup de justesse en bondissant en arrière, mais il exerça plusieurs fentes dans sa direction, bras en avant, et planta la pointe de son épée dans le flanc droit de sa chemise qui se déchira sur presque toute la longueur.

Une clameur unanime envahit le pont, alors qu'il avisait sa tenue d'un air satisfait.

– Je savais bien que d'une manière ou d'une autre vous l'enlèveriez, la provoqua-t-il.

Détaillant sa chemise en lambeaux, Victoire vit rouge. Et elle voyait aussi son torse épais, ses tétons brun foncé, et le teint hâlé de sa peau…

Non, pitié, non. Arrête ! se maudit-elle intérieurement.

Victoire se remit en position en secouant la tête. Elle était troublée et à bout de souffle. Lui semblait revenir simplement d'une promenade de santé. Il était temps d'utiliser la faiblesse de son adversaire !

– Comment va votre cuisse ? s'enquit-elle en commençant à tourner tout autour de lui tel un animal sauvage qui surveille sa proie.

– Une chance pour vous que cette blessure, lui répondit-il.

– La chance n'a rien à voir là-dedans, rétorqua-t-elle sèchement. J'ai eu le dessus sur vous, ce soir-là. Admettez-le et ne me sous-estimez pas.

– Vous m'avez surpris, c'est vrai. Je ne m'étais pas préparé à vous, admit-il, le timbre cassé.

Victoire fut troublée d'entendre cet aveu et surtout de reconnaître, dans le regard du capitaine, une forme d'admiration. Elle en éprouva une intense satisfaction, mais celle-ci n'avait rien à voir avec ses talents de guerrière. Elle voulait être différente des autres pour cet homme, et c'était la raison pour laquelle elle devait faire disparaître ce regard…

Le combat ne faisait pas rage que sur le pont du *Requin*. En son for intérieur, Victoire recommença à éprouver toute la contradiction de ses sentiments pour Morgan. Elle s'apprêtait à donner la mort à un homme qui faisait battre son cœur à une vitesse différente. À cette pensée, une violente nausée l'assaillit.

– Vous vous sentez bien ? lui demanda-t-il alors qu'elle se courbait en deux.

– Parfaitement bien.

Comment pouvait-elle lui accorder un tel pouvoir sur sa personne ? Elle devait dépasser ses limites pour le terrasser. Maintenant. Ne plus s'économiser.

Les cris redoublèrent, les doigts accusateurs la désignaient avec férocité, lui ordonnant de charger.

– Attaque ! Attaque ! hurlait un gros barbu sur sa droite en levant le poing.

Soit, ils allaient en avoir pour leur argent.

Elle fondit sur le capitaine en faisant appel à toute la rage amassée en elle durant toutes ces années. Ces jours à s'entraîner, ces nuits à faire souffrir ses muscles… *Un, deux, trois, quatre, cinq, six.* Elle fit pleuvoir une ribambelle de coups. Sa vitesse d'exécution obligea le capitaine à reculer, l'empêchant de contre-attaquer. Elle ne s'encombrait plus de technique et fonçait, écrasant sa lame sur la sienne à un rythme effréné. Le son du métal qui s'entrechoque lui fit oublier les hurlements de la foule qui ne tenait plus en place. Dans ses veines, son sang venait de se transformer en braises. Fente en avant, coup, fente en avant, coup… Victoire ne lui laissait aucun répit, l'empêchait de riposter, prenait l'avantage, et malgré tout, Morgan parait ses attaques avec facilité. Même quand elle abattit sa lame en direction de son flanc droit, ce qui l'obligea à prendre appui sur sa cuisse pour contrer son coup. Une simple petite grimace déforma sa bouche.

Victoire se battait avec une ardeur non contenue et ils utilisaient désormais une grande partie de la surface du pont. Mais pour elle, son corps ne suivait plus. Le souffle de plus en plus court, elle savait que le temps lui était compté. Surtout que de l'autre bord le capitaine ne montrait pas l'ombre d'un soupçon d'usure. Il était plus solide qu'un roc et plus vif qu'une anguille. Même s'il n'attaquait plus…

– Je ne suis pas une petite chose fragile, cracha-t-elle alors qu'il reculait de nouveau.

– J'avais remarqué, la provoqua-t-il encore.

Il ne la jugeait pas digne de lui, pas digne de sortir son meilleur jeu. Il se dérobait, la laissant mener la danse à sa guise. Il jouait, tout simplement.

Assez !

Victoire abattit son épée rageusement sur celle du capitaine. Malgré la protestation de ses muscles, elle continua à le pousser dans ses retranchements, à le forcer à prendre appui sur sa jambe blessée, encore et encore, jusqu'à réussir à l'acculer contre la paroi du vaisseau.

Et finalement, il bloqua son dernier coup des deux mains, en laissant échapper un juron.

Leurs deux lames pointées vers les étoiles s'embrassaient désormais au-dessus de leurs têtes.

Victoire n'avait plus de souffle, mais Morgan semblait simplement désabusé. Derrière eux, le brouhaha était si intense qu'il était désormais impossible de comprendre ce que les spectateurs attendaient.

– Je dois admettre que vous possédez un certain talent, dit Morgan. Mais peut-être devrais-je remplacer votre épée par un tisonnier ?

– Je ne sais pas ce qui m'a retenue ce soir-là, avoua-t-elle en s'efforçant de tendre son corps pour le mouvoir en bloc de pierre.

Victoire se fit violence pour ne pas laisser son regard croiser celui de Morgan au risque de se laisser déconcentrer. Ses mains serraient son épée à s'en briser les os et ses bras menaçaient de s'arracher tellement elle forçait dessus.

– Le fait que je sois plus fort que vous, peut-être, souffla-t-il.

Ne venait-elle pas de prouver sa valeur en le sauvant des griffes de son ennemi juré ?

Une fureur sourde s'empara de Victoire. Dans un geste calculé et puissant, elle redressa le bras, emmêlant sa lame à celle de son adversaire, et dans un mouvement de poignet, l'obligea à lâcher prise. Un rugissement féroce s'échappa des entrailles de Victoire pour se perdre dans le bruit du vent et des vagues. L'épée de Morgan valsa dans les airs et retomba à quelques mètres d'eux, sur le plancher.

– Vous pouvez répéter ? gronda-t-elle à bout de souffle, en pointant sa lame sur le ventre du capitaine.

Un silence de plomb tomba sur le pont, contrastant avec l'hystérie des derniers instants.

Enfin, le moment tant attendu était là. Morgan Ker n'avait plus aucun moyen de survivre.

Pourtant, malgré la vulnérabilité de sa position, ses traits ne trahissaient aucune émotion. Il se contentait d'observer chaque geste, chaque inspiration de Victoire dans un regard… déstabilisant. Victoire était aveuglée par ce vert chaud, irradiant de vie et de promesses d'avenir.

Elle reporta alors son attention sur son ventre et poussa sur sa lame pour enfoncer la pointe dans ses chairs. Le geste était fébrile. Le doute tiraillait son esprit. Elle resserra ses doigts autour du manche et respira plus fort.

Tue-le !

Rien à faire, elle ne pouvait faire abstraction de ses yeux, de ses lèvres charnues, de sa voix rauque…

– Qu'attendez-vous ? On ne va pas y passer la nuit, la brusqua-t-il avec un regard chargé de toute la détermination qui le caractérisait.

La main de Victoire refusait d'accomplir le geste fatidique, celui qui la libérerait du poids qui la hantait depuis toutes ces années. La poitrine de Morgan montait et descendait, pleine de chaleur, de puissance, de vie. La vue de Victoire se troubla, son bras commença à trembler…

Elle ouvrit la main et laissa son épée se fracasser sur le sol.

– Vous avez raison, je ne peux pas, souffla-t-elle en baissant la tête. Et cette idée me détruit.

Leur public réagit bruyamment à ce retournement de situation. Les cris de joie se mêlèrent aux sifflements destinés à l'accabler. Le capitaine leva le bras, demandant la fin des hostilités.

– Voilà une affaire réglée, lâcha-t-il en se penchant pour ramasser l'arme de Victoire.

Il connaissait à l'avance l'issue de ce simulacre de combat.

– La leçon est terminée ? demanda-t-elle d'un ton amer en lui arrachant l'épée de la main.

La vision de Victoire se troubla, ses lèvres se mirent à trembler. Jamais elle ne s'était sentie aussi insignifiante. Inutile. Elle voulait aller se terrer dans sa cabine et ne plus jamais en sortir. Autour d'eux, l'équipage restait silencieux.

– Kiram avait raison, vous êtes douée, dit-il en s'approchant tout près d'elle. Je ne m'attendais pas à être désarmé aussi facilement.

– Vous m'avez laissée gagner, murmura-t-elle.

– J'avais quelque chose à vérifier avant de vous révéler la vérité.

– De quoi parlez-vous ?

Victoire le dévisagea, le regard embué. Il mordit sa lèvre, comme embarrassé, respira à pleins poumons puis se lança :

– Je n'ai pas tué votre mère.

CHAPITRE 26

VICTOIRE

– Vous mentez, murmura Victoire.

Les mâchoires du capitaine se crispèrent. Il fit quelques pas sur la droite et ramassa son épée en s'appuyant sur une seule jambe.

– Allons dans ma cabine, dit-il en se dirigeant ensuite vers le bastingage, où il récupéra sa veste et sa chemise. Le spectacle est terminé, les gars !

L'équipage obéit sans afficher la moindre émotion. Dans le froid de la nuit, une petite pluie fine se mélangeait désormais aux embruns de la mer. Les cheveux de Victoire lui collaient au front et aux joues.

– Venez, lui dit Morgan d'une voix très douce, alors que son corps refusait de bouger.

Il l'incita à avancer en pressant une main dans son dos. Elle se laissa guider jusqu'à sa cabine sans réagir. Il aurait très bien pu la jeter par-dessus bord qu'elle n'y aurait vu aucune objection.

D'ailleurs, le navire tanguait dangereusement, et s'il ne l'avait pas tenue, elle serait probablement tombée.

Une fois dans les appartements de Morgan, Victoire resta prostrée au milieu de la pièce, complètement abasourdie.

– Buvez, lui dit-il en lui tendant un verre.

Victoire le refusa d'un signe de main, mais lui vida le sien d'un seul trait.

– Vous vous trompez, dit-elle en commençant à tourner en rond dans la cabine. C'est impossible.

– Je me trompe ? On ne tue pas par erreur, Victoire, dit-il en posant son verre sur la desserte.

– J'étais là, objecta-t-elle en levant son regard implorant vers lui. J'ai tout entendu.

– Mais vous n'avez rien vu.

Certes, elle n'avait pas vraiment assisté à la scène à proprement parler. Mais il n'y avait que cette possibilité dans cette configuration, car il n'y avait que trois personnes présentes dans les appartements du marquis, ce soir-là, et si Morgan était innocent, cela signifierait que…

Alors qu'une violente nausée fit remonter son estomac, Victoire plaqua sa main sur sa bouche. Néanmoins, *le Requin* tanguait tellement qu'elle ne sut dire si son malaise était dû à l'idée qui faisait, petit à petit, le chemin dans son esprit ou au mal de mer.

– Mon père ne m'aurait jamais caché une chose pareille, finit-elle par répondre.

– Je sais que c'est dur à accepter, dit Morgan en enfermant les bouteilles et les verres dans la desserte pour éviter qu'ils ne se cassent.

Il enfila ensuite sa chemise qu'il prit soin de boutonner jusque dans son cou.

– Vous ne savez rien, rétorqua-t-elle. Vous ne le connaissez pas !

– Et vous ? demanda-t-il en se tournant vers elle.

Victoire chérissait son père. Il était presque sa seule famille. Ils souffraient ensemble de l'absence d'un être cher irremplaçable et partageaient son souvenir. Pourtant, Victoire le connaissait-elle vraiment ? Elle admettait que la complicité n'était pas ce qui qualifiait le mieux leur relation.

– Je… Je sais que je l'aime.

Victoire se mit à réfléchir, remettant mentalement en scène les éléments de cette soirée. Les bruits, les dialogues, les cris… Ce qui lui paraissait si clair devint tout à coup brouillé.

– Comment mon père aurait-il pu la… tuer ?

Ce dernier mot s'étrangla dans sa gorge.

– C'était un accident. Il faisait sombre et elle se trouvait au mauvais endroit au mauvais moment.

Victoire recommença à faire les cent pas sur le tapis. Elle ne pouvait pas y croire.

– Non ! riposta-t-elle en pointant un doigt accusateur sur lui. Pourquoi me le dire seulement maintenant ? Vous vous seriez épargné bien des tracas en me révélant cette prétendue vérité dès le départ.

– Pardon ? s'esclaffa-t-il d'un rire sans joie. Ne me faites pas croire que vous m'auriez cru.

Il avait raison. Jamais elle n'aurait entendu une telle absurdité sortant de sa bouche. Encore aujourd'hui, elle refusait de lui donner crédit.

– Est-ce que vous avez des preuves, au moins ? s'emporta-t-elle en se dirigeant vers le bureau. Votre histoire n'a pas de sens.

Elle ouvrit tous les tiroirs, fouillant, sortant des carnets, des papiers, des objets. Elle cherchait sans chercher. Mieux valait la colère à l'accablement. Sans ça, elle s'effondrerait sur le plancher.

– Vous ne trouverez rien, lâcha-t-il sans bouger d'un pouce. Seulement ma parole. Et si ma famille était encore en vie, je pourrais jurer sur leurs têtes que ce n'est pas ma lame qui a transpercé le ventre de votre mère.

Victoire plongea son regard dans le sien et le trouva éclatant de sincérité. Mais que valait la parole d'un hors-la-loi ? Il lui fallait des réponses. Maintenant.

– Pourquoi êtes-vous venu dans le bureau de mon père ce soir-là ? demanda-t-elle.

Son regard s'assombrit alors que sa mâchoire se contractait.

– Si vous voulez que je vous croie… insista-t-elle.

Après un instant d'hésitation, il céda :

– Charles Portal, commença-t-il en se dirigeant vers les fenêtres d'un pas lourd.

– Portal… se mit à réfléchir Victoire. Ce nom ne me dit rien.

– Il était l'administrateur de Soraya, mon île natale.

Victoire comprit soudain les causes de son ignorance.

– Les îles Ferterra sont un sujet qu'il nous est fortement conseillé d'éviter, se justifia-t-elle. Je n'en connais pas la cause.

Morgan la gratifia d'un petit rire sans joie.

– Charles était le frère de la marquise de Dienne.

– La favorite du roi ? demanda Victoire avec beaucoup d'intérêt.

– Elle-même. Charles a été nommé à ses fonctions quand sa sœur a obtenu les faveurs royales. Comme beaucoup de ceux qui arrivent de Lys, c'était plus un homme de lettres que de terrain. Les administrateurs précédents arrivaient chez nous avec leurs grandes manières et leurs exigences mais ils ne tenaient pas plus de quelques mois, préférant le luxe de la Cour à la chaleur des îles. Ils nous imposaient de nouvelles restrictions, plus d'heures de travail, ce genre de choses, afin d'améliorer toujours la productivité et de se faire bien voir des nobles du royaume. Charles a fait la différence. Lui était d'une grande bonté. Et surtout, ses prétentions restaient mesurées. Il ne nous voyait pas comme une simple main-d'œuvre. Mon père était son intendant. Pendant qu'il travaillait, je passais des heures dans la bibliothèque au milieu des livres et des manuels d'études. Charles avait plus d'ouvrages que de temps pour les découvrir.

Le regard du capitaine se perdit un instant vers la mer en furie puis il se tourna de nouveau vers elle :

– Un jour, il a reçu une lettre très alarmante de sa sœur. Elle se sentait en danger.

– En danger ? reprit Victoire. Mon père voue sa vie à la sécurité du royaume et du palais, personne ne peut…

Morgan haussa les sourcils, un coup d'œil sur sa jambe et elle comprit l'allusion.

– Il y a eu un léger loupé le soir où vous êtes venu, se défendit-elle.

La bouche de Morgan se tordit en une moue sceptique.

– Parfois, la menace vient de l'intérieur… Charles a voulu prendre le prochain navire pour rejoindre sa sœur, mais juste avant son départ, une nouvelle missive est arrivée. La marquise de Dienne était décédée dans son sommeil à peine deux jours après lui avoir écrit.

– La mort de la favorite du roi a fait parler, bien sûr. Je m'en souviens, même si j'étais encore jeune, mais elle n'a jamais été officiellement considérée comme suspecte, protesta Victoire.

Où voulait-il en venir exactement ? En quoi la mort de sa mère avait-elle un quelconque lien avec cette histoire ?

– Aux yeux de son frère, elle l'était. Malgré tout, il m'a dit que ses devoirs l'obligeaient à rester à Soraya. Il a finalement décidé de me laisser sa place sur le navire marchand et de me confier un pli cacheté à remettre au roi, en main propre.

– Quel était son contenu ?

– Il ne m'a pas mis dans la confidence. Mais je pense qu'il s'agissait du nom du meurtrier de sa sœur…

À ces mots, le navire bascula violemment sur la droite. Victoire s'accrocha au bureau alors que la chaise glissait à l'autre bout de la cabine.

– Faire mon entrée dans le bureau du chancelier du roi n'était certainement pas la plus judicieuse des idées, reprit Morgan, indifférent à l'agitation. J'étais jeune, insouciant, et je me suis contenté de suivre les instructions sans réfléchir.

– C'est la seule pièce à posséder un passage secret menant vers l'extérieur, le coupa-t-elle. Si vous vouliez parler au roi discrètement, c'était en effet le meilleur moyen pour accéder à ses appartements. En revanche, seule la famille royale et mon père sont supposés en connaître l'existence.

– Vous pouvez ajouter la favorite du roi qui l'avait mentionné à son frère. Et vous-même.

Elle rougit, un peu honteuse soudainement de l'adolescente rebelle qu'elle était déjà à cette époque. Elle passait son temps à se cacher dans les moindres recoins pour fuir ses parents, ses professeurs… Son devoir.

Un silence s'étira et elle observa le capitaine ranger tous les objets déballés par ses soins.

L'un des carnets glissa de ses doigts sous l'effet d'une nouvelle secousse.

– La mer est agitée ce soir, nota Morgan en jetant un air soucieux vers l'extérieur.

– Pourquoi Charles Portal, le frère de la favorite, vous aurait-il confié cette charge ? demanda-t-elle en ignorant sa remarque.

Victoire préférait, pour l'instant, ne pas donner trop de crédit à ses explications. Comment un natif des îles Ferterra se serait-il retrouvé mêlé aux intrigues de la cour de Lys quand elle, la fille de l'homme le plus puissant du royaume, en était tenue éloignée ?

– Charles m'avait plusieurs fois surpris à lire dans ses appartements. Au lieu de me réprimander, il avait convaincu mon père de lui laisser m'inculquer la littérature, la philosophie, les mathématiques, et même le maniement des armes... Tout ce qu'on n'enseignait pas à Soraya. D'une certaine manière, il a fait de moi son pupille. Il a vu en moi... À vrai dire, je ne sais pas ce qu'il a vu.

Victoire, elle, le comprit tout de suite. : un esprit doté d'une intelligence remarquable et une détermination sans faille. Le jeune Morgan Ker ne devait pas être moins redoutable que maintenant.

Les balancements du bateau continuaient de perturber son équilibre et elle décida de s'arrimer au bois du lit.

– Toujours est-il qu'il lui fallait une personne de confiance, assez téméraire et non impliquée dans les strates du pouvoir de Lys. J'étais cette personne, déclara-t-il en la fixant d'un regard rempli de cette énergie qui le caractérisait. Je lui devais énormément et ma famille également. J'étais en âge de partir et de prendre mes propres décisions. Je n'ai pas hésité une seule seconde.

Il fit une pause, comme si son récit était terminé. Pourtant, même si ces révélations sur le passé de Morgan réussissaient à toucher le cœur de Victoire, cette explication ne lui suffisait pas. Elle ne justifiait en rien la mort de sa mère. Et à cet instant, connaître la vérité était devenu pour elle plus important que de respirer.

– Ai-je besoin de continuer ? s'étonna Morgan en fermant le dernier tiroir du bureau. Vous connaissez le déroulement de cette funeste soirée.

Victoire ne savait plus ce qu'elle savait, ce qu'elle avait réellement entendu, ce que son esprit avait imaginé selon les bruits qui lui étaient parvenus…

– Je vous ai entendu arriver, je me suis cachée dans le placard et vous êtes entré. Ensuite…

Elle tentait encore de débloquer ses souvenirs.

– J'ai entendu mon père, puis ma mère, énuméra-t-elle le doigt levé. Il y a eu une violente dispute, des menaces, mais… Tout est embrouillé, admit Victoire en s'asseyant sur le bord du lit, plongeant sa tête dans ses mains.

Les pas lourds du capitaine vinrent à sa rencontre.

– J'étais à peine arrivé dans son bureau que votre père est entré, lui expliqua-t-il d'une voix tendue.

J'ai demandé à voir le roi pour lui remettre le pli en main propre, comme demandé.

Victoire lui adressa un regard réprobateur. Exiger d'être présenté au roi de Lys sans aucune recommandation, séance tenante en plus de ça… Impossible. Ses propres sujets n'arrivaient déjà pas à obtenir audience en s'y prenant trois semaines à l'avance.

– C'était ma première mission, je n'étais pas très malin à cette époque, admit-il. À ma décharge, j'ai été surpris. La pièce était censée être vide. Votre mère s'est ensuite rajoutée à notre petite fête. Il ne manquait plus qu'un garde et nous pouvions entamer une partie de cartes…

Il lâcha un rire amer.

– Oui… Je me rappelle, dit-elle en continuant à solliciter sa mémoire. Ils me cherchaient tous les deux.

Une pointe s'enfonça dans son cœur : sa culpabilité remontait à la surface.

– Votre père m'a demandé de lui montrer la lettre, continua-t-il. Dès qu'il a vu le sceau, il a souhaité la récupérer. J'ai refusé.

– Et ensuite ?

– Il a sorti son épée et votre mère s'est interposée dès qu'il a chargé. Il n'a pas eu le temps ou l'habileté pour arrêter son mouvement. Dès qu'il l'a touchée, je me suis enfui.

– Pourquoi se serait-elle ainsi sacrifiée ? Elle ne vous connaissait pas.

– J’étais un jeune homme tout juste sorti de l’enfance… dans les âges de sa fille, répondit-il en la fixant d’un regard tendre. Je ne pense pas qu’elle voulait se sacrifier. Elle a voulu me protéger, sans se douter que votre père pousserait son geste au bout. Comme moi, elle n’a pas compris la brutalité de sa réaction.

Il déglutit, comme si, pour lui aussi, le souvenir de cette nuit fatidique remuait des émotions douloureuses.

– Tout s’est déroulé trop vite, à la lumière de la lune et d’une seule chandelle encombrant la main de votre père. Sans compter son inexpérience dans le maniement des armes… Il semblait se servir de son épée pour la première fois.

– C’était peut-être bien le cas, murmura Victoire.

Elle n’avait jamais vu son père se battre, bien qu’il porte une épée au cours de certaines cérémonies.

Victoire fixa de nouveau le plancher. Elle se sentait lasse. Vidée de toutes ses forces. Autour d’eux, le bois de la cabine grinçait tant qu’il allait finir par craquer.

– Si je comprends bien, je n’ai plus de mère, et mon père…

Elle réfléchit un instant, le regard dans le vide, puis poursuivit à demi-mot :

– Je pense que je pourrais pardonner l’accident. Il ne voulait pas la tuer. En revanche, si vous dites vrai, il vous a fait endosser la responsabilité de son crime.

Victoire interrogea le capitaine du regard, puis tout d'un coup, alors que son cerveau semblait tourner au ralenti et peiner à intégrer toutes ces nouvelles informations, elle vit toutes les pièces du casse-tête s'emboîter.

– Vous voulez m'utiliser pour laver votre nom ! comprit-elle.

– Vous seule possédez le poids suffisant pour faire pencher la balance du côté de la vérité.

Vraiment ? Alors que toutes ses convictions s'effondraient, Victoire se posait réellement la question de savoir si son père aurait accepté de salir son nom pour lui sauver la vie.

– Je ne m'attendais pas à ça.

Elle repensa à son séjour sur le bateau, à son obsession pour la mort du capitaine… Son besoin de vengeance lui avait fait occulter les causes de celle de son ennemi juré.

– À quoi vous attendiez-vous ? demanda Morgan.

– Une rançon. Après tout, nous sommes riches.

Il sourit amèrement tout en s'asseyant à son bureau.

– Tout n'est pas une histoire d'argent, déclara-t-il.

Et il suffisait de sortir de Lys pour s'en rendre compte. Les oreilles de Victoire bourdonnaient. Elle se sentait au bord du malaise.

– Vous devriez aller prendre un bol d'air.

– Peut-être bien, répondit-elle sans vraiment savoir ce qu'elle avait envie de faire de sa peau.

Après un instant d'un silence angoissant, il chercha à capter son attention :

– Victoire ?

Elle ne prit pas la peine de lui répondre ou même de le regarder.

– Victoire, reprit-il. Vous possédez une force de caractère rare. Vous pouvez surmonter cette épreuve.

Manifestement, il s'inquiétait pour sa santé mentale.

– Toutes mes certitudes se sont effondrées une à une depuis que j'ai posé le pied sur ce navire, dit-elle doucement.

Elle avait tellement honte aujourd'hui. Honte de son pays, de son mode de vie, de sa famille… D'elle-même. Abattue comme jamais, elle se mit à fixer le sol.

– Vous n'êtes pas lui, reprit-il soudain.

Ce ton sincère et réconfortant, presque tendre, fit une percée dans son cœur meurtri.

– Ce qui me semble être une bonne nouvelle, avoua Victoire. Je n'ai aucun argument valable pour prouver que ce que vous affirmez est faux, alors si je fais le choix de vous croire aujourd'hui, d'accepter que mon père ait tué ma mère… Je crois que je n'ai plus de famille.

CHAPITRE 27

VICTOIRE

La pièce n'était plus que balancement au gré des vagues. Les seuls bruits qui résonnaient étaient le tintement des objets qui supportaient mal l'agitation. Victoire fixait une boussole qui glissait d'un bout à l'autre d'une étagère depuis de longues minutes, perdue dans ses pensées.

Faire le tri dans toutes ces révélations lui semblait impossible. Elle n'arrivait déjà pas à gérer ses émotions…

Sans prévenir, Morgan vint s'installer à ses côtés. Elle était toujours assise au bord du matelas, les pieds dans le vide. Il vint ainsi se caler contre la tête du lit et étendre ses jambes derrière les fesses de Victoire. Dans sa manœuvre, ses traits se déformèrent dans une grimace de douleur.

– Je vous ai fait forcer sur votre cuisse, constata Victoire.

– Quelques heures de repos et il n'y paraîtra plus, répondit-il en fermant ses paupières.

Il était attirant même quand il dormait. Quelques mèches souples sortaient de son chignon et ne demandaient qu'à s'enrouler autour de son doigt. Ce que ses cils étaient longs et épais… Et que dire de ces lèvres charnues qui appelaient les siennes ?

– À quoi pensez-vous ?

D'un œil ouvert, il la dévisageait.

Elle sentit ses joues chauffer alors qu'elle détournait le regard. Est-ce qu'elle était prête à le croire simplement pour justifier cette attirance contre laquelle elle était lasse de lutter ? Tout serait plus simple s'il n'était pas son ennemi…

– Au simple fait que vous devez vous sentir soulagé, mentit-elle.

– Pour quelle raison ?

– Je n'ai plus aucune raison de vous tuer.

Un sourire étira le coin de ses lèvres.

– Je garde tout de même quelques prédispositions à me faire détester de vous.

Victoire gratifia sa plaisanterie d'un fébrile sourire.

– Ne vous emballez pas, capitaine. J'ai dit que je n'avais plus aucune raison de vouloir votre mort. Je n'ai pas dit que je n'en avais plus aucune de vous détester.

Le regard qu'ils échangèrent était lourd de sous-entendus, mais aucun d'eux ne se permit d'aller plus loin dans cette conversation. Un silence plus apaisant prit donc place entre eux, jusqu'à ce que

Victoire se sente fléchir sous l'observation du capitaine.

Elle reporta son attention sur le ciel d'un gris menaçant par-delà les vitraux, jusqu'à ce que la chute d'une chaise la fasse sursauter.

Le capitaine posa sa main chaude sur la sienne et elle dut prendre une grande inspiration pour ne pas s'étrangler avec sa salive.

– Nous arrivons dans quelques jours, reprit-il. Je pense que vous vous plairez sur mon île.

– Vous semblez oublier mon statut de prisonnière.

– Vous n'êtes quand même pas aux fers, lui rétorqua-t-il en pressant ses doigts sur les siens. Je fais tout pour vous être agréable. Et je vous assure que ce n'est pas de tout repos.

– J'en suis vraiment désolée pour vous. Vous voulez un mouchoir ?

L'esquisse d'un sourire déforma le coin des lèvres de Morgan.

– Cela ne devait pas se passer ainsi. Je devais seulement vous garder sur le navire le temps des négociations. Cette cohabitation forcée est de votre fait, lui reprocha-t-il. Si vous n'aviez pas mis les pieds sur *le Requin*…

– Si je comprends bien, tout est ma faute.

– Oui, acquiesça-t-il malicieusement.

Quand elle voulut retirer sa main de dessous la sienne, il l'en empêcha. Puis il referma ses paupières comme si de rien n'était.

– *Le Requin* bouge beaucoup, non ? demanda-t-elle alors qu'une autre chaise tombait.

– C'est normal, nous sommes en pleine mer des Damnés, lui répondit-il calmement. Détendez-vous.

Plus facile à dire qu'à faire ! La nausée étant bien installée, elle lui laissait un terrible goût dans la bouche.

Plusieurs coups frappés les sortirent de leur bulle.

– Capitaine, tempête en vue ! annonça Cassegrains alors qu'un coup de tonnerre éclatait juste au-dessus d'eux.

– Il ne manquait plus que ça, marmonna le capitaine en bondissant du lit. Venez.

Sa main toujours dans la sienne, il les entraîna à l'extérieur, sur la coursive et s'agrippa à la rambarde pour scruter l'horizon. Restant derrière lui, Victoire leva le nez vers le ciel. Celui-ci était noir teinté de jaune, embrasé par des lignes d'éclairs. Le vent avait une force qui l'aurait presque fait tomber. La mer se déchaînait avec ses creux et ses vagues gigantesques.

– Courons-nous un grand danger ? demanda-t-elle en avisant l'inquiétude chez le capitaine.

– Tout dépend de l'ampleur de la tempête, cria-t-il pour se faire entendre, malgré le vent. Rassurez-vous, *le Requin* est solide.

– Mais si jamais…

– Restez dans votre cabine, la coupa-t-il juste avant de boiter en direction du pont.

Ne voulant pas lui donner plus de tracas qu'il ne semblait en avoir, Victoire préféra obtempérer.

À peine était-elle entrée dans sa cabine qu'une pluie torrentielle s'abattit sur les vitraux. Elle se transforma rapidement en grêle, accompagnée des grondements puissants du tonnerre. Victoire avait l'impression que le ciel allait leur tomber sur la tête. Le navire se mit tellement à tanguer que cette fois, ce fut le gros mobilier qui passa d'un bout à l'autre de la pièce. Elle n'avait aucune prise à laquelle se rattacher puisque le bureau et le lit étaient à leur tour emportés dans le tumulte. Au contraire, elle devait maintenant les éviter pour ne pas se faire écraser.

Elle glissa au sol et se laissa porter par les vagues, roulant d'un bout à l'autre de la pièce, les mains sur la tête pour se protéger des divers objets qui tombaient.

Que se passait-il sur le pont ? Avec sa jambe blessée, le capitaine ne risquait-il pas plus sa vie que d'habitude ? Et l'équipage ? Elle n'eut pas le loisir de s'inquiéter davantage : fracassant la porte, des trombes d'eau envahirent la cabine.

Victoire hurla à pleins poumons.

Dès que l'eau toucha ses genoux, elle comprit que l'issue serait tragique. À Lys, les femmes n'apprenaient pas à nager. Il était compliqué de passer inaperçu dans les lacs du palais… De toutes les épreuves qu'elle avait franchies sur *le Requin*, celle-ci lui parut la plus terrible. Contre un humain, elle pouvait se battre, mais contre l'eau, elle était impuissante.

Avec difficulté, elle rampa dans le coin le plus éloigné de la porte et tenta de se redresser pour se tenir fébrilement sur ses jambes. Acculée, tétanisée, Victoire regardait l'eau s'engouffrer en masse par projections d'une violence inouïe. Les vagues glacées atteignirent rapidement ses genoux puis ses hanches. Se plaquant le plus possible contre la paroi, elle luttait de toutes ses forces pour ne pas glisser et sombrer sous l'eau.

Une énième bourrasque fit alors exploser la fenêtre. Victoire n'eut d'autre choix que de se baisser pour éviter les bouts de verre qui se répandirent dans le bassin d'eau salée que formait maintenant la cabine. Une fois immergée, elle ne put que suivre l'élévation rapide du niveau de l'eau en tentant de garder les pieds au sol. Elle se mit à suffoquer alors qu'une vague l'obligeait à boire une rasade de bouillon salé.

Cette fois, le capitaine n'était pas là pour lui tendre sa main…

– Victoire ! entendit-elle crier. Victoire !

Entre deux remous, elle distingua une silhouette. Accroché à la porte, Morgan l'appelait.

– Venez ! hurla-t-il.

– Je… Je ne peux pas !

Jamais elle ne pourrait le rejoindre vivante. Le courant était trop fort pour qu'elle puisse marcher jusqu'à lui. Et de toute manière, ses membres refusaient de lui obéir.

Le capitaine commença alors à se débattre dans la mer déchaînée pour parvenir jusqu'à elle. Il glissait et disparaissait pour réapparaître brusquement plusieurs fois de suite, si bien qu'elle crut ne jamais le voir arriver.

Alors que ses jambes commençaient à ne plus pouvoir supporter la pression de l'eau, elle se sentit brusquement tirée par le bras et avec force. Les éclaboussures l'empêchèrent de crier sa peur, mais le parcours lui sembla durer des heures. Elle se trouva immergée plusieurs fois, de l'eau remonta dans sa gorge et son nez puis des bouts de verre griffèrent ses chevilles. Cependant, ils réussirent à traverser la pièce, relativement indemnes.

Une fois qu'ils furent dehors, le niveau de l'eau redescendit jusqu'à leurs chevilles. Victoire toussa si fort qu'elle crut cracher ses poumons. Elle s'accrocha à son sauveur, le front niché au creux de son cou, les ongles enfoncés dans la peau de ses bras.

La tempête ne leur laissa malheureusement aucun répit. Leurs visages fouettés par la pluie et le vent, ils ne distinguaient rien à moins d'un mètre. La prochaine vague allait certainement les projeter par-dessus bord…

– Venez ! hurla Morgan en l'attirant vers l'arrière du bateau.

Ils tombèrent trois fois, emportés par d'énormes rouleaux qui balayaient tout sur leur passage. Elle tremblait de froid, ses muscles protestaient, fatigués de lutter contre les éléments, et la peur la paralysait. Cependant, Morgan déploya assez de force pour deux et ne la lâcha pas jusqu'à ce qu'ils parviennent au bout de la passerelle.

Dès qu'ils eurent pris de la hauteur, il décrocha un cordage et plaqua Victoire contre la paroi sans aucune délicatesse. Victoire avisa la nouvelle vague qui s'apprêtait à leur tomber dessus alors qu'il se collait contre elle pour les ficeler ensemble contre la rambarde. Il eut tout juste le temps de finir le nœud avant qu'une nouvelle projection d'eau ne les submerge.

À l'aide de son corps, il essaya de la protéger. Il se courba le plus possible et l'enveloppa dans ses bras, mais ce combat semblait perdu d'avance. L'eau se retira, puis revint sur eux, sans leur laisser plus de quelques secondes de répit. De multiples fois, alors que la coque semblait happée par le creux des vagues et que son estomac menaçait de sortir de sa gorge, Victoire crut que le bateau allait les emporter au fond de la mer des Damnés.

Le calvaire se poursuivit encore et encore. Combien de temps était-il possible de tenir ainsi ligotés l'un à l'autre ? Comme s'il lisait dans ses pensées, les bras de Morgan se resserrèrent encore autour de Victoire qui répondit à ce geste en s'accrochant à son cou. Si le capitaine n'avait pas pris le soin de l'attacher au moyen de cordes, ses jambes ne la porteraient déjà plus.

À plusieurs reprises, elle sentit qu'il la secouait violemment, essayant certainement de lui faire reprendre ses esprits. Elle était tellement fatiguée. Elle voulait ouvrir les yeux. Vraiment. Mais la violence de l'instant était bien trop grande, le ciel bien trop en colère, et la mer, impatiente de les avaler.

Victoire lutta jusqu'à l'épuisement pour se laisser finalement emporter par les ténèbres.

CHAPITRE 28

VICTOIRE

– Victoire. Victoire…

La voix était lointaine, mais reconnaissable. Grave, un peu cassée. Bien plus agréable que cette main qui tapotait sa joue.

– Ouvrez les yeux, lui intima-t-il au creux de l'oreille.

Victoire s'exécuta docilement malgré la lourdeur de ses paupières.

Les yeux verts de Morgan furent la première chose qu'elle vit, puis elle distingua derrière lui le bleu du ciel. Le soleil distillait une lumière chaude et réconfortante. Plus de pluie, juste un peu de vent. Les vagues ne menaçaient plus de les engloutir.

– C'est terminé ? demanda-t-elle incrédule.

– Pour cette fois.

Ils étaient toujours ficelés l'un à l'autre, mais elle ne s'en plaignait pas. Au contraire, elle ferma de nouveau les yeux et savoura ce retour au calme, et cette intimité inédite partagée avec le capitaine.

– C'est incroyable. Nous sommes vivants, déclara-t-elle en redressant la tête vers lui. Combien de temps suis-je restée inconsciente ?

– Juste assez pour vous épargner l'apothéose de la tempête.

– Il y a eu pire ?!

– Je me suis dit que si *le Requin* arrivait à ressortir de ce creux gigantesque, il ne verrait jamais rien de plus profond.

Victoire frissonna. Comment *le Requin* avait pu tenir aussi longtemps en activité ?

– N'y a-t-il pas la possibilité de les éviter ?

– Totalement ? Non. Malgré tout, Briac savait nous éloigner du cœur des tempêtes.

– Un bon navigateur, constata Victoire.

– Le meilleur, déclara Morgan avec émotion.

Il sembla se perdre un instant dans ses souvenirs, le menton tourné vers le gouvernail, aujourd'hui tenu par un autre.

– Quel était cet air que vous avez sifflé lors de la cérémonie de deuil ?

Morgan lui offrit un sourire nostalgique.

– Gamins, nous l'avions inventé. Nous le chantions tous les jours sur le chemin de l'école.

Les mains posées à plat sur son torse, Victoire ressentit la brèche ouverte de sa peine, mais le capitaine s'empressa de la refermer.

– Alors, comment trouvez-vous ce petit séjour parmi nous ? se reprit-il tout en ébrouant ses cheveux.

C'était ironique, elle le savait. Et pourtant, alors qu'elle détournait la tête pour éviter les gouttes salées, cette question déclencha dans son esprit une révélation :

– Parlez-vous de la punition, de la planche, de l'attaque, du duel ou de la tempête ? demanda-t-elle en plantant ses yeux dans les siens. Je n'ai jamais autant connu la douleur, la peur et la colère que depuis que je suis à vos côtés. Et pourtant…

Elle s'interrompit, la gorge nouée. Morgan semblait suspendu à ses lèvres, mais elle n'osait aller plus loin dans cet aveu. Ou peut-être refusait-elle de se l'avouer à elle-même ?

– Pourtant ? insista-t-il en haussant l'un de ses sourcils.

– Je me sens libre, lâcha-t-elle finalement. Ironique, non ? Après tout, je suis votre prisonnière.

À son regard brillant, elle comprit que ses mots venaient de le toucher. Elle ne l'avait pas forcément remarqué, mais leurs nez se touchaient presque et leurs souffles se mélangeaient. Pour la première fois, Victoire éprouvait le besoin impérieux d'embrasser un homme. Que donneraient ces lèvres charnues sur les siennes ?

Quelle idiote ! pensa-t-elle.

– Ne me dites pas ça, lâcha-t-il de sa voix au timbre cassé. C'est devenu tellement compliqué…

Les yeux fermés, il serra nerveusement ses mâchoires. Il semblait lutter contre une force invisible.

– Je ne comprends pas, s'étonna Victoire.

– Évidemment, répondit-il d'un ton amer. Vous excellez dans l'art de manier l'épée mais pour le reste…

– Le reste ?

– Les relations humaines. Vous êtes d'une nullité absolue, déclara-t-il en rouvrant les yeux.

– Je ne vous permets…

Coupant court à ses protestations, Morgan posa brusquement ses lèvres sur les siennes. C'était nouveau, déroutant, enivrant. À la fois doux et violent. Urgent. Du bout de sa langue, il approfondit le baiser, provoquant une sensation brûlante incroyablement délicieuse au creux de ses reins. Il se détachait, lui laissait un instant pour reprendre son souffle, puis revenait avec plus d'ardeur. Jamais Victoire ne s'était sentie aussi légère, mais son cœur battait si fort dans sa poitrine qu'il lui sembla que Morgan pouvait l'entendre. Elle émit un petit gémissement de plaisir.

– J'aime beaucoup votre petit nez, murmura-t-il en déposant un chaste baiser dessus.

Ce simple compliment la fit sourire, car pour la première fois, elle se sentait voluptueuse, désirable, conquérante. Ce fut elle qui revint vers lui. S'accrochant à son cou, elle reprit leur baiser avec une détermination à laquelle il répondit par un grondement appréciateur. Ce son acheva d'embraser les quelques parties du corps de Victoire qui n'avaient pas encore succombé.

Morgan rompit ce contact en effleurant délicatement la lèvre de Victoire du bout du doigt. Il observait avidement sa bouche avec un désir si évident qu'elle se demanda ce qu'il lui réservait. Il fondit alors sur elle pour emprisonner sa lèvre inférieure entre ses dents, puis la mordiller subtilement en plusieurs endroits. C'était déroutant. Déroutant et délicieux à la fois. Sauvage. Victoire enfonça un peu plus ses doigts dans la large poitrine qui se soulevait à un rythme effréné et sursauta quand elle sentit deux grandes mains chaudes se poser sur ses hanches. D'un geste ferme, il l'attira un peu plus à lui.

– Capitaine ! cria quelqu'un au loin.

Ils s'éloignèrent de concert, rompant brusquement leur étreinte. Morgan n'eut aucune difficulté à reprendre ses esprits puisqu'il tourna la tête en direction de ses hommes, un masque froid sur le visage.

Pendant que Cassegrains et Grandsec s'approchaient d'eux, du bout de ses doigts, Victoire effleura ses lèvres gonflées et humides. Avait-elle été à la hauteur ? Ou plutôt maladroite ? Elle ne souhaitait pas passer pour une gourde sans aucune expérience alors qu'il devait avoir perdu le compte des bouches sur lesquelles il avait posé la sienne.

– Tenez, capitaine ! dit Cassegrains en lui tendant un couteau que Morgan s'empressa de saisir.

Comme à son habitude, Grandsec resta un peu en retrait. Morgan sectionna les cordes qui le liaient à Victoire d'un geste sec et précis. Elle fut si surprise par la sensation de liberté qu'elle se serait écroulée sur le sol s'il ne l'avait pas rattrapée.

– Sommes-nous au complet ? demanda-t-il à ses hommes en la tenant d'une main.

– Oui, capitaine, confirma Cassegrains. Mais on a perdu beaucoup de vivres et le mât de misaine a été sectionné.

– C'est un moindre mal, déclara Morgan. Beaucoup d'eau à sortir ?

– Oui, capitaine. On a commencé à écoper.

– Vous pouvez y retourner. Je vous rejoins.

Les deux pirates acquiescèrent avant de faire demi-tour.

– Je peux vous lâcher ? s'assura alors Morgan en reportant son attention sur elle.

Mal à l'aise après ce retour brutal à la réalité, Victoire chercha à retrouver ses appuis tout en repoussant le bras tendu.

– Oui, c'est bon maintenant, merci.

Ses jambes flageolaient tellement qu'elle crut s'écrouler, mais elle ne souhaitait pas apparaître plus faible qu'elle ne l'avait déjà été. Surtout maintenant que son navire prenait l'eau…

– Vos hommes ont besoin de vous, ajouta-t-elle.

Les yeux rivés au sol, elle refusait de lever le menton vers lui, de peur de l'affronter.

– Vous avez raison, répondit-il après quelques instants d'hésitation. Je vais vous envoyer le chirurgien afin qu'il vous examine.

– Non, merci, je vais bien.

– Comme vous voudrez.

Il tourna les talons et partit en direction du pont. Elle l'entendit s'éloigner, et étonnamment, en ressentit un soulagement évident. Elle devait faire le point sur ses pensées ainsi que sur ses émotions, et c'était impossible d'y parvenir quand Morgan Ker la touchait ou se trouvait simplement trop proche.

Une fois le capitaine hors de sa vue, elle s'adossa à la paroi et se laissa glisser jusqu'au sol en position assise. Le soleil perçait au travers des nuages. Elle ferma les yeux et profita de ses rayons qui réchauffaient sa peau trempée. Au loin, les voix de l'équipage se faisaient entendre. Chacun s'activait pour remettre *le Requin* en état. Cette agitation apportait un vent de réconfort après la tempête à laquelle chacun avait dû faire face. Elle se promit d'aller les rejoindre pour apporter un peu d'aide dès que ses jambes accepteraient de la porter de nouveau.

Seulement pour l'instant, elle peinait simplement à reprendre son souffle. Le duel, son père, la tempête, le baiser… Tout s'était enchaîné trop vite. Néanmoins, même si son avenir n'était qu'incertitude, elle n'était pas mécontente d'avoir la chance de vivre un jour de plus.

– Le capitaine m'a demandé de venir vous voir.

Relevant l'une de ses paupières, Victoire avisa la silhouette élancée d'Andrass. Ses habits étaient aussi trempés que les siens et de lourds cernes creusaient son visage, mais au moins, lui tenait toujours debout.

– Il n'a pas pu s'en empêcher, marmonna-t-elle.

Morgan la considérait bien comme une petite chose fragile et elle détestait cette idée.

– Il se soucie de votre état de santé, comme il le fait pour chacun des membres de son équipage, la reprit Andrass en s'agenouillant.

Victoire n'avait pas envisagé les choses sous cet angle et l'idée qu'elle prenait désormais sa place sur ce navire lui apporta un étrange sentiment de satisfaction.

– Y a-t-il beaucoup de blessés ? s'inquiéta-t-elle.

– Non, seulement quelques bosses et une foulure. Tirez la langue, lui intima-t-il en palpant son cou du bout de ses doigts.

Il l'examina pendant un long moment, en silence.

– Vous avez des vertiges ?

– Non. Je me sens juste très faible.

– Le contrecoup de la tempête, certainement.

– C'est exactement ce que je lui ai dit…

Cette remarque eut le mérite d'arracher un demi-sourire au chirurgien.

– Reposez-vous. Je vais essayer de vous trouver du sucre.

– Il ne reste plus grand-chose apparemment, protesta-t-elle.

– Je vais aller vérifier.

– Merci.

Victoire se surprit à observer Andrass avec attention alors qu'il paraissait, lui, se soucier sincèrement d'elle. Ses traits tirés faisaient ressortir des pommettes déjà saillantes et les pointes de son visage anguleux. Des gouttes d'eau s'accrochaient à sa grosse moustache.

– Vous ne vous sentez pas trop secoué ? reprit-elle.

– Un peu. On ne vit pas cela tous les jours.

– Comment vous êtes-vous protégé ?

– En plus d'être expérimentés, ces hommes ont un sens de l'entraide hors norme, dit-il en se relevant. Sans leur soutien, je ne m'en serais pas sorti.

Victoire réalisa soudain que si Morgan ne l'avait pas protégée, elle n'aurait certainement pas bénéficié des mêmes faveurs de l'équipage.

– Ils vous ont accueilli à bras ouverts sur *le Requin*…

– Il faut dire que je n'ai pas essayé de tuer leur capitaine !

Ils échangèrent un rire bref.

– Ne vous sous-estimez pas, reprit Andrass avec sérieux. Je trouve que vous vous adaptez assez bien à la situation, et d'ailleurs, je ne crois pas que le capitaine Ker se fasse mener par le bout du nez aussi souvent que ça.

– Mener par le bout du nez ? Mais non enfin, vous vous trompez, se défendit Victoire.

Elle l'avait pris pour un érudit rempli de bon sens, elle s'était fourvoyée. Néanmoins, la lueur malicieuse qui dansait dans les yeux d'Andrass lui fit sentir qu'il l'avait amenée exactement là où il voulait.

– Si vous le dites… conclut-il en la laissant à ses réflexions.

CHAPITRE 29

VICTOIRE

Après une deuxième cuillère de sucre en bouche, Victoire se sentit beaucoup mieux. Maintenant qu'elle avait survécu à plus d'épreuves en quelques semaines qu'en une vie entière au royaume de Lys, elle était bien déterminée à profiter pleinement de son existence. Et pour cela, il fallait avant tout survivre dans cet environnement hostile qu'était *le Requin*. Elle devait donc impérativement se faire accepter des membres de l'équipage.

À Lys, Victoire refusait toute idée de communautarisme et mettait un point d'honneur à rester en retrait de chaque mouvement de groupe. Peu lui importait le regard des autres ou sa réputation, mais les choses étaient bien différentes ici. Ces hommes avaient le pouvoir de faire de son existence un véritable enfer. Ils étaient une grande famille dans laquelle ils pouvaient compter les uns sur les autres, et elle avait attaqué le patriarche…

Ses doigts effleurant ses lèvres, elle repensa au baiser mais se reprit bien vite. Il soulevait bien trop de questions pour le moment.

Elle préféra arrêter de ruminer et rejoignit le pont, où elle fit face à l'ampleur des dégâts. Le mât avant était cassé, la partie haute tombée au milieu du passage et divers objets parsemaient les planches. Sur la gauche, l'équipage formait une chaîne qui sortait de l'escalier menant aux cales pour aller jusqu'à la paroi du navire. Les seaux passaient de main en main à un rythme soutenu.

L'évacuation de l'eau mobilisait tellement de monde que seuls deux hommes s'affairaient à remettre de l'ordre dans tout ce fouillis. Elle reconnut facilement Cassegrains et Grandsec et y vit l'occasion de commencer son intégration sans prendre énormément de risques.

– Que faites-vous ? leur demanda-t-elle en arrivant à leur hauteur.

Grandsec n'eut pas un franc mouvement de peur, mais il recula tout de même de quelques pas à son arrivée. Cassegrains, lui, se redressa simplement pour la toiser d'un air mauvais.

– On met de l'ordre, répondit-il après une hésitation.

– Je me disais que je pourrais éventuellement aider… se risqua-t-elle en avisant le reste de l'équipage occupé à écoper.

Les deux matelots échangèrent un regard dont eux seuls pouvaient comprendre le sens, mais ils parvinrent à un accord, puisque Cassegrains trancha :

– Ramassez tout ce que vous trouvez et fourrez-le dans ce coin, là.

Sans discuter, elle acquiesça et se mit immédiatement à l'œuvre, accumulant dans ses bras le plus d'objets possible pour les entasser dans l'endroit indiqué. Il y avait des bouts de planche, des habits, de la nourriture imbibée d'eau, des bouts de caisse et de tonneaux, mais aussi des poissons, des crustacés et d'autres animaux morts.

– Elle va pas vous manger, lui dit Cassegrains alors qu'elle se tenait devant le cadavre d'une poule.

– La pauvre, se lamenta Victoire.

– Elle pondra plus d'œufs, mais ça nous fera un bon poulet rôti, déclara-t-il en ramassant le volatile.

Eh bien, Victoire allait vraisemblablement devoir mettre sa sensibilité de côté si elle voulait s'intégrer à l'équipage !

– Dites… Pourquoi votre ami me fuit de la sorte ? lui demanda Victoire en récupérant quelques morceaux de verre brisé.

– C'est mon frère, rétorqua-t-il sèchement.

Victoire hésita, cette révélation ayant du mal à faire sens dans son esprit. Est-ce qu'il le désignait comme un frère de cœur ou bien ces deux hommes avaient-ils véritablement des parents communs ?

Elle n'eut pas le temps d'approfondir la question – et sa curiosité aurait sûrement paru déplacée aux yeux des deux pirates – que Cassegrains reprit :

– Il a peur des femmes, expliqua-t-il d'un air désolé.

Victoire sentit qu'elle avait enfin l'opportunité d'avoir une discussion avec lui et décida d'en profiter, tout en amassant dans ses bras plusieurs parties d'une des voiles du navire.

– Pourquoi ?

– Hum, hésita-t-il. Il a pas connu notre mère, c'est peut-être pour ça.

– Oui, peut-être, reprit Victoire en observant Grandsec étaler une voile encore entière sur le sol afin de la replier.

Satisfaite de cette première approche, elle poursuivit sa tâche sans insister, essayant de ne rien oublier au passage. Le soleil perçait les nuages et chauffait la peau de son cou de façon très agréable.

Après plusieurs allers-retours qui lui donnèrent le tournis, le pont fut nettoyé. Peu habituée à fournir autant d'efforts, elle se serait bien reposée en dégustant une bonne soupe chaude. Cependant, les deux pirates, eux, s'attelaient désormais aux cordages. Après une grande inspiration, elle se dirigea de nouveau vers Cassegrains, tentant d'éviter de faire peur à son frère.

– Que faites-vous ?

– Des nœuds. Il faut réparer les cordages de la voile, ajouta-t-il d'un ton beaucoup moins vindicatif qui donna confiance à Victoire.

– Je peux essayer ?

– Pourquoi pas, marmonna-t-il.

Après l'avoir observé faire, Victoire se saisit d'une corde cassée et commença à l'enrouler dans tous les sens. Le pirate lui jetait des coups d'œil réprobateurs.

– Donnez-moi ça, s'agaça-t-il au bout d'un moment.

Elle crut qu'il lui avait confisqué sa corde, mais il se mit à lui faire une leçon :

– On fait le tour du puits, on entre dans le puits, on ressort, on refait le tour et on serre, lui montra-t-il.

À première vue, la tâche paraissait facile, mais Victoire craignait de mettre une éternité à maîtriser ce nœud. Même si elle ne voulait absolument pas paraître ridicule, elle emmêla la corde au premier essai.

– La peste ! s'énerva-t-elle, honteuse.

Un peu plus loin, Grandsec s'esclaffa. Lorsqu'elle se redressa, elle constata que Cassegrains affichait également un sourire moqueur.

– Dites, Cassegrains et Grandsec, ce ne sont pas de vrais prénoms, si ?

– Non. C'est l'équipage qui nous a baptisés comme ça un jour et c'est resté.

– Je me nomme Victoire.

– On sait comment vous vous appelez, répondit-il sèchement.

Elle ne lui en tint pas rigueur. Pour eux, elle était Victoire de Torcy, fille du chancelier de Torcy qui recherchait leur capitaine pour lui faire payer un meurtre dont il n'était peut-être pas coupable.

– Grandsec, je comprends, reprit Victoire en avisant l'allure dégingandée du plus jeune. Mais pourquoi Cassegrains ? demande-t-elle afin de revenir à un sujet plus léger.

– Je casse toutes les coques des graines avec mes dents, répondit-il en la gratifiant d'un sourire qui dévoilait sa dentition exécrable.

– Je vois…

– Le capitaine me fâche à chaque fois. Il dit que je vais plus avoir de dents.

– Il a raison.

– Voilà qui fait plaisir à entendre ! déclara Morgan derrière elle.

Évidemment, il fallait qu'il arrive maintenant ! Il avait toujours l'art de la surprendre quand elle parlait de lui… Victoire se retourna et le contempla de haut en bas. Il avait détaché ses mèches et quitté sa longue redingote, certainement pour faire sécher le tout. Sa chemise blanche était amplement ouverte, laissant apparaître ce torse qui ne souffrait plus aucun secret.

– Je ne vous avais pas entendu venir, dit-elle en détournant subitement le regard.

– Le pont est propre, lança-t-il à l'intention de ses hommes. Vous avez eu de l'aide, à ce qu'on m'a dit ?

– Oui capitaine, répondit Cassegrains tout en continuant ses nœuds.

– Vous êtes informé de tout, ne put s'empêcher de lui faire remarquer Victoire.

Elle n'avait pas forcément voulu que ses initiatives viennent aux oreilles du capitaine.

– C'est mon rôle, répondit-il d'un ton très détaché.

Bien qu'il ait un comportement semblable à son habitude, Victoire sentit un trouble prendre place entre eux. Lourd. Pesant. Le poids de leur baiser ?

– Je cherchais seulement à aider. Je ne supporte pas d'être inutile.

– C'est tout à votre honneur.

Un silence s'installa, sous les regards intrigués de Cassegrains et Grandsec. Mal à l'aise, Victoire décida de le rompre.

– Reste-t-il beaucoup d'eau ? Je pourrais faire partie de la chaîne.

– Il n'en reste plus énormément.

– Confiez-moi une autre tâche alors, proposa Victoire.

– Il n'y a pas vraiment de quoi occuper une femme sur *le Requin*.

– Pourquoi ? Parce qu'il n'y a rien à tricoter ou à broder ? Je sais faire d'autres choses !

Le capitaine laissa échapper un sourire doux.

– Je m'en doutais un peu.

– Dans ce cas, vous ne verrez aucun inconvénient à ce que je continue l'apprentissage des nœuds ?

– Pourquoi voulez-vous apprendre à faire des nœuds ? demanda-t-il.

– Il vous faut un successeur. Vous n'êtes pas immortel.

Cette réplique déclencha un rire franc chez Cassegrains et Grandsec.

– Vous ne manquez pas d'ambition, souligna Morgan en arquant un sourcil. Une femme pirate ?

– Et pourquoi pas ?

– Pourquoi pas... lâcha-t-il en ramassant un cordage.

À son tour, il lui fit une démonstration, mais sans les explications. Seulement les gestes. Lentement, méthodiquement, s'assurant qu'elle avait bien saisi chaque étape.

– Tenez, à votre tour, dit-il en lui tendant la corde.

Alors qu'elle commençait à s'exercer, elle le vit sortir une sorte de petit bâton noir qu'il coinça entre ses dents. Elle fit le rapprochement avec l'odeur si particulière de son haleine.

– Qu'est-ce que c'est ?

– De la réglisse, répondit-il tout en mâchouillant le bâtonnet.

Elle se perdit un instant dans l'observation de ses lèvres autour du morceau de bois. Il ne cherchait pas à le croquer, il mastiquait juste, par habitude.

– Concentrez-vous, lui intima-t-il en lui faisant un signe du doigt.

– Est-ce bon ? reprit-elle.

– C'est particulier. Vous n'aimeriez pas.

– Je n'apprécie pas qu'on me dise ce que j'aime ou pas.

– Mais je sais que vous n'aimerez pas, insista-t-il avec un regard appuyé.

Victoire le gratifia d'un regard désapprobateur.

– Si vous y tenez… dit-il en lui fourrant son propre bâtonnet directement entre les dents. Mâchez.

Elle s'exécuta et retira aussitôt le bout de réglisse de sa bouche en grimaçant de dégoût.

– Quelle horreur !

– Je vous l'avais dit, dit-il nonchalamment en reprenant le bâton pour le remettre dans sa bouche.

– Je ne sais pas comment vous faites pour supporter cette amertume.

– C'est excellent pour les dents, après chaque repas.

Victoire devait reconnaître qu'il avait une dentition impeccable, mais à quel prix ? Elle se promit de trouver un grand verre d'eau pour se rincer la gorge !

Alors qu'elle passait son doigt sur sa langue pour en ôter le goût, le regard du capitaine resta concentré sur sa bouche. Victoire sentit le rouge lui monter aux joues. Instinctivement, sa langue se mit à passer sur les endroits où il l'avait mordue.

– Vous avez mal ? s'inquiéta-t-il.

– Non, s'empressa-t-elle de répondre en rangeant sa langue dans sa bouche, un regard en coin pour les deux matelots qui semblaient pourtant ignorer leur échange.

Devait-elle aborder le sujet ? Allait-il le faire maintenant ? Ce n'était ni l'endroit ni le moment, et elle n'était même pas sûre d'avoir envie d'en reparler. Pourtant, une part d'elle-même voulait désespérément savoir ce que le capitaine pensait d'elle en cet instant.

– Alors, ce nœud, s'impatienta Morgan en désignant la corde qu'elle tenait encore dans ses mains.

Elle regarda ses doigts, emmêlés dans les boucles qu'elle tentait de réaliser.

– Je crois que je ne suis pas très douée, se lamenta-t-elle en lui mettant son œuvre sous le nez.

– Nous dirons que c'est un début.

La grimace de Morgan n'avait rien d'encourageant. Peu importe, elle préférait les activités plus physiques !

– Vous n'auriez pas une autre corvée à me confier ?

– Demain c'est jour de lessive sur le pont, lâcha-t-il. C'est une tâche de grande envergure, réalisée habituellement par mes hommes.

Victoire ne put cacher un sourire de satisfaction. Voilà une occasion de prouver qu'elle n'était pas une petite chose fragile !

CHAPITRE 30

VICTOIRE

– Combien en reste-t-il ? demanda Victoire tout en s'essuyant le front.

– Encore deux bassines, répondit Kiram en déposant le linge à ses pieds. Vous aviez jamais fait ça avant, je parie.

– Jamais, expira-t-elle sous l'effort.

– Et vous avez tout lavé toute seule. D'habitude on est au moins dix.

Les mains sur ses hanches, Kiram contemplait les chemises étendues sur les cordes qui traversaient le pont sur toute la largeur. En comptant Grandsec et Cassegrains, ils étaient désormais trois membres de l'équipage à lui adresser la parole. Une belle réussite !

– J'ai mis quatre jours alors que la moitié des vêtements est partie au fond de la mer… se lamenta-t-elle.

– Quand même, c'est pas rien, insista-t-il. Vous allez sentir le savon pendant un moment.

Victoire esquissa un sourire avant de se remettre à la tâche. Maintenant qu'elle avait pris le pli, ses mouvements devenaient presque mécaniques.

– Tous les navires fonctionnent ainsi ? demanda-t-elle alors qu'il restait à la regarder.

– Non, seulement celui du capitaine Ker. Il déteste le sale, ça apporte la maladie. Il faut être propre, bien manger, boire de l'eau arrangée quand y en a assez. Et nettoyer le bateau.

Victoire acquiesça. Ce discours revenait souvent chez les pirates, parfois teinté d'admiration, parfois par habitude.

Kiram allait partir, mais la curiosité de Victoire la poussa à relancer la conversation.

– Vous êtes content de rentrer ? demanda-t-elle.

– On est toujours contents de rentrer à Jakoba.

– Jakoba ?

– Oui, c'est chez nous.

Elle aurait vraiment dû être plus assidue durant ses leçons de géographie ! Était-ce une des îles Ferterra ? Était-ce une ville ?

– Comment est-ce à Jakoba ? demanda-t-elle en s'arrêtant de frotter.

– C'est vert. Il y a beaucoup de rivières et de lacs. Des chutes d'eau dans la roche. Il fait chaud, mais pas trop. On mange bien.

– Vous avez l'air d'y être heureux.

– On se plaint pas.

Plus leur destination se rapprochait, plus la curiosité de Victoire grandissait. Et moins elle pensait à tout ce qui la rendait triste. Ils avaient aperçu, au loin, une première côte que le bateau avait contournée. Le capitaine lui avait cependant prêté sa longue-vue pour la laisser distinguer les reliefs du volcan éteint de Calista.

Plongée dans ses pensées, elle ne remarqua pas tout de suite que Kiram s'était éclipsé. Victoire avisa alors les deux dernières bassines de linge et se sentit soudain épuisée. Qu'importe, elle comptait bien aller au bout de cette corvée ! Quitte à en perdre la peau de ses mains. *Le Requin* serait témoin d'au moins un combat gagné par « la petite aristocrate de Lys ».

Sans compter que la tâche n'était pas si terrible que ça. Le plein air, les embruns de la mer, les chants, la musique et le spectacle des hommes qui grimpaient haut dans les filets pour s'occuper des mâts et des voiles. Le soleil s'était même montré à plusieurs reprises, permettant à sa peau de se réchauffer un peu et au linge de sécher.

– Vous êtes encore dans la mousse ?

Victoire n'eut pas besoin de se retourner pour identifier le propriétaire de cette voix.

– Je vous amuse ? cingla-t-elle sans le regarder.

– Vous forcez mon respect.

Elle stoppa son geste un instant puis se remit à frotter le linge sur la planche à l'aide de la brosse.

– Vous aurez terminé dans une heure, déclara le capitaine.

– Je pense, confirma-t-elle en passant une main sur son front.

Un silence s'étira, interrompu par le bruit lourd de ses bottes se rapprochant d'elle.

– Je vous invite à dîner dans ma cabine, déclara-t-il en stoppant son pas. Ce soir.

Victoire en laissa tomber sa brosse dans l'eau.

– En quel honneur ? demanda-t-elle tout en se tournant vers lui.

Elle ne l'avait pas vu depuis un moment et sa beauté brute lui coupa le souffle. Le capitaine portait une simple chemise blanche ouverte largement sur son torse et un pantalon noir qui mettait en valeur ses cuisses puissantes. Ses mèches souples – celles qui n'étaient pas retenues par le lacet de cuir – volaient au vent. Quelle sensation lui procurerait le simple geste de les discipliner du bout de ses doigts ?

– Une récompense pour tout ce travail accompli ? Un dîner est ce que j'ai de mieux à vous offrir sur ce bateau.

Après un raclement de gorge, Victoire reprit ses esprits.

– Je croyais que la tempête avait emporté une bonne partie de la nourriture.

– La nourriture et une partie du mobilier de ma cabine. Mais j'ai un excellent menuisier à bord et mon cuisinier sait faire un festin avec presque rien.

– Dans ce cas, je ne dis pas non, accepta Victoire avec un sourire.

Un repas servi à table dans le confort d'une cabine luxueuse n'était pas pour lui déplaire.

– Vous m'en voyez ravi. Rejoignez-moi à la nuit tombée, ajouta-t-il juste avant de la quitter.

Elle n'aurait pas dû ressentir une telle excitation à l'idée de ce repas en tête à tête avec le capitaine… Pourtant, elle se hâta de terminer sa tâche avec une ardeur revigorée.

Une fois les bassines rangées et le linge parfaitement étendu, Victoire espérait pouvoir se reposer avant ce dîner, mais elle devait d'abord s'occuper d'un problème de taille : son apparence. Elle n'avait jamais été coquette, mais elle avait conscience de sa tenue plus que débraillée à l'heure actuelle. Elle ne pouvait décidément pas se présenter ainsi face à l'homme le plus élégant de ce navire !

Tout en récupérant des habits propres dans la salle des bains, elle se mit à sourire du paradoxe évident de la situation : à Lys, alors que toutes les plus soyeuses étoffes et les plus beaux bijoux étaient à sa disposition, elle se fichait royalement de plaire à quiconque. Ce soir, alors que son envie d'éblouir le capitaine n'avait jamais été aussi forte, elle n'avait même pas le plus misérable des peignes à se mettre sous la main.

Elle choisit un pantalon foncé et une chemise assortie. Elle en avait marre du blanc. Alors qu'elle se rendait à sa cabine, elle croisa quelques pirates qui la gratifièrent d'un signe de tête. Elle ne comprenait pas vraiment le sentiment que produisait sur elle cette forme de reconnaissance, mais une chaleur réconfortante traversa sa poitrine.

Alors que la nuit tombait, à la fois fébrile et intimidée, Victoire ne tenait plus en place. Elle rassembla ses cheveux sur le côté, les laissant tomber sur une seule épaule. Elle décida aussi de ne pas nouer le lien de son chemisier, révélant ainsi la naissance de sa poitrine. Elle souhaitait qu'il la trouve à son avantage, qu'il la trouve… belle.

Avec un peu d'eau parfumée de son savon, elle passa une lingette humide sur la peau de son visage et de son cou. Ce qu'elle avait chaud !

Du plat de ses mains, elle tapota ses joues en feu.

Après un bref coup d'œil à travers la petite lucarne pour vérifier la montée de la lune, elle quitta sa cabine pour rejoindre celle du capitaine. À grandes enjambées, elle emprunta la passerelle menant à l'arrière du navire et se trouva en un rien de temps devant la grande porte en bois massif. Dessous, la lumière vacillante des chandelles filtrait, promesse d'une ambiance chaleureuse. Intime. Son cœur s'emballa d'un coup et elle dut attendre quelques instants avant de s'annoncer. Elle se sentait ridicule. Fébrile. Après une grande inspiration, elle frappa trois coups : pas trop fort, pour ne pas montrer son impatience, mais assez appuyés pour ne pas passer pour une faible chose. À peine avait-elle terminé que la porte s'ouvrit sur le capitaine.

Dans la pénombre, ses yeux d'un vert perçant déployaient toute leur intensité. C'est à contrecœur qu'elle devait encore l'admettre : il l'attirait. Et c'est seulement à cet instant qu'elle prit conscience de la frustration qu'elle avait éprouvée en lui adressant à peine quelques mots ces derniers jours.

Elle avait eu besoin de digérer toutes ces révélations, de faire le tri dans ses pensées : son père, sa mère, la version de Morgan. Tout restait flou, en suspens, mais elle ne pouvait nier l'évidence. Une part d'elle, de plus en plus grande, voulait terriblement le croire… Au détriment de son père.

– Nous serons mieux à l'intérieur pour dîner, dit-il alors qu'elle restait plantée sur le pas de la porte.

– Oui, bien sûr, répondit Victoire en essayant de cacher sa gêne.

À peine fut-elle entrée dans la cabine que la beauté de la table lui sauta aux yeux : deux immenses chandeliers dorés sertis de pierres précieuses, une multitude de bougies allumées, une nappe d'un blanc immaculé, de la porcelaine, des couverts en argent. Par quel miracle tout cela avait-il pu survivre à la tempête ? Au fond de la pièce, les tentures rouges du lit avaient été tirées et faisaient ressortir la couleur sombre du bois de l'alcôve.

Le capitaine s'avança vers elle, vêtu d'un somptueux costume bleu qui n'avait rien à envier à celui d'un roi. Sa longue redingote tombait à la perfection. Des lanières de cuir sur le devant soulignaient la particularité de sa personnalité. La mousseline du col de sa chemise blanche apportait une touche raffinée. Il avait pris soin de discipliner ses mèches brunes sur ses tempes. Sa barbe fournie lui ajoutait des années mais lui conférait un style délicieusement sauvage. Enfin, le petit cœur brun était à sa place, sur sa joue.

En l'observant, Victoire sentit ses joues s'empourprer.

– Souhaitez-vous que j'ouvre plus ? demanda Morgan.

– Je veux bien, répondit-elle en se maudissant intérieurement de laisser échapper si ouvertement ses émotions.

Pendant qu'il se dirigeait vers les vitraux, elle détailla une nouvelle fois la table.

Trois couverts.

– Vous devez être épuisée après toute cette lessive, lança quelqu'un derrière elle qui la fit sursauter.

Elle se retourna immédiatement et avisa Andrass, le chirurgien, qui se tenait adossé à la paroi, un verre à la main.

– Je… Oui, effectivement, répondit-elle en essayant de reprendre contenance.

Elle se sentit soudain ridicule. *Idiote !*

Avec la plus grande discrétion, elle prit soin de nouer sa chemise puis, d'un geste brusque, fourragea dans ses mèches pour les faire passer dans son dos.

Dès que le capitaine eut ouvert la fenêtre, une brise salée emplit la cabine et la réconforta.

– La mer est encore agitée, ce soir, précisa le capitaine en se dirigeant vers ses bouteilles.

Il en déboucha une et se mit à remplir trois verres.

– Nous avons connu pire, répliqua Victoire.

– Certes, reconnut-il en faisant remonter son regard vers le sien.

Quand le capitaine la regardait, Victoire avait toujours l'impression de se sentir importante. Elle secoua cependant la tête pour chasser ses idées saugrenues de son esprit.

– Asseyons-nous, proposa-t-il en déposant les verres sur la table, à côté de chacune des assiettes.

Il fit signe au chirurgien de venir se placer sur le côté juste avant de s'installer lui-même en bout de table. Ainsi, il restait à Victoire la place qui se trouvait à l'autre bout. À l'exact opposé.

– Nous ne risquons pas de nous faire du pied, déclara-t-elle tout en s'asseyant. Vous craigniez les hostilités ?

– Toujours, en ce qui vous concerne, répondit-il d'une voix grave.

Son regard ténébreux capta le sien, et l'espace d'un instant, elle ne put s'y soustraire.

La toux du chirurgien rompit cet instant.

– Alors Andrass, comment trouves-tu le Golden ? demanda immédiatement Morgan.

– C'est très bon, déclara-t-il son verre à la main. Intense. Où le trouve-t-on ?

– Nulle part ailleurs que sur Jakoba, déclara fièrement le capitaine en levant son verre. Je suis le seul à détenir le secret de fabrication.

Andrass contempla la couleur ambrée du liquide à travers le verre avec un regard admiratif. Victoire, pour sa part, hésitait à tremper ses lèvres. Elle n'avait jamais bu d'alcool.

– Je sais désormais qu'à Lys les jeunes filles ne sont pas autorisées à goûter ce genre de breuvage…

– Mais nous ne sommes pas à Lys, coupa Victoire avec assurance.

Elle força un sourire et s'empressa de faire glisser le liquide entre ses lèvres. Une quantité d'arômes explosèrent d'abord à l'intérieur de sa bouche, picotant légèrement ses joues et sa langue juste avant de glisser dans sa gorge.

– C'est très bon, admit-elle en reprenant une gorgée. Délicat et corsé.

– Vous m'en voyez ravi, répondit-il sans masquer sa satisfaction.

Il la couvait désormais d'un regard tendre. Voilà une attitude inédite à son encontre !

– Andrass me racontait qu'il parcourait les contrées de Lys avant d'embarquer sur *le Requin*, reprit alors Morgan en se resservant un verre.

– Vous en savez donc plus que moi sur ce royaume, dit Victoire au chirurgien. Je ne franchis l'enceinte du palais que pour les cérémonies officielles.

– C’est bien dommage, reprit Andrass avec un voile de tristesse dans le regard. Certes, la capitale baigne dans l’effervescence, mais ce royaume a bien d’autres atouts. La campagne est verdoyante, les forêts sont denses et riches en plantes et en animaux. La proximité de la mer apporte un vrai plus au climat. Aridan a une histoire forte. Les Aridiens sont un peuple fier, guerrier et résistant, mais il faut le reconnaître, il fait tellement sec que même un pissenlit a du mal à sortir de terre. Ce n’est pas chez moi que vous tomberez en pâmoison devant la beauté du paysage…

Encore une fois, Victoire se sentit coupable de ne pas apprécier son royaume à sa juste valeur.

– C’est vrai, admit-elle. Il suffit de se promener dans la forêt qui entoure le palais pour se rendre compte de cette diversité. Quand je me balade à cheval, j’aime m’arrêter dans la clairière et observer les moufettes.

– Les moufettes ? Vous parlez de ces rongeurs qui dégagent une odeur ignoble ? souligna Morgan avec dégoût.

Victoire leva les yeux au ciel et but une gorgée de vin.

– Qu’avez-vous visité à Luxia ? reprit-elle à l’intention d’Andrass.

– Pour tout vous dire, j’ai surtout admiré les auberges et les tavernes. J’ai une fâcheuse tendance à jouer aux cartes.

– Oh…

– Dites-moi, comment la fille de l'homme le plus puissant de Lys se retrouve sur un navire de pirates ? lui demanda Andrass en la dévisageant. Le capitaine m'a dit que vous étiez montée de votre plein gré.

Victoire lança un regard franchement surpris à Morgan. Elle aurait plutôt pensé qu'il aurait voulu taire le fiasco de leur rencontre et les évènements qui en avaient découlé…

– J'aime assez l'idée de vous entendre disserter à ce sujet, déclara-t-il pourtant en lui indiquant par un signe de la main qu'elle pouvait parler.

Elle secoua la tête, essayant de faire le tri entre les évènements qui l'avaient conduite autour de cette table. Ses émotions, son besoin de vengeance, le hasard… Comment en était-elle arrivée là ? Comment se retrouvait-elle invitée à la table de l'homme qui était accusé du meurtre de sa mère, vêtue d'un pantalon d'homme, en buvant un vin qui lui faisait tourner la tête ?

– Pour tout vous dire, déclara-t-elle, j'avais besoin d'un changement d'air. Lys est un royaume magnifique, mais terriblement ennuyeux.

Voilà. Elle n'avait pas beaucoup de réponses, mais ça, elle pouvait le constater : sur *le Requin*, l'ennui n'était pas au rendez-vous ! L'alcool, si, en revanche… Et c'était une découverte plutôt délicieuse.

Sur cette bonne pensée, elle se resservit un verre.

– Mademoiselle de Torcy préfère risquer sa vie auprès des pirates sanguinaires plutôt que d'honorer les bals de sa noble présence, se moqua Morgan.

– Mais j'adore la course à cheval ! s'empressa de répliquer Victoire avec un peu trop de vigueur.

Était-ce nécessaire de le souligner ? Oui, probablement ! Faisant courir ses yeux de l'un vers l'autre, Andrass laissa échapper un petit rire franc.

– Trinquons, proposa alors Morgan.

Voilà une idée qui réjouissait Victoire. Elle allait pouvoir entamer ce deuxième verre… Tiens, le capitaine avait, lui aussi, les yeux qui pétillaient de malice. Est-ce qu'il se moquait d'elle ou le Golden avait-il aussi sur lui cet effet de chaleur diffuse dans tout le corps ?

– À quoi trinquons-nous ? demanda Andrass.

– Je ne sais pas. À l'ennui ? plaisanta Morgan.

Victoire ne put s'empêcher de tiquer, mais elle aurait peut-être dû retenir son grognement…

– Il nous faudrait quelque chose d'un brin plus festif, s'amusa Andrass.

– À quoi trinquez-vous à Lys ? demanda alors Morgan en se tournant vers elle.

– À Lys ? hésita Victoire en essayant de clarifier ses idées embrumées. Oh, au roi bien sûr !

– Il n'y a aucun roi ici, rétorqua-t-il.

– Mais il y a un capitaine ! s'exclama-t-elle.

– Au capitaine, alors, répondit Andrass en faisant tinter le cristal.

Elle imita les deux hommes et but quelques gorgées de plus. Délicieux !

– Quelle belle table ! déclara-t-elle finalement alors que Morgan se levait pour approcher les plats recouverts de cloches argentées.

Et Lys ne possédait décidément pas le monopole du raffinement.

– Par quel miracle avez-vous pu conserver cette vaisselle ?

– Tout ce qui est fragile est protégé et fixé aux parois du navire. Il y a toujours de la casse, mais cela fonctionne assez bien.

Morgan posa au centre de la table l'un des plats d'où une bonne odeur épicée émanait déjà.

– J'espère que vous avez faim, déclara-t-il en ôtant la première cloche.

Victoire ne put s'empêcher de lâcher un cri de stupéfaction.

– Vous n'aimez pas le poulet ? s'étonna Andrass.

Le souvenir de ce pauvre volatile noyé par les flots et gisant sur les planches du navire fit soulever son estomac. Abuser du Golden n'était peut-être pas une bonne idée…

– Ce n'est pas ce que je préfère, déclara-t-elle.

CHAPITRE 31

VICTOIRE

Le repas fut délicieux. En bruit de fond, les vagues, le vent, les grincements du bois et le bruit des couverts rendaient l'instant paisible. La lumière vacillante des bougies plongeait d'ailleurs la pièce dans une ambiance un peu fantomatique.

Victoire observait la chevalière du capitaine, brillant sous les flammes des chandelles, alors que les deux hommes échangeaient à propos de l'organisation à l'intérieur du navire et des améliorations susceptibles d'y être apportées, notamment en matière d'hygiène et de sécurité. Morgan écoutait son chirurgien avec grande attention. Victoire aurait aimé participer, mais les quelques gorgées de Golden lui avaient légèrement embrouillé les idées et elle éprouvait maintenant une grande fatigue. Par ailleurs, sa bouche lui semblait un peu pâteuse. Était-ce normal ?

Lorsque Morgan se leva pour se saisir d'une nouvelle bouteille, Victoire se promit intérieurement de ne pas y toucher. Heureusement, l'attention du capitaine fut détournée lorsque Andrass demanda :

– Vous ne prenez plus du tout appui sur votre jambe ?

Avisant l'inquiétude du chirurgien, Victoire sentit brusquement le poids de la culpabilité peser sur ses épaules.

– Les récents évènements m'ont obligé à négliger mon repos forcé, répondit Morgan en se rasseyant.

– Quand aurez-vous votre nouvelle canne ? insista immédiatement Andrass en soulevant la nappe pour continuer à observer la démarche de son patient.

Victoire, elle, n'arrivait pas à détacher son regard de la grosse moustache du chirurgien. Dès qu'il eut terminé son observation, il reprit une cuisse de poulet. L'épaisse touffe de poils rousse au-dessus de sa bouche se soulevait puis redescendait à mesure qu'il s'empiffrait comme un ogre.

– Demain. J'ai donné la priorité au mobilier. Manger debout n'est pas ma tasse de thé.

– Vous devez absolument vous ménager, le morigéna Andrass en posant un os. Je vous examinerai tout à l'heure.

– Si vous voulez, se laissa convaincre Morgan.

– Plus de duel, en tout cas, intima le chirurgien en promenant son couteau entre Victoire et le capitaine.

Est-ce votre père qui vous a appris à croiser le fer ainsi ?

Victoire mit plusieurs secondes à comprendre qu'Andrass s'adressait à elle. Il avait de nouveau le nez dans son assiette.

– Mon père est un homme bien trop occupé, se rembrunit-elle. Évitons de parler de lui, voulez-vous ?

Un silence pesant s'étira. Elle prit tout à coup conscience d'avoir été un peu brusque.

– C'est à mon cousin que je dois tout, se radoucit-elle.

– Votre cousin ? s'étonna-t-il.

– Le commandant de l'armée de Lys à Alcaraz.

– Fichtre ! s'exclama-t-il.

Andrass émit un sifflement admiratif qui poussa Victoire à se détendre.

– Il faut savoir s'entourer, répondit-elle fièrement.

– C'est primordial, précisa Morgan, amusé. Il n'a pas failli à sa mission : vous excellez.

Il lui lança un regard enflammé qui fit louper un battement à son cœur. Quand Andrass acquiesça au constat du capitaine, un sentiment de fierté gonfla dans la poitrine de Victoire. Cependant, il fut vite étouffé par la peine. Penser à Alexandre en cet instant lui rappela qu'elle n'avait aucune certitude de le revoir. Lui, tante Élisabeth, ou même Héloïse…

Comme s'il avait capté sa détresse, Morgan décida de changer de sujet :

– Nous arrivons bientôt sur Jakoba. J'ai hâte de te faire découvrir l'île, Andrass.

– Y a-t-il des médecins ?

– Nous en avons un. Un deuxième ne sera pas de trop. Je pensais que tu pourrais loger sur mon domaine. J'ai en tête la maison idéale, affirma Morgan d'un ton très enthousiaste.

– Ce sera parfait !

De toute évidence, le nouveau chirurgien avait su gagner la confiance du capitaine. Au regard de ses qualités évidentes, Victoire ne s'en étonnait pas. Il était même rassurant de savoir que cet homme allait demeurer sur l'île.

– Entrez ! lança Morgan alors qu'ils entendaient frapper plusieurs coups.

La porte s'ouvrit sur Cassegrains.

– On s'excuse, capitaine, mais on aurait besoin du chirurgien. Y a Gwen qui s'est ouvert la main, ça pisse le sang…

Andrass termina son verre de vin d'un trait et se leva d'un bond.

– J'y vais. Je vous examinerai après, déclara-t-il à l'intention du capitaine.

– Cette jambe peut attendre demain, protesta Morgan.

Le chirurgien acquiesça d'un signe de la tête et sortit.

Une fois la porte refermée, l'ambiance dans la cabine changea du tout au tout. Comme si un feu qui crépitait venait d'être allumé à même la table sur laquelle ils dînaient. Le regard de Morgan semblait dévorer presque avidement le corps de Victoire. Était-ce une illusion ? Peut-être devait-elle reprendre une gorgée de Golden. Elle se sentait plus assurée tout à l'heure…

– Il n'y a plus que deux poules, dit alors Morgan en ignorant son trouble. Séforin n'avait plus assez d'œufs pour un dessert. Désirez-vous du café ?

– Vous aviez de la place pour un dessert ?

Il s'était resservi deux fois. Quant à Victoire, elle s'était bien trop empiffrée avec la désagréable impression d'être de retour au palais les soirs de bal où on ingurgitait les mets jusqu'à s'en faire vomir.

– J'ai toujours de la place pour le dessert, répondit Morgan en la fixant avec intensité.

À la manière dont il prononça ces mots, Victoire ressentit une certaine gêne.

– Hum, vous… bégaya-t-elle pour masquer son trouble. Vous parliez de café ? Si vous en avez, j'en prendrais volontiers !

Après s'être levé, Morgan s'empara de la cafetière puis versa le liquide chaud ainsi que du sucre dans deux tasses. Alors que Victoire récupérait celle qu'il lui tendait, le parfum si délicieux du café fraîchement torréfié remonta dans ses narines et la fit frémir de bonheur. Par certains aspects, on vivait sur *le Requin* comme au palais de Luxia, notamment en ce qui concernait les mets rares et exquis. Et pour avoir déjà entendu son père se mettre en rage à ce sujet, elle savait que les exportations venues de Ferterra étaient le trésor principal pillé par les pirates. Autant dire que tout ce qu'ils avaient goûté ce soir provenait sans nul doute de la contrebande.

– Je me doute que ce café, tout comme le sucre et le reste, n'est pas le fruit de négociations réglementaires, constata Victoire avec un regard teinté de reproche.

Morgan se contenta d'un petit sourire en coin pour réponse.

– Un pirate qui pille des navires marchands, se moqua-t-il. C'est un grand secret que vous nous révélez là !

Elle pinça ses lèvres, consciente du ridicule de ses paroles.

– J'ai cru comprendre que vous n'avez pas toujours mené ce mode de vie. Depuis quand êtes-vous aux commandes du *Requin* ? reprit Victoire en cherchant à détourner son attention.

– Je n'aime pas évoquer le passé.

– Je vous ai révélé mes travers de fouineuse et mon affection pour les moufettes. Peut-être pourriez-vous faire un pas ? insista-t-elle, intriguée.

Le capitaine hésita un instant, mais il finit par revenir s'asseoir à table. Il posa sa tasse et croisa les bras sur sa poitrine, le regard perdu dans la contemplation d'une bougie.

– Quand votre père a mis ma tête à prix, je me suis caché à Alcaraz jusqu'à ce que l'opportunité se présente d'embarquer sur un navire. Sur ce navire. Ici, j'ai d'abord travaillé dur, fait mes preuves, combattu aux côtés du capitaine. Il n'était plus très jeune et a vu en moi son successeur. J'ai pris le commandement du *Requin* il y a un peu plus de deux ans.

– Cet équipage n'est donc pas le vôtre ?

– Pas en totalité. Une partie était sur *le Requin* bien avant moi.

– Et les autres ? demanda Victoire.

– Ils viennent de Ferterra. J'organise des expéditions pour ceux qui souhaitent venir sur mon île, mais c'est devenu plus difficile depuis que l'armée royale a renforcé sa surveillance.

– Pourquoi vouloir fuir Ferterra ? s'étonna-t-elle.

Le visage du capitaine se ferma comme une épaisse porte en bois qui viendrait de claquer à cause d'un courant d'air.

– Pourquoi ? Le royaume de Lys exploite les terres de Ferterra sans aucune vergogne, mais aussi son peuple. Les habitants sont malheureux, opprimés. Ils travaillent à des cadences infernales, sous un soleil de plomb et dans une chaleur moite à l'air irrespirable.

Sa voix était descendue dans les graves et un frisson désagréable secoua le corps de Victoire.

– Je l'ignorais, murmura-t-elle alors que son regard se perdait dans le vide.

Pourquoi n'avait-elle jamais posé de questions ? Comment ne s'en était-elle pas rendu compte par elle-même ? Elle qui se vantait de vouloir découvrir le monde ne s'y était finalement jamais vraiment intéressée. Elle voulait fuir le royaume de Lys, oui, mais pour aller où ? Dans un univers imaginaire qu'elle avait rêvé un jour, un endroit où elle serait libre, où sa mère serait en vie… En vérité, la réalité ne l'avait jamais concrètement intéressée.

– Tout le peuple de Lys semble l'ignorer, lui précisa-t-il. Mais qu'est-ce que ça changerait ? Vous continueriez à boire ce café mélangé à ce sucre sans même sentir le goût de la souffrance des pauvres damnés qui sont morts pour vous servir.

Sa réplique pleine de reproches égratigna le cœur de Victoire. Elle sentit les larmes lui monter aux yeux en imaginant la vie de ces gens dont elle ignorait tout. Cette lourde culpabilité, elle n'avait pas les épaules pour l'assumer.

– Vous avez sans doute raison, admit-elle. Alors pourquoi, vous, vous buvez aussi ce café ?

Ce n'était pas une attaque, juste une vraie question.

– Sur ma langue, il a le goût de la justice, répondit Morgan. En pillant les voleurs, je rends au peuple de Ferterra ce qui lui est dû.

Elle eut un rire sans joie. Est-ce qu'il se rendait compte qu'il alimentait juste un système défectueux ?

– Écoutez, se radoucit-il, je n'accuse pas le peuple de Lys. Ignorants ou non, ils ne prennent pas les décisions pour le royaume.

Victoire releva la tête et cracha d'une voix acerbe :

– Et nous savons tous les deux qui prend les décisions à Lys.

Contre qui était-elle en colère ? Contre Morgan qui s'évertuait à détruire l'image qu'elle avait de sa famille pierre par pierre, ou contre son père pour l'avoir maintenue dans un monde illusoire, pour lui avoir menti et l'avoir trahie ? Ou peut-être, simplement contre elle-même, pour avoir refusé d'accepter l'évidence.

Elle qui se vantait d'être curieuse et de toujours voir au-delà des apparences n'y avait vu que du feu.

– Pourquoi mon père fait-il ça ? balbutia-t-elle.

Victoire luttait de toutes ses forces pour ne pas fondre en larmes.

– Le pouvoir a tendance à faire tourner la tête de certaines personnes. Vous n'êtes pas responsable de ses actes, déclara-t-il sincèrement.

– Alors pourquoi je me sens si mal ?

Un silence pesant s'installa, puis Morgan se redressa et saisit sa tasse de café.

– Bon, comment le trouvez-vous ? lui demanda-t-il d'un ton plus enjoué.

– Mon père ?

– Non, Andrass.

Victoire fronça les sourcils, perdue. Le Golden lui montait-il à la tête ?

– Pourquoi cette question ?

– J'ai besoin d'un avis extérieur et vous avez besoin d'aborder un sujet plus léger. Vous paraissez à deux doigts de fondre en larmes dans ma cabine…

Victoire cligna plusieurs fois des yeux et en profita pour ravaler effectivement ses larmes. Elle prit donc ce nouveau sujet à cœur et réfléchit quelques instants avant de déclarer :

– C'est un homme manifestement éduqué et compétent. Il n'est pas intimidé par les responsabilités.

– Comment le savez-vous ?

– Nous avons parlé.

Morgan sourit en amenant sa tasse à ses lèvres. Malgré tout, elle nota qu'il baissa rapidement une de ses mains pour saisir sa jambe. Est-ce qu'il avait mal ?

– Ne me dites pas que vous préparez une mutinerie, plaisanta-t-il. Maintenant que vous avez l'équipage dans votre poche.

Son regard plein de malice témoignait de son amusement.

– Une mutinerie ?

– C'est quand l'équipage se retourne contre le capitaine.

Victoire leva les yeux au ciel.

– Restez sur vos gardes, lui conseilla-t-elle alors qu'elle sentait ses muscles se détendre.

Elle l'observa, le cœur plus léger. Il avait fait l'effort de la réconforter après lui avoir prouvé à quel point elle avait pu être ignorante. Désormais, il plaisantait avec elle, contractant sa main autour de sa cuisse pour atténuer la douleur.

Pourquoi être si prévenant avec sa prisonnière ? Pourquoi être autant à l'écoute d'une femme qui avait essayé de le tuer ? Pourquoi l'avoir embrassée, d'ailleurs ? Était-ce le bon moment pour lui poser toutes ces questions ?

– Capitaine ? Y a-t-il une madame Ker ?

Il s'étouffa presque avec sa gorgée de café, se redressant brusquement pour aller chercher une serviette. Hum, elle n'aurait peut-être pas dû commencer par celle-là…

– En quoi cela peut-il vous intéresser ? s'exclama-t-il.

– Vous m'emmenez sur vos terres, se justifia-t-elle avec hâte. J'aimerais simplement savoir à quoi je dois m'attendre !

Après quelques secondes de réflexion, il accepta de lui répondre :

– Je n'ai ni femme ni enfants.

Elle en éprouva un grand soulagement qu'elle tenta de masquer en se ratatinant sur sa chaise. Morgan observa son manège, l'air pensif, avant de lâcher :

– Vous me menez la vie dure…

– Parce que vous trouvez que mon séjour chez vous est une promenade de santé ? répliqua-t-elle.

– Loin de moi l'idée de vous attendrir, mais vous aurez sans doute remarqué que je me déplace avec une canne.

Elle observa sa jambe avec une certaine inquiétude mais préféra répondre de manière plus détachée.

– Cela vous donne un certain style.

Pour toute réponse, les sourcils du capitaine se relevèrent. Elle aimait ce jeu entre eux, ces moments de complicité où ils se répondaient avec franchise ou humour. Elle se sentait à l'aise à ses côtés, libre. Du moins, jusqu'à ce que…

– Ouvrez votre chemise, lui intima-t-il soudain en fixant sa poitrine.

CHAPITRE 32

VICTOIRE

Victoire fut tellement choquée par cette requête qu'elle s'en étrangla presque. Lui qui faisait tout le temps preuve de tant de bienséance…

– Quelle mouche vous a piqué ? s'indigna-t-elle.

– Pourquoi l'avoir refermée en entrant dans ma cabine ? demanda-t-il sans tenir compte de son malaise évident. Et vos cheveux ?

Il la regardait encore avec une intensité qui la fit frissonner. Elle se sentait extrêmement embarrassée et préféra ne rien répondre.

– Je vais vous laisser, déclara-t-elle, plutôt.

Il lâcha un rire sans joie mais tendit la main vers la porte.

– C'est peut-être préférable. Je ne vous retiens pas.

Pour prouver ses dires, il quitta la table le premier. Il ôta sa longue veste qu'il posa sur son bureau, puis il se dirigea vers son lit. Un soupir de satisfaction lui échappa tandis qu'il s'allongeait.

– Hum, d'accord, dit Victoire, interloquée, alors qu'il améliorait sa position en calant des coussins derrière son dos pour se redresser.

Ne souhaitant pas laisser le désordre du repas, elle entreprit de rassembler les assiettes et les couverts.

– Arrêtez, intima-t-il sans la regarder. Mes hommes s'en chargeront.

Il tenait sa cuisse et semblait souffrir. Victoire laissa la vaisselle, sans lâcher Morgan des yeux. Elle commença à rebrousser chemin, à s'approcher de la porte de la cabine, mais elle hésita.

Elle ne voulait pas finir cette soirée ainsi. Sans vraiment savoir si c'était une sage décision, elle avança vers le lit et s'approcha de lui.

– Vous souffrez, déclara-t-elle en s'asseyant à ses côtés.

Les paupières de Morgan étaient closes, mais il serrait les poings jusqu'à faire blanchir ses phalanges

– Vous devriez aller vous coucher, lui répondit-il dans un souffle.

Victoire avisa sa cuisse qu'il entreprit de masser à l'endroit de sa blessure.

– Laissez-moi faire, dit-elle en repoussant sa large main.

Elle posa délicatement la sienne sur la plaie.

– Ne faites pas ça, lâcha-t-il en ouvrant grand ses yeux.

Ses mâchoires étaient crispées à l'extrême.

Malgré la réticence du capitaine, Victoire comprit qu'elle ne devait pas appuyer et commença donc à frotter sa jambe. Contre toute attente, il referma les yeux, se laissant aller à ses soins. Son souffle était bruyant et court. Des gémissements ténus s'échappaient d'entre ses lèvres. Il paraissait souffrir et apprécier en même temps.

Au bout d'un moment, elle se risqua à presser plus sa main, enfonçant les doigts dans sa chair. Ses gémissements s'intensifièrent, et cette fois-ci, il ne faisait aucun doute que le capitaine appréciait cette douce torture. Jamais elle n'avait osé s'aventurer de la sorte sur le corps d'un homme – ou de qui que ce soit, d'ailleurs. Auparavant, cette idée la dégoûtait, mais donner du plaisir à Morgan Ker était une tout autre chose…

– Est-ce agréable ? demanda-t-elle dans un souffle.

– Vous allez devoir arrêter, dit-il en ouvrant ses yeux pour la toiser.

– Pourquoi ?

Un petit rire amer lui échappa.

– Vous êtes tellement innocente…

– Vous ne teniez pas de tels propos quand ma lame était pointée sur votre ventre, se défendit-elle en arrêtant son geste.

– C'est là tout le paradoxe de votre personnalité, lui répondit-il.

– Quoi ?

– Ne changez rien chez vous, Victoire.

Elle apprécia cette réponse. Après un arrêt bref, elle recommença son massage.

– Allez dormir, gronda-t-il alors qu'il fixait sa main s'activant sur sa cuisse.

– Je vois bien que ça vous soulage, protesta-t-elle. Laissez-moi vous soulager.

– Vous ne mesurez pas la portée dangereuse de vos propos.

Maintenant qu'il la regardait, des flammes dansaient dans le vert de ses yeux. C'est alors que, de ses doigts, il tira sur le cordon de sa chemise puis en écarta les pans. La naissance de la poitrine de Victoire était désormais à sa vue.

Elle en resta bouche bée.

– C'est ainsi que vous vouliez que je vous voie, non ? demanda-t-il.

De sa main, il empoigna ses cheveux pour les passer sur son épaule.

– Vous êtes… appétissante, chuchota-t-il, tout en effleurant la peau de ses seins du bout de ses doigts. Vous pourriez être le dessert.

Quand il la regardait avec de tels yeux affamés, elle se sentait effectivement comme la plus délicieuse des pâtisseries.

La réplique et le geste embrasèrent tous ses sens, l'empêchant de répondre et de protester. D'ailleurs, pourquoi s'y serait-elle opposée ? Mis à part leur baiser, jamais elle n'avait connu de sensation aussi délicieuse.

– Je ne suis pas à mon avantage, pourtant, réussit-elle à balbutier.

– Vous possédez une beauté naturelle qui n'a pas besoin de s'encombrer d'artifices. J'aime beaucoup ça.

Flattée, mais aussi très gênée, elle ne savait plus où se mettre. Au fil des bals, elle avait entendu de nombreuses déclarations qui lui avaient toutes été indifférentes. Celle-ci avait du sens. Pourquoi ? Était-ce dû à la formulation ? Certes, Morgan Ker avait le poids des mots. Elle s'imagina le même compliment dans la bouche d'un autre et répondit immédiatement à sa question : cela tenait à l'identité de celui qui le prononçait.

Il se dégageait de lui tellement d'expérience et de virilité que la femme qui sommeillait en elle ne demandait qu'à s'éveiller. Son cœur battait à tout rompre dans sa poitrine. Tellement fort qu'il devait l'entendre.

– Je croyais qu'il n'y avait pas grand-chose à voir.

Cette remarque l'avait profondément blessée et elle tenait à lui rafraîchir la mémoire. Peut-être aussi à être rassurée…

– Je dis n'importe quoi quand je m'énerve. Et vous m'aviez beaucoup énervé.

– Plus maintenant ? s'étonna-t-elle.

– Ne me faites pas dire ce que je n'ai pas dit.

Victoire ne put s'empêcher de sourire. Son regard se posa ensuite sur les caresses qu'il continuait à lui infliger. Et quand elle pensa que la situation était déjà au-delà de ce que sa raison pouvait tolérer, il écarta un peu plus les pans de sa chemise :

– Je suis affamé à un point que vous n'imaginez même pas, déclara-t-il.

Elle se sentit stupide de ne savoir que répondre à une affirmation empreinte de tant de sensualité. Désormais, sa poitrine nue pointait vers lui. Si près qu'elle sentait le souffle de Morgan balayer le bout de ses seins. Il les détaillait avec une telle intensité qu'elle en eut des vertiges. Tandis qu'elle se sentait toute-puissante, belle, femme… lui semblait être emporté dans un tourbillon d'émotions dont elle ne le croyait pas capable.

– Même vos seins me font la guerre, souffla-t-il en pressant entre ses deux doigts son téton durci.

Ce geste acheva de la brûler vive. Le feu atteignit le bas de son ventre et… l'endroit entre ses cuisses ? Que lui arrivait-il ? Ce que le capitaine lui faisait subir était décadent. Inconvenant. Délicieux. Dangereux.

– Je… J'ai très chaud tout à coup, balbutia-t-elle. Mon corps brûle…

– Attention, j'aurais quelque peine à vous pardonner l'embrasement du *Requin*, souffla-t-il.

Cette plaisanterie ne la fit pas sourire : c'était une sensation étrange de ne plus arriver à contrôler son corps. Victoire ne pouvait détacher son regard des gestes de Morgan, et quelque part, elle se rendait bien compte que son plaisir s'en trouvait décuplé.

Ses joues devaient être du même pourpre que celui des tentures de l'alcôve.

– Vos seins sont parfaits, gronda-t-il en dessinant leurs courbes du revers de sa main.

Cette autre caresse la fit frissonner. De chaud. Puis de froid. Comme lorsqu'elle se sentait fiévreuse. Comme si, subitement, une tempête de neige venait de s'abattre sur *le Requin* après des heures à cuire au soleil. Victoire prit une grande respiration pour empêcher toute sa gêne de sortir de sa bouche.

– Capitaine ! entendit-elle crier.

Un poing énergique frappa la porte. Paniquée, Victoire se leva d'un bond et s'empressa de refermer sa chemise.

Du coin de l'œil, elle avisa le petit sourire de Morgan.

– Entre ! cria-t-il dès qu'elle eut terminé.

Cassegrains apparut dans l'embrasure, essoufflé.

– Attaque ? Tempête ? lui demanda Morgan, désabusé.

– Navire marchand, capitaine, répondit son matelot en jetant un furtif coup d'œil sur Victoire.

– Éteignez toutes les lumières, ordonna Morgan en se levant à son tour. J'arrive.

Le pirate acquiesça puis sortit, les laissant seuls dans une ambiance devenue bien moins intime. Victoire baissa la tête sur sa tenue, tentant de clarifier ses idées, d'ignorer les sensations encore pesantes des mains de Morgan Ker sur son corps.

– Vous pensez que c'est un navire de mon père ? lui demanda-t-elle alors qu'il passait sa veste.

– Je ne vais pas prendre le risque de le vérifier.

Sa voix à lui était sereine, affirmée. Il avait complètement repris le contrôle de lui-même.

– Qu'allez-vous faire ? demanda-t-elle avec une certaine inquiétude dans la voix.

– Une partie de cache-cache.

CHAPITRE 33

VICTOIRE

– Jakoba en vue ! Pit ! À tribord ! hurla le capitaine du *Requin* du haut de son poste de commandement.

Abandonnant les cordages et les nœuds, Victoire se précipita vers le bastingage. Au loin, un rocher se dressait dans la mer. Sombre et massif.

– Nous sommes arrivés ? demanda-t-elle à un Cassegrains occupé à frotter le pont.

– On dirait bien, confirma le pirate en se redressant.

Il mit sa main sur son front pour se protéger du soleil et pointa son regard en direction de l'île. Son petit frère le rejoignit et imita son geste.

– Enfin chez nous ! s'exclama Cassegrains en adressant à Victoire un sourire franc.

Les deux pirates improvisèrent une danse de la joie, bras dessus, bras dessous, en chantant à tue-tête. Leur euphorie se répandit sur le navire et d'autres matelots reprirent leurs pitreries sous les rires de

Victoire. Alors que leur impatience la gagnait, elle se sentait aussi soulagée à l'idée de poser enfin ses pieds sur la terre ferme. Et malgré le froid qui s'était installé entre elle et Morgan ces derniers jours, elle n'avait envie de partager cette sensation qu'avec lui… Si *le Requin* n'était pas si vaste et les navires marchands pas autant présents, elle aurait pu croire qu'il l'évitait. Elle se tourna alors vers lui, mais il ne prêtait pas attention à l'équipage. Encore une fois, le capitaine se consacrait tout à ses devoirs.

Depuis qu'elle tentait de s'intégrer, elle avait appris quelques règles de piraterie et de navigation. Par exemple, elle savait désormais que les membres de l'équipage n'étaient pas autorisés à siéger sur les hauteurs du navire. Cependant, elle n'était pas ni un pirate ni un matelot. Abandonnant les cordages et les deux frères, elle traversa le pont puis emprunta l'escalier qui menait à l'estrade.

– Cet endroit m'est exclusivement réservé, l'interrompit immédiatement Morgan, sa longue-vue collée à son œil, alors qu'elle n'avait même pas franchi la dernière marche.

Entre ses lèvres, un bâtonnet de réglisse passait un bon moment.

– Je ne vous gênerai pas, répondit Victoire en s'empressant de tourner son regard vers l'horizon. Ce n'est qu'un énorme rocher.

– En apparence, oui.

Contre toute attente, il ne lui demanda pas de descendre, l'invitant même à traverser l'espace qui les séparait encore. Dès qu'elle fut à sa hauteur, il prit l'initiative de la rapprocher de lui, se collant à son dos, et la tourna vers leur destination.

– Prenez ça, dit-il en lui tendant sa longue-vue.

Un peu gauche, elle posa l'objet sur son œil et se laissa guider par la main du capitaine.

– Vous voyez une sorte d'arche ? lui demanda-t-il.

À travers le cercle de verre, elle scruta la roche grise avec attention.

– Oui ! s'exclama-t-elle enfin.

De sa main libre, elle brassa l'air pour vérifier que le rocher n'était pas sur le navire.

– À un moment précis de la journée, l'eau baisse et la brèche creusée dans cette roche est accessible. C'est le seul moyen d'entrer à Jakoba.

– Vous voulez dire qu'à l'intérieur de ces roches se trouve une ville ?

– Un royaume, promit-il fièrement.

– Qui a découvert cette île ?

– Le capitaine Jakob. Mon prédécesseur.

– C'est magique, souffla Victoire.

– Seulement les mystères de la nature, précisa le capitaine.

– Quand pourrons-nous entrer ?

– Il faut attendre et surveiller. Faites tomber toutes les voiles ! hurla-t-il en direction du pont.

Une fourmilière s'agglutina soudain au pied des mâts. Plusieurs hommes se hissèrent alors en hauteur dans un habile jeu d'escalade, avec une aisance et une rapidité incroyables. Victoire les observa dénouer les cordes, se suspendre, marcher en équilibre. C'était un vrai spectacle.

– Ils n'ont pas peur ? demanda-t-elle au capitaine.

– Pas que je sache.

– Vous êtes déjà monté là-haut ?

– Plusieurs fois. Enfin, je ne suis pas le plus doué, ceux-là sont les plus agiles, dit-il en désignant du doigt la poignée de pirates qui se trouvait au sommet du grand mât.

– C'est très impressionnant, reconnut-elle.

Quand les voiles tombèrent au sol, *le Requin* se trouva soudain dépouillé et immobile, bercé par le seul mouvement des vagues.

Le nouveau timonier lâcha la barre et s'empressa d'aller se vautrer contre la paroi pour faire une sieste. Malgré son évident jeune âge, et des bras beaucoup moins gros que ceux de son prédécesseur, il était jusque-là parvenu plutôt bien à trouver sa place au milieu de ces pirates. Après tout, même s'il les avait combattus il n'y avait pas si longtemps, il n'était pas si différent d'eux. Il avait visiblement l'expérience du combat – une grande cicatrice barrait sa joue – et de la vie sur un navire. Dès son premier jour sur *le Requin*, Morgan l'avait contraint à raser ses cheveux noirs tellement courts que l'on voyait désormais le blanc de son crâne. Pit n'avait pas émis la moindre protestation, sûrement trop heureux de pouvoir rester en vie. À présent, même si l'équipage pleurait encore ses morts, Pit tentait de nouer un contact avec eux, et les dessins artistiques qui ornaient son cou avaient d'ailleurs suffisamment piqué la curiosité pour animer de nombreuses discussions.

De toute évidence, les choses semblaient plus simples pour lui que pour Victoire. Dans un soupir, elle recolla la longue-vue sur son œil et observa les alentours.

– Aucun navire marchand en vue, capitaine ! s'amusa-t-elle à scander.

Morgan semblait le seul à essayer de la comprendre sur ce navire. Grâce à ses attentions, elle ne se sentait pas seule. Sauf ces derniers jours pendant lesquels il s'était appliqué à l'éviter. Et elle en avait souffert bien plus qu'elle ne l'aurait souhaité…

– Je ne savais pas que j'avais une nouvelle recrue, dit-il doucement en accentuant la pression contre son dos.

Quand il posa sa main sur son ventre, Victoire en eut la respiration coupée. Le corps dur de Morgan se pressait contre le sien et sa chaleur l'enveloppait comme une épaisse couverture de laine.

– Je n'ai pas beaucoup d'expérience, capitaine, mais j'apprends vite, plaisanta-t-elle.

Elle sentit sa bouche se poser dans son cou et déposer une pluie de chastes baisers. Son instrument de vue toujours collé à son œil droit, Victoire se pinça les lèvres pour s'empêcher de gémir.

– Vous allez bien ? lui demanda-t-il d'une voix douce. J'ai été très occupé.

– Je vais bien, lâcha-t-elle dans un souffle.

– Vous m'avez manqué, murmura-t-il au creux de son oreille.

Cette déclaration la bouleversa. Ses jambes flageolaient tellement qu'elles menaçaient de lâcher. Elle ne parvint pas à articuler la moindre réponse.

En bas, sur le pont, elle entendait les éclats de rire de l'équipage. Riaient-ils d'elle ? Victoire laissa tomber la longue-vue et tourna la tête dans leur direction.

– Ne vous en souciez pas, lui conseilla Morgan alors qu'il desserrait son étreinte. Ils n'ont juste pas l'habitude.

Plusieurs pirates la pointaient du doigt et elle n'avait désormais aucun doute qu'ils se moquaient d'eux. Mais elle ne pouvait pas vraiment leur en vouloir : cette nouvelle dynamique dans sa relation avec leur capitaine lui paraissait tellement incongrue et inespérée qu'elle en était presque risible.

Il lui reprit la longue-vue des mains et se dirigea vers l'arrière du navire pour scruter l'horizon. Comme si rien d'important ne venait de se passer alors qu'il venait de faire exploser le cœur de Victoire.

– Vous surveillez encore les navires de mon père ? lui demanda-t-elle en s'asseyant non loin du timonier.

Celui-ci ronflait comme un petit cochon.

– C'est un moment crucial. Personne ne doit nous voir.

Il reprit son manège de longues minutes, alors que l'agitation sur le pont se calmait. Victoire observa le capitaine un temps puis, bercée par les vagues et les ronflements de Pit, elle commença à son tour à s'assoupir.

– Sortez les rames ! hurla soudain Morgan juste avant de faire tinter la cloche.

Victoire sursauta en ouvrant les yeux. Le timonier était revenu à la barre, son capitaine juste à ses côtés. En bas, un bruit sourd résonnait en rythme. Elle se releva et pencha sa tête par-dessus bord. Une rangée de rames sortit alors du navire pour plonger dans l'eau.

Le Requin se mit à avancer doucement vers l'île. Jusqu'au dernier moment, Victoire pensa qu'ils n'auraient jamais la place suffisante pour entrer dans la brèche. La manœuvre effectuée par l'équipage était tellement impressionnante qu'elle en boucha ses yeux du plat de ses mains.

– Vous ratez le meilleur, lui lança Morgan. Regardez !

Hésitant, elle suivit tout de même son conseil, la boule au ventre. Alors qu'ils frôlaient la roche, le navire passa du jour à l'obscurité avant que des milliers de lumières n'éclairent leur passage.

– C'est magique, s'extasia Victoire alors que *le Requin* sortait de l'arche.

– Il n'y a rien de magique, lui expliqua le capitaine en venant la rejoindre. Ces pierres lumineuses font partie de la roche.

Victoire admirait la voûte étoilée de diamants, béate d'admiration. Un spectacle pareil ne pouvait être dû qu'aux aléas de la nature !

– S'agit-il de pierres précieuses ?

– Pierres oui. Précieuses, je ne sais pas. Elles ne ressemblent à rien de ce que je connais. Et loin de moi l'idée de les exploiter.

Curieuse, Victoire tendit sa main pour en effleurer une.

– Non, vous allez vous couper, la retint Morgan en empoignant son bras.

Il lui jeta un regard qui lui rappela tous ceux de leurs moments d'intimité. Enflammés, tendres, protecteurs.

– Serre à droite, Pit ! s'exclama-t-il brusquement.

Ils arrivaient dans une sorte de crique à ciel ouvert. Autour du bateau, l'eau était d'un vert similaire aux yeux de Morgan, et le sable d'une blancheur éclatante. Un mur de rochers surplombait la plage et délimitait une vaste surface qui distribuait plusieurs passages.

– Qu'est-ce que… chuchota Victoire sans pouvoir terminer sa phrase.

Devant eux, les matelots entassaient sur le pont des coffres remplis de tellement de pièces d'or et de pierres précieuses qu'ils ne pouvaient se fermer.

– Le trésor sera déchargé en premier, expliqua Morgan.

Voilà donc le fruit des pillages des navires de Lys.

– Que comptez-vous faire de tout ça ? lui demanda-t-elle.

Il n'y avait aucun reproche dans sa voix, simplement une envie de comprendre. Pourquoi entasser tant de richesses ?

– J'en ramène sur Ferterra et j'en distribue également à chaque habitant de Jakoba. Enfin, une partie sera réservée pour préparer notre prochaine expédition et pour le commerce.

– Avec qui commercez-vous ? s'étonna-t-elle.

Les îles Ferterra étaient sous le joug de Lys, et le roi veillait bien à ce que les royaumes voisins comme Aridan ou Azur s'acquittent de la taxe appliquée pour le commerce intérieur.

– Ferterra n'est pas la seule terre qui a des trésors à offrir, Victoire. Notre monde est vaste. À Santras, par exemple, ils produisent un excellent vin et des onguents plébiscités par notre médecin.

– Santras ? Est-ce loin ?

– Encore plus loin que ce que vous imaginez, dit-il en souriant.

Le navire fit une dernière embardée avant de s'approcher du ponton. Plusieurs pirates, dont Grandsec et Kiram, sautèrent par-dessus bord pour accrocher le navire à l'aide de cordes.

– Nous descendons ? proposa Morgan.

Il fit signe à Victoire de passer devant. Sur le pont, l'agitation était à son comble. Morgan l'abandonna pour donner une série d'ordres, mais chacun semblait déjà connaître son rôle.

Deux pirates installèrent la passerelle qui permettait de gagner la terre ferme. Morgan se tourna alors vers elle et lui fit de nouveau signe de le précéder. Victoire ne pouvait détacher ses yeux du paysage autour d'elle, des habitants qui s'amoncelaient sur la plage pour accueillir les pirates, de la végétation luxuriante… Si bien que, lorsqu'elle fut montée sur la planche, elle fut surprise de sentir Morgan se coller contre son dos.

– Je me souviens que ce n'est pas un moment que vous affectionnez, dit-il en empoignant ses hanches.

Son cœur s'emballa. *Idiote !* Elle s'en voulait de succomber à ce point et d'être aussi ingénue devant lui.

Après une grande inspiration, elle se laissa guider jusqu'à ce que son pied se pose sur les rochers. La sensation était étrange : elle se sentait encore tanguer.

– Ça va passer, la rassura Morgan. La transition est compliquée quand on n'a pas l'habitude. Vous pouvez attendre ici le temps du déchargement.

Il lui désigna une alcôve en retrait puis s'en alla donner d'autres instructions. Après eux, une rangée de pirates descendit du navire, des caisses d'or dans les mains. Pour plus d'efficacité, ils avaient formé une chaîne et se passaient les différents coffres jusqu'à les entasser sur la rive. Ne supportant pas de se sentir inutile, Victoire attendit d'être bien stable sur ses pieds et décida de participer. Elle s'intercala entre deux pirates et tendit les bras vers Séforin.

– C'est lourd, ma p'tite ! lui cria le cuisinier alors qu'elle se préparait à récupérer une caisse. Tu ne tiendras pas !

– Vous me donnez quoi si j'y arrive ? le provoqua-t-elle.

Il n'eut pas le temps de répondre que Morgan revenait déjà vers eux, sourcils froncés.

– Que faites-vous ? demanda-t-il en venant se placer à ses côtés.

– J'apporte mon aide.

– C'est trop lourd. Vous allez vous faire mal au dos.

Elle soupira, surtout qu'à cause de leur hésitation la chaîne était bloquée, Séforin refusant de lâcher la caisse dans ses mains sans l'accord du capitaine.

– Cessez de me voir comme une petite chose fragile !

– S'il vous plaît, soupira-t-il en plissant ses yeux.

Dans cette supplique se mélangeaient la fatigue d'une traversée mouvementée, la douleur due à sa blessure, et certainement, aussi, les tracas à venir.

Victoire n'eut pas le cœur de répliquer et décida de céder en se dégageant de la file. Les pirates reprirent immédiatement le rythme alors qu'elle retournait s'asseoir à l'endroit qui lui avait été indiqué.

Elle tanguait toujours, même assise. Sous ses yeux, le ballet continuait dans une ambiance joyeuse.

L'équipage se passait le contenu des cales et commença même à entonner des chants.

– Êtes-vous prête ? demanda Morgan en revenant vers elle.

– Prête pour quoi ?

Il se frotta les mains, laissant tomber plusieurs grains de sable au sol, avant de la regarder, les yeux brillant de promesses, et de répondre :

– Eh bien, vous allez chez moi.

CHAPITRE 34

VICTOIRE

Oubliant l'agitation de la grotte, les pirates qui chantaient tout en déchargeant les coffres et les quelques regards curieux sur eux, Victoire se leva d'un bond.

– Chez vous ? Dans votre maison ? reprit-elle en écarquillant les yeux.

Morgan n'esquissa pas un geste mais leva tout de même un sourcil.

– Vous vous attendiez à quoi ? s'étonna-t-il.

– À une prison.

Elle s'était plusieurs fois imaginée derrière des barreaux, en attendant que le capitaine du *Requin* statue sur son sort ou négocie sa libération au terme d'une lettre qu'il aurait adressée à son père. Une entreprise qui ne manquerait pas de prendre plusieurs mois…

– Une prison ? Pourquoi voudriez-vous que je vous enferme dans une prison ? demanda-t-il d'un ton un peu blasé.

– Je pourrais m'échapper ou bien commettre des crimes, fabula Victoire.

– Des crimes ? s'amusa-t-il. Vous n'êtes déjà pas capable de manger un poulet que vous avez vu noyé, quelle grande menace vous faites ! Quant à vous échapper, vous n'iriez pas bien loin. Enfin, si vous préférez une auberge en ville, je peux aussi…

– Non, s'empressa-t-elle de répliquer.

Même si cela la chagrinait de l'admettre, elle ne se voyait pas le quitter. Et pourtant, cette intimité qu'ils allaient partager l'inquiétait un peu. Sur *le Requin*, le capitaine était toujours occupé et il y avait souvent des gens pour les observer. Dans cette maison, seraient-ils seuls ?

– Je viens chez vous, même si l'idée de vous supporter au quotidien me pèse un peu, affirma-t-elle, tentant de masquer sa gêne grandissante.

Son besoin de se justifier fit simplement sourire Morgan.

– Les deux frères vont vous accompagner, vous et Andrass. Je dois aller en ville pour loger Pit, le nouveau timonier.

– Pourquoi ne vient-il pas au domaine, lui ?

– Il préfère l'agitation de la ville.

Elle acquiesça, perdue dans ses pensées. Si Andrass venait avec eux, cela signifiait qu'elle ne serait pas complètement seule avec Morgan. Elle ignorait si ce constat la rassurait ou la décevait.

– J’oubliais, précisa Morgan avant de repartir. Gardez votre sale caractère pour vous et évitez de traumatiser vos chaperons. Ce sont de bons gars !

Devant l’éclat de malice qui brillait dans les yeux du capitaine, Victoire sentit les battements de son cœur s’accélérer.

– Vous savez bien que mon venin vous est totalement réservé, glissa-t-elle avec audace.

Il lui adressa un simple clin d’œil alors qu’il retournait sur *le Requin*, laissant Victoire submergée par tout un tas de questions. Comment devrait-elle se comporter une fois chez lui ? Quelle était leur relation aujourd’hui ? Était-elle encore son otage ou…

– Allez, on y va !

Victoire sursauta. Plongée dans ses tourments intérieurs, elle n’avait pas vu Cassegrains se planter devant elle. Les mains sur les hanches, il n’avait pas vraiment l’air enchanté par sa mission.

– Je vous suis, dit-elle.

Ils rejoignirent son timide de frère et le chirurgien qui les attendaient un peu plus loin. Grandsec alluma une torche et s’engouffra dans l’obscurité d’un passage creusé dans la roche, juste derrière eux. Cassegrains leur fit signe de suivre puis ferma la marche.

L’humidité ambiante faisait frissonner Victoire et elle se sentait presque suffoquer, coincée entre les parois. Devant elle, Andrass regardait partout autour de lui, impressionné. Les petits diamants scintillants décoraient ici aussi les rochers. Par endroits, de petites cascades d'eau ruisselaient.

– On peut la boire ? demanda Victoire qui mourait de soif.

Depuis la tempête, les stocks d'eau arrangée étaient au plus bas. Chaque gorgée avait été scrupuleusement rationnée.

– Oui, répondit Cassegrains.

Victoire se jeta dessus et Andrass l'imita, un instant après. L'eau était délicieuse. Pure et fraîche.

– J'avais oublié ce que cela faisait de boire de la bonne eau, dit le chirurgien en essuyant sa bouche avec son avant-bras. Vous ne buvez pas, messieurs ?

– On a bu juste avant de débarquer, marmonna Cassegrains. Allez, on y va, on a du chemin.

Les deux frères prirent la tête de file.

– C'est vrai que le rhum doit désaltérer à merveille, chuchota Andrass à l'oreille de Victoire alors qu'ils se remettaient en route.

Victoire pouffa de rire mais accéléra aussi le pas pour suivre l'allure des deux pirates. Le passage serpentait et semblait ne jamais vouloir se terminer. Les températures brûlantes avaient laissé place à un froid glaçant alors que ses pieds commençaient à ne plus vouloir avancer. Quand la lumière du soleil réapparut enfin, Victoire poussa un soupir de soulagement.

Une fois qu'ils furent sortis de la grotte, un magnifique ciel bleu et une chaleur cuisante la réchauffèrent immédiatement avant que la sensation de suffocation ne reprenne. Il allait encore lui falloir du temps pour s'habituer à ce climat !

Trois chemins se dessinaient devant eux, abrités du soleil par des arbres dont les feuilles immenses ressemblaient à des pales de moulins à vent.

– Cette végétation est magnifique, constata Victoire, ébahie.

– Le médecin en fait de la crème pour soulager les brûlures, lui expliqua Cassegrains. Et nous, on fabrique des cabanes avec les branches, hein, Grandsec ?

Son frère acquiesça d'un vif signe de tête.

– Bref, à droite, c'est la ville. À gauche, vous trouverez des chutes d'eau. La partie sud de l'île, c'est le coin le plus naturel de l'île parce que les rochers et la forêt n'aident pas à construire. Et en face, c'est chez nous. Enfin, chez le capitaine.

Ils avancèrent de quelques pas sur le sentier. Victoire regarda les deux chemins adjacents jusqu'à ce qu'ils disparaissent. À quoi ressemblait une ville construite il y a seulement quelques années sur cette île ?

– Vous habitez donc avec votre capitaine ? releva-t-elle.

– Non, mais on habite sur le domaine, précisa Cassegrains en décalant une feuille pour permettre aux autres de passer.

– Et le reste de l'équipage ?

– Le domaine est très grand ! Certains, comme nous, choisissent de travailler sur les terres du capitaine. Donc c'est plus pratique de construire sa maison directement sur le domaine. D'autres ont leur propre ferme plus loin, et puis il y a ceux qui préfèrent s'établir en ville, expliqua Cassegrains en fermant la marche.

Il semblait plus détendu à mesure qu'ils se rapprochaient de leur destination. Victoire sentait également l'impatience des deux frères et tous pressèrent le pas.

– Votre famille vit ici ? enchaîna-t-elle.

– Nos parents sont morts sur Merova. On est plus que tous les deux.

– Je suis sincèrement désolée.

Victoire échangea un regard plein d'empathie avec les deux frères, mais Cassegrains s'empressa de rebondir :

– Te chagrine pas, princesse, on a pleins d'amis ici ! la rassura-t-il.

Il lui adressa un sourire ravageur. Le spectacle de ses dents gâtées lui aurait fait détourner la tête si elle n'avait pas été aussi soulagée de voir une forme de complicité se tisser avec lui.

– Et puis, on a le capitaine, ajouta Grandsec.

Victoire releva que c'était la première fois qu'il parlait en sa présence. Serait-ce le signe d'une évolution significative dans leur relation ?

– En parlant du capitaine, poursuivit-elle en tentant de ne pas laisser apparaître un sourire trop évident, a-t-il une famille ? Je veux dire, il m'a dit n'avoir ni femme ni enfants, mais je vais peut-être rencontrer ses parents, ou bien des frères et sœurs… Sont-ils sur l'île ?

Son ton enjoué mourut dans sa gorge dès qu'elle remarqua le regard triste qu'échangeait les deux frères.

– Le capitaine est tout seul lui aussi, répondit Cassegrains, la voix éraillée. L'armée de Lys a fait brûler son village natal en représailles. Après tout, quelqu'un devait payer… S'ils n'ont pas trouvé le capitaine, ils ont trouvé sa famille.

Quelle horreur…

Victoire éprouva une violente douleur dans la poitrine en pensant au chagrin de Morgan.

Les pirates, eux, regardaient devant eux, semblant chercher à oublier les malheurs passés maintenant que Victoire connaissait leur histoire.

Ils continuèrent leur chemin sous une épaisse forêt à la fraîcheur revigorante. Andrass s'attardait régulièrement, collant son nez et son épaisse moustache sur des plantes inconnues. Victoire se sentait submergée par tant de beauté colorée. Entre le chant mélodieux des oiseaux et toutes ces odeurs nouvelles, l'atmosphère lui faisait plus penser à un rêve qu'à sa nouvelle réalité…

– On y est ! s'exclama Grandsec, méconnaissable tant il transpirait l'exaltation.

Ils arrivèrent en effet sur une immense plaine, uniquement traversée par un chemin de sable. Devant eux se dressait une imposante demeure en pierres sur deux étages. L'endroit était à la fois isolé et luxuriant.

– Voici donc le domaine de Morgan Ker, souffla-t-elle. Impressionnant.

– C'est certain, confirma Andrass qui paraissait aussi ébahi.

Encadrant les grandes fenêtres, des volets d'un noir ardoise sublimaient le blanc du reste de la maison. Cette merveille d'architecture s'entourait également d'un parc envahi de fleurs. Victoire n'en avait jamais vues autant et de si belles. Les jardiniers du palais de Luxia pouvaient bien aller se rhabiller !

– Ce sont des roses ? demanda-t-elle.

– Presque, répondit Cassegrains. Des fleurs sauvages appelées ici rosemers. Le capitaine les adore.

La plaine s'étendait à perte de vue jusqu'aux montagnes de roches que l'on distinguait vaguement au loin.

– Est-ce le domaine que l'on voit de ce côté ? désigna Victoire.

Sur la gauche, une multitude de bâtiments blancs parsemaient un parc verdoyant. Une rivière bordée d'arbres certainement centenaires serpentait entre la maison de Morgan et le reste du domaine. Le tableau était magnifique : naturel et sauvage.

– C'est de la vigne ? demanda Andrass.

– La vigne du capitaine, déclara fièrement Grandsec.

– C'est immense, avoua Victoire en contemplant l'étendue de l'exploitation.

Elle se rappela la satisfaction évidente de Morgan quand elle avait complimenté son vin. Le Golden. Un mélange puissant et fruité qui l'avait réchauffée d'une manière délicieuse. Et aussi enivrée dès les premières gorgées…

– C'est une écurie ? s'étonna-t-elle alors qu'ils passaient devant un bâtiment en bois sombre à l'odeur familière.

– Il y a une dizaine de chevaux, précisa Cassegrains.

L'attention du groupe fut d'ailleurs attirée par l'arrivée d'un cheval galopant sur la plaine. Morgan fonçait droit sur eux, chevauchant en terrain conquis. Évidemment, puisqu'il était « chez lui ».

Comment était-ce de vivre à ses côtés ?

Il avait caressé les seins de Victoire, embrassé délicatement la peau de son cou à l'en faire tressaillir de plaisir, et promis plus encore… Elle ne pouvait s'empêcher d'imaginer le champ des possibles qui s'offrait à eux dans cette belle et grande demeure où il serait tout à elle. S'exaltant à cette idée, elle inspira à pleins poumons.

– Vous allez bien ? lui demanda Andrass alors qu'il la fixait avec un regard intrigué.

– Euh… Oui. La chaleur est juste… étouffante.

Elle s'éventa avec sa main pour se justifier, tentant de cacher le probable rougissement qui lui était monté aux joues.

– Vous savez, votre angoisse est légitime, déclara le chirurgien. Vivre chez un homme que l'on ne connaît que très peu n'est pas évident. Je suis certain que le capitaine fera tout pour vous rendre ce séjour agréable.

Même si Andrass avait mal qualifié ses émotions, elle devait bien admettre qu'il avait raison. Cette cohabitation forcée ne devrait-elle pas l'inquiéter au lieu de l'enthousiasmer ? Elle n'était plus une prisonnière, mais Morgan n'en restait pas moins une personne avec laquelle elle n'avait pas vécu d'une manière aussi intime. Il était aussi un pirate. Comment était la vie aux côtés d'un pirate ?

CHAPITRE 35

VICTOIRE

Pendant que Morgan approchait de la demeure et déposait sa monture à l'écurie, Victoire et son petit groupe rejoignirent enfin le perron, dont le toit était soutenu par deux épaisses colonnes. Sur la terrasse, plusieurs canapés garnis d'épais coussins colorés appelaient à la détente. Une large table en bois foncé laissait imaginer de délicieux repas familiaux au clair de lune. À Lys, l'étiquette n'autorisait pas de manger ailleurs que dans la salle à manger ou, si la condition physique l'imposait, dans la chambre à coucher. De toute évidence, les couverts déjà dressés signifiaient que les mœurs étaient bien différentes à Jakoba.

À seulement quelques pas des marches, les deux frères s'arrêtèrent net avant d'échanger un regard entendu. Dans un même mouvement, ils se mirent à inspecter méticuleusement le dessous de leurs souliers.

– Que faites-vous ? s'étonna Victoire alors qu'ils commençaient à frotter leurs semelles.

– Faut avoir les pieds propres pour entrer, marmonna Cassegrains.

– Le capitaine est maniaque à ce point ?

– Pas le capitaine ! s'exclama Grandsec. Tallulah !

– Si jamais elle trouve un seul grain de sable… renchérit son frère.

Malgré son incompréhension, Victoire eut envie de pouffer devant la grimace inquiète des deux pirates sanguinaires. À ses côtés, Andrass faisait tressaillir sa moustache, peinant à cacher son amusement.

– Qui est Tallulah ? demanda-t-elle.

– Elle cuisine et s'occupe de la maison, précisa Cassegrains en finissant d'essuyer sa semelle.

Après un nettoyage en règle, les deux frères montèrent sur le perron et ouvrirent directement la porte d'entrée, laissant un courant d'air pénétrer dans la maison.

– Que fait-on ? demanda Victoire à Andrass.

– Mieux vaut ne pas réveiller le monstre, répondit-il tout en inspectant à son tour le dessous de ses pieds.

Victoire l'imita. Elle enleva la poussière et quelques brindilles restées collées puis ils rejoignirent les pirates à l'intérieur.

Dans ce vaste hall d'entrée à la fraîcheur agréable, l'œil ne pouvait être attiré que par l'imposant escalier qui menait à l'étage. Seul ornement de la pièce, sa courbe gracieuse atténuait le côté un peu brut de la pierre tandis que sa balustrade faite de cordages n'était pas sans rappeler le navire de son propriétaire. Au sol, un marbre immaculé brillait à en éblouir les visiteurs.

– Eh bien, eh bien ! cria une voix. Vous voilà enfin rentrés !

Une femme à la peau foncée et à la carrure intimidante les accueillit, mains sur les hanches. Sa robe bleu turquoise se mariait parfaitement avec le turban autour de sa tête. Cette couleur rappela à Victoire l'éclat des tissus de Lys et atténuait la dureté du regard noir de la gardienne des lieux. Cependant, lorsqu'elle agita ses bras, Victoire se dit qu'elle n'aurait probablement aucun mal à étouffer un bœuf et eut un mouvement de recul.

Elle ne regrettait pas d'avoir essuyé ses pieds !

– Regardez-moi ça ! s'exclama la fameuse Tallulah en détaillant les deux frères. Ils sont aussi maigres que des anguilles séchées ! Le capitaine ne vous a pas nourris, grand Dieu ?

Victoire avisa l'embonpoint de Cassegrains et se retint de lever les yeux au ciel.

– À qui ai-je l'honneur ? reprit immédiatement Tallulah en venant à la rencontre des deux invités, sourcils froncés.

– Andrass, le nouveau chirurgien du *Requin*, se présenta le premier avec un sourire aimable.

– Victoire, dit-elle à son tour, d'un ton peu assuré. Je suis…

Que dire ? La prisonnière du capitaine ? Celle qui a tenté de le tuer à de multiples reprises ? Son ennemie jurée ?

– C'est une nouvelle protégée, intervint Cassegrains.

– Vraiment ? s'étonna Tallulah en la toisant de haut en bas.

Un silence s'étira pendant lequel Victoire s'arrêta de respirer. Tallulah l'observait avec attention, le scepticisme transpirant dans ses traits gracieux.

– Où est le capitaine ? demanda-t-elle finalement.

– Ici, déclara une voix derrière eux.

Miraculeusement, Victoire respira de nouveau. À côté d'elle, Andrass se décala, laissant apparaître à contre-jour la silhouette de Morgan qui se dessinait dans l'embrasure de la porte.

– Qu'est-ce que c'est que cette canne ? le réprimanda immédiatement Tallulah.

– Une vilaine blessure, éluda-t-il en boitant vers elle.

Entre ses pieds, une boule de poils blanche rendait sa progression difficile. Le petit chien au pelage court et au museau écrasé grognait sur tous les invités, prêt à bondir sur le premier qui ferait un faux mouvement. Mais avec ses grands yeux clairs et ses minuscules pattes, il était plus amusant qu'effrayant. Morgan grimaça alors qu'il s'appuyait sur sa jambe gauche pour éviter de lui écraser la patte.

– Vous n'auriez pas dû cavaler à bride abattue, le réprimanda Andrass, le regard sévère.

– Mais vous n'avez plus que la peau sur les os, vous aussi ! renchérit immédiatement Tallulah.

Morgan lâcha un soupir exaspéré. Le chien bondit encore quelques fois entre ses pieds avant que Tallulah n'émette à sifflement bref qui calma immédiatement l'animal. Tête baissée, il s'empressa de venir se coller à elle.

– Ma chère Tallulah, vous m'avez tellement manqué ! déclama Morgan, la main posée sur son cœur. Vous devriez très bien vous entendre avec Andrass, vous vous accordez parfaitement pour m'inonder de reproches !

– Ne commencez pas avec vos plaisanteries. Capitaine ou pas, je suis capable de vous botter les fesses ! le menaça-t-elle.

Il fit une grimace qui amusa Victoire.

– Tout s'est bien passé en mon absence ? reprit-il.

– Évidemment ! cria la cuisinière en retournant d'où elle venait. La maison tourne quand vous n'êtes pas là. Allez vous changer, maintenant. Le dîner est servi à vingt heures précises. Je n'aime…

– … pas réchauffer ! compléta Morgan en même temps qu'elle.

Après un dernier regard réprobateur pour le capitaine, Tallulah disparut derrière l'une des portes.

– Elle est délicieuse, murmura Morgan à Victoire alors qu'il arrivait à sa hauteur. Vous êtes faites pour être amies.

Victoire aurait pu réagir à cette pique, mais le doux murmure à son oreille la déstabilisa. Il faisait une chaleur tout à coup dans ce grand hall froid…

Cette sensation s'accentua quand elle se rendit compte qu'ils étaient à présent seuls au milieu de cette pièce. Et quand leurs regards se croisèrent pour ne plus se lâcher, elle n'arriva pas à soutenir le sien : tellement intrusif que Victoire avait l'impression d'être nue au milieu de cette grande pièce.

– Où sont les autres ? demanda-t-elle en cherchant autour d'elle.

– Les deux frères montrent la maison à Andrass, lui répondit simplement Morgan en s'approchant dangereusement de Victoire, l'œil brillant.

– Et le chien ?

Morgan se tourna vers la porte d'entrée ouverte, mais aucune trace de l'animal.

– Il n'a, normalement, pas le droit d'entrer dans la maison… Il n'en fait souvent qu'à sa tête !

– Est-ce le vôtre ?

– Crocs est le chien de Tallulah.

– Il a l'air de bien vous aimer.

– Ce sac à puces bouffe toutes mes paires de bottes.

Alors que Morgan levait les yeux au ciel, Victoire esquissa un sourire. Apparemment, ce n'était pas l'amour fou !

– Montons, déclara-t-il tout en se dirigeant vers l'escalier. Je vais vous montrer votre chambre.

Il s'immobilisa juste devant les larges marches et avisa le trajet qui l'attendait.

– J'aurais dû réfléchir avant de décider de mettre toutes les chambres à l'étage, marmonna-t-il, en posant tout de même le pied sur la première marche. Il monta les suivantes une à une, très lentement, et tenta de ne pas prendre appui sur sa jambe.

Victoire serra les lèvres puis se risqua à proposer :

– Vous voulez que…

– Ne m'attendez pas, coupa-t-il en grimaçant.

Elle sentit que c'était ce que sa fierté désirait et elle s'exécuta, ravalant ses protestations.

À l'étage, le plancher en bois rutilait autant que celui du pont du *Requin* et sa senteur épicée picotait les narines de la même manière. L'ambiance chaleureuse qu'il apportait au couloir contrastait avec la fraîcheur donnée par le blanc des murs. Là encore, aucun meuble ni décoration. Pas de fioritures.

– Vous avez une très jolie demeure, complimenta Victoire. Je ne m'attendais pas à ça.

– Ne me dites pas que vous êtes impressionnée !

– On s'en rapproche quand même dangereusement…

Sa réplique eut le mérite de le faire sourire. Il atteignit le palier en soufflant et s'appuya contre la rambarde pour reprendre ses esprits.

– Il y a trois chambres d'invités, expliqua Morgan en désignant chaque porte avec sa canne. Vous avez donc le choix. Néanmoins, je vous suggère la chambre face à la mienne, avec vue sur les jardins. Sinon, les autres donnent sur la rivière…

La chambre face à la sienne…

– Je crois que je vais choisir les fleurs, dit-elle, le faisant acquiescer d'un mouvement de tête satisfait.

Il se dirigea alors vers la porte en question et l'invita à entrer la première.

Cette pièce se révéla à l'image du reste : spacieuse et minimaliste. Rien à voir avec la décoration surchargée et clinquante du palais de Luxia. Une grande cheminée en pierre noire trônait sur le mur du fond, devant un immense lit en bois. Le matelas, d'une incroyable épaisseur, appelait Victoire telle une sirène, si bien qu'elle se jeta dessus. Son dos rebondit avant de se mouvoir dedans, ce qui lui tira un gémissement de bonheur.

– Vous ne bénéficierez pas du même confort qu'au palais, mais vous serez mieux installée que sur *le Requin*, lui dit Morgan avec un regard amusé.

En position d'étoile de mer, le regard rivé sur le plafond, Victoire n'esquissait plus un mouvement.

– Vous savez, le palais de Lys n'est rien de moins qu'une grande bâtisse inchauffable, déclara-t-elle sincèrement. Je crois que je vais passer le reste de ma vie sur ce lit !

Morgan émit un rire bref avant de reprendre.

– Il y a un placard ici, et un cabinet de toilette. La salle de bains est en bas. Je vais demander à Tallulah de monter du linge propre.

Victoire écoutait sans regarder, ses yeux se fermant tout seuls. Néanmoins, quand elle entendit ses pas se rapprocher d'elle, elle préféra se redresser. C'était la première fois qu'ils se retrouvaient seuls ensemble, et elle ne pouvait s'empêcher de réagir à chacun de ses mouvements, dans l'expectative de…

De quoi au juste ?

Le capitaine esquissa un sourire, comme s'il savait exactement ce qu'elle avait en tête, puis retira de sa ceinture une épée que Victoire n'avait jusque-là pas remarquée dans sa tenue.

– Avant de vous laisser vous reposer, je tiens à vous rendre ceci, dit-il en lui tendant l'objet.

– C'est la mienne ? demanda-t-elle, surprise, en allant à sa rencontre.

Elle reconnut effectivement le manche en cuir tanné et le tissage complexe sur le pommeau, réalisé par l'un des meilleurs forgerons de Luxia à la demande d'Alexandre.

– Je l'ai retrouvée dans ma cabine, sous le lit. Je suis allé récupérer un fourreau pour la protéger.

– Merci, répondit-elle en s'emparant de sa lame.

Il l'avait également fait nettoyer : elle étincelait comme jamais. Victoire devait bien admettre que c'était une attention charmante. Et imprudente.

– Soit vous me vouez une confiance sans bornes soit vous ne me prenez toujours pas au sérieux, déclara-t-elle en la sortant de sa protection.

– Ni l'un ni l'autre. Je suis attaché à la mienne et j'imagine que c'est pour vous la même chose.

Il se trompait. Un jour, cette épée avait représenté une chose essentielle pour Victoire : sa vengeance. Qu'en restait-il aujourd'hui ? Avec cette arme, Victoire avait pris une vie, mais pas celle qu'elle avait imaginée. Et elle n'en était pas encore remise…

– C'est vrai, j'y tiens, mentit-elle, véritablement touchée par son geste.

Il fronça les sourcils, signe qu'il n'était pas dupe, mais s'abstint de commenter alors qu'elle remettait l'étui autour de la lame.

– Peut-être devrais-je garder la mienne à portée de main lorsque je suis dans cette maison, suggéra-t-il finalement, le regard brillant de malice. Ou souhaitez-vous que nous nous en tenions à des rapports plus civilisés ?

Victoire esquissa un sourire. Morgan possédait le don de dissiper ses angoisses.

– Vous n'êtes pas encore assez rétabli pour un second duel, le provoqua-t-elle alors qu'elle déposait l'épée sur la banquette au pied du lit.

Elle ne se sentait surtout plus capable de croiser le fer, mais préféra noyer le poisson.

– Nous dirons cela, lui concéda-t-il en s'approchant d'elle.

Lentement, il tendit la main vers son visage et effleura une mèche de cheveux qui tombait sur sa joue. Elle en ressentit des frissons jusque dans le bas du dos.

– Finalement, vous n'êtes pas l'homme horrible et impitoyable que vous prétendez, dit-elle sincèrement.

– Vous croyez ? murmura-t-il, en se penchant vers elle.

Il tentait de le masquer, mais Victoire nota l'éclat de surprise qui traversa son regard. Était-ce si surprenant qu'elle change d'avis sur lui ? Surtout alors qu'il… qu'il se comportait avec elle comme… Elle ne savait toujours pas comme quoi, et c'était bien ça le plus frustrant !

– Ne vous emballez pas, se reprit-elle. Je n'ai pas dit non plus que je vous vénérais !

– Rassurez-vous, je ne me fais pas d'illusions, très chère.

Victoire s'immobilisa. Il y avait eu dans le ton de sa voix une telle sincérité. C'était la première fois que ces deux derniers mots – « très chère » – prenaient autant de sens.

Pourtant, il s'écarta d'elle, rompant leur lien, laissant juste un doigt glisser sur les lèvres de Victoire avant de mettre une nouvelle distance, plus raisonnable, entre eux. Elle tenta de masquer sa frustration mais fronça les sourcils.

– Vous devriez vous reposer avant le dîner, expliqua-t-il. Les évènements récents n'ont pas été tendres.

Il se recula, ses yeux verts brillant d'une lueur que Victoire n'expliquait pas.

– Soyez à l'heure, Tallulah « n'aime pas réchauffer », précisa-t-il en imitant la maîtresse des lieux juste avant de refermer la porte.

Une fois seule, Victoire promena son regard autour d'elle. La demeure du capitaine était une prison, certes, mais une prison dorée.

CHAPITRE 36

VICTOIRE

Victoire se sentait épuisée par plusieurs nuits d'un sommeil agité. Et la chaleur n'était pas en cause : une brise fraîche soufflait sur Jakoba dès que le soleil disparaissait derrière les rochers. La faute en revenait donc exclusivement à Morgan qui hantait ses pensées. En effet, son séjour ici ne se déroulait pas exactement comme elle l'avait imaginé. Certes, elle ne manquait de rien : la maison était confortable et elle dînait à la table du capitaine tous les soirs en compagnie d'Andrass, Cassegrains et Grandsec, dans une ambiance douce-heureuse et animée.

La vie était grandement différente ici ! Victoire profitait d'une liberté nouvelle avec la magnifique sensation d'aller et venir à sa guise. Ici, pas d'obligation de s'apprêter comme une mariée et d'écouter les sermons d'une enquiquineuse toujours collée à ses basques. Ici, personne n'attendait rien d'elle, même pas qu'elle se lève le matin !

Néanmoins, la solitude lui pesait et Morgan lui manquait terriblement… Il quittait la maison aux aurores et ne revenait que tard le soir. Il avait à faire, elle le savait. Ses premiers jours sur l'île avaient été consacrés à trouver un logement aux nouveaux arrivants sur le domaine, notamment à Andrass. Les travaux d'emménagement battaient désormais leur plein et la récolte du raisin s'amorçant, il était débordé. Le repas terminé, il s'enfermait dans son bureau pour se plonger dans ses écritures.

Après quatre jours passés ici, Victoire avait l'impression d'avoir fait le tour des jardins, de la plaine et des sentiers menant à l'orée du bois, mais elle n'osait aller plus loin sans prévenir Morgan.

Derrière elle, Crocs s'agita, visiblement peu épuisé par cette belle balade de deux heures qu'ils venaient d'achever.

– Tu es adorable, toi, le flatta-t-elle en caressant le sommet de sa tête. N'est-ce pas que tu es adorable ?

Au palais, seuls les chiens de chasse du roi étaient autorisés. Ils étaient noirs, énormes, agressifs et ne donnaient pas vraiment envie de les approcher. Rien à voir avec cette petite boule de poils dont les grands yeux gris rappelaient les ciels de pluie.

– Est-ce que ce chien vous répond, maintenant ? s'amusa Andrass.

Quand Victoire se redressa, sous les aboiements joyeux de Crocs, le chirurgien était déjà à sa hauteur.

– Que faites-vous ? demanda-t-elle en avisant la sacoche qui pendait sur sa hanche.

– J'ai rendez-vous avec le capitaine sur le domaine pour inspecter les travaux de la maison qu'il m'a trouvée. Vous voudriez m'accompagner ?

Victoire hésita. Elle n'avait pas poussé ses promenades jusqu'au domaine pour une bonne raison : elle ne souhaitait pas déranger Morgan inutilement en traînant dans ses pattes.

– Je… Je ne suis pas sûre…

– Vous tournez en rond ici, et rester sage ne vous ressemble guère, non ?

Andrass avait raison sur ce point : elle ne se reconnaissait plus. Elle avait tellement peur de contrarier le maître des lieux qu'elle n'osait plus faire un geste. Depuis quand Morgan exerçait-il un tel pouvoir sur elle ? De surcroît, depuis quand était-elle obéissante ? Après tout, si elle était accompagnée, Morgan n'avait aucune raison de s'inquiéter !

Elle accepta donc la proposition plus vigoureusement que nécessaire, et ils se mirent en route. Après quelques minutes à échanger des banalités, ils virent un volatile s'éloigner à quelques mètres au-dessus d'eux. Andrass s'empressa de le pointer du doigt.

– Vous voyez ça ?

– L'oiseau ?

Il n'était désormais plus qu'un point gris pour eux et Victoire dut plisser les yeux pour voir qu'il se dirigeait vers le nord.

– Pas n'importe lequel, reprit Andrass. C'est un pigeon voyageur ! Il y a un pigeonnier en ville.

– Comment vous…

– Le capitaine m'a fait visiter l'endroit, hier après-midi, expliqua-t-il sans la laisser terminer.

Victoire tenta de ravaler la bile de jalousie qui lui monta dans la gorge. Elle aurait voulu ne pas se sentir blessée à l'idée que Morgan préfère passer du temps avec son nouveau chirurgien et lui faire découvrir l'île à lui plutôt qu'à elle, mais…

– Il y a quelques années, à Lys, le capitaine a recruté un maître de la colombophilie, l'art de dresser des oiseaux voyageurs, afin de créer un relai à Jakoba. Chaque animal est lié à une destination : Merova, Calista ou Lys, par exemple. Après avoir déposé son message, l'oiseau revient toujours chez lui.

Une idée germa immédiatement dans l'esprit de Victoire.

– Il me serait donc possible de donner des nouvelles à ma famille et à mes amis, prit-elle conscience. C'est fascinant…

Son cœur bondit dans sa poitrine. Tante Élisabeth et Alexandre étaient sûrement morts d'inquiétude ! Est-ce qu'elle devait demander l'autorisation pour envoyer une lettre ? Ne devrait-elle pas plutôt agir par prudence et le faire dans le dos du propriétaire, dans l'éventualité où il lui refuserait ce droit ?

– Pas plus que ça ! s'exclama Andrass en brandissant un journal sous les yeux de Victoire.

Elle attendit qu'il arrête d'agiter l'objet et se concentra sur la page qui s'offrait à sa vue.

– Mais… C'est le journal de Lys ? s'étonna-t-elle.

– Effectivement. Plusieurs journaux viennent par bateau de Lys pour les riches propriétaires de Ferterra, et selon le capitaine Ker, une personne de confiance les fait passer jusqu'aux habitants de l'île. N'est-ce pas incroyable ? Une si petite île et tant de moyens à disposition !

– Ça aussi, c'est Morgan qui vous l'a raconté ?

– Eh bien, oui…

Victoire était évidemment ravie de voir que l'amitié des deux hommes était au beau fixe !

– Quelles sont les nouvelles ? demanda-t-elle pour masquer son irritation.

Andrass hésita un instant puis expliqua maladroitement :

– Votre père a lancé toute la garde du pays aux trousses du *Requin*. Ils ont évidemment commencé par prospecter les îles Ferterra et leurs alentours.

Victoire aurait dû être soulagée de cette information, mais il n'en était rien. Malgré son statut de prisonnière, son père était bien la dernière personne qu'elle avait envie de voir. Elle ne souhaitait pas non plus retourner à Lys dans l'immédiat.

– Ils peuvent nous trouver ? s'inquiéta-t-elle.

– Hummm, réfléchit Andrass. D'après ce que j'ai constaté quand nous avons accosté, sans la localisation exacte de l'île et une connaissance fine de la marée, c'est impossible. Je suis navré.

– Ne le soyez pas, rétorqua-t-elle sincèrement.

Après avoir foulé l'herbe épaisse des jardins, leurs souliers empruntèrent un large chemin de sable blanc. Crocs réapparut soudain entre leurs jambes, langue sortie et oreilles dressées au vent. Plusieurs pigeons passèrent encore juste au-dessus d'eux et excitèrent l'animal, qui se mit à aboyer furieusement.

– Mince, il nous a suivis, se désola Victoire en se tournant vers Andrass. Tallulah va le chercher partout.

– Attendez là, je vais le ramener, se proposa le chirurgien.

Mais à peine avait-il prononcé ces mots que Crocs s'élança à la poursuite des volatiles qui venaient de se poser au sol, loin devant eux.

– Crocs ! cria Victoire en commençant à courir. Crocs, reviens !!

– C'est peine perdue, nous ne le rattraperons pas, se ravisa Andrass en courant tout de même à côté d'elle.

Les oiseaux s'envolèrent, mais Crocs continua sa course en direction du domaine, oreilles en arrière, jappant de plus belle.

– Il connaît le chemin ! constata Andrass, le souffle court.

Victoire n'arrivait pas à lui répondre tant sa respiration commençait à se faire difficile. Elle s'aventurait souvent dans la forêt de Luxia, empruntant les sentiers escarpés les uns après les autres, mais ici, la chaleur était étouffante.

– C'est le chien qui va gagner ! haleta Andrass. Qui sera le deuxième ?

– Vous me mettez au défi ? lui demanda-t-elle entre deux inspirations.

– Pourquoi pas, la provoqua-t-il.

Il n'en fallait pas plus à Victoire pour la convaincre. Elle allongea sa foulée et accéléra le pas.

– On se retrouve sur la ligne d'arrivée ! lança-t-elle en mettant de la distance entre eux.

Du coin de l'œil et pendant toute la course, elle avisa Andrass qui la talonnait. Heureusement, la distance qui séparait la maison du domaine n'était pas si grande et le bout du chemin apparut rapidement.

Elle arriva la première, à bout de souffle et au bord du malaise, mais qu'importe, elle avait gagné ! Crocs les attendait sagement assis, sa queue balayant le sable dans un mouvement énergique.

– Je n'avais pas tellement d'avance, vous vous êtes bien défendu ! s'exclama-t-elle alors qu'Andrass la rejoignait.

– Laissez-moi en douter, dit-il.

Face à eux, des maisons en bois blanc à la forme carrée s'élevaient au milieu de la vigne. Celle-ci s'étendait à perte de vue.

– C'est un décor rêvé, déclara Andrass en posant sa main sur son front pour s'abriter du soleil.

– Oui, c'est vraiment très beau.

Des enfants jouaient tranquillement sur une sorte de place au milieu de laquelle passait la rivière dont les rives étaient aménagées de bois et de cordages, rappelant le décor du *Requin*. Des animaux en liberté déambulaient au milieu des étals de fleurs et de légumes, formant un tableau presque naturel.

Soudain, toutes les têtes se tournèrent dans leur direction, puis la foule s'écarta, laissant apparaître le capitaine. Le sang de Victoire se glaça alors qu'il posait sur elle un regard dur et froid.

CHAPITRE 37

VICTOIRE

La journée avait été enrichissante. Après la maison, Victoire avait pu découvrir l'ensemble du domaine, ses habitants, les enfants, et le capitaine au milieu des siens.

À présent, elle tournait dans son lit, sa bonne humeur totalement évaporée. Le trajet de retour à la maison avait été bien silencieux, à la suite de quoi Morgan s'était vite enfermé dans son bureau pour ne plus en sortir. Manifestement, il était contrarié, mais elle n'avait pas osé lui en demander la cause… Les paroles d'Andrass concernant sa docilité lui revinrent en mémoire. Victoire avait changé depuis qu'ils avaient débarqué du *Requin* : elle n'osait pas bouger, pas parler, pas déranger… Elle devenait une petite chose fragile et elle ne se reconnaissait plus elle-même.

Exaspérée, elle décida de se relever. Il fallait qu'elle parle à Morgan !

Elle n'avait pas entendu le son de ses bottes marteler le plancher, il n'était donc pas dans sa chambre. En bas, elle trouva le bureau vide. Pareil pour la salle à manger et la cuisine. Une faible lumière vacillante attira alors son attention au-dehors, du côté de la rivière. Elle sortit de la maison par la porte de derrière et se risqua à approcher de la berge.

– Est-ce une heure décente pour se baigner ? demanda-t-elle en le trouvant en train de barboter dans l'eau.

Morgan se retourna brusquement, sur ses gardes, ses épaules s'affaissant dès qu'il reconnut Victoire. Sous la lumière de la lune, elle ne pouvait distinguer que son corps massif sans connaître la nature du regard qu'il posait sur elle.

– Il fait encore chaud, dit-il en nageant dans sa direction.

– Il fait surtout nuit. On n'y voit presque rien !

De l'autre côté, sur la berge opposée, le chant de la cascade produisait un son apaisant, mais Victoire ne distinguait pas l'eau qui tombait. Morgan s'approcha du bord et alluma une seconde lanterne, juste à côté de celle qui était posée sur une surface en bois. Elle permit à Victoire de l'observer plus facilement, même si elle ne pouvait toujours pas détailler clairement le décor autour d'eux.

– Tallulah vient seulement de partir ? reprit Victoire alors que l'aboiement de Crocs signifiait qu'elle était encore sur le sentier. Elle rentre souvent ainsi, toute seule, en plein milieu de la nuit ?

– Je lui ai dit cent fois de rentrer plus tôt, mais elle n'en fait qu'à sa tête. Elle adore marcher quand le soleil est couché pour écouter les oiseaux.

Victoire acquiesça, mal à l'aise. Elle avait été prise de courage pour le confronter quelques minutes auparavant, mais maintenant qu'elle était face à lui, les mots ne venaient pas.

– Je n'ai pas vu les deux frères non plus, ajouta-t-elle.

– Ils passent du bon temps en ville. D'habitude, ils sont fourrés à la maison, mais avec votre présence…

– Je fais fuir Grandsec ?

– Ne le prenez pas pour vous. Toutes les femmes le terrorisent.

Morgan s'éloigna en quelques brasses mais continua de la regarder. Victoire baissa la tête, puis elle commença à tremper ses pieds dans l'eau fraîche.

À cet instant, il ne semblait pas vouloir l'éviter. Certes, il ne relançait pas la conversation non plus, mais il ne lui fermait pas la porte.

– Les enfants semblent vous adorer, dit-elle finalement.

– Ils aiment surtout mes histoires à dormir debout, s'amusa-t-il.

– J'ai entendu ça. Un serpent de mer à trois têtes ? Franchement… Pas étonnant qu'ils vous vénèrent !

– Vous exagérez.

– J'ai vu la façon dont tous ces gens vous regardent, lui dit-elle plus sérieusement. Vous êtes très important pour eux.

Toute la journée, elle l'avait vu évoluer dans le village et les vignes. Il était écouté, respecté et aimé. Victoire, elle, avait rencontré des personnes chaleureuses, gentilles, et surtout, heureuses. Elle avait également pu goûter au raisin gorgé de soleil et de sucre.

Un cri ressemblant à celui d'une chouette résonna entre eux. Morgan ne répondait plus, au contraire, il reculait encore en quelques mouvements de bras. Elle aurait aimé lui demander ne serait-ce qu'où il passait ses journées et ses nuits. Mais surtout, pourquoi il l'évitait…

– Andrass a une bien jolie maison, lança-t-elle à la place.

– Vous préféreriez vivre sur le domaine avec lui ?

Le ton était tranchant et la fit grimacer, sans qu'elle en comprenne la raison.

– Vivre avec Andrass ? D'où vous vient cette idée ridicule ?

– Vous semblez vous entendre.

Leur conversation prenait une tournure étrange. Andrass était sympathique et intéressant, certes, mais de là à vivre à ses côtés…

– Si vous voulez vous débarrasser de moi, il suffit de me le dire, rétorqua-t-elle, amère.

– Ce n'était pas mon intention.

Victoire tourna la tête vers Morgan, cherchant à comprendre le sens de ses mots, mais il s'était encore éloigné et regardait maintenant vers la cascade. Le silence s'étira entre eux.

Prenant son courage à deux mains, Victoire ouvrit la bouche, prête à poser la question qui lui brûlait les lèvres, quand…

– Venez, gronda-t-il. L'eau est fraîche.

Cette requête la déstabilisa. Il fuyait sa présence depuis plusieurs jours et désirait maintenant nager avec elle ? À quoi devait-elle ce changement d'humeur ?

Soucieuse de préserver sa pudeur, Victoire avisa les environs déserts. Enfin, il aurait pu y avoir un orchestre entier, elle ne les aurait pas vus dans cette nuit noire.

– Je ne suis pas très à l'aise avec l'eau, vous le savez bien.

– Elle n'est pas profonde. C'est une bonne occasion pour vous de vaincre votre peur.

Elle avait très envie de le rejoindre et de profiter de ce moment d'intimité qu'il lui proposait. Son buste épais ombré d'un voile noir et ses bras puissants attiraient les mains de Victoire comme la lumière appâtait les moustiques. Et l'occasion ne se représenterait peut-être pas de sitôt.

Victoire retira sa chemise et son pantalon. Après avoir foulé les planches de bois, elle s'enfonça rapidement dans l'eau délicieusement fraîche.

Ses pieds s'enfoncèrent dans le sable fin jusqu'à ce qu'elle le rejoigne.

Une fois à sa hauteur, elle s'empressa de cacher sa poitrine avec ses bras.

– J'ai déjà vu cette partie de vous, dit-il simplement, un sourcil levé.

Et déjà touché…

Elle hésitait à avancer davantage, quand soudain elle sentit quelque chose frôler ses mollets.

– Argh ! cria-t-elle en se jetant littéralement au cou de Morgan. Qu'est-ce que c'était ?

– C'est un… poisson, dit-il d'un ton moqueur en enroulant ses bras autour de sa taille. Étrange dans une rivière.

Elle se sentit un peu idiote. Néanmoins, elle oublia bien vite l'animal quand elle s'aperçut de la position dans laquelle elle était, son corps pressé contre celui de Morgan.

Et maintenant ?

– C'est une situation extrêmement gênante, bafouilla-t-elle alors que sa bouche frôlait la sienne.

Les bras enroulés autour de son cou, ses jambes accrochées à ses hanches, sa poitrine contre son torse ferme, leurs peaux nues…

– J'en ai connu de pires, souffla-t-il en posant ses mains au creux de ses reins.

L'eau était fraîche, et pourtant, une vague de chaleur enflamma la totalité du corps de Victoire. Évidemment, pour un homme tel que Morgan Ker, ce genre d'instant ne devait pas être exceptionnel.

Elle ne put s'empêcher de serrer ses bras plus fort autour de son cou. Il répondit en agrippant son postérieur avec plus d'intensité. Les lèvres du capitaine et son haleine au parfum de réglisse appelaient inexorablement Victoire.

– Embrassez-moi, s'entendit-elle réclamer, leurs bouches se touchant presque.

– Je n'en ai pas envie.

Le son de sa voix était éraillé.

– Vous êtes sérieux ? s'offusqua-t-elle.

Un silence s'étira.

– Non, déclara-t-il juste avant de s'emparer de ses lèvres avec avidité.

C'était différent de la première fois. Mais pas moins bon. Victoire savait désormais quoi faire. Elle lui rendit chaque baiser et se délecta de ses lèvres douces et pleines. Délicieux. Parfaitement délicieux. Plus elle approfondissait leur baiser et plus elle sentait son corps se tendre. Ses mains à lui couraient partout sur sa peau à elle, la faisant se cambrer à chaque passage dans le bas de son dos. Leurs gémissements couvraient presque le bruit de la cascade. Entre ses cuisses, elle sentait une masse dure…

– Nous devrions arrêter, dit-il soudain en la forçant à s'éloigner de lui.

Il était encore plus essoufflé qu'elle.

– Pourquoi ? s'inquiéta-t-elle.

– Vous avez froid, sortons.

Elle voulait protester, mais elle commençait, en effet, à greloter. Dès qu'il l'avait repoussée, la fraîcheur de l'eau avait produit tous ses effets.

Il fut prévenant, l'aidant à remonter sur la berge, mais elle n'obtint plus rien de lui. Visage fermé, c'était comme si cet instant magique, à la lumière de la lune, n'avait jamais existé.

En une seconde, il était redevenu un mur de glace.

CHAPITRE 38

VICTOIRE

Tout en contemplant le jardin fleuri de la maison, Victoire finissait de déguster son café avec délectation. Après plusieurs jours, elle avait appris à savourer tous les avantages de cette vie : le calme, l'absence de remue-ménage constant, la possibilité de faire ce qu'elle désirait… Elle se sentait si bien ici. Finalement, même en tant que captive, Jakoba lui offrait plus de liberté que Lys.

Elle fut brusquement sortie de ses pensées par le tintement des casseroles à l'intérieur. Posant sa tasse, Victoire se remit sur ses pieds et suivit le bruit qui la guida aisément vers la cuisine où se trouvait Tallulah en pleine activité.

Au centre de cette grande pièce lumineuse, la cuisinière avait regroupé tout le nécessaire sur la table de travail. Victoire identifia plusieurs variétés de légumes et de fruits, mais aussi différents pots en terre cuite contenant des ingrédients secs.

– Je suis prête ! annonça-t-elle fièrement en se retroussant les manches.

À force de supplications, Victoire avait réussi à convaincre la cuisinière de la laisser l'aider. La mission n'avait pas été des plus aisée, et encore maintenant, Tallulah lui adressait une moue peu convaincue, mais Victoire ne supportait plus de tourner en rond !

– Bien, déclara Tallulah en s'essuyant les mains sur son tablier blanc. Vous savez faire une pâte ? Le capitaine m'a demandé de préparer des pitas, ce matin. Il les adore.

Victoire ne savait absolument pas ce qu'étaient des pitas et lança à Tallulah un regard interrogateur.

– C'est de la pâte sur laquelle on étale de la tomate et des légumes avec un peu de fromage. On fait cuire le tout dans un four confectionné avec la roche de l'île, lui expliqua-t-elle.

– Je suis certaine que je vais adorer les pitas ! confirma-t-elle. Malheureusement, je n'ai jamais mis les pieds dans une cuisine avant aujourd'hui, alors pour la pâte…

Tallulah ne se laissa pas décourager et incita immédiatement Victoire à mettre les mains dans la farine. Suivant ses conseils, Victoire mélangea des ingrédients jusqu'à pétrir une pâte souple et épaisse, puis elle enchaîna avec l'épluchage des légumes, et enfin, lava de la vaisselle. Beaucoup de vaisselle. Son respect pour les serviteurs du château de Luxia fut immédiatement décuplé alors qu'elle suait à grosses gouttes !

Pendant que les pitas cuisaient dehors, dans le fameux four, Tallulah proposa d'aller se rafraîchir sous le porche avec une bonne citronnade.

– Mon pauvre dos, se plaignit la cuisinière en tentant d'étirer ses muscles alors qu'elles avaient rejoint le perron.

– Vous souffrez ? s'inquiéta Victoire.

– Beaucoup moins depuis que ce chirurgien aux doigts de fée est arrivé ! Il possède un certain talent.

Un sourire étira les lèvres de Victoire. Andrass avait rapidement su se rendre essentiel pour tous les habitants du domaine, et la redoutable Tallulah n'avait pas échappé à sa compétence.

Tandis qu'elles prenaient place sur la banquette installée contre le mur, Crocs vint à leur rencontre.

– Tiens, te voilà, toi ! lança Victoire en se penchant pour le caresser.

Le chien renifla ses doigts, puis il frotta sa truffe dans le creux de sa main.

– Ce coquin sent les pitas ! s'amusa Tallulah. Il les adore. Il est aussi gourmand que l'était mon Sill !

– Sill ? Qui est Sill ?

Un voile de tristesse traversa le visage habituellement si sévère de Tallulah. Victoire en eut le souffle coupé et se maudit immédiatement, comprenant qu'elle avait posé une question épineuse.

– Mon premier-né, mon bébé, reprit Tallulah. Au début, il était peut-être malingre, mais la vie à Soraya l'a obligé à s'endurcir. Si seulement ils lui avaient laissé une chance…

Victoire n'eut pas besoin de poser une autre question pour savoir qui ce « ils » désignaient. Elle avait désormais compris que les envoyés de Lys faisaient rarement preuve de compassion pour les conditions de vie des habitants de Ferterra.

– Je suis désolée, répondit-elle sincèrement. Aujourd'hui, vous vivez seule sur le domaine ?

Tallulah secoua la tête, silencieusement.

– Lorsque je suis devenue veuve, mon autre fils, Yori, m'a forcée à me battre pour nous. La vie était si dure… Et puis il y a eu le capitaine et l'arrivée sur notre île bénie. Je pense que sans leur aide à tous les deux…

Victoire n'osa pas demander les circonstances du drame qui avait touché cette famille. Son père était probablement impliqué dans ces évènements, d'une manière ou d'une autre, et elle avait bien trop peur d'entendre son nom, de voir l'image qu'elle avait de lui être écorchée de nouveau. Elle ne se sentait pas responsable de ses actes en tant que chancelier de Lys, mais malheureusement, le même sang coulait dans leurs veines, et elle ne voulait pas que Tallulah l'associe à ceux qui lui avaient fait tant de mal.

Tallulah servit deux verres de citronnade qu'elles burent en silence, puis Crocs se mit à tourner sur lui-même pour attraper sa queue, ce qui les fit rire aux éclats.

– Est-ce le capitaine qui vous a demandé de travailler pour lui ? demanda alors Victoire.

Tallulah s'esclaffa.

– Il voulait pas, il avait pas besoin, soi-disant. Tout comme il avait pas besoin de la maison !

– Comment ça ?

– On a presque dû le déloger du domaine pour l'installer ici à la mort du capitaine Jakob ! Il ne se sentait pas digne de lui, qu'il disait… Pourtant, c'est bien lui, et pas le capitaine Jakob, qui est venu me chercher à Soraya ! Moi et bien d'autres…

Victoire fut à moitié surprise d'apprendre que ce joyau de beauté qu'était cette demeure n'était pas le fruit d'un ego surdimensionné… Après tout, aussi belle soit-elle, l'idée de construire cette maison ne correspondait pas à l'homme altruiste qu'elle avait appris à connaître. Même si certaines zones d'ombre persistaient sur la personnalité de Morgan Ker, Victoire y voyait désormais plus clair.

– Vous devez être une personne particulièrement importante pour lui, reprit Tallulah en reposant son verre sur la petite table en bois.

– Pourquoi dites-vous ça ? s'étonna Victoire.

– Jamais on n'a vu de femme ici. Non, jamais. À la ville, ça parle beaucoup. Les gens ont hâte de vous voir à la fête !

– La fête ?

– La fête pour le retour du *Requin* ! Vous savez, moi je ne dis rien, mais tout le monde suppose que le capitaine et vous êtes… Enfin vous voyez.

La poitrine de Victoire se gonfla à cette idée qu'elle chassa tout de suite de son esprit.

– Oh non ! s'empressa-t-elle de contredire la cuisinière. Nous ne sommes pas… Absolument pas.

Sous le regard inquisiteur de Tallulah, Victoire se sentit piquer un fard.

– C'est-à-dire… hésita-t-elle.

Pourquoi lui était-il aussi facile de mentir à Lys et quasiment impossible ici ?

– Il se fait désirer, c'est ça ? devina Tallulah avec un sourire amusé.

– En quelque sorte, admit Victoire, un peu gênée.

Soit ils avaient été interrompus, soit le capitaine avait lui-même décidé de ne pas poursuivre, la laissant dans un état de frustration intense. Néanmoins, elle devait reconnaître qu'en parfaite ignorante qu'elle était, elle n'avait rien fait pour l'inciter à continuer leur jeu de séduction.

– C'est un homme intimidant, concéda Tallulah.

Elle observa attentivement les réactions de Victoire et laissa naître un sourire attendri sur ses lèvres avant de la resservir généreusement, comme si elle sentait que cette conversation allait s'étirer.

– Un peu, admit Victoire en baissant la tête sur son verre.

Énormément ! cria-t-elle intérieurement. Elle n'avait jamais connu un homme plus charismatique

que le capitaine. Et même si elle ne les avait jamais côtoyés longtemps, elle avait vu défiler une ribambelle de prétendants…

– En tout cas, reprit Tallulah sur le ton de la confidence, je peux vous certifier une chose : les hommes comme notre capitaine aiment les femmes qui savent les surprendre. Souvenez-vous-en !

Elle s'arrêta sur ces bonnes paroles qui n'évoquaient qu'un nuage flou à Victoire et sirota tranquillement sa limonade. Victoire attendit un instant, hésitante à poursuivre cette conversation et à admettre son ignorance, mais céda à la curiosité.

– Que me conseillez-vous ?

Tallulah posa une main sur son genou et la couva d'un regard tendre.

– Soyez séductrice, audacieuse. Entreprenante, chuchota-t-elle. C'est le seul moyen de le mettre dans votre lit.

– Dans mon… Dans mon lit ? s'offusqua Victoire. Mais non, vous n'y pensez pas. Nous ne sommes même pas mariés !

Seul un mari était en droit de partager le lit de sa femme… Enfin, c'était la règle à Lys ; mais ici ?

– Mariés ? Quelle idée ! s'étonna la cuisinière. Il n'y a pas besoin d'être mariée pour partager le lit d'un homme.

– De l'endroit d'où je viens, si… dit Victoire d'une voix si ténue qu'elle n'était pas sûre que Tallulah l'ait entendue.

Sur l'île de Jakoba, les mœurs étaient visiblement différentes… Cependant, c'est bien à Lys qu'elle retournerait dans quelque temps, dans une société qui ne lui pardonnerait pas quand l'homme choisi pour elle découvrirait son impureté. Comment affronterait-elle le regard de ses pairs quand la nouvelle éclaterait au grand jour ?

– De toute manière, je n'ai pas le quart de l'expérience du capitaine. Je sais que je suis complètement ignare au sujet des… des relations… Hum ?

– Ma petite, vous ne savez rien à propos du sexe ?

Fermant les yeux pour ne pas croiser le regard inquisiteur de Tallulah, Victoire acquiesça maladroitement.

– Bon… Je ne peux pas vous laisser évoluer dans ce monde sans vous donner quelques conseils, déclara finalement Tallulah avec tendresse en prenant sa main dans la sienne. Commençons par ce que vous savez, dites-moi tout !

Droite sur sa chaise, Victoire triturait ses doigts sans prononcer le moindre mot. Tallulah allait-elle vraiment lui enseigner « la chose » de la même manière qu'elle lui avait appris à cuisiner ?

– Vous connaissez bien quelques détails ? insista Tallulah en croisant les bras sur sa poitrine.

– Il faut un homme et une femme pour concevoir un enfant, déclara fièrement Victoire.

Tallulah attendit la suite.

– Voilà l’étendue de mes connaissances, ajouta-t-elle.
– Vous plaisantez ?
– Non.
– Bon sang, souffla-t-elle. Nous voilà avancées !

CHAPITRE 39

MORGAN

Quand les sabots de son cheval foulèrent le sable des allées du jardin, la nuit était déjà bien installée. Morgan n'avait pas voulu terminer si tard, mais il restait encore de nombreux problèmes à régler sur le domaine. Il en était toujours ainsi après une si longue absence.

Il trouva la porte d'entrée ouverte, devant laquelle Crocs attendait patiemment. Morgan se pencha légèrement pour le caresser.

– Enfin vous voilà ! s'exclama Tallulah en venant à sa rencontre. Je sais que vous avez toujours beaucoup de travail en rentrant d'expédition, mais on dirait presque que vous fuyez la maison, ces derniers temps.

– Victoire est déjà couchée ? demanda Morgan, éludant sciemment sa remarque.

– Vous voulez dire, celle que vous évitez ?

Tallulah avait l'habitude d'entrer dans sa tête alors même qu'elle n'y était pas invitée, mais il n'était pas question d'aborder ce sujet épineux avec sa cuisinière adorée. Il se contenta de lever les yeux au ciel.

– La p'tite est montée il y a un bon moment, reprit Tallulah. Elle était épuisée !

– Comment ça ?

– Elle a absolument voulu m'aider en cuisine.

– C'est une personne… déterminée, lui précisa-t-il.

– Oh ça, j'ai bien vu !

Morgan s'esclaffa.

– Autre chose ? demanda Morgan alors que Tallulah semblait vouloir poursuivre la conversation.

– Je… Non, rien, se ravisa-t-elle d'un ton peu assuré que Morgan ne lui connaissait pas.

– Vous me le diriez si quelques ennuis vous tracassaient ?

– Évidemment, se reprit-elle immédiatement. Allez, Crocs, viens !

Après un bond, le chien descendit les marches du perron pour suivre sa maîtresse qui s'éloigna de Morgan rapidement, le laissant en pleine confusion.

Dans la maison, un silence salvateur régnait. Arrivé sur le palier du premier étage, Morgan s'obligea à ne pas regarder en direction de cette porte tentatrice qui fermait la chambre occupée par celle qu'il évitait avec tant d'application. Demain, il recommencerait le même stratagème : se lever aux aurores, ne croiser personne, se terrer au domaine, s'occuper l'esprit. Morgan émit un grondement sourd. C'était un combat perdu d'avance, mais qu'il fallait mener.

Faisant volte-face, il entra dans sa propre chambre quand sa respiration se coupa brutalement. Sur le lit, se prélassant entièrement nue : Victoire de Torcy.

La lumière faible et vacillante permettait tout de même de distinguer ses seins gonflés et le contour rosé de ses mamelons. Ses longs cheveux noirs tombaient en cascade sur ses épaules et plus bas... Était-il dans l'un de ses rêves ? Non, Victoire était bien réelle. En chair et en os. Une beauté désirable à souhait qui assumait sa féminité.

Il avala sa salive avec difficulté.

Morgan bouillonnait d'un désir sourd. Un désir qui n'avait rien de comparable à celui qu'il avait déjà ressenti pour une autre femme. Cet appétit montait en lui comme une tempête qui se préparait à tout ravager sur son passage.

– Depuis combien de temps êtes-vous ici ? demanda-t-il en tentant de prendre un air détaché.

– Longtemps, avoua-t-elle en baissant la tête. Comme d'habitude, vous rentrez tard...

Après une grande inspiration, Morgan prit son courage à deux mains et fit quelques pas vers le lit.

– Puis-je savoir ce que cela signifie ?

Il n'aurait pas dû s'approcher si près de Victoire. Elle sentait le savon à la rose. Ses pupilles étaient liquides. Enflammées. Elle se redressa pour lui faire face, puis posa l'une de ses mains à plat sur le torse de Morgan, là où son cœur tambourinait violemment, prêt à exploser.

Comment garder le contrôle ?

Victoire avait un sacré cran. Et un sacré corps parfait ! S'offrir à lui d'une manière si entière n'avait pas dû être une décision facile à prendre, surtout pour une jeune ingénue dont les mains tremblantes traduisaient l'inexpérience.

– Je vous aurais crue plus attachée à votre vertu. Les jeunes femmes de Lys ne doivent-elles pas rester vierges pour leur mari ?

– Êtes-vous choqué, capitaine ? demanda-t-elle d'un air un peu embarrassé.

– Non, avoua-t-il.

Quand il pressa ses doigts autour des siens, Morgan sentit une chaleur intense se diffuser dans sa poitrine.

– Vous êtes très belle, s'entendit-il dire. Aussi belle qu'audacieuse.

Tous les efforts de ces derniers jours pour préserver la chasteté de sa petite aristocrate partaient à l'eau. Il aurait dû reculer de plusieurs pas, mais il était bien trop captivé par ses courbes sensuelles. Le feu n'avait pas été allumé dans la cheminée, et pourtant, sa peau brûlait. Son regard ne pouvait plus se décrocher de ce sein dévoilé, ferme, le bout pointant sous l'effet certain du désir qu'elle éprouvait pour lui. Les doigts de Morgan se mirent à picoter, sa langue à peser dans sa bouche.

Il devait absolument résister à cette tentation.

Sors d'ici, Morgan, sors de cette pièce ! se martela-t-il.

Il était déjà trop tard : tout son être la réclamait.

Son index se posa sur la peau douce de sa tentation. Il commença par caresser son épaule et descendit le long de son sein puis de sa hanche et plus bas. Victoire le laissait œuvrer, suivait des yeux son tracé, fiévreuse, haletante, les joues cramoisies.

– Je vous trouve… parfaite, se surprit-il à murmurer.

– Je vous trouve parfait aussi, souffla-t-elle.

À partir de cet instant, il lui sembla qu'il ne contrôlait plus sa main. Celle-ci se déroula pour venir se poser à plat, sur la courbe de son postérieur.

Victoire émit une plainte lancinante qui embrasa son membre à la vitesse des mèches qui font exploser ses canons. Un grognement s'échappa de sa gorge alors que sa main baladeuse effleurait la peau douce et chaude de cette jeune aristocrate.

Était-ce le goût de l'interdit qui rendait chaque mouvement plus grisant ?

Il avait envie de prendre son temps, d'apprécier chaque seconde. Victoire s'accrochait désormais à ses bras comme si une deuxième tempête les frappait de plein fouet. Morgan amena lentement sa bouche vers la sienne jusqu'à ce que leurs souffles courts se mélangent délicieusement, puis il intensifia ses caresses sur le corps de Victoire qui ondulait généreusement.

Elle fermait les yeux, savourant l'instant, tandis que Morgan se sentait dangereusement partir dans les limbes d'un désir aussi puissant que douloureux. Il fit courir sa main sur la cambrure de ses reins, puis il remonta la ligne parfaite de son dos. Son doigt s'attarda alors dans le petit creux de son cou pour venir ensuite descendre entre ses seins. Il descendit, descendit… Elle se mit à gémir, gémir…

– Ça suffit, lâcha-t-il en se reculant brusquement. Regagnez votre chambre.

Victoire écarquilla les yeux de surprise.

– Je vous ai déjà tellement pris, lui expliqua-t-il d'une voix plus douce.

Que deviendrait-elle quand aucun noble de Lys ne voudrait la prendre pour femme ? Il ne supportait pas cette idée.

Avec un air choqué, elle croisa les bras pour cacher ses seins.

– Je voulais juste que ma première fois soit avec un homme par qui je suis attirée. À Lys, il n'y a personne qui… Enfin, vous comprenez ?

En pleine lutte avec ses démons intérieurs, Morgan ne répondit pas.

– Quand nous étions sur la planche, vous me l'avez proposé. Vous vous souvenez ?

– Le contexte était différent.

– C'étaient donc des paroles en l'air ? lui demanda-t-elle avec cet aplomb dont elle savait faire preuve.

Il releva ses yeux vers son regard charbonneux.

– Vous me mettez dans une position… dit-il en commençant à faire les cent pas.

Victoire se leva du lit et enfila une de ses chemises restées sur le fauteuil. Elle était deux fois trop grande mais avait le mérite de couvrir sa peau bien trop exposée à son regard avide.

– Pourquoi refusez-vous de me faire l'amour ? demanda-t-elle avec audace.

– Faire l'amour, dit-il en levant les yeux au ciel. C'est un bien grand mot. Mais bon, admettons…

– Vous me prenez pour une gourde, se vexa-t-elle.

– Non, pas du tout.

Il s'en voulut immédiatement, car la dernière chose qu'il espérait, c'était bien de la faire souffrir d'une manière ou d'une autre.

– Bien sûr que si ! s'emporta-t-elle en faisant mine de partir.

Morgan devait prendre une décision. Soit il la laissait retourner dans sa chambre sans explication, soit il tentait de la raisonner… Tiraillé à l'idée de rester hanté par ce regard blessé qu'elle venait de lui jeter, il la retint en empoignant son bras.

– Plus aucun parti de Lys ne voudra de vous, bon sang ! siffla-t-il. Que deviendrez-vous ?

Elle baissa le regard. Son ton avait été plus sévère qu'il ne l'aurait souhaité, mais il devait la convaincre. Cette situation n'était que temporaire. Bientôt, elle retrouverait son train de vie luxueux, sa famille, ses pairs… Et devrait faire avec les contraintes que son rang exigeait.

Pourtant, même si rien n'était possible entre eux, ni sentiments ni avenir, Morgan bouillonnait d'impatience de faire jouir la femme qui avait osé le défier en duel à l'épée, sur son propre navire. Quelle sensation exquise cela devait être de sentir Victoire se resserrer autour de son sexe. Et surtout, de la voir enfin lâcher prise.

– Vous avez raison, admit-elle après un long silence. Et je vous remercie de vous en soucier.

Elle posait désormais sur lui un regard tendre qui le fit fondre.

– Je refuse de vous prendre votre virginité, mais je peux vous donner du plaisir.

Il accompagna sa proposition d'une caresse tendre sur la joue rosée de Victoire.

– Continuez, lui intima-t-elle en plantant son regard intrigué dans le sien.

Morgan n'avait pas besoin d'en entendre plus pour agir. Agrippant ses hanches, il la souleva pour la porter jusque sur son lit et s'empressa de la rejoindre. Ainsi allongée, offerte à ses envies, il la dominait entièrement, et elle le fixait d'un regard avide qui menaçait de lui faire perdre la raison. Lorsqu'elle approcha ses lèvres des siennes, il l'arrêta d'un regard autoritaire.

– Juste ici, précisa-t-il.

Du bout de ses doigts, Morgan écarta sa fente et en caressa chaque côté. Victoire se mordit les lèvres au sang.

– C'est bon ? lui demanda-t-il alors qu'elle commençait à basculer son bassin d'avant en arrière.

Pour toute réponse, elle gémit.

– Je peux également vous donner du plaisir ainsi.

Le plus délicatement qu'il put, il introduisit un doigt à l'intérieur, dans ses chairs humides et douces.

Elle en resta bouche bée de stupéfaction et s'immobilisa.

– Dois-je continuer ? s'inquiéta-t-il.

Victoire posa la main sur sa cuisse et la pressa doucement.

– Oui, souffla-t-elle.

Il s'allongea sur le flanc, tout contre son corps, prenant appui sur son bras.

– Vous êtes si douce, murmura-t-il au creux de son oreille.

Il posa plusieurs baisers chastes dans son cou, comme il l'avait déjà fait auparavant. C'était un geste intime dont il n'avait pas l'habitude.

Avant de la pénétrer de nouveau, il prit soin d'écarter un peu ses cuisses. Elle ne le lâchait pas du regard.

– Je vous obéis bien trop, capitaine, souffla-t-elle.

– C'est assez plaisant, répondit-il en recommençant à écarter ses plis pour la pénétrer de son doigt.

Cette fois, moins prise au dépourvu, Victoire soupira de plaisir.

Morgan n'avait jamais autant refréné ses envies. S'empêcher de penser à cette autre partie de son corps qui devrait aller et venir en elle relevait de l'impossible.

Victoire était évidemment très serrée, ce qui ne manqua pas d'attiser encore plus ses pulsions. Son sexe se dressait maintenant fièrement, sous son pantalon. Un grognement sonore s'échappa de sa gorge alors que les hanches de Victoire se soulevaient désormais au rythme de son doigt. Son regard à demi voilé témoignait d'un bien-être évident qui incita Morgan à continuer.

Les chairs de Victoire commençaient à se resserrer autour de son doigt, sa bouche était un cœur, sa peau luisait de sueur… Elle allait s'abandonner à lui dans quelques instants. Le bruit de leurs élans passionnés remplissait la pièce. Il allait en devenir fou.

Morgan amplifia le mouvement de son doigt et ajouta quelques pressions de son pouce. Il la contempla se mordre les lèvres de plaisir, alors que le noir de ses yeux n'avait jamais été aussi sombre. Aussi intense. Et même dans cette situation intimidante, elle ne les baissait pas : audacieuse, toujours.

Son innocente guerrière ne retint pas son délicieux cri de jouissance qui se répercuta sur les murs, alors que son corps entier se crispait. La lutte acharnée qu'il menait en cet instant pour ne pas s'abandonner lui semblait être impossible à gagner. Son membre pulsait, ne demandant qu'à se libérer d'un désir puissant.

– Embrassez-moi, l'implora-t-elle en approchant sa bouche tout près de la sienne.

Cette demande sonna le glas.

– Vous avez bu ? s'étonna Morgan en reniflant son haleine.

– Du Golden. Deux verres, avoua Victoire. Pour me donner le courage de vous supplier…

Morgan fondit littéralement en entendant ces mots et écrasa sa bouche sur la sienne.

Leurs lèvres puis leurs langues se mélangèrent dans une danse langoureusement sensuelle. Il trouva sa guerrière bien plus entreprenante dans ses manières. Plus gourmande, avide de sa personne. Victoire recommença à bouger son bassin et à pousser des gémissements de plaisir. C'est ce qui le perdit. Malgré tous ses efforts pour se retenir, il explosa à son tour, rompant leur baiser dans un râle à l'accent animal qui résonna dans toute la pièce.

Après un long moment pendant lequel seul son souffle saccadé comblait le silence, Victoire fit descendre son regard vers le bas.

– Votre vertu restera intacte… pour ce soir.

CHAPITRE 40

VICTOIRE

Le soleil commençait à décliner, signe que le moment tant attendu de retrouver Morgan arrivait. Il avait quitté la maison encore très tôt ce matin et Victoire se languissait de sa compagnie. Ses gestes délicats, la douceur de ses lèvres, ses mots tendres, et même son parfum, lui avaient manqué…

Pourtant, elle se demandait comment le regarder avec aplomb, maintenant qu'elle s'était montrée si séductrice et libérée ? Sentant ses joues s'empourprer, Victoire posa ses mains à plat dessus alors qu'elle entrait dans la salle à manger. Heureusement, elle pouvait justifier ses vapeurs par la chaleur étouffante du jour. Après deux heures d'une belle balade à travers la plaine en compagnie de Crocs, une cruche entière d'eau fraîche n'allait pas suffire à la désaltérer.

– Vous vous êtes bien promenée ? lui demanda Tallulah qui sortait de la cuisine en essuyant ses mains dans un grand torchon rouge et blanc.

– Je suis allée jusqu'aux rochers, dit Victoire en se dirigeant vers la table pour se servir un verre d'eau. Crocs a bien suivi.

– Oh lui, tant qu'il est dehors !

Dehors, les jappements du chien répondirent en écho aux paroles de sa maîtresse.

– Vous, par contre, vous avez une mine fatiguée. Vous devriez aller vous reposer, ajouta Tallulah tout en essuyant la table.

– Vous avez certainement raison… répondit-elle un peu gênée.

Son échappée sauvage n'était en rien responsable et Victoire savait parfaitement à quoi, ou plutôt, à qui, elle devait ses traits tirés.

Ses yeux se fermaient presque tout seuls et la fête du village achèverait sans nul doute de l'épuiser. Mais elle ne regrettait rien.

– Tiens, voilà nos gaillards ! lança Tallulah alors que son regard se portait sur le jardin.

La porte d'entrée s'ouvrit sur les deux frères, qui s'avancèrent jusqu'au seuil de la salle à manger.

– Vous avez essuyé vos pieds ? leur demanda la maîtresse de la maison d'un air menaçant.

Victoire aurait juré voir Grandsec trembler.

– On est tout propres ! On a même pris un bain ! déclara Cassegrains en s'avançant tandis que Grandsec restait en retrait.

– Qu'est-ce qui vous amène ? demanda Tallulah.

Elle posa les mains à plat sur le bas de son dos pour s'étirer.

– Le capitaine nous a dit de venir, répondit Cassegrains en s'approchant de la table, les yeux rivés sur la brioche.

– Vous êtes encore de corvée de chaperonnage ? demanda Victoire.

– On doit rester avec vous, si c'est ce que vous voulez dire, déclara le petit matelot.

– Pourquoi ?

– Pour vous emmener ce soir à la fête.

– Vous en avez de la chance, dit Tallulah à Victoire d'un air moqueur. Je reviens.

Victoire esquissa un sourire avant que la cuisinière les abandonne pour monter à l'étage. Crocs, inquiet de perdre sa maîtresse de vue, se précipita alors dans la salle à manger, enjambant la barrière censée le retenir à l'extérieur.

Il commença alors à japper sur les deux pirates comme un fou furieux. Cassegrains réussit à s'en débarrasser aisément, mais Grandsec, comme à son habitude, semblait incapable de se dépêtrer de ce petit monstre. Le chien se mit à mordiller ses mollets pendant que Grandsec sautait partout comme un cabri, essayant d'échapper à ses dents.

Victoire ne put s'empêcher d'éclater de rire à s'en tordre le ventre devant le spectacle hilarant du grand pirate terrassé par une petite boule de poils.

– Il va jamais y arriver, se moqua Cassegrains alors que Grandsec se faisait maintenant mordre les fesses.

Attentif aux efforts de son frère, Cassegrains plongea inconsciemment sa main dans un petit sachet brun et en sortit une poignée de noix.

– Je croyais que vous n'aviez plus le droit d'en manger ? s'étonna Victoire avec un regard réprobateur.

– J'enlève les coquilles à la main, déclara-t-il fièrement en lui faisant une démonstration.

Victoire lui adressa un sourire timide avant de se tourner de nouveau vers le spectacle.

– Je suppose que le capitaine nous rejoint là-bas ? demanda-t-elle au pirate en feignant un air détaché.

Elle était reconnaissante aux deux frères de les accompagner, mais elle aurait préféré faire le chemin en compagnie de Morgan.

– Il est déjà sur place. Y avait réunion du conseil et il en fait partie, précisa-t-il la bouche pleine.

– Décidément, c'est un homme très occupé, s'agaça-t-elle en croisant les bras sur sa poitrine.

Victoire s'en voulut immédiatement de cette pique amère. Le capitaine ne se promenait pas à longueur de journée comme elle, il travaillait dur et elle l'admirait d'autant plus. Elle aurait seulement souhaité qu'il lui accorde quelques brefs instants pendant lesquels il lui dirait qu'il se languissait de sa présence autant qu'elle de la sienne.

Grandsec continuait de tourner autour de la table pour semer le petit chien enragé et elle aurait continué à rire si elle ne s'était pas sentie soudain si triste.

Était-ce toujours ainsi dans une relation entre un homme et une femme ? Elle s'était attendue à plus de moments de complicité, mais les choses étaient peut-être différentes avec un pirate.

– Pourquoi ce chien aboie-t-il de la sorte ? demanda Tallulah en revenant vers eux.

Elle avisa l'air effrayé de Grandsec qui sautillait sur place pour échapper aux sauts déterminés du chien, puis se mit à rire quand il la dépassa pour aller se réfugier dans le hall.

– Oh, pauvre grand sot ! s'exclama-t-elle. Allez, mon Crocs, au pied !

Obéissant, le chien jappa fébrilement, mais il s'empressa de revenir vers sa maîtresse, les oreilles basses. Grandsec, lui, ne cacha pas son soupir de soulagement.

– Tenez, dit Tallulah en tendant le morceau de tissu qu'elle tenait dans les mains à Victoire. Nous partons célébrer le retour du *Requin* dans quelques minutes et vous ne pouvez pas y assister dans ces vêtements bien trop grands pour vous !

Son ton était sec et sans appel. Victoire se saisit de la robe et la déplia en haussant un sourcil. Le bustier sans manches était cousu dans une sorte de toile de jute foncé et le bas consistait en un coton tout simplement blanc. Pas de jupon, aucune fanfreluche…

– Elle est jolie, admit Victoire en la détaillant.

– Je l'ai empruntée en ville, elle devrait bien vous aller. Allez, jeune fille, changez-vous !

Qui était le véritable capitaine dans cette maison ?

CHAPITRE 41

VICTOIRE

En ville, les rues n'étaient pas pavées comme à Lys et le bois remplaçait la pierre. La rivière traversait le chemin en de multiples endroits, si bien que Victoire et sa petite troupe composée de Cassegrains, Grandsec, Tallulah et Crocs passèrent plusieurs petits ponts avant d'arriver sur une immense place, noire de monde.

La fête battait déjà son plein. Un banquet fourni et coloré avait été dressé sous des guirlandes de fleurs et de plantes qui formaient un toit végétal au-dessus de leurs têtes. Plusieurs violons jouaient des airs entraînants, loin des sonnets barbants des réceptions de Luxia, et l'ambiance conviviale réchauffait le cœur. À Lys, les plus jeunes n'étaient pas autorisés à festoyer, mais ici, les enfants dansaient et se couraient après autour des tables. Les femmes, elles, riaient à gorge déployée, semblant ne se soucier ni de leur apparence ni de leur comportement.

À peine leur petit groupe avait-il rejoint la foule que les deux frères acceptèrent une invitation à danser. Tallulah préféra, pour sa part, aller inspecter le buffet, laissant Victoire à son observation.

Celle-ci n'avait qu'une seule idée en tête : trouver Morgan. Et ce fut chose faite en quelques secondes. Il était occupé à discuter au milieu de plusieurs personnes assez âgées, au centre de la place, juste à côté d'une source d'eau qui sortait de la roche.

Tiens, quand avait-il pris le temps de faire couper ses mèches ? Quelques-unes tombaient négligemment sur son front, mais sa nuque était désormais clairement dégagée. Sa barbe avait été rasée de près, révélant ses mâchoires carrées. Des bagues colorées et de simples anneaux dorés entouraient presque la totalité de ses doigts. Une splendide redingote d'un noir profond épousait à la perfection sa carrure imposante et une chemise blanche à col montant lui donnait un air très distingué. Enfin, sur chaque côté de son pantalon brun, une ligne dorée soulignait la puissance de ses longues cuisses musclées. Comment pouvait-il être encore plus séduisant que le jour d'avant quand elle le trouvait déjà magnifique ?

Morgan braqua son regard sur Victoire et la flamme qu'il avait allumée dans son ventre la veille se ralluma immédiatement.

Elle envisageait de l'approcher et de se présenter à ses amis, mais Andrass apparut devant elle, le regard brillant et des joues colorées qui devaient faire concurrence aux siennes.

– Ravie de voir que vous vous amusez, sourit Victoire.

Les cheveux du chirurgien n'étaient pas plus disciplinés qu'à l'accoutumée, mais sa moustache était impeccable. Il avait revêtu un pantalon noir et une chemise ample assortie qui lui donnaient un air plus jovial que d'habitude.

– Je ne suis jamais le dernier pour faire la fête, répondit Andrass. Les gens d'ici sont vraiment sympathiques !

Il la détailla alors avec insistance, s'attarda sur le large décolleté de sa tenue.

– Je rêve ou vous portez une robe ? plaisanta-t-il.

– Tout arrive… s'amusa-t-elle. Vous vous plaisez sur le domaine ?

– La vie y est très agréable et j'ai beaucoup de travail. Je m'occupe même des animaux.

Le regard de Victoire fut tout à coup attiré à l'autre bout du cercle de danse, là où les deux frères amusaient la galerie avec leurs pitreries.

– J'aime leur insouciance, dit Victoire, un sourire aux lèvres.

Les deux hommes ne semblaient pas réfléchir aux conséquences de leurs actes et profitaient du moment présent. Les femmes qui dansaient avec eux paraissaient tout aussi libres et décomplexées. Victoire enviait leur désinvolture, tout comme leur apparence simple et naturelle. Mais ce soir, avec sa robe sans fioritures, ses cheveux détachés et sa peau devenue hâlée, elle se fondait dans la masse avec une délectation dont elle n'était pas coutumière.

– Vous pensez rester sur l'île ? demanda Victoire en tournant de nouveau son regard vers Andrass.

Il l'observa avec un regard assez sombre.

– Je ne sais pas encore, finit-il par répondre d'un ton grave.

Victoire n'insista pas mais lui trouva un air étrangement soucieux. Le sujet avait visiblement chassé sa bonne humeur.

– Vous pensez toujours envoyer un message à votre famille ? demanda-t-il avec un sourire légèrement forcé.

– J'y pense…

Andrass fronça les sourcils, et Victoire eut l'impression qu'il tentait de sonder son âme.

À la vérité, ses préoccupations avaient été bien plus tournées vers Morgan qu'en direction du pigeonnier et de ses messages…

– Si vous souhaitez le faire, je ne peux que vous recommander d'en parler au capitaine, précisa Andrass en regardant soudain derrière Victoire.

– On parle de moi ?

Victoire sursauta alors qu'elle sentait la présence de Morgan dans son dos. Sourcils froncés, il se posta à ses côtés, les dévisageant l'un après l'autre, d'un air sévère.

Victoire ne put s'empêcher de sourire en avisant l'éclat de jalousie qui brillait dans ses prunelles alors qu'il détaillait la proximité entre elle et Andrass.

– Vous êtes… commença alors Morgan en la contemplant de la tête aux pieds.

Victoire arqua ses sourcils en attendant la suite.

– Très en beauté, souffla-t-il après un raclement de sa gorge.

Son cœur s'emballa. Elle se sentait flattée et heureuse d'être jolie parmi cette foule, même si elle n'avait pas fait d'effort particulier. Peut-être était-ce le bustier qui faisait ressortir légèrement sa poitrine ou bien l'absence de manches qui montrait la peau nue de ses bras ? Alors que Morgan détaillait cette partie de son anatomie, un frisson la fit tressaillir. Lorsqu'il fit une moue de sa bouche, lui rappelant son expression de la veille, dans l'intimité de sa chambre, elle étouffa un gémissement.

– Hum… De quoi parliez-vous ? se reprit Morgan.

Elle en avait oublié Andrass…

– Votre cavalière se demandait si elle pouvait contacter sa famille grâce aux oiseaux voyageurs.

Le regard de Morgan s'obscurcit alors qu'il se tournait lentement vers Victoire.

– Pardon ?

Incontestablement, l'idée ne lui plaisait pas plus que ça…

– Je… Enfin… C'était seulement une idée, bafouilla Victoire.

Elle ne savait plus où se mettre et gratifia Andrass d'un regard noir qu'il ignora complètement.

– Je ne pense pas que cela soit prudent, précisa le capitaine.

Victoire fut piquée au vif par cette remarque : il ne lui faisait pas confiance. Si elle avait eu des doutes sur la nature de leur relation, elle n'en avait plus aucun désormais : Victoire était toujours la prisonnière d'un pirate qui réclamait vengeance. Il n'avait jamais perdu de vue leur situation quand elle n'avait pas hésité à se livrer à lui sans retenue.

Blessée, elle porta son regard sur le sable sans chercher à lui répondre.

– Je vais y réfléchir, rectifia-t-il finalement.

Ce revirement la surprit, mais étant donné sa première réaction, elle préféra ne pas se réjouir trop vite ni même le remercier.

– Quoi qu'il en soit, Andrass, reprit Morgan en se tournant vers lui, je reviens d'un entretien avec le Conseil de l'île. Nous allons organiser une petite cérémonie d'intronisation pour notre nouveau médecin.

Victoire aurait juré voir les mâchoires d'Andrass tressaillir.

– Bien, répondit-il simplement.

– La cérémonie aura lieu bientôt. Je souhaite qu'elle se déroule avant notre départ pour Lys.

– Le départ ? s'étonna Victoire.

Elle ne pensait pas entendre parler de leur retour si tôt. Depuis quelques jours, elle s'était même surprise à espérer rester sur Jakoba. La vie ici était, après tout, celle dont elle avait toujours rêvé…

– Ma jambe est presque remise, lui fit remarquer Morgan en levant ses mains libres.

C'était vrai, il n'avait pas sa canne, ce soir.

– Dans quelques jours, nous repartirons vers votre terre natale pour procéder aux négociations avec votre père. Il faut espérer qu'après tout de temps sans nouvelles de vous, il soit plus enclin à accepter mes conditions.

Cette réalité lui fit l'effet d'une gifle. Depuis combien de temps n'avait-elle pas pensé à l'issue de cette aventure ? Morgan, lui, n'avait pas oublié ses plans.

– Vous croyez ? balbutia-t-elle, complètement sous le choc.

– Il est en train de retourner les îles Ferterra à votre recherche. Son armée terrorise la population locale. Je ne crois pas qu'il prenne votre disparition à la légère.

Victoire dévisagea Morgan avec attention, cherchant au fond de ses prunelles une lueur de doute, un signe qui lui montrerait son attachement. Elle ne vit rien.

Serait-elle capable de rester sur Jakoba tout en sachant qu'il ne partageait pas ses sentiments ? Le pincement qui étreignit son cœur répondit à sa question.

– Vous avez raison, nous devons retourner à Lys au plus vite. C'est là-bas qu'est ma place.

CHAPITRE 42

VICTOIRE

Depuis plus d'une heure, Victoire s'amusait à étudier les danseurs depuis une botte de paille qui faisait office de banc. Ici, il n'y avait pas de pas imposés comme à Lys. Chacun faisait à sa guise pour suivre la mélodie. Grandsec s'était démarqué par son agilité et Cassegrains par le nombre de pieds qu'il avait écrasés.

Cette observation lui permettait de chasser les sombres pensées qui étaient venues hanter son esprit, mais surtout, elle tentait de ne pas laisser son regard dériver vers Morgan. Pourtant, elle revenait sans cesse sur la longue redingote noire qui allait de groupe en groupe pour échanger avec les habitants.

Victoire entreprit alors de compter les villageois qui lui jetaient des regards à la dérobée, mais elle perdit le compte tellement il y en avait. Elle se sentait comme une bête de foire, une curiosité qu'on pouvait admirer sans trop s'en approcher…

– Tenez, buvez ça, dit Morgan en s'asseyant sur la place libre à côté d'elle.

Il lui tendit un verre en terre cuite qu'elle attrapa avec précaution.

– Qu'est-ce que c'est ? demanda-t-elle très surprise par son arrivée.

– Du Golden, mais rehaussé avec quelques épices. Un cocktail parfait pour la saison !

Victoire s'autorisa à boire une gorgée, vraiment rafraîchissante, mais posa ensuite prudemment le verre à côté d'elle. Sa tête avait tambouriné toute la matinée à cause des deux verres d'hier soir, elle savait désormais qu'elle ne devait pas faire confiance aux boissons locales.

– Ce ne serait pas votre nouveau timonier, là-bas ? demanda Victoire alors qu'elle remarquait un homme accroché à une planche de bois.

– C'est effectivement Pit, déclara Morgan.

– Que vont-ils lui faire ?

– Lancer des couteaux en essayant de ne pas le transpercer.

– Vous plaisantez ? s'indigna-t-elle.

Un petit sourire sadique aux lèvres, deux hommes se placèrent sur la marque faite dans le sable, à quelques pas du timonier qui ouvrait ses grands yeux apeurés.

– Absolument pas. Rassurez-vous, ils ont l'habitude. Il ne devrait pas y avoir de problème, ajouta-t-il en lui adressant un petit sourire. Enfin, j'espère…

Victoire grimaça alors que l'expression de Morgan se teintait de sévérité en observant ce pauvre Pit.

– Lui avez-vous réellement pardonné sa participation à l'attaque du *Busard* ? se risqua-t-elle à lui demander. Ou bien est-ce que le voir accueilli parmi les vôtres vous fait penser à la disparition de Briac ?

Le visage de Morgan était désormais complètement fermé et ses épaules s'affaissaient sous le poids de la tristesse.

– Est-ce votre manière de faire preuve de délicatesse ? répondit-il d'une voix polaire.

Victoire n'avait pas souhaité rouvrir la plaie de sa blessure mais plutôt comprendre son absence de compassion envers Pit. Elle s'en voulut immédiatement.

– À Lys, ma solitude n'est jamais plus grande que les soirs de bal dans une salle pourtant pleine à craquer. L'absence d'un seul être cher et l'endroit vous semble vide…

– C'est tout à fait ça, admit-il en plantant ses yeux brillants de tristesse dans les siens.

Elle le retrouvait enfin : Morgan, l'homme au cœur tendre. Un soupir de satisfaction s'échappa de sa bouche.

– Vous êtes-vous entraînée ? lui demanda-t-il soudainement.

Son intention de changer de sujet était évidente, mais Victoire ne lui en tint pas rigueur. Après tout, elle-même n'aimait pas qu'on la pousse à parler de sa mère.

– M'entraîner ?

– Votre cousin a dû vous enseigner des exercices à faire toute seule.

Une liste de dix pieds de long… Mais comme beaucoup de sujets, elle n'y avait pas songé depuis son arrivée. Pas depuis qu'elle avait rangé son épée au fond d'une malle pour ne plus la voir…

– Quelques-uns, admit-elle en baissant les yeux sur ses souliers.

Morgan ne poussa pas plus loin le sujet et elle l'en remercia silencieusement. Ils restèrent un long moment ainsi, l'un à côté de l'autre, à regarder l'agitation, sans vouloir y participer.

Assise à côté de la fontaine d'eau taillée à même la roche, Tallulah attira l'attention de Victoire. La cuisinière surveillait un jeune garçon qui lui ressemblait trait pour trait. Un air bourru, des cheveux longs et crépus, une carrure imposante et des billes sombres menaçantes et tendres à la fois. Avec sa posture élégante, ses bracelets de cuir enroulés autour de ses poignets et ses bagues, Victoire comprit immédiatement qui était le modèle de ce futur pirate.

– Est-ce Yori ? demanda-t-elle à Morgan en pointant l'adolescent du doigt.

– En effet, c'est le fils de Tallulah.

Victoire se concentra de nouveau sur la cuisinière. Ses épaules, d'habitude si vaillantes, tombaient en avant, semblant porter le poids d'une peine infinie.

– Pourquoi a-t-elle cet air triste ? Pense-t-elle à…

– Durant ces fêtes, probablement, admit Morgan, mais là, elle doit probablement penser à la promesse qu'elle m'a arrachée l'autre jour.

– Une promesse ?

Il lâcha un soupir dépité.

– Yori veut s'engager sur *le Requin*, expliqua-t-il.

Victoire l'interrogea du regard, nullement surprise, ce qui incita Morgan à préciser :

– Sa mère n'est pas favorable au projet.

– C'est compréhensible…

– Quand nous partons, nous ne sommes jamais certains de revenir. Durant la dernière expédition, nous avons perdu trois membres, dont Briac, un de nos meilleurs guerriers. Tallulah ne supportera pas de voir son unique enfant partir face au danger.

Victoire frissonna. Comment faisaient les femmes de ces pirates pour gérer leur inquiétude lors de chaque départ ? Elle s'imagina sur le perron de la maison de Morgan, l'embrassant pour lui dire au revoir ou adieu… Un fantasme effrayant, mais qui n'existerait heureusement que dans son esprit.

– Que comptez-vous faire ? Vous allez refuser la demande de Yori ?

– Je suis partagé, avoua-t-il. J'ai bien fait cette promesse à Tallulah, mais d'un autre côté, ce gosse a ça dans le sang. Je préférerais le prendre sous ma protection plutôt qu'il intègre un autre équipage, car tôt ou tard, il s'enfuira pour trouver ce qu'il désire.

– Vous pouvez peut-être lui dire qu'il est trop jeune.

– Il aura seize ans dans quelques jours. C'est l'âge autorisé pour monter sur *le Requin*.

– Repoussez la limite de l'âge, suggéra Victoire.

– Et l'année prochaine ?

– Vous… repousserez encore ? se risqua-t-elle avec un petit sourire contrit.

– Bonne idée. Et bientôt, seuls de vieux gâteux combattront à mes côtés !

– Des vieillards, des femmes… Vous allez vous faire une sacrée réputation, capitaine !

Morgan la toisa d'un regard faussement menaçant avant d'éclater de rire avec elle.

Malheureusement, Victoire n'eut pas le temps de savourer cette complicité retrouvée, car une jeune femme plantureuse, et surtout excessivement belle, vint à leur rencontre. Ses boucles dorées tombaient harmonieusement en cascade de chaque côté de ses épaules alors que ses grands yeux bleus éclairaient son visage. Victoire n'avait jamais vu des lèvres aussi bien dessinées. Sa robe blanche possédait un beau décolleté qui mettait en avant ses formes généreuses.

– Bonsoir, capitaine, le salua-t-elle d'une voix aussi douce que le miel.

Victoire serra les mâchoires. Aussi ravissante soit-elle, cela ne lui laissait pas le droit de les déranger dans un moment si intime.

– Bonsoir, Sharia, lui sourit Morgan.

– Je suis contente de vous revoir. Vous avez été absent trop longtemps.

Victoire leva les yeux au ciel.

Trop longtemps, trop longtemps... Cette fille n'était pas sa mère, tout de même !

– Oui, j'ai été très occupé, dit-il en lançant un regard à Victoire. Se rendre à Lys est toujours une traversée périlleuse.

– Je suis jalouse, je n'ai pas encore eu l'occasion d'écouter le récit de vos aventures. Est-ce vrai que vous avez rencontré Le Busard ?

– Aussi vrai qu'il est désormais mort. Nous en parlerons la prochaine fois que nous nous verrons, si tu veux.

La jeune femme hésita, glissa un regard timide vers Victoire, puis acquiesça d'un signe de tête. Néanmoins, au lieu de les laisser, elle resta plantée à côté du capitaine.

– Tu souhaites me demander quelque chose ? lui demanda-t-il doucement.

– Vous viendrez nous voir, ce soir ?

Morgan esquissa un sourire contrit.

– Non, pas ce soir, je suis désolé.

– Vous êtes… occupé, dit-elle en jetant un regard interrogateur sur Victoire.

– Oui, je suis très occupé, confirma Morgan en buvant une gorgée de Golden.

– Bien… Si vous changez d'avis, je…

– Puisqu'il vous dit qu'il n'est pas intéressé, lâcha soudain Victoire.

Morgan écarquilla les yeux vers elle tandis que Sharia restait bouche bée.

Avait-elle été à ce point cassante ? Qu'importe, elle ne comptait pas s'effacer et tint tête à la jeune fille.

– Merci, Sharia, bonne soirée, intervint finalement Morgan d'une voix suave, en parfait médiateur.

La jeune femme ferma la bouche et fit plonger ses yeux vers ses pieds. Vexée, elle s'en alla sans oser prononcer un mot de plus.

Un silence gênant s'installa entre eux, forçant Victoire à se trémousser sur sa botte de paille, mal à l'aise.

– Non, mais vraiment… N'est-ce pas impoli d'insister ainsi ? se justifia Victoire.

Le capitaine affichait un air sceptique.

– N'est-ce pas ? insista-t-elle.

Elle sentait le regard de Morgan peser sur elle.

– Apparemment, oui, répondit-il en souriant.

Victoire se sentit immédiatement comme la pire des morveuses. Sharia était à coup sûr en train de pleurer. Pourquoi s'était-elle comportée de manière si agressive ?

Sans réponse à ses propres questions, Victoire préféra vider son verre d'un seul trait.

– C'est ainsi que vous avez descendu ma bouteille de Golden, hier soir ? demanda Morgan avec un air malicieux dans les yeux.

– J'ai seulement bu deux verres, se défendit-elle tout bas. J'en avais besoin pour me donner du courage.

– Je vous comprends, c'est pour cette raison aussi que j'en bois, se moqua-t-il.

Il avait un regard insolent. Insolemment attirant. Victoire le gratifia d'une grimace dont elle avait le secret.

– Les femmes d'ici sollicitent-elles souvent votre *présence* ?

– Ce n'est pas si rare, déclara-t-il nonchalamment.

Une petite boule se forma dans sa gorge. Elle détourna la tête en direction des danseurs, essayant de chasser de son esprit toutes les images de cette femme avec le capitaine. En vain… Cette idée la mettait en rogne.

– Pourquoi vous tortillez-vous de la sorte ? demanda Morgan au bout d'un moment.

– La paille me pique les fesses, prétendit-elle.

Le capitaine esquissa un sourire tout en se rapprochant.

– Vos fesses ne méritent pas une telle torture, chuchota-t-il au creux de son oreille. J'en connais de bien meilleures…

Cette proposition osée lui déclencha la chair de poule. À quoi pensait-il ?

Quand elle tourna la tête vers lui, leurs nez se touchèrent. Ils étaient à deux doigts de s'embrasser.

– Rentrons à la maison, lâcha-t-il d'un ton dur en se reculant.

L'ambiance venait de passer du feu à la glace en seulement un claquement de doigts. Les changements d'humeur de Morgan Ker commençaient vraiment à l'épuiser !

CHAPITRE 43

VICTOIRE

Quand ils franchirent le seuil de l'entrée, la fraîcheur du grand hall caressa ses épaules dénudées et fit frissonner Victoire. Morgan ferma la lourde porte derrière eux et avança en direction de son bureau.

– Bonne nuit, dit-il d'un ton monocorde, sans se retourner.

Encore une fois, il souhaitait garder ses distances. Rien d'étonnant, l'ambiance entre eux n'était pas au beau fixe… Peut-être aurait-il dû la laisser à cette fête au lieu d'insister pour la raccompagner !

Elle avait accepté de le suivre en espérant pouvoir discuter avec lui sur le trajet du retour, mais… ils avaient à peine échangé trois mots. À qui la faute ? Victoire s'angoissait pour son renvoi imminent à Lys. Et surtout, elle se sentait tellement fautive de ses élans de jalousie que ses paroles lui restaient en travers de la gorge.

– J’ai un peu gâché la soirée avec ma mauvaise humeur, admit-elle alors qu’elle triturait ses doigts en s’avançant vers lui.

Son impulsivité lui avait causé du tort et elle s’en voulait. Morgan n’avait aucun compte à lui rendre sur la façon dont il menait sa vie amoureuse. Surtout quand elle savait que rien n’était possible entre eux.

– Détrompez-vous, je me suis beaucoup amusé, dit-il en se retournant. J’aime quand vous mettez le monde à feu et à sang.

Victoire grimaça. Elle ressentit le besoin de s’expliquer.

– C’est seulement que…

Devait-elle lui dire ? Après tout, pourquoi pas, si cela lui permettait de s’amender.

– Je ne supporte pas de vous imaginer dans un lit avec une autre femme, lâcha-t-elle sans vraiment mesurer la portée de ses paroles.

Il se figea, et même si elle s’était exprimée avec franchise, Victoire regretta immédiatement ses mots. Elle n’avait aucun droit de lui imposer un tel caprice.

Morgan ne la lâchait plus du regard, mais il ne dit pas un mot.

– Pardonnez-moi, je ne sais plus ce que je dis, dit-elle en faisant mine de monter l’escalier, la tête basse pour cacher sa gêne. Je suis ridicule.

– Vous êtes tout sauf ridicule, la détrompa-t-il en la rattrapant en quelques enjambées.

Il empoigna son bras pour ensuite plaquer son corps contre le mur, juste avant la première marche. Ses mains remontèrent jusqu'à ses épaules et Victoire sentit immédiatement sa chaleur irradier tout son être. L'haleine épicée du capitaine remonta dans ses narines. Il avait un regard sauvage, un peu inquiétant. Mais pas assez pour lui faire peur.

Consciente du pouvoir de séduction qu'elle exerçait sur lui, elle approcha sa bouche de la sienne, exigeant un baiser tant désiré qu'elle n'en dormait plus la nuit.

– Je vous ai pris votre liberté, j'aimerais vous laisser votre vertu, souffla-t-il dans sa bouche entrouverte.

– Vous l'avez déjà dit… Vous savez ce que je veux, moi ? Vivre selon mes désirs, pour une fois, dit-elle d'un ton déterminé.

Elle saisit alors la main de Morgan entre ses doigts frêles, la posa sur son ventre, puis la fit descendre vers son intimité. La robe empêchait Morgan de la toucher vraiment, mais Victoire brûlait déjà d'appréhension…

– Je veux que ce soit vous, continua-t-elle très sérieusement. Vous me connaissez mieux que personne.

Elle était sincère. Lui seul savait lire dans ses pensées et anticiper ses désirs.

Morgan tordit ses lèvres en un tout petit sourire compatissant et desserra l'emprise de sa main sur l'épaule de Victoire pour replacer l'une de ses mèches derrière son oreille. Elle éprouva tout à coup beaucoup d'embarras à quémander ainsi… encore. Elle savait qu'elle serait perdante à ce jeu-là.

– Oubliez ce que je viens de vous dire, s'exclama-t-elle en libérant sa main.

Elle voulut se soustraire à son étreinte, mais il la retint avec force.

– Ne soyez pas gênée. Je suis flatté d'être l'objet de votre désir.

Il déposa un tendre baiser sur sa bouche et Victoire sentit son effet se répercuter jusque entre ses cuisses. Puis, avec une certaine brutalité, les mains de Morgan empoignèrent ses hanches.

– Je veux me comporter en gentilhomme avec vous, Victoire, mais je rêve de vous faire mienne. Vous comprenez donc ce que cela signifie ?

Le regard de Morgan se teinta d'un voile sombre qui la fit tressaillir.

– Non, souffla-t-elle.

Il s'approcha de son oreille, son souffle chaud chatouillant sa peau.

– Une supplication de plus, et je ne réponds plus de rien.

Victoire posa ses mains à plat sur la poitrine de Morgan et sentit les cognements de son cœur. Elle croisa son regard qui semblait encore légèrement hésitant. Pour sa part, elle n'avait aucun doute.

– Qui sait ce que nous réserve notre prochaine traversée, dit-elle. Peut-être allons-nous être engloutis par la mer dans une tempête… Ma vertu vaut-elle vraiment la peine d'être protégée au point de me laisser mourir sans avoir connu ce plaisir ?

– Votre pouvoir de persuasion est assez impressionnant, reconnut-il. Mais ce n'est pas ce que j'ai demandé…

Il voulait qu'elle le supplie, encore. Avec son pouce, Morgan appuya sur sa lèvre inférieure puis l'aspira délicatement. Victoire se sentait partagée entre l'excitation et la peur de ce qui allait suivre. Du bout du doigt, il effleura la ligne de sa mâchoire. Ils échangèrent un baiser passionné, différent du précédent, qui avait été moins brutal, plus chaste. Leurs langues s'enroulèrent, douces, chaudes et humides. C'était divin.

Il exerçait une telle attraction sur elle. Comment pouvait-elle ne pas céder à son caprice ?

– Je vous en supplie, capitaine, l'implora-t-elle.

Quand il rompit leur étreinte, Victoire vit une surprise évidente se matérialiser dans le regard de Morgan.

– Eh bien… L'heure est grave, gronda-t-il en reculant d'un pas.

Le vert de ses pupilles brillait tellement qu'il aurait éclairé une ville, mais il resta immobile, se contentant de la dévisager. Avait-il changé d'avis ?

Sans prévenir, les bras puissants du capitaine la soulevèrent et elle laissa échapper un petit cri.

– Quelle mouche vous pique ? lui demanda-t-elle alors qu'il gravissait les marches de l'escalier à un rythme soutenu.

Il ne répondit pas à sa question.

– Votre jambe ! s'inquiéta-t-elle.

– Je vous l'ai dit, je vais beaucoup mieux, assura-t-il en accélérant le pas alors qu'ils arrivaient à l'étage.

– Pas si vite !

– Je ne veux pas me laisser le temps de changer d'avis.

Le timbre rauque de sa voix traduisait une grande impatience. À la fois soulagée et fébrile, Victoire enroula les bras autour de son cou et se laissa porter jusqu'à la chambre de Morgan. Elle ne sut pas par quel moyen il avait ouvert la porte sans aucune de ses mains libres mais n'eut pas le temps de disserter sur le sujet. Après avoir volé à travers la pièce, son corps s'écrasa sur le lit sans aucune délicatesse.

– Est-ce ainsi que l'on procède sur Jakoba ? demanda-t-elle, un peu sonnée, tout en se redressant.

– Je n'aime pas m'encombrer des civilités, répondit-il tout naturellement.

Morgan se dressait devant elle, encore debout, et une boule d'appréhension se forma dans le ventre de Victoire. Cette fois, elle le savait, il avait cédé.

– Je croyais au contraire que vous étiez à cheval sur les bonnes manières ?

– Plus maintenant, grogna-t-il.

Sur ces paroles, il commença à se dévêtir, et cette fois-ci, elle décida de ne pas détourner le regard. Veste, chemise, sans aucune vergogne, il les fit tomber au sol. Pourquoi aurait-il ressenti une quelconque gêne ? Il était magnifique. Tout en puissance, en dureté, mais aussi en prestance. Elle n'avait qu'une envie : faire courir sa main sur les bosses et les creux de son corps pendant des heures. Et en parlant de bosse… Le regard de Victoire ne pouvait plus se détacher de celle qui étirait les plis de son pantalon.

Détachant de son poignet une fine lanière de cuir, Morgan prit soin d'attacher ses mèches tombantes dans une sorte de chignon puis, en seulement deux pas, effaça la distance qui les séparait. Posant un genou juste à côté de sa cuisse, Morgan empoigna la nuque de Victoire et captura violemment sa bouche. C'était un baiser encore différent des précédents. Morgan sentait, comme souvent, un mélange de réglisse et de Golden, mais cette fois, il se déchargeait de la frustration liée à ses désirs inassouvis. Elle le sentait : il était une marmite bouillonnante dont le couvercle menaçait de sauter à tout moment. Aspirant tour à tour ses lèvres, sa langue, fouillant chaque recoin de sa bouche, il ne lui laissait même pas le temps de reprendre son souffle. Des spasmes incontrôlables secouèrent son ventre.

Elle allait poser ses mains sur son torse ombré quand il se recula.

– Déshabillez-vous, lui ordonna-t-il.

– On dit « s'il vous plaît », répondit Victoire d'un ton provocateur.

Des flammes dansaient désormais devant les yeux de Morgan. Soutenir un tel regard constituait un vrai défi qu'elle se devait de relever.

– On dit « oui, capitaine », murmura-t-il au creux de son oreille.

Quand il lui parlait ainsi, tout l'aplomb de Victoire fichait le camp.

– Oui, capitaine, balbutia-t-elle alors qu'une chaleur intense irradiait dans son ventre.

La satisfaction qui inondait les pupilles de Morgan l'incita à poursuivre ce petit jeu de soumission qui le mettait dans tous ses états.

– Je ferai tout ce que vous désirez, souffla-t-elle juste avant de faire tomber sa robe pour révéler son corps nu à ses yeux extatiques. Ne suis-je pas votre prisonnière ?

CHAPITRE 44

VICTOIRE

Lorsque Morgan caressa ses seins avec sa main à la fois douce et rugueuse, Victoire sentit ses tétons se durcir et elle s'abandonna à des gémissements lascifs qui résonnèrent dans la pièce.

Il l'obligea à s'allonger sur le dos puis, de ses grandes mains, écarta ses cuisses afin de venir se positionner à genoux entre elles. Cette proximité enivrante fit tourner la tête de Victoire.

– Vous allez ressentir une vive douleur. Une sorte de brûlure. Mais cela ne durera pas, la prévint-il tout en déboutonnant sa braguette.

La voix de Morgan était tellement cassée que Victoire ne la reconnaissait plus. Il baissa son pantalon sous ses fesses et Victoire prit une grande inspiration. Le membre de Morgan se dressait fièrement devant elle. Il était si dur, si épais. Comment pourrait-elle l'accueillir ?

Un sourire provocateur se dessina sur les lèvres du capitaine.

– Vous serez ma première petite aristocrate, dit-il, fièrement.

À sa grande surprise, il abattit une claque ferme sur le côté de sa cuisse dont Victoire ressentit la morsure jusque dans le bas de son ventre.

– Argh ! cria-t-elle.

Son esprit de rébellion voulut se manifester, mais les caresses qui suivirent coupèrent court à sa verve. D'autant plus quand elle entendit les sons graves s'échappant de la gorge de Morgan tandis qu'il caressait sa peau à l'endroit de l'attaque. Elle se concentra sur cette sensation délicieuse, la douceur mélangée à la rugosité de sa main…

– Ces manières sont-elles… conventionnelles ? haleta-t-elle.

– Vous n'êtes pas dans le lit d'un duc, madame. Qu'espériez-vous venant d'un pirate ?

Sans attendre sa réponse, il les fit basculer légèrement sur le côté et fit fondre une autre claque, sur sa fesse cette fois-ci. Victoire lâcha un cri qui résonna comme la manifestation d'un plaisir intense.

– Je pense que vous aimez ça, conclut-il en promenant son regard sur ses seins et l'endroit où son désir se faisait de plus en plus violent. Sinon, vous auriez attendu sagement votre mari…

Victoire se sentait complètement envoûtée par le côté sauvage de Morgan et par son langage. Avec un certain empressement, il descendit son corps massif sur le sien, s'appuyant sur ses coudes et ne laissant qu'un pouce d'espace entre leurs deux poitrines. Leurs souffles et leurs regards se mélangèrent d'une façon réconfortante qui atténua un peu l'angoisse de Victoire.

– Prête ? lui demanda-t-il, le regard rivé au sien.

Elle n'avait plus une goutte de salive en bouche.

– Oui, souffla-t-elle.

À peine avait-elle prononcé ces mots qu'elle sentit une masse dure se presser contre ses chairs. Ce n'était plus son doigt. C'était bien plus gros. Plus lourd. La sensation était incomparable. Partagée entre l'appréhension de sa première fois et l'excitation du moment, Victoire retint son souffle. Il s'enfonça légèrement et se mit à exécuter de petits cercles.

C'était délicieux, mais autant elle se délectait de ce langoureux mouvement, autant lui paraissait souffrir le martyre. Les traits du visage de Morgan étaient tirés et quand ses doigts s'enfoncèrent dans la chair d'une de ses cuisses, Victoire réalisa que son impatience était la cause de son supplice. Elle poussa sur ses fesses, l'accueillant plus profondément en elle. Un râle s'échappa de la bouche de Morgan. Il ferma ses paupières, comme pour mieux se concentrer, et continua de l'étirer en effectuant de petits cercles. Victoire gardait ses yeux grands ouverts. Elle voulait étudier chacune de ses réactions, admirer les traits de son visage, voir son torse puissant se soulever et s'abaisser. Elle ressentit le besoin de le toucher et posa ses mains sur la cambrure de ses reins. Ses doigts glissèrent instinctivement sur ses fesses fermes et rebondies, accompagnant leur mouvement sensuel.

– Encore, s'entendit-elle gémir.

Elle vit son sourire et mordit ses lèvres de honte.

– Dites-moi que c'est bon, ordonna-t-il en rouvrant ses yeux.

Elle ne se voyait pas lui avouer cela. Il arrêta son mouvement et l'observa patiemment.

– Dites-le-moi, Victoire, répéta-t-il d'un ton rauque auquel elle ne put pas résister.

– C'est bon, céda-t-elle. Encore, s'il vous plaît…

En prononçant ces mots, elle sentit qu'elle venait d'allumer la mèche d'un des canons du *Requin*.

– Respirez, lui rappela-t-il soudain.

Elle ouvrit grand la bouche et avala tout l'air qu'elle pouvait. C'est ce moment-là qu'il choisit pour s'enfoncer et percer ses chairs. Une brûlure intense la secoua tant qu'elle se mit à suffoquer.

– La douleur va s'estomper, ma chérie, dit-il en plantant un baiser dans son cou.

Elle crut s'étrangler de surprise en entendant ce mot doux. Pour elle, il était avant tout le capitaine du *Requin*, imposant, autoritaire, intimidant.

Les fesses de Morgan reprirent leur mouvement, mais désormais, il ne s'agissait plus de petits cercles. Le capitaine ondulait langoureusement du bassin, écartant un peu plus ses cuisses à chaque coup de reins.

Victoire grimaça encore le temps de quelques allées et venues. Elle se sentait trop étroite pour son épaisseur. Trop fragile pour sa dureté. Presque écartelée. Puis la douleur se transforma en inconfort, qui se mua lui-même en un frottement délicieux. Elle put alors commencer à apprécier la manière dont son membre de marbre étirait son corps. Malgré son empressement, il procédait avec une lenteur et une précision délibérée qui commençaient à la rendre folle.

– Vous aimez ? lui demanda-t-il avec un regard brûlant de fièvre.

– Oui !

Un lien plus puissant se tissait entre eux. Jamais elle n'avait ressenti un tel attachement envers une personne. Mais elle craignait de ne pas lui faire ressentir le même plaisir. Ses lèvres se tordaient en une grimace douloureuse et ses mâchoires étaient crispées à l'extrême. Il ferma de nouveau ses yeux et ses paupières se contractèrent, comme quelqu'un qui tente de forcer sa concentration.

– Vous souffrez ? s'inquiéta-t-elle.

– J'essaie seulement de refréner mes ardeurs.

– Oh…

Elle ne l'aurait jamais cru capable de tant de prévenance. Il ouvrit les yeux et leurs regards s'arrimèrent. Il souhaitait la ménager, mais elle rêvait de l'accueillir plus profondément. Elle donna un coup de reins et alluma ainsi une deuxième mèche. Sous ses mains, le mouvement de vague commença à s'amplifier. Les prunelles du capitaine devinrent liquides.

Tandis qu'elle se concentrait sur le son de claquement que provoquait la rencontre régulière de leurs deux corps, le bout de son membre cogna si fort en elle que la sensation se répercuta jusque dans son ventre et même ses seins. Elle en eut le souffle coupé et ne bénéficia pas du temps nécessaire pour s'en remettre, car il recommença immédiatement. Encore et encore. Se retirer, cogner, se retirer, cogner… Avec une urgence et une certaine frénésie qui sonnait la fin de tous ses efforts.

Il fallait suivre la cadence qu'il imposait, mais Victoire n'avait pas l'intention de flancher, surtout alors que Morgan semblait littéralement la vénérer.

Leurs gémissements de plaisir se répondaient et la communion de leurs corps lui sembla parfaite. Parfaitement indécente, décadente et passionnée.

Dépassée par l'ampleur de ses émotions qui tourbillonnaient comme le bouillon infernal de l'océan, Victoire se sentait avalée par l'énorme vague de la tempête. Ses yeux commençaient à s'embuer, ses mains et ses genoux à trembler, preuve qu'elle se fissurait de toute part. Ses halètements devinrent des gémissements puis des sanglots puis de nouveau des gémissements et ainsi de suite… Chaque coup de reins semblait plus puissant que le précédent.

– Vous aimez quand le capitaine s'enfonce en vous si profondément ?

Au creux de l'oreille de Victoire, Morgan poursuivit un discours qui lui semblait aussi inapproprié qu'excitant.

– Oh oui, capitaine, oui…, souffla-t-elle en sentant son membre vibrer alors qu'il venait de s'enfoncer jusqu'à la garde.

Victoire ne sentit pas venir la violence de sa jouissance. Tout son corps se contracta, de la racine de ses cheveux jusqu'à la pointe de ses orteils. L'énorme vague au creux de son ventre déferla, brûlant ses yeux, son esprit, broyant ses os et ses muscles, ne laissant intacte qu'une infime partie de sa personne. Un cri s'étrangla dans sa gorge tandis que la voix grave du capitaine résonnait sous la hauteur du plafond. Il libéra sa semence sur son ventre juste avant de s'effondrer sur elle.

Victoire n'arrivait pas à reprendre son souffle, alors que le corps lourd de Morgan écrasait le sien. Mais elle s'en fichait. Pour la première fois de sa vie, elle se trouvait enfin là où elle voulait être.

CHAPITRE 45

VICTOIRE

– Vous dormez ?

Marinant dans l'eau tiède de la baignoire, Victoire ouvrit une paupière.

– Presque, répondit-elle à Morgan alors qu'il la fixait de ses prunelles vertes. Vous m'avez épuisée.

– Vous ne m'en voyez pas désolé, dit-il en s'emparant de quelques savons posés juste à côté.

Cette salle de bains était à l'image du reste de la maison : vaste, propre à pouvoir en lécher le sol, dépouillée de tout superflu. Le bois foncé s'assemblait à la pierre grise d'une manière très harmonieuse. Des draps blancs s'empilaient sur un meuble bas. À côté, des savons colorés remplissaient un pot en métal. Régulièrement, Morgan jetait de l'eau froide sur un petit monticule de pierres tellement brûlantes qu'une vapeur chaude se dégageait pour les envelopper.

– Je vous sens détendue, lui fit-il soudain remarquer.

– Ne vous réjouissez pas trop vite, se reprit-elle. Vous ne toucherez plus à mes fesses. Vous les avez bien trop maltraitées ce soir !

– Jamais ? s'inquiéta-t-il d'une façon qui l'amusa.

Il malmènerait son postérieur quand et aussi souvent qu'il le voudrait, mais il était hors de question de le lui avouer.

– Jusqu'à nouvel ordre, murmura-t-elle, ses yeux toujours fermés.

Victoire entendit son petit rire puis les clapotis de l'eau pendant qu'il se savonnait. Alors qu'elle rouvrait complètement les yeux, elle se découvrit aux premières loges d'un spectacle captivant : il avait maintenant entrepris de nouer ses mèches au-dessus de sa tête. Mais ce n'était pas la partie qu'elle regardait le plus.

– Ce que vous voyez vous plaît ? la démasqua-t-il d'un air amusé.

Le feu monta aux joues de Victoire. Malgré tout, elle ne souhaitait pas se dégonfler. Il avait l'habitude de fréquenter des femmes expérimentées et libérées.

– Beaucoup, lâcha-t-elle d'un ton qu'elle espérait être séducteur.

Il l'éclaboussa avec un peu d'eau.

– Rejoignez-moi après, dit-il alors qu'il se levait et nouait un linge blanc autour de sa taille.

Le rejoindre ? Bien qu'intriguée par sa demande, elle ne put demander plus de précisions, car Morgan avait déjà quitté la pièce. Sans plus attendre, Victoire sortit de l'eau et s'enveloppa d'un drap, puis à l'aide d'un autre linge, elle frictionna ses cheveux.

Lorsqu'elle ouvrit la porte, le contraste entre la chaleur de la salle de bains et celle du couloir la saisit, surtout que le marbre était glacé sous ses pieds. Elle avança dans la pénombre, guidée par le bruit d'un petit remue-ménage, jusqu'à ce que Morgan apparaisse devant elle, un plateau dans les mains.

– Quelques fruits et un peu de fromage. Servez-vous, lui proposa-t-il en avançant vers elle la petite collation.

Affamée par leur récente activité, Victoire ne se fit pas prier et s'empara d'une pomme bien rouge dans laquelle elle croqua immédiatement, puis elle prit tout naturellement le chemin de sa chambre, plantant son amant au milieu du couloir.

– Que faites-vous ? lui demanda-t-il alors qu'ils arrivaient devant sa porte.

– Eh bien… Je vais me coucher. N'est-ce pas ce qui est prévu à une heure aussi tardive ?

– Si, admit-il d'un ton un peu amusé.

Tandis qu'une de ses mèches tombait sur son front, il enfourna plusieurs grains de raisin dans sa bouche et mâcha, plantant sur elle un regard brillant de malice.

– Quoi ? demanda-t-elle encore perdue.

– J'avais pensé que vous et votre fessier partageriez mon lit cette nuit.

Dormir à côté de lui ? Sous le même drap ? Quelle idée ! Une telle proximité était-elle judicieuse ? Et s'il l'entendait ronfler ?

– Vous semblez choquée, intervint Morgan.

– Eh bien, mes parents avaient chacun leurs appartements.

Elle réfléchit un instant, puis ajouta :

– Il en est de même du roi et de la reine, et sûrement de la plupart des gens dans le monde d'ailleurs. Après tout, dormir est une affaire personnelle, non ? Il n'y a pas besoin de quelqu'un d'autre.

Visiblement, Morgan se forçait pour masquer son sourire, mais il échoua lamentablement.

– Eh bien, sur Jakoba, deux personnes qui partagent… ce que nous venons de partager dorment dans le même lit.

Victoire écarquilla ses yeux de surprise. Elle avait besoin de dormir, pas d'être tentée à l'idée de… Et voilà qu'elle se sentait rougir !

– Mais après tout, pourquoi pas, reprit Morgan au bout d'un moment. Tenez, je vous laisse ça.

Il lui tendit le plateau avec une expression légèrement déçue, mais pas fâchée. Victoire s'en empara d'une main et tendit l'autre pour ouvrir la porte de sa chambre. C'est alors qu'elle réalisa qu'elle n'avait pas du tout envie de le quitter. Pas dans l'idée de se montrer audacieuse et libérée de toute convenance, mais simplement parce qu'elle connaissait le pouvoir apaisant du capitaine. Quoi de mieux que sa présence à ses côtés pour s'endormir ?

– Je vais faire la cheminée dans votre chambre, déclara Morgan en cherchant à la précéder à l'intérieur.

Après tout, elle n'était plus à Lys et qui viendrait lui reprocher de ne pas respecter l'étiquette ici, sur cette île inconnue de tous ? N'avait-elle pas déjà dépassé les limites en donnant sa virginité à un pirate ?

– Je… Je vais venir chez vous, finalement, dit-elle en se retournant.

Il l'observa avec un regard surpris alors qu'elle ouvrait déjà la porte de la chambre du capitaine.

– Vous n'aurez qu'une seule cheminée à préparer, s'empressa-t-elle d'ajouter en entrant dans la pièce.

– Comme vous voulez.

Les traits du visage de Morgan ne trahissaient aucune émotion, mais ses yeux brûlaient d'une satisfaction évidente.

Alors qu'il se dirigeait vers la cheminée, Victoire posa le plateau sur le lit. Si elle venait de surmonter sa retenue initiale, elle avait tout de même encore beaucoup de préoccupations. Par exemple, de quel côté du lit devait-elle se glisser ? Devait-elle rester nue ? De quoi allaient-ils parler ? Quelle position devait-elle adopter pour dormir à côté d'un homme sans le gêner ? Comment éviter de faire des bruits déplaisants en dormant ? Comment réagirait-il si elle criait pendant son sommeil à cause d'un cauchemar ?

– Vous ne venez pas ? lui demanda Morgan alors que les flammes dansaient déjà dans l'âtre.

Il se dirigea vers le lit et dénoua sa serviette qui tomba au sol, révélant son intimité. Morgan ne se posait visiblement pas les mêmes questions qu'elle… Il souleva la couverture puis le drap et se glissa dessous.

Après une grande inspiration, Victoire se décida à laisser tomber le linge de coton à ses pieds et à rejoindre Morgan dans le lit, tentant de masquer sa gêne. Le feu de la cheminée commençait à répandre une chaleur agréable. C'était une intimité toute nouvelle qui l'embarrassait, certes, mais qui en même temps lui plaisait beaucoup.

– Servez-vous, sinon je vais tout engloutir, plaisanta-t-il en saisissant un morceau de pain.

Ils piochèrent chacun généreusement dans tout ce qui se trouvait sur le plateau, avec pour seul bruit de fond le crépitement des flammes. Leurs regards se croisaient parfois, mais ils restèrent silencieux et vidèrent le plateau en quelques minutes. Morgan le déposa alors par terre puis, après s'être essuyé les mains, il s'allongea sur le flanc. Victoire l'imita timidement et attendit.

Leurs regards ne se lâchaient plus. Celui de Morgan était énigmatique et elle aurait payé très cher pour connaître le fond de sa pensée. Avait-il les mêmes incertitudes qu'elle ? La nature de leur relation, son devenir… Était-il sur le point de changer ses projets et de lui demander de rester sur Jakoba ? Elle mourait d'envie de le savoir.

– Que direz-vous à Tallulah ?

– Rien, murmura-t-il alors que ses yeux tombaient sur sa poitrine.

– Elle va remarquer que je ne dors pas dans mon lit.

Pour toute réponse, il fit courir son index entre ses seins.

– Je ne pense pas qu'elle s'en formalise.

Ce n'était pas les mots qu'elle espérait, alors Victoire décida de poursuivre sur un autre chemin.

– Que direz-vous à votre équipage ? Et à tout le monde ?

– Ce que nous faisons au lit ne les regarde en rien, déclara-t-il en faisant fondre sa bouche dans son cou.

Leur nouvelle relation resterait donc cachée ? Morgan déposa une pluie de baisers sur sa peau, de son oreille à sa clavicule, et Victoire en perdit toute notion d'avenir. Morgan avait cette faculté-là : lui faire profiter du moment présent.

– Ne pensez plus à ça, lâcha-t-il en cessant ses attentions. Dormez.

Il s'allongea sur le dos et tordit son bras au-dessus de sa tête. Le drap couvrait sa nudité jusqu'à sa taille.

Victoire resta interloquée par son attitude fuyante. Comment un homme pouvait-il autant se donner à elle dans une relation charnelle pour ensuite se dérober à des questions qui lui semblaient essentielles ?

Elle se coucha à son tour sur le dos. Pour dissiper sa déception, Victoire se concentra sur le silence de la pièce et sur l'ombre des flammes vacillantes au mur, puis sur sa propre respiration jusqu'à ce qu'elle entende celle de Morgan : bruyante, régulière. Il s'était endormi.

Un privilège que l'esprit torturé de Victoire n'était pas décidé à lui accorder tout de suite.

CHAPITRE 46

VICTOIRE

Le message était envoyé : tante Élisabeth, Alexandre et Héloïse allaient être enfin rassurés.

Cette pensée apaisa Victoire tandis qu'elle marchait à vive allure dans les herbes hautes qui recouvraient la plaine. Elle revenait du pigeonnier qui se trouvait à l'entrée de la ville. Connaissant le chemin, elle n'avait pas eu besoin d'un chaperon et Morgan n'avait pas jugé nécessaire de la surveiller. Un témoignage de confiance qui lui allait droit au cœur.

Morgan s'entraînait à l'épée dans le jardin quand elle remonta l'allée qui menait à la maison. Il fut averti du retour de Victoire par Crocs qui vint à sa rencontre en aboyant comme un fou.

– Je t'aurais bien emmené, dit-elle en se baissant pour le caresser, mais les oiseaux et toi…

– Le maître pigeonnier était au rendez-vous ? lui demanda Morgan alors qu'il s'approchait d'eux.

– Il l'était… Le message est entre de bonnes mains. Enfin, de bonnes ailes, désormais, se corrigea-t-elle alors que la carrure imposante du capitaine la surplombait.

Dès qu'elle se redressa, il fondit sur sa bouche et y déposa un baiser fiévreux qui surprit Victoire. Cet instant ne dura que quelques secondes avant qu'il s'écarte un peu pour reprendre ses mouvements.

– Je vous remercie, déclara Victoire. Ils seront tous soulagés. Tante Élisabeth en particulier.

– Votre chaperon qui ne voulait pas que vous buviez de vin ?

– Elle-même.

– La sœur de votre père ?

– De ma mère. Elle prend son rôle très à cœur.

– C'est logique. Elle ne doit pas s'ennuyer avec vous, dit-il tout en faisant claquer son épée dans l'air.

– Je… Je n'ai pas été la meilleure des nièces, avoua Victoire avec sincérité.

– Elle vous aime comme sa fille, et à ce titre, je pense qu'elle peut tout vous pardonner, dit-il en revenant vers elle.

Cette remarque toucha profondément Victoire et atténua la petite pointe de culpabilité qui crevait son cœur. Morgan trouvait toujours les mots justes pour la réconforter et possédait une sagesse dont elle commençait à devenir dépendante.

– Amusons-nous un peu, proposa-t-il soudain.

Sous le regard surpris de Victoire, Morgan n'attendit pas de réponse pour ôter sa veste puis sa chemise. Son torse imposant et bombé captait désormais toute l'attention de la jeune femme. Ce qu'elle aimait la fine couche de poils noirs qui ombrait sa poitrine et dans laquelle elle avait envie de fourrager…

– Allez chercher votre épée, dit-il en désignant la maison.

Victoire sursauta. Pendant combien de temps l'avait-elle admiré ? Elle fronça les sourcils.

– Pourquoi voulez-vous que je prenne mon épée ?

– Pour faire ce que vous savez faire de mieux, dit-il en agitant sa propre lame.

– Vous voulez qu'on se batte ?

– Pourquoi pas ? la provoqua-t-il en s'échauffant.

– Je…

En plus de lui rappeler de mauvais souvenirs, ce simulacre de combat allait en totale contradiction avec ce qu'elle ressentait désormais pour lui. Et surtout, ses sentiments ne pourraient certainement pas être occultés lors d'un duel qu'elle perdrait assurément. Elle ne s'en sentait tout simplement plus capable.

– Non, claqua-t-elle avec détermination.

Ignorant le trouble qu'il avait suscité chez Victoire, Morgan lui adressa un petit rictus moqueur.

– C'est seulement un petit entraînement… Dites-vous que vous faites une bonne action : je commence à perdre la main.

Victoire cacha son sourire amusé derrière sa main.

– Pourquoi ne pas demander aux deux frères ?

– Mais très chère, il n'y a pas sur cette île de meilleure lame que la vôtre, déclara-t-il en tirant sa révérence.

Même si elle n'en croyait pas un mot, cette remarque flatta son ego.

– Et votre jambe ?

Elle savait qu'il allait mieux, mais elle essayait par tous les moyens de trouver une excuse pour se soustraire à cet exercice sans avoir à lui avouer la peur qui grondait au fond d'elle.

Morgan exécuta un petit soubresaut qui fit rire Victoire. Encouragé, il poursuivit sa chorégraphie, levant une jambe, puis l'autre, esquissant un pas chassé à droite, puis deux à gauche.

– J'aime assez l'idée de vous faire culpabiliser, mais vous pouvez constater par vous-même qu'elle a récupéré toutes ses facultés.

– Je ne culpabilise pas, mentit-elle.

– Je le vois dans votre regard chaque fois qu'une personne mentionne ma blessure.

La langue de Victoire claqua dans sa bouche. Pourquoi était-elle si transparente ? Et pourquoi Morgan semblait en retirer une satisfaction si évidente ?

Morgan força une grimace de douleur en appuyant sur sa jambe, un éclat de malice dans le regard.

– J’adore votre humour… Je crois vous l’avoir déjà dit, le rabroua-t-elle en plissant ses yeux.

Sa pique était feinte. Le voir jouer ainsi la comédie l’amusait follement. Il était très doué.

Elle n’avait vraiment pas envie de reprendre le combat, mais cela semblait lui faire tellement plaisir… Et elle tenait à cette expression de bonheur sur son visage.

– Bon… Si vous insistez.

Morgan tenta de cacher son triomphe, sans succès. Son regard, son sourire, son attitude… Il exultait.

Victoire rejoignit sa chambre en se motivant à haute voix qu’elle « pouvait le faire ». Son épée attendait sagement dans une malle rangée dans un coin de la pièce, cachée derrière la table de toilette. Sa main se mit à trembler quand elle referma les doigts sur le manche. Elle prit alors une grande inspiration tout en essayant de se raisonner : il lui suffirait d’exécuter les mouvements qu’Alexandre lui avait enseignés, de manière instinctive et sans se poser de questions.

Pour ne pas se laisser le temps de changer d’avis, elle descendit les marches du grand escalier quatre à quatre et courut jusqu’au jardin.

– Deux touches gagnantes, déclara Morgan quand elle revint vers lui.

Assis au pied de l’arbre, Crocs attendait sagement, attentif aux déplacements de chacun.

Sa lame en main, Victoire commença à effectuer quelques mouvements amples afin de faire revenir les sensations, en vain…

– Enlevez vos bottines et déboutonnez votre chemise.

L'ordre claqua sèchement, faisant remonter un frisson le long de la colonne vertébrale de Victoire. Instinctivement, elle chercha autour d'elle une présence : Tallulah, Cassegrains ou même Andrass ? Non, seul Crocs aboyait joyeusement.

– Décidément, c'est une habitude chez vous de vouloir me faire combattre à moitié nue, maugréa Victoire.

Morgan émit un petit rire franc délicieux dont les vibrations se répercutèrent jusque dans son ventre. Elle suivit son conseil, retira ses bottes, laissant ses pieds nus entrer en contact avec l'herbe fraîche, puis tira sur les ficelles de sa chemise. Il ne la lâchait pas du regard.

Elle se mit à sautiller en prenant appui en alternance sur chacun de ses pieds, comme Alexandre le lui avait appris.

Alexandre, toutes ces heures d'entraînement, durant toutes ces années… Tout ça pour rien, pensa-t-elle.

Elle avait tué un homme et failli ôter la vie à un innocent. Cette épée ne lui avait apporté que du malheur. L'observant avec dégoût, elle eut envie de la balancer à l'autre bout du jardin.

– En garde, tonna Morgan en se mettant en position.

Ses prunelles vertes la défiaient comme jamais elles ne l'avaient fait. Pourtant, Victoire ne bougea pas d'un cil.

– Vous ne savez plus faire ? la provoqua-t-il.

Elle n'était pas dupe : il la connaissait par cœur. Il cherchait à provoquer une réaction. Cependant, même si cet appel au défi réveilla en elle de bas instincts, Victoire refusa de jouer à ce jeu.

– Peut-être bien, répondit-elle d'un air las.

– En garde, De Torcy. Si vous voulez vous faire une place sur *le Requin*, vous n'avez pas le choix, déclara-t-il avec sérieux en se mettant en position.

Morgan avait raison. Il n'était pas question pour elle de revivre les humiliations de la première traversée et elle devrait se faire respecter.

– Si je n'ai pas le choix, dit-elle finalement en se mettant à son tour en position.

Morgan eut une expression satisfaite, juste avant d'attaquer avec un enchaînement basique que Victoire eut tout de même quelques difficultés à parer. Comme elle le pressentait, un blocage s'était véritablement opéré.

– Vous n'êtes pas assez solide sur vos appuis, la réprimanda-t-il en se reculant.

Elle ne répondit pas, préférant se concentrer sur les sensations inédites qui parcouraient son corps. Son épée ne lui avait jamais paru si lourde.

Voyant qu'il attendait, Victoire attaqua à son tour : deux glissements de pas, une feinte vers la droite et une tentative de touche sur la gauche que le capitaine esquiva agilement.

– C'est tout ce que vous avez dans le ventre ? la défia-t-il. Vous vous êtes empâtée, je vais devoir vous mettre au pain sec et à l'eau.

Un petit sourire étira les lèvres de Morgan, mais Victoire ne réagit pas. Quoi qu'il en pense, elle n'était plus aussi susceptible et impulsive que lors de leur rencontre. N'étaient-ils pas passés à autre chose, désormais ? Pourquoi la poussait-il encore dans ses retranchements ?

– Vous savez parfaitement de quoi je suis capable, dit-elle en levant les yeux au ciel.

– Moi, oui. Mais vous, vous ne le savez plus. Je veux vous retrouver.

Elle ne comprenait pas.

– Réveillez-vous, bon sang ! s'écria Morgan.

Elle sentait monter les larmes dans ses yeux.

– Vous ne devez pas enterrer votre souffrance, mais plutôt la laisser s'exprimer, expliqua-t-il. Sinon, vous allez perdre votre identité.

Le regard de Morgan brillait d'une lueur spéciale. Un mélange de tendresse et de férocité.

Ses mots résonnaient étrangement dans l'esprit de Victoire alors qu'elle luttait contre les larmes. Non, elle n'arrivait plus à trouver sa place. Oui, elle se sentait perdue, effacée. Non, elle ne savait plus comment se comporter. Non, tout ça ne lui ressemblait pas. Et elle n'était même plus capable de se servir de son épée…

Ce voyage n'avait pas seulement changé Victoire, il l'avait réveillée. Pendant cinq ans, elle avait enterré la petite fille de Lys pour ne devenir qu'une boule de haine, prête à tout pour sa vengeance, et quand elle avait perdu sa seule source de motivation… Elle s'était perdue avec.

Comment ne s'était-elle pas rendu compte de cet état léthargique dans lequel elle se trouvait ? Une part d'elle voulait désespérément occulter qui elle était et d'où elle venait… Et enfouir le passé. Mais en agissant ainsi, elle en avait oublié que ce même passé l'avait conduite jusqu'ici. Elle ne devait pas en avoir honte ni même l'effacer.

Sans répondre, Victoire se mit en garde. La plante de ses pieds s'enfonça dans le sol, ses jambes se fléchirent et adoptèrent un écart idéal, tout comme ses bras. Alors qu'elle verrouillait son buste, sa lame se fit tout à coup plus légère. Dans son ventre bouillonnait une envie. Son regard croisa celui de Morgan et ne le quitta plus.

Il voulait la retrouver, il allait être servi !

Pour l'obliger à reculer, elle se mit à avancer, lentement, pointe en avant. Quand elle le jugea assez déstabilisé, Victoire attaqua. Avec rapidité, puissance et précision. Se baissant, se relevant, le prenant par surprise. Avec violence, mais délectation, elle récupérait ses anciennes sensations. Elle exaltait, pas pour le goût de la vengeance, mais parce qu'elle savait ce qu'elle faisait. Elle était douée pour ça.

À deux reprises, elle crut le désarmer. Mais c'était sans compter l'incroyable puissance de ses muscles. Néanmoins, elle l'avait tellement fait reculer qu'il allait bientôt se retrouver sur le sentier…

À bout de souffle, elle utilisa ses dernières forces pour ne pas lui laisser le temps de reprendre ses appuis. Immédiatement après qu'il eut paré un coup feint, Victoire chargea brutalement, les bras bien levés au-dessus de sa tête, espérant lui faire perdre son équilibre. Malheureusement, il esquiva avec une agilité déconcertante et c'est elle qui se retrouva les pieds dans le sable.

Lorsqu'elle entendit le rire de Morgan, le bouillon qui était bloqué en elle explosa. Elle se sentait de nouveau en pleine possession de ses moyens, prête à terrasser son adversaire. Certes, se battre n'était plus le but de sa vie, mais elle avait déjà survécu à bon nombre d'épreuves. Elle n'avait pas à avoir peur de ce qui l'attendait.

– Vous capitulez ? demanda Morgan en se replaçant au centre de la pelouse.

– Vous rêvez ! se reprit-elle.

Il s'esclaffa et elle en profita pour attaquer. Un coup, deux coups, trois coups puis quatre qu'il para assez difficilement. Le bruit des lames qui s'entrechoquaient résonnait comme une douce musique à ses oreilles.

Lorsque Morgan esquiva sa dernière attaque sur la droite, la lame de Victoire s'embrocha dans le vide. Alors que son élan la faisait basculer vers le sol, le bras de Morgan apparut sous son buste pour la retenir. Dans un geste précis, il la redressa, puis fondit sur ses lèvres pour lui offrir un baiser teinté d'urgence et de passion.

Quand il se recula, Victoire en resta prostrée de surprise. Jusqu'à ce qu'elle voie l'épée de Morgan fondre sur son ventre. Elle l'esquiva au dernier moment d'un agile pas chassé sur la droite, mais perdit définitivement l'équilibre et s'écroula au sol.

– Vous n'êtes plus tellement concentrée, ironisa Morgan, un demi-sourire étirant ses lèvres.

Il profita de ce moment pour s'emparer d'un linge blanc et éponger la sueur qui faisait briller sa peau.

Alors qu'elle se relevait, Victoire eut autant envie de l'étrangler que de se jeter à son cou. Il respirait la puissance, l'autorité, l'assurance. D'autres pensées que celle d'un duel se mirent à envahir son esprit et elle lutta de toutes ses forces pour se concentrer uniquement sur le combat.

Se sentant désormais en confiance et solide sur ses appuis, elle exécuta un enchaînement compliqué de pas et de frappes qui avaient pour but de donner le tournis à son adversaire. Morgan était imposant et lourd, mais elle était petite et leste. Elle devait tirer avantage de sa situation et mettre ses atouts en avant. Pendant plusieurs minutes, Morgan para toutes ses attaques. S'acharnant de plus belle, Victoire eut le plaisir de le voir brusquement perdre pied et s'engouffra dans la brèche. Une agile pirouette, un coup à droite, un à gauche, reculer, avancer, en bas, en haut, frapper ! Le bruit du métal résonna à s'en boucher les oreilles tandis que l'épée du pirate lui échappait des mains pour s'écraser au sol.

Ils étaient tous les deux à bout de souffle. Trempés de sueur. Morgan observait Victoire avec autant de surprise que d'admiration. Elle se mordit la lèvre avant de poser la pointe de son épée sur la poitrine du pirate. Elle la fit alors lentement glisser le long de la bande de poils noirs, jusqu'à la limite de son pantalon.

Les yeux de Morgan s'enflammèrent.

– J'ai gagné, souffla Victoire.

Elle le fit reculer, jusqu'à l'acculer contre un arbre, et lui fit signe de s'asseoir. Il obéit docilement, son expression trahissant à la fois son impatience et sa satisfaction. Après une brève inspiration, Victoire lâcha son arme, puis elle se mit à califourchon sur lui, de part et d'autre de ses cuisses, mains bien à plat sur son torse.

– Quand vous me regardez avec ces yeux inquisiteurs, vous pouvez me faire ce que vous voulez, murmura Morgan.

Victoire captura sa bouche avec ses lèvres et l'embrassa avec fougue. Son haleine sucrée la fit frissonner de la pointe des pieds jusqu'au sommet de son crâne. Le bout de ses seins était déjà dur comme deux petites pierres. Morgan commença à toucher ses fesses, et malgré le plaisir que lui procuraient ses caresses, Victoire l'arrêta.

– Pourquoi avoir fait ça ? susurra-t-elle en le défiant du regard.

Il hésita quelques instants avant de répondre :

– Je voulais vous voir reprendre confiance en vous.

Victoire fut prise d'émotions en comprenant qu'il avait su discerner son mal-être alors qu'elle-même refusait d'y penser. N'était-ce pas le signe d'attachement qu'elle attendait tant ? Sa poitrine se gonfla d'une joie intense. Elle pinça ses lèvres pour étouffer son soupir de satisfaction.

– Est-ce que vous lisez dans mes pensées, capitaine ? demanda-t-elle d'un ton badin.

– C'est ce qui arrive quand…

Morgan s'interrompit brusquement, un air soucieux se dessinant sur son visage.

– Continuez, lui intima Victoire.

– Je… Non, rien, dit-il en fuyant son regard.

Victoire aurait bien insisté, mais il ne lui permit pas de poser une nouvelle question. Morgan reprit leur baiser, plus fiévreux, plus enflammé…

Mais cette fois-ci, les lèvres du capitaine ne lui firent pas oublier qu'il évitait encore le sujet de leur relation.

CHAPITRE 47

VICTOIRE

Victoire avait encore passé la nuit seule, dans un lit qui ne lui avait jamais paru si grand et si vide. Morgan prétendait avoir beaucoup de travail sur le domaine ou s'excusait de s'être endormi sur la couche de son bureau. Couche à laquelle elle avait envisagé de mettre inopinément le feu ! L'oreiller imprégné d'un parfum de réglisse familier constituait son lot de consolation, même si enfouir son nez dedans la faisait se sentir un peu pathétique et désespérée. C'est peut-être ce qu'elle était…

Tout dans l'attitude de Morgan l'inquiétait. Notamment le fait qu'il soit devenu encore plus distant qu'avant. Et évoquer le sujet ne menait jamais à rien. Les préoccupations du pirate étaient cachées derrière une épaisse porte en bois dont elle ne possédait pas la clé. Une clé qu'elle ne cessait de chercher dans ses rêves sans jamais la trouver. C'était épuisant.

Victoire n'aimait pas tellement rester tranquille en journée quand tout le monde s'affairait à diverses occupations, mais l'accumulation d'heures sans sommeil avait finalement eu raison de sa personne. Alors qu'elle était tranquillement couchée sous le perron, Crocs se dressa sur ses pattes et aboya, interrompant leur sieste. Victoire ouvrit les yeux sur un jeune homme aux cheveux tressés qui venait à leur rencontre.

– Bonjour Yori, dit Victoire alors qu'il regardait dans sa direction.

Derrière lui, Morgan le suivait avec un air plutôt content. Le garçon joua un peu avec le chien puis gravit les marches du perron.

– Bonjour, Madame, dit Yori.

Il la gratifia d'un élégant signe de tête puis rejoignit sa mère dans la maison.

– Vous allez encore vous cloîtrer dans votre bureau ? demanda Victoire avec amertume alors que Morgan s'apprêtait à entrer dans la maison. Voyons, capitaine, il fait un soleil magnifique !

Il était tellement hésitant qu'elle s'en voulut immédiatement d'avoir employé un ton si impatient. Néanmoins, contre toute attente, il revint vers elle et s'installa à ses côtés.

Elle se trouvait pathétique d'exulter de sa simple présence et n'aurait jamais cru qu'un homme pourrait exercer une telle attraction sur elle.

– Les nouvelles sont bonnes ? demanda-t-elle alors qu'il ouvrait le journal qui venait d'arriver en ville.

– La flotte royale tourne encore autour de Ferterra, répondit-il en plissant le regard.

Il lui tendit le journal.

– Apparemment, votre père aurait fait déployer une centaine d'hommes supplémentaires sur chacune des îles.

Victoire se saisit des feuilles de papier imprimées et commença à lire.

– Ma famille n'a donc pas eu connaissance de mon message, constata-t-elle, un peu inquiète.

– Ces nouvelles ne sont pas du jour, s'empressa-t-il de la rassurer.

– En même temps, remettre des informations à des oiseaux… Est-ce vraiment fiable ?

– Bien sûr, affirma Morgan en lui reprenant le journal des mains. Il faut juste leur laisser le temps d'arriver.

Il reporta son attention sur un autre article et se mura dans un silence prudent.

Même s'ils n'échangeaient plus un mot, Victoire réalisa que ce simple moment de proximité était devenu très rare ces derniers jours. En réalité, ce n'était pas arrivé depuis leur séance d'entraînement, à la fin de laquelle Morgan s'était enfermé dans un mutisme étrange. Pourquoi l'évitait-il ainsi ? Que devait-elle faire pour faire partie de ses préoccupations ? Essayer de le tuer ? N'importe quoi !

Sa frustration atteignait des sommets pour lui faire penser à de telles extrémités.

Victoire ferma les yeux en pensant à ses trois tentatives restées, fort heureusement, infructueuses.

– Vous vous sentez bien ? s'inquiéta Morgan en posant son journal.

En voyant le pli soucieux au-dessus de son front, Victoire décida d'en jouer…

– Je… Je ne sais pas. J'ai mal à ma jambe, mentit-elle en se frottant la cuisse.

Sa voix avait été bien trop aiguë et elle voyait déjà ses mains trembler, signe de sa piètre performance d'actrice, pourtant, lui sembla y croire. Il fronça les sourcils.

– Vous avez dû vous froisser un muscle à l'entraînement. Nous ne nous sommes pas assez échauffés.

Morgan posa sa main à l'endroit où elle avait posé la sienne et massa ses chairs avec délicatesse et concentration.

Victoire en profita pour l'observer avec plus d'attention, évaluer ses réactions. De toute évidence, il n'hésitait pas à la toucher, et son bien-être l'inquiétait toujours…

– Que diriez-vous si je vous emmenais aux sources chaudes ? Il y a de bons résultats pour ce genre de douleurs.

Le regard que Morgan remonta sur elle était chargé de tendresse.

– Pourquoi pas, si vous pensez que cela peut me faire du bien, répondit-elle alors qu'une chaleur diffuse inondait toute sa poitrine.

– Bien, alors préparons-nous, dit-il en se levant.

Menteuse ! criait sa petite voix intérieure.

Mais après tout, s'il fallait feindre un mal pour avoir une chance de créer des moments d'intimité avec l'homme qui occupait toutes ses pensées, elle pouvait le faire !

Yori sortit de la maison au même moment, la mine triste.

– Tu as parlé à ta mère ? lui demanda Morgan.

– Oui, c'est bon. Elle est d'accord.

Le jeune homme les salua poliment d'un signe de tête et s'en alla.

– Comment vous en êtes-vous sorti ? demanda Victoire à Morgan alors qu'elle se levait à son tour.

– Je lui ai promis de le faire embarquer sur *le Requin* à l'âge de dix-huit ans. Nous avons juré tous les deux sur l'honneur. Et d'ici là, je vais prier tous les jours pour qu'il tombe éperdument amoureux.

Victoire se mit à réfléchir.

– Ah… Parce que tomber amoureux vous ferait abandonner le commandement du *Requin* ? demanda-t-elle avec grand intérêt.

Un silence lourd s'installa. Morgan la regarda pendant de longues secondes sans que son visage trahisse la moindre émotion.

– Non, lâcha-t-il enfin.

CHAPITRE 48

VICTOIRE

La forêt de Jakoba était bien réveillée en cette journée ensoleillée. Victoire put admirer les oiseaux qui volaient de branche en branche et progresser au rythme de leurs chants mélangés. Les rayons du soleil transperçaient allégrement le feuillage des arbres pour les baigner de lumière, mais Morgan insistait pour que Victoire marche dans ses pas et ne s'éloigne pas du chemin qu'il traçait pour eux.

– Qu'est-ce qui vous inquiète comme ça ? demanda-t-elle.

– En plus des sables parfois mouvants ? Le magni. C'est cette fleur bleue que vous voyez ici, lui désigna-t-il. Son parfum est enivrant, mais elle est surtout particulièrement toxique.

Victoire admira les pétales aux reflets ombragés qui s'agitaient sous la brise de cette fleur en apparence inoffensive, mais elle fit ensuite bien attention à ce que sa monture ne s'en approche pas.

Au loin, le grondement sourd des chutes d'eau leur signifia qu'ils arrivaient à destination. Les arbres laissèrent la place à une clairière parsemée de roches enveloppées de vapeur d'eau et d'une bonne odeur d'argile, avec, en fond, un torrent qui se jetait dans le lac avec grand fracas.

Ils attachèrent les chevaux au même arbre, puis Victoire le suivit ensuite sur les différentes pierres qu'il lui désignait pour éviter les plus glissantes.

– Appuyez-vous sur moi, vous ne risquez rien, lui dit-il en resserrant l'emprise sur sa main.

Il anticipait ses moindres mouvements, lui permettant de ne jamais perdre clairement l'équilibre.

Lorsqu'ils arrivèrent en bordure du lac, la fumée était devenue plus épaisse. Morgan se déshabilla rapidement, sous les yeux écarquillés de Victoire. Elle avisa alors le décor qui les entourait, hésitante.

– Vous êtes certain qu'il n'y a personne ?

– Pas vraiment, répondit-il nonchalamment.

Il se trouvait désormais nu devant elle.

– Vous ne détournez plus les yeux ? lui fit-il remarquer alors qu'elle le détaillait sans aucune vergogne.

– Je… Euh, si.

Victoire se retourna, mortifiée, et se perdit dans la contemplation des arbres.

– Déshabillez-vous et rejoignez-moi, lui dit-il alors en plongeant dans l'eau.

Les gouttes chaudes l'éclaboussèrent alors que le corps de Morgan disparaissait dans les profondeurs du lac. Victoire avisa l'endroit encore un moment, puis se résigna. La vapeur d'eau la cacherait suffisamment aux yeux d'un inconnu qui passerait par là.

Elle fit donc tomber ses habits au sol puis cacha ses parties intimes avec ses mains avant de s'approcher à seulement un pas du bord. Morgan l'observait avec un mélange d'avidité et de retenue, ce qui donnait une expression assez comique à son visage habituellement si sévère.

– Sautez, je vous récupère ! l'encouragea-t-il d'une voix forte pour couvrir le bruit de la chute.

Sans plus d'hésitation, Victoire se jeta dans ses bras levés et les rejoignit en même temps que l'eau recouvrait son corps. Il la serra contre lui alors qu'elle s'habituait à la sensation d'abord fraîche de cette baignade. Cependant, une fois complètement immergée, elle s'aperçut que l'eau était délicieusement chaude. Victoire arrima ses cuisses autour des hanches de Morgan et elle enlaça son cou.

Front contre front, nez contre nez, Victoire profita de la sensation de sécurité qu'il lui apportait. Elle n'était pas dans son élément, mais il pouvait bien l'emmener où il le souhaitait : avec lui, elle irait sur toutes les mers et jusqu'aux terres les plus lointaines.

– Nous allons traverser, lui dit Morgan après avoir nagé quelques brasses. Bouchez votre nez.

Victoire écarquilla les yeux. Ils étaient désormais tout près de la chute d'eau qui, d'ailleurs, les éclaboussait allégrement, et elle comprit que son intention était de les faire passer à travers.

– C'est une plaisanterie ?

Non, ce n'en était apparemment pas une. Morgan les fit plonger dans le lac, et Victoire eut à peine le temps de pincer les lèvres. L'eau pénétra dans ses narines alors que Morgan la tirait derrière lui. En quelques secondes, ils ressortirent derrière le rideau formé par la cascade. Alors qu'elle reprenait pied, Victoire toussa plusieurs fois pour évacuer l'eau coincée dans sa gorge.

– Comme d'habitude, on n'écoute pas le capitaine, plaisanta Morgan en les emmenant plus loin.

Agrippant ses épaules, Victoire réussit difficilement à reprendre une respiration normale en atteignant la rive. Elle écarquilla les yeux quand elle avisa l'endroit où ils se trouvaient : une immense grotte. L'eau rentrait dedans, que ce soit par la cascade ou par des infiltrations dans la roche, mais une petite berge permettait de venir s'y réfugier.

– Vous n'avez pas trop froid ? s'inquiéta Morgan alors qu'il la hissait sur le sol légèrement sablonneux.

La vapeur d'eau l'enveloppait d'une agréable chaleur.

– Non, balbutia-t-elle en s'asseyant sur le bord.

Encore immergé dans l'eau, il s'approcha d'elle, puis l'incita à ouvrir les cuisses, passant les jambes de Victoire de chaque côté de lui, sous le regard étonné de cette dernière. Elle distingua alors clairement le regard liquide que Morgan posa sur son intimité.

– Je m'apprête une nouvelle fois à transgresser quelques règles de bienséance, dit-il en commençant à malaxer ses cuisses.

Victoire sentit ses tétons se durcir et ses seins devenir lourds, signe annonciateur d'une déferlante d'émotions. Morgan se pencha alors vers elle, ses lèvres glissant sur son nombril.

– J'en ai tellement envie, continua-t-il en plantant son regard enflammé dans le sien. Dites-moi oui.

Elle ne savait pas de quoi il était question mais elle n'hésita pas une seconde :

– Oui, s'empressa-t-elle de répondre avec une certaine impatience qui la surprit elle-même.

Bouche entrouverte, le plat de ses mains posé sur le sable, Victoire observa les belles lèvres rouges du pirate s'approcher de cette partie si sensible de son corps.

– Oh ! s'exclama-t-elle quand sa bouche entra en contact avec sa chair.

Il commença à l'embrasser à *cet endroit.* Entre chaque baiser, le capitaine poussait des grognements sonores qui rivalisaient avec le bruit de l'eau derrière eux. C'était étrange. Et terriblement bon.

– Est-ce… autorisé ? demanda Victoire juste avant de se mordre les lèvres.

Son plaisir résonnerait sous cette voûte si elle ne se retenait pas. Elle se sentait tellement vulnérable dans cette position, totalement ouverte à sa vue.

Et si quelqu'un les voyait ?

À sa grande surprise, il plongea la tête sous l'eau puis bondit à sa rencontre, en appui sur ses bras, ses mains posées bien à plat à côté des siennes. Ses cheveux ruisselaient, tout comme la peau de son corps. De petites gouttes s'accrochaient à ses longs cils.

Morgan colla alors ses lèvres chaudes sur la bouche de Victoire et en força l'ouverture. Elle sentit sa langue s'enrouler autour de la sienne. Ils mélangèrent leur salive pendant un long moment et Victoire ne put se retenir de fourrager dans ses mèches trempées. Leurs gémissements ne rivalisaient pas avec le bruit sourd ambiant mais ils étaient assez puissants et vibrants pour attiser son désir.

Victoire fit courir ses mains sur l'ombre de la barbe de Morgan, puis dans son cou, et glissa ensuite vers sa poitrine bombée, sur laquelle elle s'attarda quelques instants. Il sortit alors complètement de l'eau et s'échoua aux côtés de Victoire tout en embrassant son épaule.

– Alors, on fait quoi maintenant ? souffla-t-il alors qu'elle dévorait des yeux le corps entièrement nu exposé à sa vue.

Victoire se mit à déglutir difficilement. Sans répondre, elle se pencha vers Morgan, évita sa bouche, puis ses yeux avides, posa ses lèvres sur l'un de ses tétons. En réaction, un son rauque s'échappa de la gorge de Morgan. Elle descendit ses paumes sur son ventre puis s'arrêta à son nombril, là où se dressait fièrement son désir.

– Vous pouvez toucher…

Elle approcha deux doigts puis les posa sur le sommet brillant d'un liquide transparent. Morgan serrait les mâchoires si fort qu'elles auraient pu se briser. Victoire suivit ensuite son instinct et caressa son membre de haut en bas, s'attardant chaque fois sur le bout rond d'une douceur incroyable.

– Pitié, achevez-moi, l'entendit-elle dire alors qu'il se laissait tomber, le dos contre le sable, la tête en arrière.

Elle s'allongea sur le flanc et continua sa caresse.

– Vous aimez ?

– C'est au-delà, dit-il d'une voix éraillée.

Encouragée, elle le prit à pleine main. Il frémissait et grossissait entre ses doigts. C'était une sensation enivrante qui lui conférait une telle puissance…

– On se dévergonde, mademoiselle de Torcy ? dit-il en recouvrant sa main de la sienne pour lui montrer comment procéder.

Monter, descendre, monter, descendre…

Il lâcha sa prise et se délecta du spectacle pendant quelques secondes, puis il se redressa. Morgan saisit alors fermement les hanches de Victoire et l'incita à se placer complètement au-dessus de lui, ses deux jambes de chaque côté de son corps. Au même rythme qu'elle, il s'attela alors à pétrir ses seins.

– Vous ne souffrez pas ? s'inquiéta-t-il.

– Souffrir ?

– Votre douleur musculaire.

– Ma… Non ! se reprit Victoire. Tout va bien.

Elle ondulait du bassin et commença à sentir cette chaleur humide qui coulait sur les cuisses de Morgan. Ce qu'il ne manqua pas de remarquer en émettant un claquement de langue. Leurs gémissements de plaisir se mélangeaient dans une musique parfaitement indécente qui résonnait sur les rochers de la grotte.

– J'aime bien ce genre d'escapade… plaisanta Morgan.

– Moi aussi.

Il ne pouvait pas savoir à quel point…

– Venez, lui souffla-t-il en agrippant ses hanches.

Elle lâcha son sexe et il guida son corps sur le délicieux bout rond, gonflé et humide. Elle le sentit forcer délicatement l'entrée de ses chairs.

– Vous êtes trempée, arriva-t-il à lâcher malgré ses mâchoires serrées. Faites-moi entrer.

Victoire agrippa ses épaules et descendit son bassin lentement autour de son sexe dur. Ce n'était pas aussi douloureux que la première fois mais son épaisseur tentait encore de se frayer un chemin.

– Soufflez, lui conseilla-t-il.

Encore une fois, il faisait preuve d'une retenue qui semblait le mettre au supplice. Victoire expira de manière forte et continue, s'abandonnant à la délicieuse sensation du corps tendu de Morgan qui pénétrait le sien. Quand elle fut enfoncée jusqu'à la garde, les fesses collées à ses cuisses, elle commença à onduler, ses prunelles noires plongées dans celles de son amant. Des gouttes de sueur perlaient sur son front, mais Morgan affichait un petit sourire satisfait.

– Bon sang ! Vous apprenez vite.

– Vous savez ce qu'on dit, murmura-t-elle. À bon professeur…

– Bon élève, susurra-t-il avec un sourire.

Victoire continua à glisser le long de son membre avec plus d'ardeur, s'empalant généreusement chaque fois qu'elle descendait, se concentrant sur le bruit de la rencontre de leurs deux corps trempés de sueur et de désir. Elle adorait la sensation de l'extrémité de son sexe qui venait cogner ce point si sensible en elle.

Morgan commença à lâcher des râles sonores.

– Vous êtes si étroite, c'est bon… souffla-t-il en claquant gentiment sa fesse droite.

Cette petite sauvagerie attisa le feu dans son ventre. Leurs regards se renvoyaient un désir puissant et elle colla son front au sien.

– Faites-vous plaisir, capitaine, lui lança Victoire en plongeant les mains dans ses mèches soyeuses et humides.

Morgan grogna de satisfaction et l'embrassa d'une manière féroce.

– Oh, vous… dit-il ensuite, une lueur d'admiration passant dans son regard.

Une seconde claque plus forte cingla la peau de sa fesse gauche. Puis ce fut à droite, et encore à droite. Puis à gauche. Victoire se laissa emporter dans un tourbillon qui mêlait sensualité et châtiment torride, jusqu'à ce qu'elle sente ses chairs palpiter et les flammes dans son ventre se propager dans ses veines. Un cri féroce s'échappa de la gorge de Victoire lorsqu'elle explosa autour du sexe de Morgan. Elle n'était plus qu'une poupée de chiffon lorsqu'il se retira pour se libérer de sa semence dans un cri guttural d'une intensité qui acheva de la faire chavirer.

Assise sur les cuisses du pirate, la tête dans son cou, elle peinait à reprendre son souffle et ses esprits. Elle fondit néanmoins sur sa bouche pour lui offrir un baiser doux et langoureux, puis elle appuya de nouveau son front contre le sien. Leurs yeux s'ouvrirent en même temps.

– Mademoiselle de Torcy, j'aime quand vous me faites l'amour, déclara-t-il entre deux souffles.

– Faire l'amour, faire l'amour, c'est un bien grand mot, plaisanta-t-elle alors qu'elle s'amusait à lui rappeler ses déclarations antérieures.

Pourtant, une sensation particulière étreignait son cœur.

CHAPITRE 49

VICTOIRE

– Ce ne serait pas Andrass ? demanda Victoire à Morgan alors qu'ils arrivaient à l'intersection des trois chemins.

Son cheval venait de couper devant eux dans un galop effréné mais Victoire avait reconnu la chevelure de feu du chirurgien et sa grosse moustache.

– On dirait bien, lui répondit Morgan en remontant à sa hauteur. On dirait qu'il revient de la grotte du *Requin*. Étrange…

– Peut-être avait-il oublié un objet sur le bateau ?

– Oui, peut-être, maugréa Morgan sans aucune conviction dans la voix.

– Je crois que j'ai encore de l'argile dans les cheveux, dit-elle en effilant les pointes de sa main droite alors qu'elle tenait les brides du cheval dans l'autre.

– Il faudra les attacher la prochaine fois, dit-il.

Pour sa part, le pirate avait noué ses mèches en un chignon sur l'arrière de sa tête, comme s'il avait parfaitement prévu leur activité dans la grotte. Victoire, elle, n'avait pas particulièrement apprécié le bain de boue verte, mais elle retournerait volontiers là-bas pour un autre moment comme celui qui l'avait précédé…

– Vous êtes rouge… Nous sommes à l'ombre des arbres, pourtant, s'étonna Morgan.

– Les effets de l'eau chaude.

– Oui, certainement, répliqua Morgan en lui lançant un sourire taquin.

– Le ciel est noir, lança-t-elle afin de masquer sa gêne.

Morgan fit avancer sa monture jusqu'à dépasser Victoire, puis il leva les yeux vers les nuages noirs qui obscurcissaient l'air depuis quelques instants.

– L'orage ne va pas tarder à éclater, il faut nous hâter. Les sols sont plus stables à partir d'ici. Une petite course vous tente ?

Victoire ne prit même pas la peine d'acquiescer car elle savait sa question parfaitement rhétorique : il connaissait son goût pour le défi. Alors que les premiers éclairs se dessinaient à l'horizon, elle talonna sa monture et s'élança au galop. Quand elle fonçait ainsi, cheveux au vent, l'exaltation la gagnait toujours. Elle fit toute la course en tête, mais Morgan la dépassa à quelques mètres de l'enclos de l'écurie.

Elle n'eut pas le temps de s'appesantir sur sa défaite, car un coup de tonnerre résonna derrière eux et les obligea à rentrer dans la maison au plus vite afin d'échapper aux trombes d'eau qui leur tombaient dessus.

Ils arrivèrent malheureusement devant la grande porte trempés jusqu'aux os.

– J'ai des linges propres dans mon bureau, dit Morgan en s'éloignant alors qu'elle essorait ses cheveux sous le perron.

Il revint avec deux larges morceaux de tissu blancs, dont un qu'il lui tendit.

– Laissons nos habits ici, proposa-t-il en commençant à se dévêtir. Nous les mettrons à sécher au soleil demain.

Victoire jeta un coup d'œil à droite puis à gauche.

– J'espère que vous n'allez pas encore jouer les timides, se moqua alors Morgan.

Pour toute réponse, elle lui adressa un regard réprobateur puis ôta vaillamment ses habits mouillés, priant pour ne pas rougir sous le regard du pirate. Morgan enroula sa serviette autour de sa taille et elle en fit de même sur sa poitrine.

– Cette pluie est glaciale. Je vais allumer un feu, lança-t-il alors qu'il se dirigeait vers le bureau.

– Vous allez travailler ? demanda-t-elle en l'accompagnant dans la pièce.

Après les instants fabuleux qu'ils venaient de partager, elle espérait prolonger ce moment, mais elle l'avait senti plus sévère dès qu'ils avaient posé le pied dans la maison.

– J'ai quelques comptes à terminer, expliqua-t-il froidement.

Elle hésita un instant dans l'embrasure de la porte de ce grand bureau, alors que Morgan s'y installait déjà, puis lui adressa un grand sourire.

– Bien, je peux vous attendre ici.

Elle entra alors dans cet antre et partit en direction de la bibliothèque. Tandis qu'il ouvrait un épais livre plein d'écritures, Victoire se saisit du premier ouvrage qui lui tombait sous la main puis alla s'installer sur la banquette, face à l'âtre de la cheminée.

Enroulée dans son drap, elle commença à lire en silence. Enfin… à faire semblant de lire.

Morgan tenta de se concentrer pendant quelques minutes puis soupira bruyamment avant de se relever et de partir en direction du paravent situé au fond de la pièce. Quand elle remarqua qu'il venait de faire tomber son propre linge, Victoire éprouva quelque peine à déglutir le temps d'un instant.

Elle se concentra alors sur sa lecture et sur les premiers crépitements du feu jusqu'à ce qu'il ressorte vêtu d'un pantalon noir et d'un gilet en laine. De nouveau assis, il ouvrit un tiroir et en sortit quelques feuilles de papier et son carnet sur lequel il commença à griffonner.

Il ne lui jeta pas un regard.

Elle ne supportait pas de le voir se renfermer ainsi. Sans explication. Qu'avait-elle fait ? Que s'était-il passé entre leur retour et maintenant ? Qu'avait-elle fait ce matin, alors qu'il l'évitait ainsi depuis des jours, pour qu'il cède à cette escapade et qu'il redevienne l'espace de quelques heures l'homme qui l'adorait ?

Elle devait trouver une solution pour attirer son attention sous peine de virer folle. Victoire tâtonna alors dans le bol posé à côté d'elle pour se saisir d'un grain de raisin. Au lieu de le porter à sa bouche, elle le lança en direction de Morgan et atteignit aisément sa cible.

La petite boule noire, après avoir touché la tempe du pirate, retomba sur les papiers, juste sous son nez. Pour seule réaction, il releva ses grands yeux verts sur Victoire, puis il prit le grain de raisin entre deux de ses doigts et le porta à sa bouche.

Une fois celui-ci avalé, il se remit à ses écritures.

Victoire prit un nouveau un grain qu'elle mangea. Puis un autre qu'elle lui lança de nouveau et qui, cette fois, toucha son nez. Il eut la même réaction qu'à la première attaque.

Il était visiblement doté d'un sang-froid qu'elle ne possédait pas.

Sans attendre, elle lui balança un troisième grain qui rebondit sur son front avant de tomber au sol. Cette fois-ci, il releva la tête, et après avoir refermé son carnet, se recula au fond du fauteuil.

– Vous vous amusez ? lui demanda-t-il d'un ton sérieux.

– Follement, répondit-elle avec un sourire factice, alors que le regard sévère lui serrait le cœur. Sur quoi travaillez-vous ?

– Je commence à préparer notre retour, répondit-il d'un air détaché.

La respiration de Victoire se coupa et elle mit quelques instants à retrouver son aplomb. Cette perspective ne l'enchantait pas le moins du monde.

– Je pensais prendre une ou deux chèvres en plus des poules et des cochons. Ainsi, vous pourrez boire du lait, expliqua-t-il en baissant de nouveau la tête sur ses écritures.

– C'est… une délicate attention, balbutia-t-elle.

Elle se fichait pas mal du lait de chèvre et boirait du rhum à s'en faire vomir pour oublier qu'elle allait retrouver sa vie d'avant !

– Quand partons-nous ? demanda-t-elle en tentant de conserver son calme.

– Dans une semaine. Je ne veux plus tarder.

Une semaine ? Si elle avait été debout, Victoire en serait tombée à la renverse.

– Pourquoi cette soudaine précipitation ?

Il leva vers elle un regard plus ténébreux que jamais qui lui donna envie de s'enfuir en courant.

– Il y a certaines… complications, répondit-il.

– Des complications ?

– Hum hum.

Le cœur de Victoire sembla être compressé dans un étau alors qu'elle se redressait. Elle savait, à l'expression glaciale qu'arborait maintenant Morgan, que la réponse ne lui plairait pas, pourtant, elle ne put s'empêcher d'insister :

– Expliquez-moi.

Il souffla d'exaspération, puis il planta son regard autoritaire sur elle avant de déclarer :

– Il faut que je me débarrasse de vous.

CHAPITRE 50

VICTOIRE

– Vous débarrasser de moi ? répéta Victoire, incrédule.

Avec un air sérieux, Morgan se redressa et posa les coudes sur son bureau, à la manière d'un diplomate qui s'apprête à faire un beau discours.

Elle se trouvait à seulement quelques pas de lui mais ne s'en était jamais sentie aussi éloignée.

– Victoire, à quoi est-ce que vous vous attendiez ? Je dois organiser la façon dont je vais vous rendre à votre père.

– Me rendre ? Je suis donc un objet ?

– Vous êtes un otage.

– Quelle différence cela fait-il ? éructa-t-elle en se levant, les poings serrés sur son drap.

L'air de la pièce pesait maintenant lourd sur ses épaules. Morgan avait dans ses pupilles une lueur obscure qui poussa Victoire à s'inquiéter de son sort.

– Est-ce que je vous fais peur ? la provoqua-t-il. Auriez-vous réellement oublié qui je suis, Victoire ? Ce n'est pas parce que je n'ai pas tué votre mère que je…

– Taisez-vous ! lui intima-t-elle en s'avançant vers son bureau.

La tension entre eux était à couper au couteau.

– Je crois qu'il faut vous rappeler certaines choses…

Morgan se leva, et en quelques pas effaça la distance qui les séparait. D'une manière un peu brutale, il retourna son corps et elle se retrouva à plat ventre sur la table, les mains sur ses papiers.

À quel jeu jouait-il ?

Il tira d'un coup sec sur sa serviette qui s'écrasa au sol. La morsure du tissu sur ses seins la fit frissonner.

– Est-ce une manière de me menacer ?

Pour toute réponse, il empoigna ses fesses et pressa son corps tendu contre le sien.

– C'est oui ? lui demanda-t-il.

La position dans laquelle elle se trouvait était légèrement inconfortable et sa croupe ainsi offerte à sa vue la faisait se sentir vulnérable. Ils n'étaient pas des bêtes, tout de même, si ?

– Dans cette posture ?

– Les femmes avec qui je couche ne s'en sont jamais plaintes, lâcha-t-il.

Cette réponse égratigna son ego aussi douloureusement qu'une épine de rose blesse la peau.

– Dans ce cas, faites, souffla-t-elle en ravalant son amertume.

Après tout, ne voulait-elle pas se sentir l'égal de toutes ces femmes avec qui il couchait ?

Elle l'entendit défaire sa braguette et quelques instants après sentit le bout de son sexe cogner à l'entrée de ses chairs. Il s'enfonça lentement, sans un mot. Mais elle entendait sortir de sa gorge un son éraillé qui trahissait son impatience. Son sexe dur l'écartelait sur son passage mais la position dans laquelle elle se trouvait en était certainement la cause.

Il ne parlait toujours pas.

Il entama une langoureuse danse de va-et-vient. Délicieuse. Le bruit de la rencontre de leurs corps remplaçait désormais celui du feu. Victoire s'agrippait aux feuilles de papier avec la même vigueur que celle que le capitaine employait à empoigner ses fesses.

Il accéléra le rythme.

Elle ne l'avait jamais senti aussi féroce. Aussi bestial. Presque furieux. Ce n'était pourtant pas comme les fois précédentes. Il manquait ce lien entre eux qu'il avait établi chaque fois.

Après un puissant coup de reins, Morgan se retira, accompagnant son mouvement d'un juron.

– Je vous hais, crut-elle entendre.

Finalement, il empoigna ses hanches et la retourna une nouvelle fois de façon qu'elle se trouve assise sur le bureau, face à lui.

Victoire ne comprenait plus, mais si son corps exultait de plaisir, son cœur, lui, semblait saigner.

Morgan fit glisser son pantalon le long de ses jambes pour le faire tomber au sol puis écarta les cuisses de Victoire.

– Je suis sur le point de perdre une bataille, lui avoua-t-il en s'avançant vers elle.

Victoire interrogea Morgan du regard, mais elle ne vit que ses traits tirés et des yeux sombres comme une nuit noire. Son esprit semblait en proie à une lutte infernale.

Après un doux baiser qui la surprit, il empoigna ses fesses et s'enfonça lentement en elle. Nez contre nez, souffles mélangés, Morgan commença à onduler généreusement.

Victoire plongea ses mains dans ses mèches souples et soyeuses. Ils s'embrassèrent de nouveau, leurs langues ne se rassasiant plus l'une de l'autre. Morgan gémissait de plaisir d'une voix aux tonalités plus aiguës que d'habitude. Des frissons secouaient ses membres et son dos.

Comment Victoire pourrait-elle se passer de toutes ces sensations une fois revenue à Lys ? Jamais elle ne survivrait à ce manque. Jamais.

Victoire sentit une larme couler le long de sa joue, alors que Morgan ondulait encore et encore, avec l'ardeur qu'elle lui connaissait, s'enfonçant en elle aussi loin que possible, la fixant avec adoration quand il ne l'embrassait pas.

– C'est de la torture, souffla-t-il alors qu'il semblait se tenir au bord d'un précipice.

Elle sentit ses chairs se contracter et son cœur louper un battement. Un millier de chandelles envahirent le décor tandis qu'un cri s'étranglait dans sa gorge. Dans un rugissement animal, Morgan donna un dernier coup de reins puissant puis se retira, faisant en sorte de ne pas la remplir de sa semence.

Ils étaient tous les deux à bout de souffle. Dans un geste tendre, Victoire ôta les mèches qui tombaient sur son front et posa l'autre main sur sa joue pour attirer cette bouche appétissante jusqu'à la sienne.

Pourtant, après un doux baiser, Morgan recula. D'une manière brutale, rejetant par là même la main qu'elle venait d'enfouir dans ses cheveux. Son regard, plus sombre que jamais, habitait complètement ses pupilles.

– Si nous continuons ainsi, je ne serai plus capable de mener mes projets à leur terme, Victoire, déclara-t-il d'un ton ferme alors qu'il boutonnait son pantalon. Vous comprendrez que j'éprouve quelques difficultés à supporter cette idée.

Fuyant son regard, il l'abandonna sur le bureau pour se diriger vers la cheminée, devant laquelle il se prostra.

Victoire avait ressenti cette culpabilité quand la vengeance de sa mère avait été reléguée au second plan derrière ses sentiments naissants. Elle n'avait pas été capable, à trois reprises, de tuer l'homme qu'elle s'était juré de voir mourir. Parce que c'était lui. Elle ne s'était plus sentie capable de se regarder dans un miroir, trop honteuse de trahir les siens alors qu'elle pactisait avec l'ennemi.

Mais lui ne renoncerait à rien pour elle ?

– Vous ne m'aimez pas, comprit Victoire.

Morgan se retourna vers elle, le regard froid.

– Il n'a jamais été question d'amour.

Soudain, elle se remémora tous leurs moments, leur complicité, leur passion… Il lui avait donné cette illusion, celle d'être spéciale, unique… Sienne. Mais jamais il n'avait prétendu l'aimer.

Une déception immense l'envahit, à tel point que son cœur semblait s'être brisé en plusieurs morceaux. D'un geste de son bras, elle sécha ses yeux puis s'enroula dans sa serviette.

– Vous avez raison, il n'en a jamais été question. Pourquoi donc m'abaisserais-je à une telle extrémité ? déclara-t-elle en sortant.

CHAPITRE 51

VICTOIRE

– Bonjour ! chantonna Victoire en entrant dans la salle à manger.

La tasse fumante de Morgan s'immobilisa alors qu'elle était en chemin vers ses lèvres. Derrière son journal, il suivait l'entrée de Victoire avec attention.

Elle l'ignora, offrit un sourire radieux à Tallulah et prit place autour de la table, à l'opposé du capitaine.

– Bonjour, répondit-il d'un air étonné.

Il l'observa avec intérêt et contracta ses mâchoires. Victoire savait que malgré ses efforts elle n'arborait pas sa tête des meilleurs jours. L'eau fraîche qu'elle s'était aspergée sur le visage n'avait pas suffi à faire dégonfler ses yeux. La nuit avait été longue et difficile.

Son cœur brisé avait hanté son sommeil. Elle aurait préféré que ce soit la colère. Elle voulait le détester, lui faire payer sa froideur, d'une manière ou d'une autre, mais à l'heure actuelle, elle souffrait.

Probablement trop pour agir autrement qu'en masquant sa peine.

Heureusement, ce matin, le soleil brillait. Victoire avait donc décidé de ne rien laisser paraître de son chagrin ou de sa colère. Elle avait attaché ses cheveux en un beau chignon et arborait une des robes rapportées par Tallulah pour montrer une assurance nouvelle. Sans se soucier de Morgan, elle se servit une belle assiette d'œufs brouillés et de viande séchée en y ajoutant quelques grains de raisin blanc et des petites tomates orangées.

Le capitaine voulut la devancer en faisant couler du café fumant dans une tasse, mais il fut interrompu par Tallulah qui arriva derrière lui et lui arracha presque la carafe des mains.

– Je vais m'en charger, capitaine, renchérit-elle en tendant la tasse à Victoire.

Le ton était froid et tranchant, presque glacial. Venant d'une femme aussi forte que Tallulah, Victoire en eut un frisson.

Morgan, lui, poussa un soupir las. Victoire constata que si sa barbe rasée de près lui donnait un teint frais, elle n'effaçait pas ses traits tirés et son regard fatigué.

– Tallulah, j'ai tenu ma promesse, il n'embarquera pas sur *le Requin*, cette année…

– Pardonnez-moi, capitaine, je devrais vous être reconnaissante de savoir qu'il se fera tuer seulement dans deux ans !

Après un dernier regard courroucé, elle ne laissa pas à Morgan l'occasion d'argumenter et lui tourna le dos, emportant avec elle son assiette à peine touchée.

La peine sur le visage de Morgan aurait dû animer la compassion de Victoire, mais il n'en fut rien. Si son cœur saignait, son esprit, lui, était encore habité de fureur.

– Toutes vos décisions ne sont pas forcément teintées de lucidité, lança Victoire en portant sa tasse à ses lèvres.

C'était une pique un peu dure car la situation avec Yori était loin d'être évidente, mais elle voulait par-dessus tout lui prouver qu'il se trompait avec sa décision de ne laisser aucune chance à leur relation.

Morgan reporta un regard glacé sur elle.

– Je n'ai fait aucune fausse promesse à Tallulah, et je ne vous en ai fait aucune non plus, Victoire. Votre naïveté…

– … me servira de leçon, conclut Victoire. Merci, capitaine. Je n'aurais pas cru le dire, mais je n'ai désormais qu'une hâte : rentrer chez moi et ne jamais vous revoir.

Elle se redressa, prenant son assiette dans ses mains tremblantes. Elle irait déjeuner sur le perron, voire plus loin ! Il fallait qu'elle s'éloigne de lui avant que ses larmes ne trahissent ses réels sentiments.

– Victoire ! l'interrompit-il.

Quand elle se retourna, le regard brillant de Morgan la bouleversa. Celui-ci trahissait un mélange de tendresse et d'affection qui effaçait d'un revers de main la colère qu'elle avait à son encontre. La poitrine de Victoire se gonfla d'un espoir inattendu.

– Concernant hier soir…

Il hésitait à continuer. Qu'allait-il lui dire ? Pourquoi revenir sur leur discussion maintenant ? Elle dut reposer l'assiette devant elle par peur de la laisser tomber.

– Je ne…

– Capitaine ! Capitaine ! l'interrompit une voix provenant de l'entrée.

Cassegrains entra précipitamment dans la salle à manger, talonné par son frère. Le visage rouge, ils étaient tous deux essoufflés, mais surtout, ils arboraient un regard horrifié.

– Le guet a vu deux navires de l'armée de Lys, dit-il entre deux respirations. Ils sont aux portes de l'île !

Morgan se leva d'un bond.

– Pardon ?! cria-t-il presque.

Victoire dut se retenir au dos de la chaise pour ne pas vaciller. Qu'est-ce que cela signifiait ?

– Ils sont là ! reprit Cassegrains en agitant ses bras dans tous les sens. Leurs hommes sont déjà dans des barques, prêts à accoster dans la crypte !

Le marquis de Torcy les avait retrouvés… Son père allait venir la délivrer.

– Comment est-ce possible ? réfléchit Morgan, sourcils froncés.

Quelle importance ? Tout serait bientôt terminé. Victoire pensait à sa maison, sa famille, ses amis, sa vie… Tous ses souvenirs défilaient, toutes ces habitudes qu'elle allait retrouver. Cette vie qu'elle avait oubliée, mais qui, finalement, la définissait. Après tout, elle n'était bonne qu'à ça : être la fille du chancelier d'un royaume puissant. Non ?

Morgan se tourna alors vers Victoire, une flamme dangereuse brillant dans ses yeux verts.

– Quoi ? lui demanda-t-elle, soudain sur ses gardes.

– Votre message, dit-il en contournant la table pour faire quelques pas vers elle.

Victoire fut immédiatement ramenée à la réalité et n'eut aucun mal à comprendre le lien qu'avait fait Morgan… À tort.

Oui, il lui avait permis d'envoyer un message à sa famille, mais jamais elle n'aurait trahi sa confiance en jetant Jakoba en pâture à son père et à son armée. Et elle ne le ferait pas plus maintenant, malgré tout le ressentiment qu'elle éprouvait envers lui.

Victoire possédait des défauts mais la faiblesse n'en faisait pas partie. Non… À la place, elle avait simplement dit à Héloïse et tante Élisabeth qu'elle allait bien et qu'elle leur donnerait bientôt plus de nouvelles. Aucun mot pour son père, aucun mot pour les troupes alors à sa recherche.

– Comment pouvez-vous croire que…

– Je vous faisais confiance ! hurla-t-il.

Instinctivement, elle recula jusqu'à ce que son dos rencontre le mur derrière elle. Morgan, lui, continuait d'avancer. Elle fut soudain complètement acculée, soumise à un regard teinté de rage, mais aussi de déception.

– Moi aussi, je vous faisais confiance, Morgan Ker, éructa-t-elle. La trahison a un goût amer, n'est-ce pas ?

Pourquoi endossait-elle cette responsabilité ? Pourquoi revendiquait-elle cet acte, au risque de le payer cher sous le courroux du capitaine, ou, si ce n'était lui, du reste de l'équipage ? Derrière eux, les deux frères tremblaient de fureur.

Pourtant, elle se focalisa sur la douleur qui déchirait les traits de Morgan. Elle en retirait un sentiment d'intense satisfaction.

– Qui êtes-vous ? cracha-t-il.

Soudain, il enserra la gorge de Victoire d'une main. Il n'imposa aucune pression, ne chercha pas à lui faire du mal, mais il voulait sûrement lui montrer le pouvoir qu'il pouvait exercer sur elle… L'effet fut immédiat. Victoire écarquilla les yeux, alors qu'elle sentait ses doigts se mouvoir sur sa peau pendant qu'il cherchait à contrôler sa rage.

– Vous vous targuiez de me connaître mieux que je ne me connais moi-même… Finalement, vous aviez quelques lacunes, lui lança-t-elle avec un rire froid.

– J'étais prêt à tout pour vous…

– Sauf à compromettre vos plans. Eh bien voilà : mon père est ici ! Vengez-vous, maintenant !

Du coin de l'œil, elle remarqua la posture des deux frères, tous deux prêts à bondir pour venir lui arracher les yeux.

– Jamais je ne vous le pardonnerai, éructa Morgan dans un mélange de colère et de déception.

Sa bouche désormais si près de celle de Victoire, elle pouvait sentir son haleine douce-amère qui se mélangeait à son souffle. Le corps chaud du pirate se pressait contre le sien, mais plus sous le feu consumant du plaisir. La brûlure était douloureuse.

– Faites de moi ce que vous voulez, tuez-moi, même ! Quelle importance ? souffla-t-elle en fermant les yeux.

À peine avait-elle prononcé ces mots qu'il relâcha l'emprise de sa main sur son cou.

– Restez là. Nous réglerons cette affaire plus tard. Si nous sommes encore vivants pour le faire…

Après un dernier regard noir, les lèvres pincées, il la lâcha complètement. Il se recula, fit signe aux deux frères de le suivre et les trois pirates sortirent de la pièce au pas de course.

Victoire resta prostrée pendant un long moment. Elle tentait de digérer la nouvelle et, surtout, les accusations de Morgan. Même si les coïncidences étaient contre elle, comment pouvait-il imaginer un tel comportement venant de sa part ? Lui qui la connaissait si bien… Finalement, leur histoire n'avait-elle été qu'une illusion ? Un doux rêve né au creux de son esprit pour échapper à la réalité ?

À présent, elle se sentait tiraillée. Désormais, plutôt mourir que d'obéir au capitaine du *Requin* ! Plutôt mourir que de se ployer aux ordres de celui qui l'avait enlevée… Mais que faire ? Combattre aux côtés des pirates contre son propre père malgré la trahison de Morgan ? Prendre ses affaires et rejoindre les navires de Lys pour rentrer chez elle et faire cesser l'attaque ?

Si ce n'était pas elle qui avait planifié ces retrouvailles, qui avait pu faire ça ? Effectivement, elle était la coupable toute désignée. Qui, dans un équipage tellement soudé, aurait pu faire ça à Morgan ? Avant de prendre une décision, elle devait réfléchir. Elle voulait, elle aussi, laver son nom.

Il lui fallait rassembler ses idées, et pour ce faire, elle commença à marcher autour de la table.

Un bruit de lutte attira alors son attention dans la cuisine. Lorsqu'elle entendit un verre se briser, Victoire se précipita dans la pièce. *Tallulah !*

Dès qu'elle entra, elle découvrit son amie gisant au sol, près de la cheminée. Une plaie entaillait sa tempe.

– Tallulah ! Qu'est-ce que…

La femme agrippa immédiatement la main de Victoire, les yeux exorbités. Elle tenta d'articuler un mot mais souffla avec difficulté.

– Tallulah, ne bougez pas. Préservez vos forces, je vais…

– Derrière, dit-elle.

Victoire fronça les sourcils, mais son instinct se réveilla au même moment. Elle le savait, une présence venait de se placer dans son dos.

Tallulah écarta sa main, désignant à Victoire le rouleau à pâtisserie qu'elle serrait encore entre ses doigts. Après une courte inspiration, Victoire s'en empara et se redressa d'un bond, brandissant son arme de fortune au-dessus de sa tête.

Elle n'eut pas le temps de réagir. La silhouette bondit sur elle, et d'un habile mouvement, une main enserra son poignet et le tordit pour l'obliger à lâcher le rouleau. Victoire perdit l'équilibre, bascula sur la table en bois et put sentir le canon d'un pistolet se poser sous sa gorge.

– Vous allez calmement venir avec moi, ordonna alors une voix parfaitement reconnaissable.

CHAPITRE 52

VICTOIRE

Celui que Victoire avait pensé être son ami avait aujourd'hui une allure déplorable. Sans même mentionner les cernes sombres qui creusaient ses yeux, il était de toute évidence passé à travers la forêt dense pour rejoindre la maison puisque ses habits étaient recouverts de terre. Ses yeux injectés de sang laissaient à penser qu'il avait ingurgité une importante quantité de vin, mais surtout, ils la toisaient avec haine.

Devant elle, Victoire ne faisait plus face à un homme bienveillant et aimable. Andrass était désormais son ennemi.

Pourquoi ?

– Andrass, je…

– Ne discutez pas, obéissez, la coupa-t-il en la redressant.

Toujours à terre, Tallulah poussa un gémissement quand le talon d'Andrass cogna sa hanche. Il n'eut qu'à jeter un œil sur elle pour convaincre Victoire d'obtempérer.

Si Victoire espérait protéger la gardienne de la maison, elle devait absolument éloigner Andrass du domaine. Même si cela impliquait de la laisser seule, sans soins. Sa blessure à la tête semblait superficielle, et même si elle paraissait sonnée, Victoire fut soulagée de constater cette main assurée de cuisinière qui tâtonnait le sol à la recherche de son rouleau à pâtisserie. Cette femme possédait décidément un sacré tempérament !

Elle fit un pas pour s'interposer entre lui et Tallulah, puis déclara d'une voix tremblante :

– Arrêtez, je vous suis. Je ne me battrai pas contre vous.

Il lui sembla voir Andrass pousser un léger soupir de soulagement avant qu'il ne reprenne une expression dure et qu'il ne lui fasse signe d'avancer avec son arme. Avait-il seulement une idée de ce qu'il faisait ?

Victoire s'empressa d'obéir et traversa le vaste hall d'entrée, l'arme pressée contre son dos. Cependant, dès qu'ils mirent le pied à l'extérieur, Crocs aboya sur eux.

– Chut, Crocs ! Tais-toi ! le gronda-t-elle, le cœur battant.

Ignorant sa supplique, le chien se mit à grogner sur Andrass.

– Crocs, non !

La petite boule de poils, ayant compris le danger, n'écouta pas les ordres de Victoire. Après un dernier grognement enragé, il bondit sur l'assaillant. La réaction fut immédiate, Andrass tourna son arme vers le chien et lui tira dessus.

Alors que le bruit de la détonation lui vrillait les oreilles, Victoire poussa un hurlement désespéré, avant de s'apercevoir qu'Andrass avait visé – intentionnellement ou non – à côté.

Crocs, qui avait tenté de saisir la jambe d'Andrass, poussa un gémissement apeuré et courut se réfugier à l'intérieur de la maison, la queue entre les jambes.

– Vous êtes…

Il ne la laissa pas sortir le florilège d'insultes qu'elle avait en réserve. Il passa devant elle et rassembla brutalement ses poignets. Victoire émit un cri de douleur alors que ses doigts serraient si fort qu'ils commençaient à laisser une marque.

– Avec un numéro comme vous, je ne tiens pas à prendre le moindre risque, dit-il en sortant une corde pour ligoter les mains de Victoire.

La morsure des liens sur sa peau remplaça les doigts d'Andrass, avant qu'il n'empoigne son bras. Ils descendirent ainsi les marches du perron, puis ils prirent le chemin pour rejoindre la crique.

Il leur fit cependant éviter le trajet traditionnel et passa à travers la forêt. Elle perdit plusieurs fois l'équilibre, obligeant le chirurgien à la rattraper. Chaque fois qu'il mettait une main sur ses hanches pour la stabiliser, Victoire frissonnait de dégoût.

Il en profitait également pour poser le canon de l'arme contre sa peau, rappel constant de la menace qui planait sur elle.

– Où m'emmenez-vous ? lui demanda-t-elle alors qu'ils s'enfonçaient dans la forêt.

Elle remarqua qu'ils s'éloignaient de plus en plus de l'entrée de la grotte du *Requin*, même si la direction restait similaire.

– Plus vite, lui dit-il sans répondre à sa question.

La végétation était de plus en plus dense. Victoire peinait à enjamber les racines et à repousser les épaisses feuilles des arbres. Lesquelles étaient toxiques, déjà ?

– Est-ce vous qui avez prévenu mon père, Andrass ? se risqua-t-elle à lui demander.

En se tournant vers lui, elle remarqua que son regard devenait vitreux, chargé d'une excitation malsaine.

– En effet.

– Après tout ce que le capitaine Ker a fait pour vous ? s'étonna-t-elle, calmement.

Intérieurement, elle bouillonnait. Elle avait eu envie de voir Morgan souffrir, autant qu'elle-même quand il avait brisé son cœur. Pourtant, malgré quelques pensées revanchardes, elle savait que jamais elle n'aurait pu faire une telle chose, quoi qu'il puisse penser à cet instant. Si elle avait eu le temps de clarifier ses idées, elle serait sûrement partie combattre aux côtés des pirates.

Jakoba était une terre de liberté et de seconde chance et Andrass venait de tout détruire.

– Qu'est-ce qu'une petite aristocrate riche à millions pourrait y comprendre ? cracha-t-il en accentuant la pression du pistolet. Avancez plus vite !

– Je ne peux pas ! protesta-t-elle en levant les bras en l'air pour lui montrer ses mains entravées.

Pourtant, elle continua de marcher, la pointe du pistolet planté dans le dos, les branches cinglant ses joues. Autour d'eux, les insectes s'acharnaient sur sa peau, piquant ses mollets, ses bras et son visage quand les orties ne la griffaient pas. Quelle bonne idée que d'avoir mis cette robe… Comment se sortir de cette situation ?

Andrass lui laisserait-il la vie sauve ? Victoire n'accepterait pas de mourir en emportant le regard haineux de Morgan comme dernier souvenir de lui. Elle devait au moins lui faire savoir qu'il s'était trompé sur sa personne… Encore une fois !

Après un temps de marche interminable, le parfum terreux et épicé de la forêt se mêla à l'odeur iodée si caractéristique de la mer : ils arrivaient à la grotte du *Requin*, mais par une autre entrée que celle qui menait à la crique.

Dès qu'ils sortirent des branchages et entraperçurent les rochers, Andrass empoigna le bras de Victoire et l'attira sur la droite.

– Dépêchez-vous, gronda-t-il alors qu'elle trébuchait pour la énième fois.

Le cœur de Victoire battait trop vite, trop fort. Que faisait Morgan ? L'armée était-elle sur l'île ?

Ils longèrent ce qui semblait être l'arrière de la grotte et se retrouvèrent soudain devant une brèche vraiment très étroite, couverte de mousse et de lierre.

– Entre ! lui ordonna-t-il à voix basse.

Victoire avisa un instant la minuscule ouverture et avala sa salive avec difficulté. Elle s'apprêtait à rentrer dans l'équivalent d'un trou de souris. Andrass pressa la pointe de son pistolet derrière son épaule pour la faire avancer. Elle n'eut donc d'autre choix que de se faufiler dans l'ouverture. C'était tellement étroit qu'elle dut se glisser de profil pour passer. Avec son allure filiforme et sa taille de guêpe, Andrass se faufila aisément entre les roches et la rejoignit sur-le-champ. Personne, si ce n'était peut-être Grandsec, n'arriverait à emprunter ce passage pour venir la libérer. Autant dire qu'elle était perdue…

Un rai de lumière éclairait tout de même sa nouvelle prison, un espace étonnamment vaste, mais vide, sûrement dû à l'étroitesse du passage. Victoire reprit une respiration plus régulière.

– Asseyez-vous là, ordonna Andrass. Est-ce qu'il est nécessaire que je vous bâillonne pour ne pas entendre vos cris ?

Il fit briller son arme sous la lumière du soleil, ce qui incita Victoire à secouer énergiquement la tête, docile. Il lui désigna alors un endroit contre la roche où elle s'installa en tailleur, sa robe s'imprégnant de la terre fraîche et humide.

Dans ce silence, les premiers échos de voix lui parvinrent de l'autre côté de la roche. Des membres de l'équipage semblaient courir mais s'arrêtaient pour s'échanger des instructions. Malheureusement, le son était trop étouffé pour qu'elle en comprenne le sens.

Peut-être qu'eux l'entendraient si elle se mettait à parler ?

– Vous avez mis en danger la vie de tous les habitants de cette île, tenta-t-elle d'une voix légèrement plus forte que nécessaire.

Ses paroles résonnèrent, mais elle ne perçut aucun signe de mouvement de l'autre côté.

– Qu'attendons-nous ici ? continua-t-elle.

Andrass faisait les cent pas, tendant l'oreille chaque fois qu'il s'approchait de l'extrémité de la grotte donnant sur celle de la crique.

– Que l'eau descende afin d'ouvrir le passage. Dès que les premiers hommes de la garde royale débarqueront, nous ferons irruption dans la crique pour prendre un bateau.

– Au milieu de la bataille ?

– Les pirates ne vous viseront pas, et j'aurai simplement à décliner votre identité aux militaires pour qu'ils nous reconnaissent. Ils nous escorteront jusqu'au navire de votre père et nous rentrerons à Lys.

– Bien sûr ! Mon père accueillera à bras ouverts l'homme qui me menace d'une arme…

Il ne se laissa pas déstabiliser par la menace et esquissa un sourire confiant.

– Le marquis de Torcy remerciera gracieusement l'homme qui a permis votre sauvetage ! Que croyez-vous ? J'ai assuré mes arrières.

Victoire et Andrass se défièrent du regard un long moment.

Elle aurait bien fait payer à Andrass sa trahison d'une manière ou d'une autre, mais malheureusement, maintenant que l'affrontement avait commencé, son plan était probablement la seule chance de faire en sorte que tout ça ne se termine pas dans un bain de sang.

– Comment avez-vous fait ? reprit-elle.

Un sourire amer orna ses lèvres.

– Votre père est un riche politicien prêt à retourner le monde pour vous sauver, le mien était un poivrot de première. Alors, certes, il ne m'a pas appris grand-chose, mais il savait siffler. C'est la seule chose que nous avons partagée, jusqu'à ce qu'il se jette dans le lac salé d'Aridan après une énième biture… Et vous savez ce qui obéit au sifflement ?

Victoire avait passé plus d'une heure en compagnie de Ludo, l'homme chargé de dresser les oiseaux messagers de l'île. D'après ses explications, ceux-ci avaient été dressés pour lui obéir à lui, essentiellement, raison pour laquelle elle avait eu besoin de sa présence à ses côtés…

– Je n'ai eu aucun mal à reproduire le sifflement de Ludo pour appeler ces foutus oiseaux à quelques centaines de mètres du pigeonnier.

– Vous aviez tout prévu, déclara Victoire avec un reniflement de mépris.

– Détrompez-vous. J'ai embarqué sur *le Requin*, désespéré, ruiné… Lorsque le capitaine Ker m'a offert une nouvelle vie aux côtés de l'équipage, c'était une chance inouïe. La première fois dans mon existence que la chance me souriait, d'ailleurs. J'avais sincèrement envie de faire partie de tout ça, d'être une nouvelle personne, loin de mon passé.

– Alors pourquoi cracher sur ceux qui vous ont tendu la main ?

– Parce qu'alors que tout me souriait, vous êtes apparue. C'était comme recevoir un sac d'or, mais voir apparaître le collier de diamants juste derrière. Pourquoi je me contenterais de l'or alors que j'ai tout de suite vu en vous…

Il s'arrêta brusquement. À mesure, qu'il parlait, ses traits s'étaient apaisés. Il semblait moins sévère, moins saoul aussi.

– Quoi ? cracha-t-elle.

Il hésita sous le regard féroce de Victoire, puis avoua, d'une voix presque enfantine :

– Je n'ai pas encore fait une croix sur la vie que je me suis acharné à construire à Aridan. Oui, je suis parti de rien, mais j'étais parvenu à devenir quelqu'un ! Je travaillais pour la famille royale d'Aridan jusqu'à ce que je tombe en disgrâce à cause d'une prétendue erreur médicale… La vérité, c'est qu'aucun médecin n'aurait pu sauver la reine des suites mortelles de son accouchement. Mais la trop grande peine du roi l'a poussé à me rendre responsable. J'ai tout perdu. Injustement, ajouta-t-il d'une voix éraillée qui traduisait son désarroi.

Victoire ne l'excusait pas, mais quelque part, elle comprenait. Elle qui détestait tant l'injustice…

– Votre père me redonnera une position sociale. Il a de l'influence au sein de son royaume et par-delà les frontières. Et même si je ne reviens jamais à Aridan, je pourrais travailler pour le roi Maxor, être l'homme de confiance de son ministre. Je pourrais être à nouveau quelqu'un !

Victoire se maudit de sentir son cœur flancher devant les yeux humides de son nouveau bourreau. Elle ne voulait pas compatir, et pourtant, elle ressentait sa souffrance, ses peurs, ses doutes… Elle secoua violemment la tête.

– Vous auriez pu attendre notre retour à Lys ! s'emporta-t-elle. Les gens d'ici ne sont pour rien dans ces affaires ! Pourquoi ne pas avoir mis tout ça en place une fois que nous serions repartis à bord du *Requin* ?

– Repartir ? répéta Andrass, incrédule. Vous plaisantez ?

– Vous auriez pu… commença Victoire avant qu'il ne l'interrompe violemment.

Andrass tapa son poing contre la roche avant de crier, exaspéré :

– Jamais vous ne seriez rentrée chez vous !

Pendant un instant, Victoire n'osa plus bouger, attendant de voir la rage d'Andrass s'apaiser.

– Le capitaine s'est épris de vous, reprit le chirurgien d'une voix plus calme. Et à votre façon de le regarder, je ne peux pas croire que ce n'est pas réciproque.

Avait-elle été transparente à ce point ? Elle haïssait son cœur pour le sentir ainsi se gonfler d'espoir à la simple évocation que Morgan puisse avoir été sincère avec elle !

– Vous vous trompez, Andrass, protesta-t-elle. Quoi qu'il se soit passé durant ces quelques semaines, quoi que vous ayez vu, Morgan n'a jamais changé de priorité. Mon enlèvement servait un but plus grand, et il ne l'a jamais oublié.

Morgan le lui avait bien fait comprendre quelques heures auparavant.

– Arrangez-vous avec votre conscience comme vous le pouvez, mais le voyage était bien organisé. Nous serions partis d'ici dans une semaine sans votre intervention.

– C'est ce qu'il vous a dit ? demanda-t-il incrédule.

Elle acquiesça, ses yeux ne lâchant pas ceux d'Andrass. Elle voulait qu'il ressente de la culpabilité, qu'il regrette son geste, mais il se contenta de chasser cette idée d'un haussement d'épaules.

– Il se serait ouvert les veines plutôt que de vous rendre à votre père, déclara-t-il avec un rire amer. Jamais il ne vous aurait ramenée à Lys ! Quelle aubaine, puisque vous vouliez rester. Je me trompe ?

Andrass avait raison sur un point, si Morgan ne lui avait pas imposé ce voyage de retour, elle ne l'aurait probablement pas demandé d'elle-même…

Le chirurgien pointait toujours son arme dans sa direction, mais son attention se portait surtout par-delà la brèche qui donnait sur la crique pour surveiller le moment propice de leur sortie.

– Ils sont entrés, dit soudain Andrass en se tournant vers elle.

Victoire put suivre le débarquement à l'oreille. D'abord, ce furent des cris qui lui parvinrent, puis les pas sur les pontons s'accélérèrent. Enfin, après des insultes rageuses, ce fut au tour des épées de s'entrechoquer violemment.

Morgan était-il en première ligne ? Elle ne distinguait pas clairement les voix parmi les donneurs d'ordres… Et s'il ne ressortait pas vivant de cette bataille ? Une énorme boule se forma dans son ventre tandis que plusieurs coups de feu s'ajoutaient au brouhaha extérieur.

– Levez-vous, lui ordonna soudainement Andrass en s'avançant vers elle.

Impatient, il vint lui-même au contact de Victoire pour l'aider à se remettre sur ses pieds. Il saisit son bras et fit un effet de bascule.

– Êtes-vous certain de votre plan ? lui demanda-t-elle alors qu'elle se mettait sur ses jambes. Ils vont nous tirer dessus comme si nous étions des lapins ! Croyez-moi, personne ne prendra le temps de me demander mon identité.

– *Le Requin* nous cachera en partie, maugréa-t-il. Allez, venez !

Victoire passa devant et se glissa la première dans l'ouverture minuscule qui s'étirait sur toute la hauteur de la roche. Andrass la suivait cependant de près. Malheureusement pour elle, il avait vu juste. Personne ne la vit émerger des rochers, car *le Requin* les cachait d'une grande partie du champ de bataille, modestement constitué des pontons d'accostage et de la plage de sable blanc.

Elle aperçut les tuniques rouges, aisément reconnaissables pour elle, qui débarquaient par dizaines. D'autres embarcations continuaient d'ailleurs d'arriver par l'ouverture rocheuse, désormais bien accessible aux navires. Les pirates avaient formé une ligne en hauteur sur les rochers et tentaient de les repousser dès leur arrivée à coups de pistolets et de mousquets, mais les soldats de Lys avaient eux aussi des munitions. Par ailleurs, sur la plage, voire même dans l'eau, de petits groupes se battaient en duel sans que Victoire puisse distinguer clairement qui était dans quel camp.

Bientôt, les navires de guerre parviendraient à leur tour à entrer sur Jakoba… Alors, le bruit des tirs qui écorchait déjà les tympans serait remplacé par celui des canons. Le marquis de Torcy mettrait, sans une once d'hésitation, l'île à feu et à sang.

– Allons-y, commanda Andrass alors qu'elle tentait encore de repérer Morgan.

À contrecœur et parce que le pistolet la rappelait à l'ordre, Victoire suivit le chirurgien. Une pointe de déception la tiraillait, car elle aurait voulu prendre part au combat, protéger ceux qu'elle connaissait désormais, défendre Jakoba… Néanmoins, sa présence sur le navire de son père serait plus efficace pour faire cesser ces combats futiles. Aussi, elle pressa le pas.

– Andrass ! appela une voix derrière eux. Andrass !

Emprisonnée entre le corps du chirurgien et l'arme qu'il pressait sur son ventre, Victoire ne put que tourner la tête. Ainsi, Grandsec qui courait vers eux, une épée dans une main et un pistolet dans l'autre, ne pouvait ni voir les mains ligotées de Victoire ni percevoir la menace qui pesait sur elle.

Cependant, le visage blême, le pirate semblait à peine les voir tant la peur hantait son regard. Le sang qui coulait d'une plaie sur sa joue ne semblait pas être sa préoccupation première. Il ignora Victoire et concentra son attention sur le chirurgien.

– Le capitaine est blessé, Andrass ! On peut pas le déplacer, faut que tu rappliques tout de suite !

Non ! Le sang de Victoire se glaça dans ses veines. Elle n'avait jamais vu Grandsec aussi paniqué. Et pourtant, elle pouvait se vanter d'être celle devant qui il s'affolait le plus.

Quand Victoire tourna la tête vers Andrass, une rage sourde gronda dans sa poitrine. Alors que ce dernier semblait hésiter sur l'attitude à adopter, elle profita de son trouble pour basculer sur le côté. Ses mains ligotées attrapèrent l'arme, qu'elle leva vers le ciel avant d'assener un violent coup de pied dans le genou du chirurgien. Sous l'effet de la douleur, il pressa la détente et le coup partit entre eux, vers le ciel, se perdant au milieu des dizaines d'autres qui étaient échangées au même moment sur la plage. Les oreilles encore sifflantes, Victoire se reprit immédiatement et tenta d'arracher l'arme des mains du chirurgien avant de le faire reculer d'un coup d'épaule. Le pistolet leur échappa alors à tous les deux et tomba au sol avant de glisser vers le bord et de plonger dans l'eau turquoise.

– C'est lui, le traître ! cria Victoire en montrant à Grandsec ses poignets ligotés avant qu'Andrass ne cherche à riposter.

Le pirate ne lui laissa même pas le temps de terminer qu'il s'interposait déjà entre eux, menaçant le chirurgien de son pistolet. Il fit passer Victoire derrière lui, la protégeant de son corps, mais lui céda en même temps son épée.

Le regard vitreux, Andrass les dévisageait tour à tour, désabusé, et surtout, incapable de combattre. Il leva ses bras tremblants au-dessus de sa tête, puis il se pétrifia.

– Tu vas payer pour ça, grinça Grandsec entre ses dents.

– Non, protesta Victoire, bien que cette exclamation lui coûte. On a besoin de lui vivant.

Elle s'avança vers celui qu'elle avait pensé être un ami, brandit l'épée sur sa poitrine et dit d'une voix si grave qu'elle ne la reconnut pas :

– Vous allez soigner le capitaine. Si vous le sauvez, je vous laisse la vie, mais s'il meurt… Je vous tue.

CHAPITRE 53

VICTOIRE

– Il a perdu beaucoup de sang.

À genoux, au chevet de Morgan, dont la poitrine se soulevait légèrement à un rythme régulier, Victoire gémissait de désespoir. Elle saisit alors entre ses doigts la main inhabituellement froide du capitaine et tressaillit à cette constatation.

– Faites quelque chose, intima-t-elle à Andrass.

Le chirurgien apposait une compresse sur le ventre du blessé et tentait de contenir le sang qui s'échappait de la plaie. Grandsec, lui, tenait une lanterne au-dessus d'eux. Quant à Kiram, il surveillait l'entrée de la grotte dans laquelle ils s'étaient repliés.

Les combats sévissaient toujours dehors et résonnaient jusqu'à eux dans une cacophonie infernale.

– Je ne peux rien faire de plus sans mon matériel, annonça Andrass.

– J’ai envoyé quelqu’un le chercher, répliqua immédiatement Kiram. Le voici !

Tête baissée, un jeune homme essoufflé entra dans la grotte, se baissant pour éviter d’être trop visible depuis l’extérieur. Victoire reconnut immédiatement l’allure adolescente dès qu’il se redressa.

– Yori ? Qu’est-ce que tu fais ici ? s’étonna-t-elle pendant qu’Andrass s’emparait de la mallette qu’il lui tendait.

Ses cheveux étaient rassemblés en un chignon au-dessus de son crâne et lui rappelaient la coiffure du maître de l’île. Yori jeta un regard inquiet sur l’homme qu’il avait toujours considéré comme son modèle.

– Je cours très vite, expliqua-t-il simplement.

Il fit quelques pas vers le petit groupe, observant les gestes précis d’Andrass qui sortait son matériel.

– Mademoiselle, appela le chirurgien. Il faut que vous pressiez le linge contre la plaie pour retenir le sang, pendant que je me prépare.

Victoire se reprit immédiatement et obéit aux ordres. Néanmoins, elle jeta en même temps un œil sur l’adolescent à côté d’elle.

– Ta mère sait que tu es là, Yori ?

– Non, et elle n’a pas besoin de s’inquiéter maintenant.

Il ignorait donc lui-même dans quel état avait été laissée Tallulah. Victoire échangea un regard explicite avec Andrass, mais le médecin baissa très vite les yeux vers son patient. Une boule se forma dans sa gorge alors qu'elle hésitait à en dire plus à Yori. Aucun doute qu'il repartirait immédiatement sur le champ de bataille pour rejoindre sa mère, au risque de se prendre une balle perdue.

Cependant, elle en oublia vite son dilemme quand Morgan poussa un gémissement à travers son inconscience.

– Vous appuyez trop fort, expliqua Andrass. Moins de pression, mais ne laissez pas le sang couler.

En plus de la plaie béante sur son ventre, un filet de sang s'écoulait le long de la tempe de Morgan. Victoire avait l'estomac au bord des lèvres. Ses membres tremblaient comme des feuilles sur un arbre par temps de grand vent et elle ne pourrait bientôt plus les contrôler.

Malgré toutes les richesses scintillantes entassées autour d'eux, dans cette grotte située à l'arrière de la crique qui servait de dépôt pour les retours des expéditions, il régnait une ambiance morbide.

– Il nous faut de l'eau, réclama Andrass.

– Je m'en occupe, répondit Kiram en les laissant.

Andrass incita Victoire à soulever le linge, ce qu'elle fit lentement, observant le flot de sang se déverser entre eux. Elle tressaillit en découvrant la balafre provoquée par une lame. Alors que des souvenirs similaires resurgissaient dans son esprit, ses yeux se remplirent de larmes.

Kiram revint avec un seau rempli d'eau qu'il déposa aux pieds d'Andrass, avant de se replacer à l'entrée de la grotte, un couteau à la main, pour surveiller l'avancée des tuniques rouges.

Victoire déglutit, et elle avoua difficilement :

– Si nous voulons que le combat s'arrête, je dois rejoindre mon père sur son navire. Je ne serai d'aucune aide ici.

Andrass ne releva pas, commençant à verser une rasade d'alcool sur la plaie.

– Non, protesta Kiram. Les coups de feu ricochent sur les rochers, vous serez éborgnée, voire morte avant d'atteindre la rive.

– Ce sont les gardes de mon père, ils me reconnaîtront et m'escorteront.

Elle avançait un argument qu'elle venait de critiquer un instant avant. Mais elle se sentait tellement désespérée… Kiram partit dans un éclat de rire moqueur.

– Non, ma petite, vous allez vous faire canarder ! Deux autres embarcations pleines à craquer viennent d'arriver.

Victoire hésita, fit signe à Yori de prendre son poste, puis avança jusqu'à Kiram et risqua un coup d'œil vers la crique : l'armée de Lys venait clairement de prendre l'avantage du nombre.

– Je peux vous escorter, déclara le jeune Yori. Je connais cette crique comme ma poche, je vous ferai sortir.

Ils avaient besoin de quelqu'un pour assister le chirurgien. Grandsec tenait la lanterne, dont la lumière vacillait sous l'effet de ses tremblements, et Kiram faisait le guet, armes à la main. Par ailleurs, elle ne lui avait pas encore dit pour sa mère, mais elle ne pouvait risquer la vie du jeune adolescent maintenant.

– Je vais me débrouiller seule, conclut-elle.

– Vous n'aurez jamais assez de force pour ramer, rétorqua-t-il. Vous ne savez même pas où se trouvent les barques !

Il avait raison.

– Yori… Ta mère ne me le pardonnera jamais. Tu dois rentrer au domaine, elle a besoin de…

– Et attendre que l'ennemi vienne nous tuer dans ma maison ? Non, pas question ! Ma mère est une femme forte, elle se débrouille parfaitement seule. Je serai plus utile à vos côtés, je viens, dit-il, fièrement.

Yori semblait plus déterminé que jamais. Victoire se résigna. Si elle disait à Yori ce qu'il s'était passé, il perdrait toute raison, au risque de se précipiter sur le domaine en ignorant le danger, ou pire, de s'en prendre physiquement à Andrass.

– Bien, dit-elle. Grandsec, vous allez poser la lanterne sur le côté et prendre la place de Yori. Est-ce que je peux emporter votre épée ?

– Prenez celle du capitaine, lui proposa-t-il en se baissant pour attraper la lame et la tendre à Victoire.

Après un bref moment d'hésitation, elle en empoigna le manche entouré de lanières de cuir. L'épée pesait très lourd dans sa main, en comparaison de la sienne.

Par la suite, Yori et Grandsec échangèrent leur place. Andrass eut un mouvement de recul quand le pirate tendit la main pour récupérer des linges ensanglantés, mais il reprit ensuite son opération sans se soucier de ce qui l'entourait.

Yori rejoignit alors Victoire à l'entrée de la grotte et dégaina son épée. Victoire, elle, observait encore le corps de Morgan. Alors qu'elle faisait un pas pour sortir, celui-ci s'agita dans un gémissement puis un souffle. Victoire hésitait… Et s'il avait besoin d'elle ?

– Le capitaine essaye de parler, dit Grandsec en se penchant vers Morgan.

Victoire oublia immédiatement son plan et courut à son chevet pour s'agenouiller près de lui. Ses yeux n'étaient pas ouverts, mais sa bouche susurrait des mots. Posant la main sur sa joue, elle approcha son oreille au plus près.

– Vic… Victoire…

– Je suis là, je suis là ! Calmez-vous. Le chirurgien est en train d'opérer, et tout va rentrer dans l'ordre, expliqua-t-elle en jetant un regard nerveux à Andrass.

La main de Morgan se souleva difficilement, alors Victoire la prit entre ses doigts. Elle l'amena à ses lèvres, l'embrassa frénétiquement, le cœur battant.

– La lettre, balbutia alors Morgan.

Elle se figea, interloquée. Un regard autour d'elle lui fit comprendre que personne ne savait à quoi il faisait référence.

– Parfois, les patients délirent à cause de la douleur, précisa Andrass sans lever les yeux.

– Quelle lettre ? insista Victoire.

Il grimaça, tenta de reprendre son souffle, puis essaya de déglutir. Chaque mouvement, même le plus basique, semblait être une torture. D'ailleurs, sa poitrine se soulevait difficilement.

– J'ai… la lettre. Dites-le à votre père.

Elle n'eut pas l'occasion d'insister, Morgan sombra de nouveau dans l'inconscience. Cette fois, son souffle lui semblait plus erratique, plus laborieux… Elle lança un coup d'œil inquiet sur Andrass qui était en train de recoudre la plaie.

– Je fais de mon mieux, maugréa-t-il.

Elle déglutit difficilement, mais malgré sa fureur, elle savait qu'elle ne le tuerait pas avant qu'il n'ait tout essayé pour sauver Morgan.

– Il me parle d'une lettre, dit-elle au reste du groupe en se relevant. Mais je ne sais pas…

Tous la scrutaient, mais aucun ne semblait plus éclairé qu'elle sur le sujet. Quelle lettre pourrait faire plier son père, si elle-même n'y parvenait pas ?

Victoire comprit soudain et ressentit un profond malaise.

– Ça va ? s'inquiéta Yori alors qu'elle se redressait difficilement.

– Nous devons nous hâter, répondit-elle en éludant sa question.

Le pli cacheté de la marquise de Dienne… Celui qu'elle avait remis à son frère pour qu'il parvienne au roi Maxor, celui à cause duquel sa mère était morte. Elle brûlait d'en connaître le contenu.

Plusieurs coups de feu résonnèrent près de l'entrée, poussant Kiram à reculer vers eux pour ne pas se faire repérer.

– Dès qu'ils sont passés, on se faufile, intima-t-elle à Yori.

L'adolescent acquiesça, bombant courageusement la poitrine. Victoire se tourna une dernière fois vers Morgan, les yeux embués. Même maintenant, elle était tiraillée entre sa raison et son cœur, qui la suppliait de rester à côté de lui, de simplement lui tenir la main jusqu'à ce qu'il ouvre les yeux… Comment pouvait-elle abandonner l'homme qu'elle aimait ?

Oui, elle l'aimait. De toute son âme et de tout son cœur.

– On va s'occuper de lui, lui assura Kiram avant de désigner la sortie de la grotte. Hâtez-vous !

La sincérité qu'elle lut dans ses yeux noirs acheva de la convaincre. Elle brandit son épée devant elle et s'élança derrière Yori, laissant le capitaine entre les mains de son équipage.

CHAPITRE 54

VICTOIRE

Après avoir réussi à traverser le champ de bataille, Yori et Victoire se cachaient désormais derrière *le Requin*. Sous le soleil de plomb de cette chaude journée, Victoire tentait de retenir sa toux due au sable qui volait. Ses genoux saignaient à force de s'égratigner sur les rochers alors qu'elle relevait le tissu de sa robe pour ne pas trébucher, mais tout ce qu'elle retenait, c'était le bruit assourdissant des détonations autour d'eux.

Yori l'incita à longer le navire et, cachée de la vue des soldats, elle découvrit quelques petites embarcations amarrées.

– Voilà les barques de pêche, lui expliqua Yori alors qu'elle les détaillait avec inquiétude.

Même en ramant de toutes leurs forces, ils devraient passer devant la plage et n'iraient probablement pas assez vite pour éviter les tirs qui pleuvraient sur eux.

Cependant, elle n'aurait peut-être même pas l'occasion de le découvrir, car le ponton sur lequel ils étaient trembla alors qu'une nouvelle personne le remontait, juste derrière eux.

– Victoire ! appela une voix grave.

Avant même qu'elle puisse se retourner, Yori dégaina son épée et se précipita vers l'intrus, prêt à combattre. Quand elle suivit son mouvement, sa surprise fut si grande que sa respiration se coupa. Elle n'eut donc pas le temps d'empêcher le premier entrechoquement des épées.

– Yori ! hurla-t-elle alors que l'adolescent était repoussé en arrière par la force de son assaillant.

D'un habile jeu de lame, le soldat devant eux, les traits concentrés, désarma Yori en quelques secondes. Victoire eut juste le temps de s'interposer devant l'épée avant qu'il n'enfonce sa lame dans le corps de l'adolescent.

– Alexandre, non ! cria-t-elle, les mains en avant en signe d'apaisement.

Son cousin la dévisagea, visiblement perdu. Son regard passa d'elle à celui qui avait tenté de la protéger, puis il baissa son épée.

– Tu vas bien ? demanda-t-il en reculant d'un pas.

Elle le trouvait changé : un teint plus pâle que dans son souvenir et les traits tirés. Apparemment, traverser la mer des Damnés avait été une épreuve pour chacun d'entre eux…

– Oui, parfaitement bien, cousin. Yori ne me faisait aucun mal, rassure-toi.

Malgré ses dires, Alexandre se montra peu convaincu. Il fit la moue, lança un regard peu amène à Yori, mais il finit tout de même par reculer d'un pas pour se tenir dans une posture moins menaçante, bien que toujours défensive.

– Ton père m'envoie te chercher, Victoire, mais… Je ne pensais pas que ce serait aussi simple. Tu es… libre ?

– En quelque sorte, soupira Victoire. Emmène-moi.

– Et lui ? demanda Alexandre en désignant d'un geste de tête l'adolescent qui se redressait péniblement.

N'étant pas certaine de revenir, il n'était plus question d'emmener le jeune homme sur le navire.

– Yori, je te remercie pour ton aide. Le capitaine sera fier de toi, balbutia-t-elle.

À seulement quelques instants de quitter Jakoba, Victoire se sentait plus fébrile que jamais. Il était l'heure de l'envoyer retrouver Tallulah.

– Promets-moi maintenant de rentrer au domaine. Ta mère est blessée et a besoin de toi.

Yori remonta ses yeux paniqués vers elle.

– Blessée ? Qu'est-il arrivé ?

– Je ne pense pas que ce soit sérieux, le rassura Victoire en éludant sa question de peur qu'il ne fasse un détour par la grotte pour régler son compte au chirurgien.

– Va chercher le médecin en ville et ramène-le à son chevet.

Yori acquiesça et prit la fuite.

– Fais attention à toi ! lui lança-t-elle sans certitude qu'il l'ait entendue.

– Il faut partir, la pressa Alexandre alors qu'elle regardait le jeune homme s'éloigner.

Yori esquivait les combats telle une anguille, et elle comprit qu'elle n'avait pas à s'en faire pour lui. Victoire se tourna alors vers son cousin et commença à lui emboîter le pas en expliquant :

– Il est si jeune. S'il lui arrive quoi que ce soit, sa mère ne s'en remettra pas.

Alexandre avisa à son tour l'endroit où Yori venait de disparaître, vers les terres, avant de passer une main dans le dos de Victoire pour l'inciter à s'abriter derrière la roche.

– Il m'a l'air bien aguerri. Je suis certain qu'il va s'en sortir.

Ils arrivèrent devant les chaloupes de l'armée royale, bien plus imposantes que les barques de pêche des pirates. Six gardes les attendaient sur un navire, dont quatre qui avaient déjà les rames dans les mains. Une légère houle brassait l'embarcation sous un ciel bleu magnifique, mais cette image n'était pas suffisante pour leur faire oublier le bruit des épées à quelques mètres.

– Allons-y, souffla Alexandre.

Elle monta dans la chaloupe juste avant Alexandre, et les soldats les firent quitter immédiatement la rive.

Alors que Victoire fermait les yeux, laissant ce moment d'accalmie apaiser ses tourments pendant qu'une brise chargée de sel fouettait la peau de son visage, Alexandre resta étonnamment silencieux.

– Tu ne dis rien ? lui demanda-t-elle au bout d'un long moment.

– Que devrais-je dire ? rétorqua-t-il sèchement. Je t'ai crue morte pendant plus d'un mois, mais je constate que ma cousine avait juste voulu prendre un peu de bon temps loin de sa famille…

Victoire aurait voulu que leurs retrouvailles se déroulent autrement. Elle aurait aimé l'enlacer, lui raconter toutes les aventures incroyables qu'elle avait vécues en quelques semaines, lui parler de ses combats et, enfin, le remercier pour ses enseignements si précieux qu'elle avait pu mettre en pratique. Cependant, elle ne pouvait rien dire de tout ça tant qu'il ruminerait sa rancœur.

– Tu m'en veux, constata-t-elle, simplement. Je comprends.

– Tu comprends ? Me voilà consolé, alors !

– J'ai fait envoyer un message sur Ferterra il y a de cela quelques jours, se défendit Victoire.

– Nous avons embarqué avant de le recevoir.

– Ah… répondit Victoire un peu gênée. J'avais laissé une lettre pour Héloïse avant mon départ, dans lequel j'expliquais que j'étais prête à assumer les conséquences de…

– Nous oublierons que tu as préféré écrire à ton amie plutôt qu'à celui que tu considères comme ton frère, la coupa-t-il amèrement.

– Je…

– Nous oublierons également que tu m'as mené en bateau. Sans mauvais jeu de mots.

Victoire se mordit les lèvres. Dans la précipitation, elle n'avait pas pensé à coucher ses excuses sur du papier pour son cousin qu'elle aimait tant.

– Je suis désolée.

Le reste du voyage se fit dans un silence religieux.

CHAPITRE 55

VICTOIRE

Lorsqu'ils arrivèrent à proximité du galion principal, Victoire avisa le lys doré qui se dressait fièrement sur le drapeau bleu. Elle constata donc que ce navire qu'elle trouvait autrefois si impressionnant lui semblait aujourd'hui quelconque à côté du *Requin*. En revanche, la flotte entière, elle, n'aurait aucun mal à terrasser les habitants de Jakoba. En effet, derrière ce galion, se tenaient une dizaine d'autres navires de la même envergure, dont les canons étaient prêts à être pointés sur l'île.

Après quelques coups de rames supplémentaires, ils atteignirent la coque. Alexandre grimpa le premier à l'échelle de corde, puis Victoire prit le relais, soutenue par les soldats de son père. Elle eut du mal à prendre appui sans marcher sur le tissu de sa jupe, et Alexandre dut la hisser sur la fin. Cette ascension fut longue, mais peut-être pas assez pour lui permettre de se préparer à affronter le marquis de Torcy.

Dès que ses pieds touchèrent le plancher du pont, Victoire croisa son regard sévère. Droit comme un piquet, à seulement quelques pas d'elle, il portait son uniforme noir et son long collier en or habituel. Sa chevalière étincelait sous les rayons du soleil.

Néanmoins, Victoire remarqua rapidement qu'une certaine lassitude avait remplacé la rudesse habituelle de ses traits. Il lui parut soudain beaucoup moins intimidant qu'à l'accoutumée, malgré le cortège de soldats qui l'entourait. Mais n'était-ce pas plutôt parce qu'elle avait connu pire ?

– Quel est cet accoutrement, Victoire ? Ce n'est pas digne d'un De Torcy !

Victoire avisa son décolleté et l'aspect souillé du tissu de sa robe que la cour de Lys aurait sans nul doute qualifié d'outrancier.

Bon… La perte de sa fille ne semblait pas tellement lui avoir fait revoir l'ordre de ses priorités.

– Vous ne m'avez pas vue depuis plus d'un mois et vous critiquez ma tenue ? rétorqua-t-elle avec détermination.

Surpris, son père arqua ses sourcils, peu habitué à un tel aplomb venant de sa fille. Mais Victoire ne ressentait aucune peur. Avec une sérénité toute nouvelle, elle n'hésitait pas à lui rappeler que les règles de bienséance et l'apparence devaient se ranger derrière les sentiments.

Sa réflexion parut le toucher, car il fit quelques pas dans sa direction. Néanmoins, d'un seul geste de sa main, Victoire le fit s'immobiliser. Elle n'était pas devant lui pour s'étendre en touchantes retrouvailles. Chaque minute passée mettait en péril la vie d'innocents… et ses chances de revoir Morgan.

– Comment vous portez-vous, mon enfant ? se reprit son père avec une sollicitude qui ne lui était pas habituelle.

Victoire déglutit. Même si elle souhaitait rester concentrée sur sa tâche, elle avait l'impression que son père était réellement concerné par sa sécurité et son bien-être. Après tout, il avait retourné les mers pour la trouver et pensait, peut-être sincèrement, venger les offenses que les pirates auraient pu lui faire subir. Oui, une voix dans sa tête lui rappelait tout ce que Morgan lui avait dit sur lui, mais il restait son père. Sa seule famille.

– Père, je vous en supplie, cessez immédiatement le combat, essaya-t-elle. Retirez vos troupes. Je suis là maintenant, il est inutile de massacrer toutes ces vies innocentes.

Le regard incrédule de son père se planta dans celui d'Alexandre avant de revenir croiser le sien.

– Avez-vous perdu la tête, ma fille ? Que vous ont-ils fait pour qu'aujourd'hui vous cherchiez à défendre ceux qui vous ont salie ?

– Victoire, qu'est-ce qui te prend ? intervint Alexandre à côté d'elle.

Tous la dévisageaient comme si elle était devenue folle, d'une inquiétude sincère pour Alexandre à un mépris affiché pour certains soldats. Comment leur expliquer ? Comment les convaincre ? Elle sentait le poids de la culpabilité peser lourd sur ses épaules. Était-il normal de se détourner de sa famille pour préférer la compagnie d'étrangers ? Des pirates, de surcroît. Encore une fois, elle était tiraillée entre son devoir et ses envies qui n'étaient peut-être pas légitimes.

Mais qu'y avait-il de plus légitime que de vouloir épargner des vies ?

– Ils ne m'ont rien fait de tel, expliqua-t-elle.

– Vous ne me ferez pas croire ça, siffla son père.

– Père, peu importe ce que vous croyez. Il n'y a pas que l'équipage du *Requin* sur cette île ! Il y a des femmes, des enfants, tous innocents, désarmés, faibles devant votre force de frappe.

Victoire se retint de taper du pied, frustrée à l'idée de ne pas pouvoir le convaincre avec ces simples mots. Elle savait que son discours n'aurait que peu d'effet, mais elle se devait d'essayer d'en appeler à sa raison. Malheureusement, son père ne flancha pas et secoua la tête :

– Victoire, j'ignore quelles idées absurdes ce pirate vous a mises en tête, mais…

– Mon discours n'a rien d'absurde, père, siffla-t-elle à son tour, et je suis capable de réfléchir par moi-même.

Le marquis de Torcy pinça les lèvres, se retenant visiblement d'afficher sa position controversée à ce sujet.

Non, son père n'avait pas changé…

– Quoi qu'il en soit, les habitants de cette île cachée vivent grâce aux crimes des pirates. Ils soutiennent tous un homme recherché pour meurtre par la couronne, ce qui est un acte de trahison. Aux yeux de la loi, ils sont aussi coupables que Morgan Ker.

Si elle avait eu un espoir que son père comprenne, celui-ci mourut quand elle constata l'étincelle de haine pure qui brillait dans ses yeux. Peu importait toutes ses explications, il voulait voir Morgan mort avant la nuit en se fichant de massacrer des centaines d'innocents.

Comment le même sang pouvait-il couler dans leurs veines ?

Elle s'avança à un pas seulement de lui avec une détermination nouvelle et tenta le tout pour le tout :

– Si vous n'ordonnez pas à vos hommes de se retirer immédiatement, chuchota-t-elle, je ferai personnellement transmettre la lettre de la marquise de Dienne au roi Maxor.

Son père écarquilla les yeux comme s'il avait avalé des morceaux de verre.

– Vous savez, cette lettre qu'un jeune homme avait dans les mains, il y a cinq ans. Cette lettre que la marquise avait donnée à son frère, dans le cas où quelque chose lui arriverait…

Les mâchoires de son père se crispèrent à en faire casser ses dents. Puis Victoire vit la stupeur, la colère et, enfin, la peur traverser ses yeux.

Morgan n'avait donc pas menti : son père était, de près ou de loin, impliqué dans la mort de la favorite du roi. Une femme qu'elle avait tant admirée…

– Vous ne pouvez pas comprendre, répondit-il finalement. La marquise de Dienne manipulait le roi pour parvenir à ses fins.

– Elle vous gênait.

Cette simple phrase amena un froid glacial entre toutes les personnes présentes. La marquise n'était pas morte depuis assez longtemps pour que quiconque sur ce navire ignore ce qu'elle représentait. À l'époque, la Cour était une fourmilière à ragots où chaque noble prenait les paris sur qui, entre le chancelier et la maîtresse, prendrait l'ascendant sur un roi versatile. Et malheureusement pour le marquis de Torcy, une femme s'apprêtait à remporter cette guerre.

– Cette vipèr… Cette arriviste était une menace pour le royaume, se reprit-il.

Victoire préféra ne pas enchérir. Son père avait du mal à choisir ses mots et regardait à présent ses hommes avec méfiance. Le mettre en défaut devant eux ne jouerait certainement pas en sa faveur, car elle l'obligerait à user de son autorité pour asseoir sa supériorité.

Après tout, elle pouvait bien laisser le passé derrière elle. Rendre justice à la marquise de Dienne aujourd'hui ne sauverait pas Morgan ou les habitants de Jakoba. Et à l'heure actuelle, seuls eux devaient compter.

– Avez-vous cette prétendue lettre sur vous, ma fille ? finit par demander son père d'une voix faussement neutre.

Elle n'eut pas le temps de répondre qu'il l'examinait déjà avec attention, semblant chercher la moindre cachette sur Victoire pour, peut-être, lui prendre l'objet compromettant de force. Poussée par son instinct, Victoire fit un pas en arrière. Est-ce que son père venait de devenir une menace pour elle ? Maintenant qu'elle avait enfin ouvert les yeux sur ce dont il était capable, elle n'était plus sûre de rien. Et surtout, elle ne savait pas ce qu'il ferait passer en priorité. Ses secrets ou sa famille ?

– Pourquoi ? lui demanda-t-elle en lui lançant un regard incrédule. Vous comptez essayer de me la prendre de force ? Et de la même façon que vous avez tué ma mère, vous éliminerez la personne qui tentera de s'interposer entre nous ?

Le fiel dans sa voix choqua non seulement son père, mais également les soldats de Lys les plus proches d'eux qui entendaient son discours. Qu'importe ! Qu'ils sachent tous à quel homme ils avaient juré fidélité ! Qu'ils ressentent, comme elle, le goût amer de la déception. Elle avait aimé ce père en qui elle croyait… À tort.

Le marquis de Torcy pinçait à présent ses lèvres avec une telle force qu'elles se rejoignaient en un trait. Son poing se serra dans sa main, faisant blanchir ses jointures.

Morgan n'avait donc pas menti. Il avait été accusé à tort.

– Ce fut un incident, gronda son père. Un malheureux incident.

Un malheureux incident… L'entendre parler de la mort de sa mère comme d'un vulgaire carambolage de calèches la mit encore plus en rage contre lui.

– Toutes ces années, je m'en suis tellement voulu… Pas une seule seconde vous n'avez pensé à ma peine. Vous avez été lâche !

Il baissa la tête, comme jamais elle ne l'avait vu faire, puis releva son regard brillant vers le sien.

– Vous ne le croirez peut-être pas, mais je voulais simplement vous protéger. Vous n'aviez plus de mère, vous n'aviez pas besoin de savoir…

Elle n'avait pas l'intention d'écouter plus longtemps ses justifications.

– Je n'ai pas la lettre sur moi, père. Mais je n'hésiterai pas à la faire parvenir à qui de droit si vous persistez dans vos intentions. Laissez Jakoba tranquille et cette preuve restera en lieu sûr.

Un silence de plomb prit alors place entre eux. Les mains croisées dans son dos, le marquis tourna son regard vers l'île. Sa poitrine se soulevait à un rythme régulier, mais ses mâchoires restaient crispées. Victoire l'avait-elle mis au pied d'un mur infranchissable ?

Elle tenta de rassembler ses pensées en se focalisant sur le bruit des vagues. La légère brise qui faisait voler ses longs cheveux semblait l'encourager à ne pas flancher. Elle avait déjà fait son choix, et pour l'instant, elle tenait ses positions. Elle ne devait pas montrer la moindre faiblesse. Pas maintenant.

Soudain, son père reporta son attention sur elle. Il la dévisagea longuement jusqu'à ce qu'elle capte le moment tant attendu de sa sentence.

– Cessez les combats, claqua sa voix ferme.

Le général des armées de Lys, le plus haut gradé dans cette flotte après le marquis, acquiesça immédiatement. Pourtant, Victoire avait vu sur cet homme d'une soixantaine d'années qui se tenait presque toujours à droite de son père une nouvelle expression. Elle s'était installée à mesure qu'elle parlait avec son père : la méfiance.

– Rappelez les hommes, continua le père de Victoire, sans même jeter un regard autour de lui. Nous rentrons.

Si Victoire avait instillé un doute dans la balance du pouvoir, que son père se rassure, il en faudrait plus pour la briser. Sur le navire, personne ne discuta les ordres. Au contraire, à peine le marquis eut-il fini de parler que chacun s'agita sur le bateau. Des embarcations plus petites partirent vers l'entrée de la crique, sûrement pour récupérer les soldats sur la plage.

Victoire n'esquissa pas un geste devant cette agitation. Elle resta droite, poings toujours serrés, et observa. Elle venait de réussir l'impossible, mais elle ne parvenait pas à se réjouir.

– Alexandre va vous escorter dans votre cabine, conclut son père avant de se tourner vers son général.

Victoire prit une grande inspiration. Son cousin tendait déjà la main vers l'arrière du bateau pour la conduire dans des appartements luxueux et son père l'avait déjà sortie de son champ de vision. Pourtant, ce n'était pas encore terminé.

Une nouvelle bataille l'attendait.

– Je ne rentre pas, annonça-t-elle franchement.

Autour d'eux, l'agitation cessa une seconde, avant que les soldats ne baissent la tête, retournant à leurs affaires. Le marquis, lui, se tourna lentement vers sa fille, sourcils froncés. De toute évidence, Victoire venait de commettre l'impertinence de trop.

– Comment ça ? demanda-t-il cependant d'un ton calme, presque trop mielleux pour qu'il n'annonce pas une tempête dévastatrice.

– Je reste à Jakoba.

S'il n'avait pas compris qu'elle le rejetait, lui et toute sa vie d'avant, c'était désormais chose faite. La culpabilité étreignit une nouvelle fois sa poitrine alors qu'elle avisait la lueur de chagrin qui passait devant les prunelles noires de son père. Mais heureusement pour son cœur de petite fille prêt à craquer, cet instant de grâce fut de courte durée et la fureur du chancelier insatisfait prit le pas.

– C'est une farce ? s'emporta-t-il. Ta place est auprès de ta famille et de ton roi, à Lys.

Le ton dur et sans appel l'aurait auparavant terrorisée. Ses yeux, du même noir profond que celui de son costume, lui auraient fait plier l'échine. Néanmoins, Victoire n'était plus cette personne. Aujourd'hui, elle s'en fichait : il ne l'intimidait plus.

– Navrée, père, rétorqua-t-elle poliment. Je reste aux côtés de Morgan Ker.

– Morgan Ker ? L'homme qui a tu…

– Attention !

Il s'interrompit et Victoire jeta un regard autour d'elle. Elle n'avait pas besoin d'exprimer sa menace à haute voix pour que son père comprenne qu'il n'avait pas intérêt à réitérer son mensonge devant elle. Elle n'obtiendrait peut-être pas justice pour la marquise de Dienne, mais elle pourrait encore se battre pour sa mère, si son père lui tendait le bâton.

– Le pirate, se reprit le marquis. Le pirate qui survit en pillant tous nos navires ?

– Morgan Ker est un homme exceptionnel comme il n'y en a aucun dans tout le royaume de Lys.

Et Morgan Ker était peut-être mort à l'heure où elle parlait de lui… Les jambes de Victoire se mirent à trembler comme des feuilles. Une pointe lacéra son cœur.

– Victoire, temporisa son père, qui avait réussi à reprendre un masque autoritaire. Vous avez déjà obtenu plus que je ne m'étais autorisé à vous donner, je pense que j'ai été suffisamment patient avec vous. Arrêtez vos caprices. Je ne vous laisse pas le choix, vous rentrez avec nous.

Il fit un signe à Alexandre pour qu'il la contraigne à le suivre, mais ce dernier ne bougea pas, hésitant. Victoire commença à s'agiter, sentant la panique reprendre le contrôle de son corps.

Maintenant qu'elle savait Jakoba sauvée, elle devait se protéger, elle, et surtout, assurer son avenir aux côtés de Morgan, pour pouvoir le revoir, au moins une fois.

– Je n'ai plus rien à perdre, père ! cria-t-elle pour récupérer son attention.

Elle n'obtint qu'un regard sceptique.

– Je préfère me jeter par-dessus bord que de continuer à respirer le même air que vous, cracha-t-elle avec une haine à son encontre qu'elle n'avait pas conscience d'avoir accumulée.

Elle s'était toujours refusée à voir son père comme son ennemi. Jusqu'à aujourd'hui…

Il opprimait le peuple de Ferterra, fomentait des complots politiques, avait probablement commandité le meurtre de la marquise de Dienne, cherchait à contrôler la vie de Victoire, mais surtout… il avait tué sa mère.

Il était là, devant elle, à quelques pas. Le véritable ennemi.

– Cessez de vous donner en spectacle, siffla-t-il. L'unique héritière du chancelier ne s'amourache pas d'un pirate. Une fois que nous serons rentrés à Lys, vous épouserez l'ambassadeur du royaume d'Azur. Cette union apaisera les tensions entre nos deux royaumes. Une fille se doit d'obéir à son père.

L'idée de devoir partager l'intimité qu'elle avait eue dans les bras de Morgan avec un autre la fit frissonner de dégoût. Cependant, son père se berçait d'illusions s'il croyait pouvoir encore l'utiliser à des fins politiques. Il ne l'aimait pas et elle décida de ne pas attendre pour en faire son deuil.

Les poings serrés, elle se rapprocha de cet étranger dont le même sang coulait pourtant dans ses veines, si près qu'elle pouvait entendre la colère sourde qui grondait en lui. Pourtant, elle le déstabilisa en venant l'enlacer, sur la pointe des pieds, elle rapprocha ses lèvres de son oreille et murmura :

– Je suis peut-être votre fille, mais vous n'êtes plus mon père. Vous pourriez bien mourir ici et maintenant que cela ne m'atteindrait même pas. J'ai juré sur la tombe de maman de tuer son meurtrier, et croyez-le ou non, si vous ne me laissez pas ma liberté, j'irai au bout de ma vengeance. De combien d'heures d'entraînement à l'épée pouvez-vous vous targuer ? Combien de duels avez-vous remportés ? Je m'entraîne depuis quatre années sans relâche, et il y a quelques jours de cela, j'ai désarmé en pleine nuit le plus redoutable des pirates sur le pont de son propre navire.

Le teint de son père devint plus blême qu'à l'accoutumée alors qu'elle se reculait, un sourire factice aux lèvres. Plus déterminée que jamais, elle admirait l'expression décomposée qu'il affichait désormais.

Manifestement, il la prenait au sérieux. Et il avait raison. Elle haïssait tellement cet homme qui ne souhaitait que la manipuler et l'utiliser pour ses ambitions, qui lui avait menti de bout en bout, qu'elle l'aurait bien poussé sur-le-champ par-dessus bord. Et surtout, elle pensait à Morgan et à la possibilité qu'il quitte ce monde par la faute de ce monstre sans cœur.

Cette pensée intolérable lui donna la force de continuer à s'imposer.

– Je vais repartir, clarifia-t-elle. Et vous ne ferez rien pour m'en empêcher.

Il pinça ses lèvres et tout son corps se raidit. Le chancelier de Lys n'avait pas pour habitude d'écouter les ordres.

– Qui sait, un jour, peut-être, quand mon esprit sera en paix, je reviendrai…

Elle ne précisa pas si c'était pour lui pardonner ou bien pour lui faire payer ses actes. Pour l'instant, elle refusait d'apaiser ses tourments.

Quand il baissa sa tête pour fixer le plancher du pont, Victoire retint son souffle. Pourtant, elle n'avait aucun doute sur sa décision : il ferait le nécessaire pour assurer sa survie, et Victoire, en devenant une menace pour lui, avait acquis sa liberté.

– Dans ce cas, je vous laisse à votre nouvelle vie, céda-t-il, finalement.

Il leva sur elle un regard presque tendre qui ne l'atteignit pas, pour la première fois. Les derniers mots d'adieu de Victoire moururent dans sa gorge, alors qu'elle le regardait s'éloigner. Une larme, unique, roula sur sa joue. Était-ce réellement de la tristesse ? Ou le soulagement d'avoir gagné une bataille sans précédent ?

Derrière elle, la main d'Alexandre serra son épaule pour la faire se tourner vers lui. Elle tenta de reprendre contenance, de rester la femme forte qu'elle voulait montrer aux soldats de Lys, mais le regard scrutateur d'Alexandre faisait vaciller sa détermination.

– Tu es vraiment tombée amoureuse de lui ? souffla-t-il, bouleversé.

Elle hésita. L'affirmer maintenant semblait sonner comme un aveu de faiblesse, et pourtant, elle ne pouvait pas lui mentir.

– Oui, admit-elle.

Mais Morgan était actuellement entre la vie et la mort et elle dut piocher dans ce qui lui restait de courage pour ne pas fondre en larmes. Elle aurait voulu expliquer à son cousin comment elle en était arrivée là, tous les secrets que cachait sa famille et dont il n'avait pas la moindre idée, mais elle n'en avait pas le temps.

Elle venait de gagner sa liberté, et elle devait désormais retourner au chevet de Morgan, avant qu'il ne soit trop tard.

Alexandre sembla comprendre quelque chose dans le tumulte d'émotions qui agitaient Victoire, car il lui adressa un sourire attendri.

– Il m'aurait été bien désagréable d'annoncer à ma mère que sa nièce adorée s'était jetée à la mer pendant notre voyage de retour.

Victoire lui adressa un regard rempli de reconnaissance avant de fondre dans ses bras. Même maintenant, même alors qu'il était probablement encore en colère contre son comportement égoïste, elle pouvait encore et toujours compter sur lui.

– Tu vas me manquer, lui dit gentiment Alexandre en embrassant le haut de son crâne.

– C'est étrange, car à moi, tu ne me manqueras pas le moins du monde, répondit-elle en reniflant.

Elle l'entendit émettre un petit rire alors qu'elle fermait les yeux, savourant l'étreinte familière qu'elle ne retrouverait pas avant un long moment.

– Ma chère cousine, quel soulagement de constater que tu n'as pas changé.

Victoire ne répliqua pas, mais son cousin était très loin de la vérité.

CHAPITRE 56

VICTOIRE

Je ne veux pas ramener mon aristocrate à Lys. Ma conscience me tiraille, mon cœur saigne, mes jours sont torture et mes nuits, hantées par le remords...

Du bout de son index, Victoire effleurait les mots que le capitaine avait consignés sur ce papier qu'elle avait retrouvé à moitié brûlé dans la cheminée de son bureau. Si elle avait eu encore quelques larmes en réserve, celles-ci seraient tombées sur le papier.

– Vous allez manger un peu ou je vais être obligée de vous gaver de force.

Victoire avisa le sandwich que lui tendait Tallulah, mais secoua la tête en plissant le nez.

– Merci, mais je ne peux rien avaler, lui répondit-elle d'une voix cassée.

– Ça fait deux jours, la réprimanda la cuisinière. Le capitaine n'aimerait pas que vous vous laissiez dépérir ainsi.

Victoire releva le regard vers les yeux noirs de Tallulah. Un noir tendre et chaleureux. Cependant, avec son bandage blanc qui entourait sa tête, elle paraissait encore plus menaçante qu'à l'accoutumée et pouvait embarquer immédiatement sur *le Requin*.

– Je vais croquer un morceau, capitula-t-elle en tendant la main pour récupérer son repas.

– Ensuite, vous irez à la maison pour vous laver, passer une tenue propre et prendre un bon bol d'air, renchérit Tallulah alors qu'elle allumait un bâton de sauge sur une des lanternes pour le faire brûler.

Toutes les six heures, elle venait dans la crique, là où Morgan avait été soigné et d'où ils avaient interdiction de le déplacer sur ordre d'Andrass, pour « purifier » les lieux et transmettre la force des esprits au capitaine.

Victoire n'était pas convaincue des bienfaits de ce rituel, mais toutes les solutions étaient bonnes à prendre, tant la situation semblait désespérée.

Morgan était un corps sans vie. Son visage blême et les cernes qui entouraient ses yeux le rendaient méconnaissable. Lui qui était si puissant, si conquérant… Seules ses mèches brunes souples qui s'étalaient sur l'oreiller semblaient être encore vivantes.

Depuis presque une semaine, Victoire passait ses journées et ses nuits dans cette grotte, alternant entre position assise dans des coussins qu'on avait apportés ou allongée aux côtés du capitaine. Elle refusait de le laisser, sauf, bien évidemment, quand

Tallulah venait la tirer de force pour qu'elle fasse un brin de toilette.

– Laissez-moi, s'il vous plaît. Je ne veux rien faire de tout cela, rétorqua Victoire.

– Et que va dire le capitaine s'il vous trouve dans cet état à son réveil ? la réprimanda-t-elle, mains sur les hanches.

Tallulah était ressortie de cette aventure plus forte et plus têtue que jamais.

Victoire n'avait pas pris de bain ni changé ses vêtements depuis deux jours. Si Morgan se réveillait maintenant, il verrait surtout des cheveux tellement emmêlés qu'ils pourraient servir de nid aux oiseaux. Mais qu'en aurait-il à faire ?

– Il n'a pas ouvert les yeux une seule fois depuis qu'Andrass a fini de le recoudre, répondit Victoire. Comment pouvez-vous encore y croire ?

Tallulah s'approcha du blessé avec un regard déterminé. Victoire, elle, se pencha en avant et saisit la main froide de Morgan entre ses doigts. Chaque fois qu'elle touchait sa peau, il lui semblait déjà mort tant elle était glaciale. Pourtant, elle prenait soin de mesurer son pouls toutes les heures et sentait ainsi son cœur battre faiblement.

– Le capitaine respire encore, déclara Tallulah. Il est plein de ressources, il va se réveiller.

Les lèvres de la cuisinière tremblotaient légèrement, signe qu'elle n'était pas certaine de ce qu'elle affirmait, mais au moins, elle savait se montrer forte. Comment réussissait-elle cette prouesse ?

Victoire soupira et enfouit son visage dans ses mains. Ces heures sombres la ramenaient à un passé bien trop douloureux qu'elle s'était promis de ne plus subir.

Soudain, Cassegrains apparut à l'entrée de la grotte, suivi, comme d'habitude, de son frère. Il s'approcha, avisa l'état du capitaine, puis posa une main réconfortante sur l'épaule de Victoire. Sans se sentir proche des pirates, elle avait perçu un changement dans leur attitude à son égard, comme si elle avait pleinement intégré cette communauté. Si son cœur n'avait pas été tiraillé par la peur de perdre Morgan, elle en aurait ressenti un immense bonheur.

– Les femmes du village réclament l'aide d'Andrass, tenta cependant Cassegrains. Peut-être que…

Depuis la bataille, les deux pirates, sortis indemnes, se rendaient au chevet des différents blessés. Les plus graves, comme le capitaine, étaient restés à la crique, mais les autres avaient été emmenés au domaine pour être couchés dans des lits.

Alors que Cassegrains levait les yeux vers Andrass, qui se tenait contre une paroi, discret, Victoire protesta immédiatement :

– Le chirurgien reste auprès du capitaine !

Un silence accueillit son ordre. Étonnamment, personne n'osait réellement la contredire, et surtout pas quand il s'agissait du traître. Il fallait préciser que chacune des paroles de Victoire, lorsqu'elle mentionnait Andrass, était alimentée d'une dose de haine non négligeable.

– Je pourrais me rendre utile auprès des blessés du domaine, plaida cependant Andrass.

Ses traits étaient tirés, mais ses yeux n'étaient plus rouges. Il avait repris contenance, sûrement en prenant conscience de son utilité sur l'île qui, pour l'instant, garantissait sa survie. Son épaisse moustache était désormais parfaitement peignée, et ses mèches rassemblées derrière son crâne. Néanmoins, Kiram se tenait toujours à côté de lui, bras croisés sur son torse puissant. Victoire lui avait demandé de le suivre partout, comme son ombre.

– Avez-vous oublié notre accord ? renchérit férocement Victoire. Vous avez une dette, vous devez la payer. Le capitaine n'est pas sorti d'affaire.

– Je ne peux rien faire de plus pour l'instant, protesta le chirurgien en jetant un œil sur son patient. Il faut attendre. Je me rendrai disponible au besoin : il a ma priorité.

– C'est préférable pour vous deux, lui rappela Victoire.

La rage qu'elle éprouvait à son égard s'amplifiait chaque heure. Elle n'était pas certaine d'être capable de le tuer, mais d'autres lui avaient assuré qu'ils s'en chargeraient…

– Je veux me racheter, insista-t-il.

Le regard du chirurgien était criant de sincérité. Cependant, même si elle se souvenait de leur discussion dans la grotte, des épreuves qu'il avait endurées pour en arriver là, elle ne voulait pas essayer de le comprendre. Pas tant que Morgan risquait de mourir à cause de lui.

– Depuis quand vous souciez-vous des gens d'ici ? s'emporta-t-elle en se levant.

Victoire ne savait pas quoi décider. Les habitants de l'île avaient besoin de soins. Refuser de capituler et les mettre en danger reviendrait à aller à l'encontre de ce qu'aurait voulu Morgan.

À côté d'elle, Cassegrains et Grandsec étaient suspendus à ses lèvres, semblant la supplier de céder, mais Tallulah, elle, jaugeait aussi Andrass d'un air réprobateur et semblait, tout comme Victoire, peu encline à accorder la moindre confiance à cet homme.

Elle savait cependant que Morgan n'aurait pas hésité une seconde, lui.

– C'est d'accord, allez-y, trancha-t-elle. Mais Kiram vient avec vous !

Les deux frères émirent un soupir de soulagement.

– Où voulez-vous que j'aille ? lâcha Andrass d'un rire amer. Nous sommes sur une île.

– Franchement, je ne sais pas, mais je préfère rester prudente : vous semblez ne pas manquer de ressources pour nous nuire.

Le chirurgien la toisa d'un regard incendiaire mais n'argumenta pas, certainement trop heureux de revoir la lumière du jour pour la première fois depuis une semaine. Il quitta donc la grotte, escorté par les deux frères, Kiram sur leurs talons.

– Allez, ouste, maintenant ! lança Tallulah. Je vais rester avec lui une petite heure, j'ai apporté de quoi lui faire la lecture. Pendant ce temps, allez faire un brin de toilette. S'il se réveille et vous voit dans cet état, je vais en entendre parler jusqu'à la saison des vendanges !

Malgré son envie de rester aux côtés de Morgan, surtout maintenant qu'elle avait laissé Andrass vaquer à d'autres occupations, Victoire savait qu'il ne servait à rien de chercher à négocier avec Tallulah quand elle était aussi déterminée. À contrecœur, elle lâcha la main de Morgan et quitta la grotte.

Alors qu'elle empruntait le sentier menant à la maison, elle croisa Yori qui escortait deux chevaux jusqu'à la plage. Il avait gardé ses cheveux tirés et attachés au-dessus de son crâne, mais quitté ses bagues et ses bracelets. Sa première bataille avait laissé des traces bien visibles sur son visage.

– Bonjour, Yori, le salua-t-elle. Je ne savais pas que tu t'occupais des chevaux.

– D'habitude, on est deux, mais Ferdi est blessé.

– C'est grave ? s'inquiéta-t-elle.

– Une blessure au bras. Il paraît que le nouveau médecin vient d'avoir l'autorisation d'aller le voir, la rassura-t-il en flattant l'encolure d'un des chevaux.

Victoire eut un petit pincement au cœur, mais il n'y avait aucun reproche dans le ton de la voix de Yori. Au contraire, il l'observait avec le regard inquiet d'un proche qui se souciait de son état de santé.

– Je vais à la maison, expliqua-t-elle. Il faut que je me change, ordre de ta mère !

Ils échangèrent un regard amusé, puis Yori renchérit :

– Et quand ma mère donne un ordre !

Victoire esquissa un sourire, le premier depuis longtemps, puis se perdit dans la contemplation du paysage. Exprimer ne serait-ce qu'un soupçon de joie lui semblait difficile, tant tout autour d'elle la ramenait à l'inquiétude constante de voir Morgan succomber à ses blessures.

– J'espère que le capitaine va aller mieux, reprit Yori, tristement. Il compte tellement pour nous tous ici…

Victoire sentit immédiatement les larmes lui monter aux yeux.

– Je l'espère aussi, répondit-elle, sans grande conviction.

– Que ferez-vous si jamais… Enfin vous voyez.

Victoire s'était interdit de penser à cette éventualité. Néanmoins, elle savait que quelqu'un finirait par lui poser la question. Ses mains se mirent à trembler, alors qu'elle commençait à bégayer :

– J'aimerais… Je crois… Je crois que j'aimerais rester ici. Enfin… Oui, si les habitants de Jakoba veulent bien de moi.

Yori lui adressait un sourire encourageant, mais Victoire secoua la tête.

– Ce… Ce n'est pas si simple, malheureusement. Mon père est à l'origine de cette attaque. Des gens ont été blessés parce qu'il… parce qu'il voulait me récupérer. Des gens d'ici sont morts dans la bataille et…

Un sanglot l'empêcha de poursuivre son explication. Penser à l'avenir, un avenir sans Morgan pour la soutenir, était douloureux. Elle avait choisi de tourner le dos à son père, à sa famille, à ses racines et à son royaume, mais elle n'avait pas pris le temps de trouver un plan de secours. Est-ce qu'elle aurait la force de se reconstruire ailleurs, sans Morgan ?

– Ici, on sait que vous avez risqué votre vie pour nous, protesta Yori. On sait que grâce à votre courage les soldats sont partis sans envahir l'île. Et puis, même si vous n'aviez pas fait tout ça, on sait que le capitaine aimerait que vous restiez.

Il chercha alors dans sa poche de pantalon et en sortit un carré de soie qu'il tendit à Victoire pour qu'elle sèche les quelques larmes qui avaient coulé.

– Comment le sais-tu ? demanda-t-elle.

Yori frotta ses mains pour faire tomber la poussière.

– Le capitaine m'a fait une promesse lorsque j'ai eu seize ans. Ce jour-là, il m'a expliqué que vous étiez la seule femme capable de lui faire renoncer au *Requin*. Je crois qu'il espère que je trouverai un jour, moi aussi, la personne qui saura me détourner de mes envies de voyage.

La poitrine de Victoire se remplit d'une ardente chaleur. La veille de la bataille, Morgan n'avait pas été totalement honnête. Ses sentiments étaient devenus plus profonds que ce qu'il avait bien voulu lui laisser entendre. Mais à quel point l'aimait-il ? Même si sa décision provenait d'un choix réfléchi, Victoire avait tout sacrifié pour rester à ses côtés. Sans exception. Renoncer au *Requin* était une chose. Mais renoncer à sa vengeance…

Elle détourna les yeux du regard inquisiteur de Yori. Ses joues devaient être bien rouges.

– Je ne sais pas quoi te dire. Avoir la chance de voyager, c'est extraordinaire. Mais c'est aussi une vie faite de grands dangers. Et c'est vrai que l'amour remet les choses en perspective…

Elle ne pouvait pas dire le contraire. Depuis qu'elle s'était attachée à Morgan, beaucoup de certitudes s'étaient envolées. Celle des enfants, par exemple. Elle avait toujours détesté l'idée même d'en avoir, mais aujourd'hui, tout était différent. Et s'il quittait le monde de l'inconscience, peut-être commencerait-elle par lui demander quel avenir il imaginait pour eux.

Réveille-toi, capitaine…

CHAPITRE 57

MORGAN

– Que décidez-vous pour Andrass ? demanda Cassegrains.

– Vous allez garder un œil sur lui et je m'occuperai de son cas quand je serai en meilleure forme.

Allongé sur plusieurs matelas, dans la grotte qui servait habituellement à accueillir les trésors des expéditions, Morgan avait l'impression d'être revenu un mois en arrière. Sauf qu'il passait du confort de sa cabine au sol argileux et qu'au lieu de sa jambe c'est le côté droit de son ventre qui le tiraillait ! Une large bande ceinturait son abdomen, mais dessous, il sentait les fils des points de suture du médecin qui le lancinaient. Il posa une main sur son front pour tenter de calmer la douleur qui vrillait ses tempes.

Seulement deux heures qu'il était réveillé et sa souffrance était telle qu'il n'avait qu'une envie : se rendormir. Il voulait se redresser un peu et boire, mais n'osa pas tenter quoi que ce soit qui pourrait empirer la situation. Pourtant, le moment n'était pas propice à la convalescence.

Autour de lui, l'agitation s'intensifiait. Tallulah devait parler à Yori mais ne voulait pas laisser Morgan seul. Elle faisait donc des allers-retours incessants entre la grotte et la plage pour trouver son fils. Que dire de Cassegrains et Grandsec qui, après lui avoir raconté les évènements des derniers jours au détail près, lui demandaient maintenant de prendre des décisions concernant la récolte du raisin qui approchait à grands pas. Même Crocs s'y mettait, sautant comme une petite chèvre autour de lui et jappant comme un fou.

Avec toutes les urgences qui demandaient à être gérées, il allait devoir se rétablir au plus vite. Une urgence en particulier l'obligeait à se sentir d'attaque instantanément : affronter celui sur lequel il s'était lamentablement fourvoyé !

– Allez me le chercher, soupira-t-il. Je dois d'abord savoir ce que ma blessure me permet de faire ou pas.

– Oui, capitaine.

Cassegrains sortit rapidement, peinant à masquer son entrain. Grandsec, lui, n'essayait même pas et affichait un sourire qui s'étirait jusqu'à ses oreilles. Même si Morgan ne le montrait pas, lui aussi était bien heureux de retrouver ses fidèles amis sains et saufs !

– Vous avez des nouvelles de Victoire ? demanda-t-il à Grandsec.

– Tallulah l'avait envoyée à la maison se changer, mais elle s'absente pas plus de deux heures normalement. Elle va vite revenir !

Il était étonnant d'entendre Grandsec s'étendre en explications, surtout quand il s'agissait de Victoire. Et avec un ton affectueux, s'il vous plaît ! Comme quoi, il y avait toujours du bon qui ressortait des pires épreuves.

– Bien, acquiesça Morgan avant de fermer les yeux.

Il tenta de faire refluer la douleur, tout en réfléchissant aux différentes informations qu'il avait reçues. D'abord, les mauvaises nouvelles : six morts, une vingtaine de blessés graves et presque autant de blessures légères. Par ailleurs, l'existence de l'île n'allait pas tarder à être connue de tous. Il allait devoir rapidement se creuser la tête pour trouver le moyen de renforcer la sécurité à l'entrée de la brèche !

Au milieu de tout ça, une bonne nouvelle émergeait : sa petite aristocrate de Lys avait choisi de rester à Jakoba.

Il ouvrit les yeux en entendant de l'agitation et découvrit Andrass à l'entrée de la grotte, entouré et surveillé par Kiram et Cassegrains. Sa silhouette élancée qui lui donnait autrefois tant d'allure ne paraissait plus. Morgan éprouvait tellement de déception.

– Avance, lui ordonna-t-il d'un ton ferme alors que le traître semblait ne pas oser faire un pas.

Le chirurgien obéit et s'approcha, le valeureux Kiram à ses basques.

– C'est toi qui m'as soigné ? demanda Morgan.

– Oui.

– Étant donné les circonstances, tu ne verras pas d'inconvénient à te passer de mes remerciements.

Andrass resta silencieux, se tenant raide comme un piquet et fuyant son regard. Il ressemblait à un enfant qu'on s'apprête à punir. Morgan ne l'aurait jamais cru si lâche. De toute façon, mieux valait pour lui qu'il se taise.

– Nous réglerons cette affaire plus tard, gronda Morgan. Pour l'instant, dis-moi ce que ma blessure me permet de faire ou pas.

– Je vais vous examiner, dit-il en posant sa mallette sur le tabouret.

Le chirurgien commença par regarder le blanc de ses yeux puis fourragea dans ses cheveux à l'endroit de sa blessure. Morgan grimaça.

– Vous aviez une bonne entaille dans le crâne. Dans votre chute, votre tête a certainement dû heurter un rocher.

– J'ai l'impression d'avoir un concert de tambours dedans, grogna Morgan.

Andrass se recula et sortit un petit sachet de ses affaires.

– J'ai besoin d'eau bien chaude pour une infusion, déclara-t-il à l'attention de Kiram.

– Tu goûteras cette tisane en premier, le prévint ce dernier avec son regard noir. Je vais chercher l'eau.

Kiram sortit et Morgan esquissa un sourire en voyant la mine déconfite du chirurgien. Andrass avait mangé son pain blanc. Vivre avec le statut de traître sur une île de pirates n'allait pas être de tout repos.

Cassegrains et Grandsec se rapprochèrent, l'air inquiet.

– Je vais regarder votre ventre, dit le chirurgien en descendant le drap.

Il desserra le bandage et Morgan put admirer la balafre qui s'étirait sur tout le côté droit de son abdomen.

– Vous cicatrisez bien. La cicatrice est belle. Je vais nettoyer et refaire le pansement.

Morgan acquiesça et commença à se redresser, cherchant à se caler plus confortablement contre les coussins, pendant qu'Andrass examinait encore sa plaie.

– Il faudra attendre un peu pour manger. Vous allez déjà boire la tisane, qui soulagera vos maux de tête, dit-il alors que Kiram arrivait avec un bol d'eau fumante.

Le guerrier ouvrit le sachet et fixa le chirurgien de ses deux billes noires.

– Deux pincées, lui signifia Andrass. Il faut bien mélanger.

Kiram suivit ses instructions et touilla avec son doigt.

Il tendit le bol au grand moustachu qui leva les yeux au ciel juste avant d'avaler une gorgée.

Après une minute, Morgan l'imita et ne put s'empêcher de grimacer de dégoût.

– Cette saloperie est infâme, déclara-t-il.

– Mais terriblement efficace, rétorqua une voix féminine et tant attendue.

Morgan se redressa immédiatement, réclamant presque à Kiram de lui dégager la vue, ce que le pirate sembla comprendre sans paroles.

Victoire se tenait à quelques pas de l'entrée de la grotte, vêtue d'une tenue négligée, masculine, comme à son habitude, et sombre. Ses cheveux étaient relevés en un chignon désordonné qui faisait ressortir son regard charbonneux. Ses traits étaient tirés, mais un énorme sourire éclairait son visage. Ses joues étaient rouges et elle paraissait essoufflée, comme une personne qui venait de courir. Jamais Morgan ne l'avait trouvée si belle…

– J'ai terminé, déclara Andrass alors qu'il nouait le bandage sur le côté de son ventre. Pour l'instant, vous devez rester allongé.

– C'est entendu, lui répondit Morgan sans se tourner vers lui.

Le chirurgien remonta le drap puis rangea son matériel, en silence. L'ambiance était chargée d'une tension bien palpable.

– Laissez-nous, ajouta Morgan à l'attention de tous les hommes qui se trouvaient autour de lui.

Quand Andrass croisa Victoire, elle le toisa si férocement que Morgan crut qu'elle allait le trucider sur place. Il dut retenir son sourire.

Une fois que les pirates et le chirurgien furent éloignés, un silence de plomb s'installa. Victoire ne bougeait pas de l'entrée, sa silhouette encore peu éclairée par les flammes des chandelles. Elle ne lâchait pas Morgan du regard.

– Je suis désolé, s'excusa-t-il. Je n'aurais pas dû douter de toi.

Ces mots eurent le mérite de déclencher une réaction. Bouche ouverte, elle écarquilla ses grands yeux noirs. Était-elle choquée par la trivialité de son tutoiement ou par son amende honorable ?

– Effectivement, tu n'aurais pas dû, répondit-elle en s'avançant lentement vers lui.

Elle avait, dans le regard, cette lueur provocante qu'il affectionnait tant.

Du plat de sa main, il tapota le matelas pour l'inciter à s'asseoir au plus près de lui. Après un temps d'hésitation, elle s'installa à l'endroit qu'il lui indiquait, tentant de toute évidence de ne laisser transparaître aucune émotion, mais Morgan entendait la tempête derrière ce mur. Était-elle en colère ? Déçue ?

– Donc, tu restes parmi nous ? lui demanda-t-il, la gorge sèche.

Il avait une envie folle de l'embrasser ! Elle n'avait qu'à se pencher et leurs lèvres pourraient se sceller… Cependant, il n'oubliait pas les mots durs qu'ils avaient échangés avant de se quitter. Et il craignait de devoir lutter longtemps avant que ses paroles ne soient pardonnées.

– J’y suis bien obligée, répondit-elle avec un sourire en coin. Tu ne peux manifestement pas t’en sortir sans moi.

– Tu as raison, admit-il en prenant sa main dans la sienne. J’ai eu vent de tes derniers exploits. Comment as-tu convaincu ton père ?

– La lettre, répondit-elle tristement. Tu avais raison sur toute la ligne.

Morgan le savait déjà, ce qui ne l’empêcha pas de compatir à la peine de Victoire.

– Je suis désolé, dit-il en caressant sa paume du bout de son pouce.

– Tu es vraiment en possession de ce document ? lui demanda-t-elle.

– Oui. Mais je ne l’ai jamais ouvert.

Elle haussa les sourcils.

– J’étais certain de mon coup, s’empressa-t-il de la rassurer. C’est un pli cacheté qui n’aura plus aucune valeur une fois la cire brisée. Et je crois qu’il me faut le conserver intact si nous ne voulons pas revivre une autre attaque de ce genre.

– Tu as raison, admit-elle. Pourquoi ne pas avoir utilisé cette lettre contre mon père au lieu de m’enlever ? Tout aurait été bien plus simple.

– Je l’aurais menacé de révéler au roi son implication dans le meurtre de la marquise de Dienne pour obtenir de lui qu’il s’accuse du meurtre de sa femme ? Il était perdant dans les deux cas. Ce n’était pas un levier assez puissant pour m’innocenter.

– Tandis que moi…

– Un père ferait n'importe quoi pour sauver son enfant.

Victoire baissa la tête.

– J'aimerais te croire, souffla-t-elle.

Morgan recommença à effleurer la peau de son bras en suivant les dessins.

– De quelle manière tu as convaincu ton père de rester ici ? lui demanda-t-il en brisant le silence.

Remontant son regard vers le sien, Victoire se mit à mordiller sa lèvre, comme si elle hésitait à lui confier cet aveu.

– J'ai vaguement laissé entendre que je ferais usage de mon apprentissage dans le maniement des épées contre lui, lui avoua-t-elle, un peu gênée par cette révélation.

– Et ça a suffi ? se moqua Morgan. Petit joueur…

Victoire leva les yeux au ciel.

– Mais je ne suis pas tant surpris, se reprit-il. Je sais à quel point tu peux être convaincante.

Ses mots lui tirèrent un sourire puis son visage reprit un air triste.

– Tu te sens mieux, aujourd'hui ? lui demanda finalement Morgan d'une voix qu'il espérait aussi douce que possible. Maintenant que tu sais…

– Oui, un poids s'est enlevé. Je me sens moins coupable, répondit-elle en essuyant ses yeux avec sa main libre.

Elle renifla d'une façon qui le chamboula. Il n'aimait pas la voir si triste.

– Moi, je me sens coupable, reprit-il en effleurant son menton de son doigt. Je regrette tout ce que je t'ai dit ce soir-là. Refouler mes sentiments ainsi était idiot. Et inutile : je suis certain que même le chien sait que je t'aime. Je t'ai blessée et j'en ai mal dans la poitrine rien que d'y repenser.

Victoire mordillait ses lèvres, comme toutes ces fois où elle était nerveuse ou bouleversée.

– J'en rêvais… d'entendre ces mots, lui avoua-t-elle, le regard brillant de larmes. Je ne pourrais plus imaginer ma vie sans toi à mes côtés.

Il ressentait le même attachement, et pour le lui faire comprendre, il glissa simplement ses doigts entre les siens et serra très fort.

Victoire contempla leurs mains scellées et son sourire illumina son visage.

– J'ai mis ton plan à mal en choisissant de vivre à tes côtés, reprit-elle. Comment vas-tu faire maintenant pour obtenir réparation ?

Morgan la contempla quelques instants sans un mot, se délectant de sa beauté intérieure qui ressortait par tous les pores de sa peau chaque fois qu'elle mettait en avant son sens de la justice.

– Je ne veux rien obtenir de plus. J'ai tout ce que je désire.

– Mais ton nom a été sali injustement !

– Tu sais, tous ces bains que je prends, à force…

Il n'en avait plus que faire de son nom. Et même si sa vengeance n'était pas exclusivement personnelle, il restait persuadé que ses parents ne lui en voudraient pas de préférer l'amour à la guerre.

– Donc… Nous ne retournons pas à Lys ?

– Non, Madame, déclara-t-il en baisant sa main dans un geste très théâtral.

– Tu ferais vraiment n'importe quoi pour ne pas revoir ma tante Élisabeth ! répliqua-t-elle d'un ton faussement contrarié.

Morgan s'esclaffa.

– Tu te trompes, je suis certain qu'elle et moi serions devenus de grands amis, lui répondit-il sincèrement.

La bouche de Victoire se tordit en une moue dubitative, puis un silence s'étira pendant lequel leurs yeux se rivèrent l'un à l'autre.

– Je… J'ai eu le temps de réfléchir et je ne veux pas m'imposer, déclara-t-elle soudain. Je pourrais trouver une chambre en ville ou un logement sur le domaine. Et un travail.

Morgan esquissa un sourire.

– Pourquoi pas. Tu feras comme tu le désires, comme je te l'ai toujours dit, répondit-il en posant la main sur sa cuisse.

Il espérait bien qu'elle resterait chez lui, mais pour une fois que le choix s'offrait à elle de faire ses propres choix…

– Mais n'oublie pas que tu as souvent froid et que je tiens chaud la nuit, souffla-t-il.

– C'est vrai, admit-elle en esquissant un sourire. Je pense que je vais rester avec toi, alors.

– Tu m'en vois ravi.

À cette idée, la poitrine de Morgan se gonfla d'une chaleur diffuse.

– Et puis peut-être que…

Victoire s'interrompit tandis que ses yeux filaient vers leurs mains.

– Peut-être que ? l'incita-t-il à continuer en penchant sa tête pour capter de nouveau son regard.

Elle prit une profonde inspiration et se lança :

– Je ne sais pas comment tu envisages l'avenir, mais… la maison est grande, dit-elle en relevant son regard plein de tendresse vers le sien. Il y a trois chambres qui pourraient ne pas rester vides.

Le cœur de Morgan s'emballa. Il n'avait jamais pensé fonder une famille. Tout comme il n'avait pas pensé que Victoire en désirait une, à cause de son besoin d'indépendance mais aussi du traumatisme lié à la mort de sa mère. Aujourd'hui, tout était différent et il accueillait ces changements avec une sérénité toute nouvelle.

– Ah, je vois. Tu veux faire venir Cassegrains et Grandsec à la maison.

Victoire écarquilla les yeux.

– Quoi ? Non, je…

– Je te taquine, la coupa-t-il avec un sourire. Nous remplirons les chambres de la maison dès que tu le voudras. Il faudra que je me rétablisse un peu avant, grimaça-t-il en se redressant contre les coussins.

Une larme roula sur la joue de Victoire.

– J'ai eu tellement peur de te perdre, balbutia-t-elle, ses lèvres se mettant soudain à trembler.

La voir ainsi se fissurer lui brisa le cœur.

– Viens là, dit-il en attrapant sa nuque.

Il attira sa bouche sur la sienne et sentit ses deux petites mains glacées se poser à plat sur son torse nu. C'était une sensation tellement agréable qu'il en lâcha un grognement.

Ce baiser avait un goût de rédemption et d'amour infini. Un goût de passé enterré et d'avenir chargé d'espoir. Leurs langues s'enroulaient avec douceur et surtout lentement car ils avaient tout leur temps.

– Te voilà rassuré, « ton aristocrate » ne rentrera pas à Lys, susurra-t-elle soudain alors qu'il s'était retiré pour leur permettre de respirer.

Morgan arqua un de ses sourcils. Elle avait réussi à mettre la main sur cette note intime jetée par la suite dans la cheminée.

– Jamais vu pareille fouineuse, grogna-t-il en pinçant la peau de ses fesses.

– Aïe ! cria Victoire. Tu vas arrêter de martyriser mes fesses !

Des flammes dansaient dans les pupilles joueuses de Victoire. Il savait parfaitement que ce châtiment l'embrasait.

– Je t'aime comme je n'ai jamais aimé, lui avoua-t-il dans un souffle.

– Et moi, je t'aime autant que je t'ai détesté.

– Alors, me voilà rassuré !

ÉPILOGUE

VICTOIRE

Trois mois plus tard

– Ce chien va finir en paillasson ! gronda une voix familière.

Ses bottes déchirées dans les mains, Morgan se tenait sur le seuil de la porte de la salle à manger. Victoire sourit en avisant ses yeux verts faussement assombris par une colère noire.

– Ne parle pas du petit Crocs ainsi, le réprimanda-t-elle en portant tranquillement sa tasse de café à sa bouche.

Morgan lâcha un rire moqueur, puis il s'approcha de la cheminée pour y balancer les lambeaux de cuir.

– Bonjour, murmura-t-il ensuite en venant l'embrasser.

Ses lèvres chaudes et douces comme de la soie effleurèrent celles de Victoire. Et cette haleine de réglisse… Elle l'adorait toujours autant. Tout comme elle adorait être « la femme du capitaine », comme tout le monde le disait.

– Comment était l'eau de la rivière ? lui demanda-t-elle en s'emparant du journal posé sur la table.

– Fraîche et revigorante !

Morgan avait attaché ses cheveux en queue-de-cheval et une légère barbe ombrait ses mâchoires, laissant apparaître le petit cœur brun sur sa joue. Le vert de ses yeux tirait sur le bleu, comme tous ces jours où le ciel était clair. Un pantalon noir serrait ses cuisses puissantes et une chemise blanche assez ample ne parvenait pas à faire oublier son torse épais et ses larges épaules.

Des souvenirs de la nuit dernière envahirent l'esprit de Victoire. *Hum…*

– C'est plus facile à lire si tu l'ouvres, précisa alors Morgan en prenant place à table sur la chaise d'à côté.

– Euh, oui… Bien sûr, se reprit-elle en dépliant les feuilles de papier imprimées.

Morgan laissa un petit sourire naître au coin de ses lèvres. Victoire piqua un fard.

– Je serai au domaine une bonne partie de la journée, l'entendit-elle dire alors que le café coulait dans sa tasse.

– Tu travailles bien trop, lui répondit-elle en abaissant le journal. Dites-lui, Tallulah.

La cuisinière venait d'entrer, les mains chargées de deux assiettes, l'une contenant des œufs brouillés et l'autre de la viande grillée. L'odeur mettait en appétit, comme d'habitude.

– C'est déjà fait ! s'exclama-t-elle en déposant les mets sur la table. Capitaine, si vous ne voulez pas lever le pied, mangez, au moins !

Tallulah gratifia Morgan d'un regard assassin et repartit d'où elle était venue.

– « Mangez, au moins ! » l'imita-t-il tout bas en reproduisant ses gestes.

Victoire éclata de rire, couvrant sa bouche de sa main pour ne pas se faire entendre par la cuisinière.

– Toi, tu ne perds rien pour attendre, la menaça-t-il en la pointant du doigt.

Il lui prit le journal des mains et l'ouvrit.

– À cause de ma blessure, la préparation de l'expédition a pris du retard. Je dois aussi m'occuper des réparations sur *le Requin*.

– Quand partons-nous pour Santras ? demanda Victoire tout en se servant des œufs. J'ai tellement hâte !

– Dans quinze jours.

Victoire acquiesça sagement, tentant de contenir son impatience à l'idée de partir à l'aventure et surtout de découvrir un nouveau monde.

– Tiens donc, l'armée de Lys tente actuellement de repousser l'invasion d'Azur, s'étonna Morgan après un court instant de silence.

– Fais-moi voir, le coupa-t-elle en posant la main sur son bras.

Morgan tourna la page vers elle. Après une lecture rapide de l'article, Victoire soupira. Son père était mentionné et dénoncé comme le responsable de l'échec des négociations. Le portrait, plutôt négatif, du chancelier du roi ces derniers temps dans les journaux officiels, révélait qu'il avait perdu de son influence sur le royaume. Elle nota cependant que si son oncle était désigné comme chef des armées, l'infanterie de son cousin ne semblait pas être en première ligne. Néanmoins, en tant que soldat, il devait sans doute être sur le front. Il faudrait qu'elle envoie un message pour s'assurer qu'il allait bien !

– Tu n'as pas l'air surprise, releva Morgan alors qu'elle lisait.

– Mon père voulait me marier à un ambassadeur azuréen pour apaiser les tensions, lui avoua-t-elle. Mon départ a dû faire échouer ses plans pour assurer le traité de paix.

Morgan tiqua, souffla puis secoua la tête exagérément. Victoire sourit, amusée, avant de demander :

– Eh bien, quoi ?

– Un ambassadeur contre un pirate… Vous faites vraiment des choix étranges mademoiselle de Torcy.

– Pour l'instant, je ne les regrette pas, répondit-elle avec beaucoup de sérieux.

Il lui adressa un regard brillant de contentement.

– Puisqu'on parle de choix… As-tu pris une décision concernant Andrass ? l'interrogea Victoire.

Le chirurgien vivait sur le domaine, comme avant. Enfin… à quelques détails près. Kiram continuait de le surveiller de près et les habitants ne lui adressaient plus la parole, même quand il les soignait. Si elle lui en voulait encore, Victoire se sentait triste pour lui chaque fois qu'elle se rendait là-bas. Peut-être valait-il mieux pour lui qu'il quitte l'île.

– Je lui ai proposé de quitter Jakoba.

Victoire ne fut pas surprise.

– Mais il souhaite rester ici et je pense que c'est une bonne chose. C'est un bon médecin, nous avons besoin de lui.

Ça en revanche, c'était une surprise.

– Mais… Comment peux-tu lui faire encore confiance ?

– Il s'est égaré, il regrette profondément.

– C'est un peu facile…

Morgan posa le journal et s'avança vers elle, un regard tendre adoucissant les traits de son visage.

– Il sait qu'il n'aura pas de deuxième chance. Et que la sanction ne sera pas un simple renvoi de l'île, lui expliqua-t-il.

– Oh… Dans ce cas, se rassura-t-elle. Mais je ne suis pas certaine de pouvoir lui pardonner un jour.

– Je ne lui pardonne pas non plus et nos relations ne seront plus celles d'avant, rassure-toi. Mais il ne représente plus aucune menace, je peux te l'assurer. Et je veillerai à ce que cela continue.

Il s'empara de sa main pour y déposer un délicieux baiser qui lui fit perdre le fil de leur conversation.

– Voilà les frères, lança Victoire alors qu'elle apercevait les deux matelots par la fenêtre.

Cassegrains marchait tranquillement entre les rosiers tandis que Grandsec courait dans l'herbe pour échapper à Crocs.

Victoire se mit à rire, et après un coup d'œil vers l'extérieur, Morgan l'imita.

– Le devoir m'appelle, mon amour, lui souffla-t-il à l'oreille. Sois sage.

Victoire acquiesça, le sourire aux lèvres, appréciant toujours autant ses mots doux.

– Bien, mon capitaine !

REMERCIEMENTS

Un grand merci à Fyctia et sa plate-forme d'écriture, l'équipe de la maison d'édition Hugo Publishing et tout particulièrement Karen, éditrice incollable en matière de royauté et qui répond à mes questions avant même que je ne les pose.

Nous avons emmené Morgan et Victoire à l'endroit précis où je le désirais et je t'en suis vraiment très reconnaissante.

Merci à toutes les copines auteures qui me soutiennent et m'inspirent chaque jour.

Merci à Laura, toujours connectée et présente sur le pont, même pendant la tempête. À mes amis qui élaborent des scénarios, testent mes idées, sortent leurs appareils photo, ils se reconnaîtront.

Et bien sûr, merci à ma famille de m'avoir soutenue dans cette formidable aventure.

DÉCOUVRIR LA PLAYLIST DE L'AUTEURE

Composition et mise en pages
Nord Compo à Villeneuve-d'Ascq